DORAEMON

鞍中
鞍中

有爱的青春陪伴者

你无依无靠时，我家就是你家，
你振翅而起时，我亲手送你飞。

——邢武

耀眼

时玖远 著

花山文艺出版社
河北·石家庄

图书在版编目（CIP）数据

耀眼 / 时玖远著. -- 石家庄 : 花山文艺出版社, 2022.1
ISBN 978-7-5511-5909-8

Ⅰ. ①耀… Ⅱ. ①时… Ⅲ. ①长篇小说一中国一当代 Ⅳ. ①I247.5

中国版本图书馆CIP数据核字(2021)第238811号

书　　名：耀眼
Yaoyan
著　　者：时玖远

责任编辑：郝卫国　张凤奇
特约编辑：雪　人
责任校对：卢水淹
装帧设计：Insect　cain酱
封面绘制：ashorz
美术编辑：胡彤亮
出版发行：花山文艺出版社（邮政编码：050061）
（河北省石家庄市友谊北大街330号）
销售热线：0311-88643221/29/35/26
传　　真：0311-88643225
印　　刷：长沙鸿发印务实业有限公司
经　　销：新华书店
开　　本：880mm×1230mm　1/32
印　　张：9.5
字　　数：223千字
版　　次：2022年1月第1版
2022年1月第1次印刷
书　　号：ISBN 978-7-5511-5909-8
定　　价：45.00元

目录 / CONTENTS

Q I N G Y E & X I N G W U

Q I N G Y E & X I N G W U

第一章

坠入尘埃

y a o y a u

车轮碾过一道深坑，坑里泥水四溅飞到玻璃上，晴也被颠得难受。她扯下耳机，看着车窗上的泥点皱了下眉，目光投向玻璃外的画面。

破败的街道，小贩用三轮电动车拖着一车大蒜洋葱在吆喝，隔壁卖炸串的摊子前，大爷套着破围裙满手黑灰，几条脏兮兮的土狗满街乱窜，电线杆歪七八扭，信箱上的绿色油漆褪了大半，远处水泥墙的房子外，纵横交错的晾衣绳乱七八糟地横着，虽然大雨初歇，整个县城依然有种灰蒙蒙的感觉。

晴也烦躁地看向开车的孙海：“孙叔，我爸进去前就没交代你什么吗？”

孙海听到这话侧头看了眼晴也，微微叹了一声：“你还小，这不是你该操心的事。”

晴也紧了下牙根，压着眼皮紧紧盯着窗外这个与自己格格不入的地方。从下高速起，她的眼神里便充满了戒备。这个小地方和她生活了十八年的首都大不一样，除了建筑街道外，整个县城都给她一种脏兮兮布满灰尘的感觉，直到此时车子开进街道，她才发现为什么别扭。

这里没有什么树，居然连一棵大树都没有，路边仅有的几棵小树苗也都歪七扭八的，根本不存在绿化一说。垃圾随意堆在路边，野猫三五成群窝在垃圾堆里，倒塌的墙体也无人问津，像被时间尘封在上个世纪。

而她，接下来居然要生活在这样一个地方，暗无天日。

五分钟后，孙海慢慢将车停在路边，疑惑地划拉了几下导航：“奇怪了，怎么一直让我在这条路上打转啊？”

晴也冷嗤道：“有什么奇怪的，能让你在导航上发现这个地方已经是奇迹了。”

孙海无奈地说：“算了，我下车问问人。”

孙海拉开车门跑到马路对面的一个小店里，晴也干脆也拉开车门走下车。空气里都是沙子的感觉，天空雾霭沉沉，她穿着一尘不染的漆皮鞋，跨到路牙上东张西望，浅蓝色的渐变连衣裙被风撩起，露出光洁的小腿，大概是这土灰的街道上唯一的一抹色彩了。

不远处传来了拍打篮球的声音，她往车后走了几步伸头看去，是一个破破烂烂的露天篮球场，篮球场边停了好几辆摩托车，站了一群头发颜色各异的“杀马特”混混。

那群人似乎是远远注意到她，有人朝她挥了下手，那轻浮的模样让晴也感到烦躁，低低地骂了句：“浑蛋。”

她收回目光等着孙海，篮球场那边却传来摩托车的声音，那群“杀马特”混混骑着摩托车朝她这个方向而来，排气管改装的嗡嗡声跟拖拉机一样。隔着很远，他们就朝她喊道：“喂，美女！”

晴也板着脸眼神犀利地盯着他们，瞥见有辆贴着哆啦A梦贴画的“小天使”上面居然挤了三个人，最后那个胖子半个屁股都悬空在外面，真够魔幻的。

几辆摩托车快骑到她面前时，挤在中间的黄毛兴奋地对她吹了个口哨，摩托车突然加速朝着她冲来。

晴也吓了一跳，本能地往后退，结果一脚踩进泥里，锃亮的皮鞋沾了一层烂泥。

摩托车擦着她而过，一群混混恶作剧地大笑起来，黄毛喊道：“美女，你鞋子脏了。”

晴也抬起头，对上骑车男人的目光，他穿着黑白相间的运动装，留着板寸，侧过头时正好能看见他鬓角剃了一道杠，轮廓清晰，邪气十足，眼神里却透着玩味。

晴也气得就想大骂，一群混混已经浩浩荡荡骑走了，好远处还能听见他们在大笑。

“武……武哥，刚才那个小丫头，不是……不是我们扎扎亭人吧？”坐在最后的胖虎结结巴巴地问。

黄毛咋呼地接过话：“我们这儿天干物燥的，什么时候出过这么细皮嫩肉的姑娘，没看见旁边停着辆京牌大奔？肯定走亲戚的，你说对吧武哥？”

“我怎么知道。”邢武漫不经心地回道，顺带看了下倒车镜，远处那抹淡蓝色的身影似乎还在气急败坏地甩着鞋子上的泥，他扬眉加快了速度。

黄毛笑着说：“去我家吃火锅吧。我才弄到几部片子，女主角跟刚才那个小丫头还挺像。”

一帮人大笑着，黄毛拍了拍邢武：“去不去啊？”

“随便。”邢武方向一转骑向黄毛家。

孙海匆匆走出小店对晴也说：“问清楚了。不远，上车吧。”

晴也却站在车边，看着脏兮兮的鞋子，眼神空洞，胸腔积压的怒火攀升到极致。这几个月如噩梦般的经历终于让她有些失控，她讨厌这个鬼地方，讨厌刚才那群“杀马特”，她不想待在这个破地方，一秒也不想！

孙海察觉出她的异样，喊了她一声：“小也？”

晴也紧紧攥着裙子抬起头，咄咄逼人地盯着孙海：“我爸那么精明的一个人，怎么可能不给自己留后路。孙叔你告诉我，我爸到底能不能出来？他肯定交代过你什么对不对？”

孙海低着头叹息道：“我们现在能不讨论这个问题吗？事情很复杂，不是你能想象的，我也想尽力去周旋，但的确存在很多阻力，有些事情不会那么快有结果，你懂吗？”

“我不懂！”晴也几乎低吼出声，她红着眼死死地盯着孙海，仿佛抓住最后一根救命稻草。

“你们平时晴总晴总地喊他，但他只是个副总，副总啊！他上面有董事会，有法人，出了事那些人不担，凭什么把他抓进去？”

孙海左右看了眼，赶忙对她压了压手：“你说话轻点，这种小地方事情传得快。你不要着急，听你爸妈的安排，暂时在这里安顿下来。你爸的案子还在调查，不是完全没有转机，他不是大鱼，但很关键，有人想从你爸口中套出东西，所以也很有可能对你动手，你必须离开。晴也，你要沉得住气。”

有几秒钟，风吹过晴也干涩的眼睛，她抬手揉了揉，恍惚间，低声说：“爸妈的安排，我还有妈吗？”

说完，她拉开车门坐了进去。

孙海低眉看着她突然沉静的样子，心里一阵难受。

他也算看着晴也长大，她不过是个刚成年的小姑娘，三个月前遭遇亲生母亲病逝，现在父亲又突然被抓，他无法想象她的世界正在遭遇怎样的崩塌，接下来即将要面对的生活到底有多艰难。只是他唯一能做的，就是把她送离那片风暴中心，亲手将她交给她小姨，才能回去孤注一掷赌一把。

接下来的路程，车里很沉默，晴也靠在椅背上闭着眼，她已经不想再去看窗外的街道，整个人萦绕着一种沉闷的气息，孙海心里也不好受。

县城就这么大，问到路开了几分钟车就找到了那家炫岛理发店。孙海将车子停下后没有立即下车，晴也缓缓睁开眼望向那家“乡非（乡村非主流）”气息浓厚的小理发店，门口红白蓝的三色灯柱不停旋转。门面不大，门口站着两个聊天的男女，一个顶着不入时的烟花烫，另一个穿着自认为很时髦的阔腿裤，裤腰带上还挂着根像狗链子一样的装饰，再来一个人就可以直接出道了，名为“洗剪吹”。

晴也坐在副驾驶默默地看着那家理发店，孙海思虑了好久，还是忍不住开了口：“小也，退一万步讲，你现在的处境还不算太糟糕，起码比起继续待在北京，这里不受干扰，没有同学会因为你爸的事用异样的眼光看你，你也能专心准备高考，未来的路到底怎么样，得靠你自己走，对吧？”

晴也没吱声，拉开车门，孙海将她的行李箱拿下车。理发店里的人听见动静，有老头儿老太太伸头张望，就在这时，从里面冲出来一个女人。

怎么说呢，女人给晴也的第一印象，和这个小县城一样，都比较魔幻。明明四十几的年纪，画着蓝色亮片眼影，染了一头红发，还踩着防水台五厘米的高跟鞋朝她奔来，走到她面前的时候，停了一下，上下打量一番确认道：“你就是晴也吧？”

晴也没说话，旁边的孙海忙应道：“你是晴也的小姨李岚芳？”

晴也还没看清李岚芳的长相，突然就被她热情地抱住了，劣质香水味扑面而来。

李岚芳激动地说：“都长这么大了，你周岁的时候我还去北京看过你的，你不记得我了吧？”

“……”我谢谢你，谁周岁就能记人了？

李岚芳脸上不知道涂了多少层粉，松开晴也的时候，透过理发店的玻璃，晴也看见自己右边脸颊白了点，她赶忙拿手擦了擦。李岚芳激动地拉着晴也进去，一进理发店，晴也蒙了，居然还有人在理发店里摆了个麻将桌。

那些牌友纷纷站了起来强势围观，李岚芳兴高采烈地介绍道：“这是我外甥女，从大北京来的，看，多漂亮。”

牌友们纷纷附和：“李二姐，你还有首都的亲戚啊？没听你说过啊！”

李岚芳挺起胸膛：“家里做大生意的，厉害着嘞。”

晴也皱起眉抽开胳膊，她爸的事李岚芳应该知道，还在这儿瞎显摆，让她有些反感。

孙海将晴也的行李箱拎了进来，把李岚芳拉到一边，简单和她沟通了几句。

晴也就站在店中央，刚才门口的两个“洗剪吹”此时都进来了，眼神全都落在她身上，跟没看过女人一样两眼发直。

“小天使”拐过街角的时候，胖虎憨憨地指着：“咦？不，不是刚才那辆奔……奔驰吗？怎么停在你家……家门口啊？”

邢武也有些诧异，将“小天使”停下，对胖虎说：“我进去看看。”

晴也眼神微移，看见孙海拿了一沓钱往李岚芳手里塞。李岚芳假模假样地推了推就收下了，脸上堆着笑。晴也不知道孙海跟李岚芳说了什么，就听见李岚芳一个劲地说：“放心放心。”

身后那几个打麻将的指着晴也议论纷纷，空气中全是染发剂刺鼻的味道，脚下还踩着别人刚剪的头发堆。晴也拧着眉，突然一股无名火蹿了上来，她长这么大就没听过她妈还有个妹妹，用钱买来的亲戚？

就在这时，理发店的门突然被推开，晴也转头，正好对上一双锋利的眼。

晴也一眼就认出了这个留着板寸的男人，就是刚才骑“小天使”故意撞她的混混。她眉头一皱，眼神颇冷。

邢武看见她也有些诧异，朝里面喊了声：“妈，谁啊？”

李岚芳赶忙走了过来：“你回来得正好。你表妹来了，快来认识一下。”

晴也一双眼珠子都要瞪出来了，表哥？表个鬼的哥啊？敢不敢再魔幻一点？

说着李岚芳就热情地介绍道：“她就是晴也，我前两天跟你说的，晴也啊。这是我儿子邢武，他学习不行，打牛混世强得很，你要是遇到什么事就找你表哥。”

晴也冷着脸，眼里射出不友善的寒光防备地盯着邢武。邢武倒是吊儿郎当地扫了眼她的皮鞋，不明所以地笑了下，直接转身把 DVD 拔了，整个端走，落下句：“不回来吃饭。”

李岚芳气得不轻，追着骂道：“又到处瞎蹿，你抱那玩意儿干吗去？”

邢武已经走到门口，又回头瞥了眼李岚芳手上拿着的钱，李岚芳赶紧藏到口袋里，邢武脸色一凛，身影消失在门口，李岚芳还在那儿骂骂咧咧，满口污言秽语，晴也烦躁地直接冲了出去。

闷热的街道上，一辆汽车都没有，男人光着膀子瞎晃悠，老头儿拿着把破芭蕉扇坐在门口乘凉，女人端着面条站在平房前吸溜，蜻蜓乌压压地飞着，密密麻麻盘旋在纵横交错的电线之间，每一个画面都让她感到窒息。

孙海最后交代了几句走出理发店。他要回去了，还要应付检察院的人，一天也耽误不得。他走到晴也面前，突然不知道怎么开口。

于晴也来说，在这个压抑的地方，孙海是她唯一熟悉的人。她绝望地盯着他，渴望他能改变主意带自己走，但她说不出口。孙海只是晴盛光的一个下属，他跟着爸爸多年，有自己的家庭、自己的生活，他没有义务带她走，更何况这是爸妈的安排。

晴也的目光一点点垂了下去，这一路而来第一次红了眼眶，眼泪吧嗒吧嗒地掉在地上晕染开来。她清楚地意识到几分钟后，她便会彻底被原来的世界遗弃，豪华的别墅、名贵的国际学校、光鲜亮丽的生活统统都会变成过去式。

而她，就要被埋葬在这个天高地远，甚至连地名都叫不出的地方。她的生活本不该如此，不该的。

她吸了吸鼻子，抬起头倔强地擦掉泪水，异常冷静地盯着孙海："你跟了我爸十几年了吧？从他的账务问题到外面养的那些小三小四小五你比谁都清楚，如果我爸的事情没有转机，总会有人盯上你，所以孙叔，请你……尽力，为了大家好。"

孙海被她气笑了："小丫头你这是在威胁我啊？"随后又严肃起来，"你担心我回去为了自保不顾你爸？你孙叔没你想的这么自私，没有晴老哥，我现在还是个跑腿司机，这条命豁出去我也会想办法。"

晴也有些动容地酸了鼻子，孙海重重拍了拍晴也的肩膀，语气沉重地说："这些话我本来不应该告诉你的，但是你听好了，你爸的事情现在还不一定，理想的话，有可能几个月就能出来，到时候他肯定第一时间把你接回去。

"当然，这是最好的结果。往坏里想，就是真关个三五载的，也不至于出不来，你爸留给你的生活费，你省着点用，够你上大学的。不要想那么多，眼下应付好高考，你成年了，要对自己的人生负责，天塌下来，要学会自己顶着，知道吗？"

晴也低着头，眼泪又不争气地溢了出来，仿佛昨天还被爸妈捧在掌心一点风吹雨打都淋不到，今天突然就要学会顶天立地了。

街角坐在"小天使"上的邢武叼着烟望着远处，胖虎抱着 DVD 不解地问："那……那个姑娘是谁啊？为什么站……站在你家店门口哭啊？"

邢武没说话，扔掉烟把"小天使"骑走了。

孙海临上车前再次回头，不放心地看着晴也。晴也这一路上都不怎么搭理他，此时却突然说道："孙叔，抱一下吧。"

孙海心疼地回过身拍了拍晴也的背，晴也的脸埋在孙海的衣服里，无声痛哭。孙海对她来说就像亲叔叔一样，今次分别，不知道什么时候才能再见，不知道他和爸爸后面会怎么样……巨大的恐惧吞噬着晴也的理智，让她害怕。

孙海最后对她嘱咐道："我知道你不喜欢这里，专心备考，顶多也就待上一年。你上国际学校，本来你爸就是准备把你送到国外的，虽然现在转校了，但是你的目标不能变，一年过得很快的，以你的成绩到时候再申请国外的学校不难，你过去后，也能远离这些事。

"但是小也你要记住，千万别被其他人影响，特别是男孩子。孙叔知道你这个年纪容易冲动，但你头脑要放清楚点，你不会一直留在这里，懂我意思吧？"

晴也点了点头，松开孙海："爸爸那边有进展，第一时间告诉我。"

孙海应了声："我会给你电话。"

晴也目送他离开。

车子开出好远，孙海还不放心地在倒车镜里看着她的身影，直到越来越小，再也看不见。

再次走进理发店时，晴也脸上的泪水已经无影无踪，没有人能看出她刚在绝望的深渊挣扎过。她不喜欢在陌生人面前示弱，特别是这些在她看来无比魔幻的人。

李岚芳又坐上了牌桌，晴也杵在店里盯着她："我住哪儿？"

李岚芳头都没抬地说："你等一下我带你去房间，把这圈打完。"

晴也走到一边的粉红色沙发旁，看见人造革的沙发都破了一道口子，海绵露了出来，脏兮兮的，她实在是坐不下去，就站在收银台边等她。

这一等就等了快一个小时，其间有两个女学生来烫离子烫，李岚芳还喊她收下钱。晴也再怎么也没有想到，不过一天的时间，她会从被保姆照顾的别墅到这个十八线破县城的理发店里来收钱……

这里风沙大，日头也烈，女生皮肤都很粗糙，普遍黑黑的，很少见到像晴也这样白白净净的姐姐。付钱的时候，其中一个女学生一个劲地盯着她看，有些害羞地说：“小姐姐你真好看。”

晴也看着那女生质朴的眼神，很想给对方一个笑，但是她此时此刻笑不出来，收了钱说了声：“慢走。”

慢……走，瞧，已经分分钟进入状态了，还帮这个所谓的小姨招呼顾客？真是糟心啊！晴也心情差到极致。

李岚芳一圈打完了，似乎终于想起这个远道而来连口水都没喝上的外甥女，赶忙起身对她说：“晴也啊，我带你去你房间看看，被子床单前两天就洗干净了，来来。”

她拎着晴也的行李箱就往洗头床那里走去。直到这时晴也才发现洗头床旁边居然有个楼梯，她就住这儿？理发店楼上？

晴也杵在楼梯口看着黑洞洞的楼梯，再看看旁边还在洗头的大叔，越来越觉得魔幻了。

更魔幻的是李岚芳直接拉着她的行李箱一层层地拖着，还骂骂咧咧道：“你这个箱子不好，死重，妈呀累死我了。”

“……”晴也望着自己上万块的日默瓦箱子，深吸一口气。

李岚芳走上楼打开了灯，刺眼的白光让晴也眼睛疼，她狠狠揉了揉才看清这楼上被改成了住家，地上铺着劣质地板，头顶一扇绿色的挂顶电风扇，上面一层很厚的灰，楼梯口上来放着一张布艺沙发，对面一台 32 寸的液晶电视机。层高很低，压抑得很，隔着客厅左右两边各有一个房间，右边是李岚芳的房间，左边是邢武的房间，客厅角落有个洗手台。

李岚芳径直走向左边的房间对她说：“你暂时住在这里。这是邢武的房间，你先将就一下。”

晴也有点蒙地跟着李岚芳走了进去，住在邢武的房间是几个意思？

她还没反应过来，就看见房间里，李岚芳用个碎花帘子把房间隔开，一边放了一张单人床，真是人才啊！

晴也难以置信地指着那个碎花帘子：“我就睡这儿？”

李岚芳解释道：“没事，那臭小子平时不怎么回来，到处跑，等过段时间我让你姨夫搞块木板给你隔下。”

晴也完全不知道这十来平方米的小房间还能怎么隔？把人贴墙上吗？

晴也有些不爽地看着李岚芳，很想问问李岚芳，自己跟她儿子半毛钱血缘关系都没有，让他们住一间房的她是不是脑壳坏了？

但李岚芳显然跟缺根筋一样，压根儿没觉得有啥不妥，放下行李箱对晴也说：“厕所在楼下后院，你要是困了就先睡会儿，吃晚饭喊你。”

楼下牌友还在楼梯口喊着：“李二姐，快点。”

“来了。”李岚芳急匆匆下了楼。

晴也一屁股坐在那张木板床上，已经热得一身汗。她在房间角落看见一台立式电风扇，美的牌的，大概是这个家最新的家用电器。她按下开关，终于有了丝丝凉风。

晴也环顾这间房，又拽了下那个丑爆了的碎花帘子，房间里还有一扇不大的窗户，焊了一道道不锈钢围栏，活像牢房。

晴也望着窗外灰蒙蒙的天空，眼神空洞而迷茫。

黄毛有个臭毛病，喜欢用 DVD 看片，因为他觉得电脑屏幕太小，几个人围着憋得慌，电视上看起来比较爽，但是 DVD 这种逐渐淘汰的东西，身边也只有邢武能搞来。

他见胖虎和邢武回来了，急吼吼地接过 DVD 插上，嘴里还念叨着：“我家这个可能昨晚我爸突然回来我一紧张拔插头把什么烧了。武哥，回头送你那儿，帮我修修呗，就靠它续命了。”

旁边的犬牙笑道：“一天不看会死人啊？”

几个人互相打着趣将碟放了进去，另一边邢武已经坐在滚了料的火锅前开始涮羊肉片。电视上很快播放着画面，一群大男孩，个个看得都很兴奋，还催促黄毛快进。

黄毛拿着遥控器快进到精彩部分眉飞色舞地说：“你们看，这女的像不像刚才在街上碰见的姑娘？”

几人的脸都恨不得贴到电视机上，邢武扫了一眼，收回目光冷着脸。

黄毛还兴奋地回头问邢武：“怎么样？刚才路边上的姑娘也有拍片的潜

质吧？”

话音刚落，屋内的气氛突然有些微妙，邢武不像往常那样骂他臭流氓，而是一言不发，眉峰微拧，周身突然就升起一股寒意，声音不轻不重地说了句：“关了。”

黄毛以为自己听错了，疑惑地“啊”了一声。

胖虎杵在一边直对黄毛挤眼，黄毛没反应过来，还无比兴奋地说：“武哥，这女主角不正点啊？”

胖虎急忙走过去一把抢过遥控器关了电视撞了下黄毛，说：“少……少说两句，刚……刚才路，路边上的姑娘是……是武哥的表妹。”

瞬时间，整个屋内鸦雀无声，所有人都面面相觑，莫名其妙地盯着邢武。

黄毛看着邢武眉眼间的冷厉，讪讪地说：“对不住啊武哥，我不知道那姑娘是……哎？你啥时蹦出个表妹了？还北京的？”

邢武想起刚才晴也站在街边上低头掉眼泪的模样，单薄的身影仿佛随时会被风吹走，绝望无助。

他拿起酒杯一饮而尽，站起身丢下句：“你们吃，我先走了。”

黄毛急了，追着问：“还没吃就走了啊？”

邢武打开门头也没回地出去了，不一会儿“小天使”就飞快地从窗边掠过，黄毛挠了挠头：“我是不是说错什么了？”

胖虎拍了拍他：“应该是……是武哥家里有事，最……最近大家少烦他，他家那情况，还凭空多……多出个表妹，谁心情能好。”

晴也躺在床上空洞地盯着斑驳的天花板，已经这样看了半个小时了，她真怕那块脱落的油漆会突然掉下来。身下是令人头皮发麻的大红色牡丹花床单，她昨天一夜没睡，本以为自己倒在床上能睡着，结果一闭上眼全是那脏兮兮灰蒙蒙的街道，和一只鸟也看不见的天空。窗外的世界仿佛蒙上一层纱，阻隔了她和原来的生活，一切都跟一场梦一样，如此不真实，好几次睁开眼，她都希望还躺在自己家柔软的大床上。

然而楼下的麻将声，带着口音的聊天声，还有窗外行人的吐痰声都在提醒她，这一切不是梦。

就这样反反复复一直到天黑后李岚芳才喊她下楼吃饭。

晴也一下子坐起身，头有些疼。

她看了眼脏兮兮的皮鞋，那股无名火又突然烧了起来。

楼梯很陡很窄，她眼睛更疼了，抬手揉了揉扶着墙小心翼翼地走下楼。

理发店里已经没什么人了，那两个“洗剪吹”貌似下班了。

小地方不比大城市，晚上街上没人，店铺关门都早。李岚芳站在后院喊了晴也一声。晴也穿过理发店走向后面，所幸后院挺宽敞。厨房就在院子右边，旁边就是厕所，也不知道这样设计的人脑子里面装的都是啥。

厨房外面的棚子下放着一张木桌，棚子上吊着个破灯泡，蛾子不怕死一个劲地往灯上撞。

餐桌边坐着一个头发全白的老太太，歪着头不太正常的样子。李岚芳端着青菜烧肉圆出来，对晴也说：“快来吃饭吧。哦，这是邢武的奶奶，脑瘫，不认人。”

晴也有些别扭地坐下，看了眼邢武的奶奶，她口水都流到胸口了，还冒了泡，简直不忍直视。

李岚芳盛好饭递给晴也让她先吃，然后对邢武奶奶叫道：“哎哟喂，你看你这样，饿了？”

李岚芳拽着老太太的衣襟胡乱擦了擦，端起碗先喂老太太吃饭。

晴也这下一点胃口都没有了，拿着筷子戳了几下硬邦邦的米饭。

就在这时，里面灯亮了，似乎有人回来了。

李岚芳伸头看了眼，放下碗站起身对晴也说：“我去看看，你先吃。”

李岚芳刚走到店里就看见才进门的邢武，有些诧异地说：“吃了吗？”

“没。”

“你不是说不回来吃吗？”

“你管我。”

邢武绕开李岚芳就准备往后院走，被李岚芳一把拽住，压低声音对他说：“你这臭脾气收敛点，你表妹妈刚死，爸就坐牢了，可怜得很，现在就指望咱们了。”

邢武甩开李岚芳不耐烦地说：“你收人钱替人照顾就行，关我屁事，别跟我表妹表妹的，人家当年都不认你，你巴巴地替人照顾女儿，现世活雷锋？你怎么不开收容所？”说着就一脸戾气地推开后院的门。

李岚芳骂道:“你这说的是人话吗？你回来干吗？一回来就气我,臭小子。”

李岚芳离开后，晴也对着一个脑瘫流着口水盯着她的老太太，气氛无比诡异，她刚吃了口饭，那老太太的口水又哗啦哗啦地滴了下来，让她一口饭差点又吐了出来。

她左右看了看，从身上拿出一包纸巾，叠了好几层一脸嫌弃地替老太太擦了擦嘴，然后将纸扔在一边，老太太身子一晃一晃地盯着面前的饭碗。

晴也看了看理发店里面，李岚芳还没出来，她无可奈何地端起碗喂了邢武奶奶一口。

邢武正好推门而出，看见晴也的动作，怔了一下，原本一腔怒火似乎突然被浇得冰凉。他面无表情地走过去一把夺过碗，抬脚一挑，将木凳子钩了过来坐下。

晴也那股莫名的烦躁随着邢武的出现又浮了上来，她看都没看他一眼，收回目光吃饭。

有邢武喂他奶奶饭，李岚芳便自顾自地吃了起来。

李岚芳炒菜用的是荤油，晴也吃不惯，本来就没什么胃口，加上李岚芳的手艺实在一言难尽，青菜咬上去都嘎吱嘎吱的，压根儿嚼不烂，晴也只能干吃饭。

李岚芳以为邢武不回来吃饭，就烧了四个肉圆，她自己吃了两个，老太太吃了一个，等邢武喂好奶奶后，碗里就剩下一个肉圆了。

李岚芳吃完把老太太推回房，老太太的房间就在院子里，厕所正对面自家盖的一间小房子。邢武盛了碗饭坐在晴也对面，两人谁也没跟谁说话。

半天邢武发现对面的人一口菜都没夹，他看了眼桌上两个匆匆弄出来完全没看相的菜，突然就发了火，骂道：“天天就知道赌，全家都把嘴扎起来算了！”

晴也吓了一跳，猛然抬头看着邢武，脑中只有四个字“神经病吧”。

李岚芳在老太太房间扯着嗓子回骂：“你怎么不去骂你爸，一年到头不归家，就知道盯着我撒气，我上辈子欠你的啊，嫌弃自己烧啊，这么大的人了。”

晴也只感觉耳朵里嗡嗡嗡的，像一群苍蝇不停地轰炸着她的耳膜，从下午一到这个破地方，就没一个正常的人，说话全用吵的，让她本来就烦躁的心情更加抓狂。

邢武刚准备开口，看见对面的晴也低着头，整个人异常安静，筷子也不动了，他到底没有再跟李岚芳理论，难得沉默下来。

邢武眼神再次瞟见碗里仅剩的肉圆，抬手将碟子推到晴也面前，就在同时，晴也一拍筷子站起身就往里面走。

邢武看着她碗里几乎没怎么动的米饭，也来了火，侧过头就对着她的背影冷声道：“有口饭就吃，只有蠢货会跟自己的肚子过不去，这里没有人会迁就你。”

晴也脚步仅仅顿了一下便撩开门帘走了进去，吃什么吃？再吃下去她就要被蚊子吃了。

从下午她就一直在想，李岚芳这人是不是缺根筋？邢武他爸又不在家，自己一女的，不把自己安排跟她一屋，居然让自己睡她儿子的房间？

直到晴也上楼时瞥了眼李岚芳的屋子后，那点想法全没了。

李岚芳房间里跟仓库一样，堆的全是破破烂烂的纸箱，里面染发剂、洗发水、倒膜盒子扔得到处都是，就中间围了张床，上面还堆了乱七八糟的衣服，内衣都乱扔，跟猪窝一样。她顿时就收起了刚才的想法，邢武的房间小归小，起码规规整整的，还算干净。

晴也转身回了房，拼命地挠着腿，又疼又痒，没一会儿就红了一大片。这里连蚊子都这么魔性？果然是穷山恶水出刁蚊。

楼梯上出现沉沉的脚步声，邢武走进房门口看了晴也的腿一眼，没有立马进去。晴也没好脸色地把那丑爆了的碎花帘子一拉，划清界限。

旁边响起了脚步声，晴也听见拉柜门的声音，翻箱倒柜的。忽然，一瓶绿色的东西从碎花帘子后面飞了过来落在床上，晴也拿起一看，一瓶风油精。

她讨厌风油精的气味，顺手又扔了回去。碎花帘子被一把拉开，邢武没什么温度地看着她："我们这边蚊子毒性大，不想抓出疤就别矫情。"

晴也咬了咬牙没说话，邢武把风油精又扔给她。屋里很快萦绕着一股风油精的味道，晴也涂得满头大汗，热得浑身黏腻，汗水都顺着脸颊滴落下来。

没一会儿，一阵凉风吹来，风油精涂过的地方一阵清凉，她抬起头看向邢武，他腿跷在写字台上，坐在窗边抽烟。

晴也嫌呛，皱起眉有些严肃地盯着他："把烟掐了。"

邢武玩味地勾了下嘴角，肆无忌惮地抽了一口，悠悠吐出："搞清楚状况，这是我家，我的房间。"

晴也将风油精拧上，拉开行李箱，从里面快速地翻出衣服"咚咚咚"地跑下楼。

邢武将目光从房门口移向窗外，微微蹙眉。

晴也在楼下正好碰见准备去隔壁打麻将的李岚芳，她怎么也想不到李岚芳白天在店里打，晚上还要赶场出去打，多大的瘾？

她看着准备出门的李岚芳，开口问："洗澡在哪儿洗？"

李岚芳指了指后院："就厕所隔壁。你有什么事喊邢武，我晚点回来啊。"说完她就急匆匆地走了。

晴也转身走进后院，看了眼邢武奶奶的房间，已经关了灯，漆黑一片，院落里空荡荡的，另外半边还连着几户人家。晴也收回目光，走向那个所谓的洗澡间。

一进洗澡间，晴也呆了，水泥地水泥墙，一个锈得不成样的淋浴头，黄乎乎的灯泡，上面一层小蠓虫，恶心至极。

洗澡间门口放了一个木凳，貌似是给人放衣服的。晴也掏出纸巾垫在上面，将干净衣物放下，拉下连衣裙的拉链，突然一个光着上半身的男人就冲了进来。

邢武坐在窗边刚把烟头灭了，猛然听见楼下传来一声尖叫，他站起身就冲了下去。

刚走到后院就看见抱着身子瑟瑟发抖的晴也，和站在洗澡间门口光着上半身的吴老二。

他一边走过去一边语气不善地问：“怎么回事？”

晴也吓得眼睛都红了，下意识地往邢武身边靠，说：“这个人偷跑进你家浴室。”

吴老二一脸蒙，看向邢武：“武子啊，什么叫你家的？这洗澡间本来就是共用的，这女的谁啊？”

晴也的三观再次遭到了刷新，洗澡间还能邻里共用？这到底生活在哪个年代？

邢武瞥了眼震惊万分的晴也，冷着脸对吴老二说：“我家亲戚。她先洗，你等会儿吧。”

吴老二倒是没什么脾气，就是眼神直勾勾地盯着晴也。邢武凶狠地瞪了他一眼，将晴也推了进去，这才发现她后背的拉链落到一半，光洁的蝴蝶骨精致白皙。

他凛了下眉，语气不好地说：“你不会锁门啊？”

晴也莫名其妙地说：“锁呢？”

邢武走进洗澡间，将门一关，里面有根破绳子拴在门框的铁片上，绕个几圈就算锁上了。

晴也两眼一黑，都是什么看不懂的操作？

邢武又解开绳子对她说：“会了没？”

晴也盯着那个“锁”看了看，就在邢武拉门准备出去时，晴也突然喊住他：“等等，这门上怎么有个洞啊？”

邢武扫了眼，回：“原来的门锁，掉了。”

掉了，就剩个窟窿了，还回答得如此理直气壮。晴也急了眼提高了声音：“这怎么洗啊？万一门外站个人扒在门上，不就看见我洗澡了？”

邢武不可理喻地说：“大热天的谁要站在院子里看你洗澡？”

却见晴也的眼神瞥向邢武身后，一脸警惕。邢武也顺着她的目光回了下头，吴老二还光着上身站在自家门前盯着洗澡间的方向。

邢武没再吱声了，而后不耐烦地说了句：“我在厨房门口抽根烟，洗快点。”

晴也看见邢武走到几步开外的棚子下面，摸出烟点燃，才又重新回到洗澡间，学着邢武的样子把“锁”拴上。

刚拴好，晴也回头看了眼，突然对着门外喊了一声：“邢武，你在吗？那个……”

很快脚步声渐近，门外传来邢武的声音：“说。”

晴也快速把“锁”解开，拉开门迎着月光拧眉盯着他：“浴室怎么连洗发水都没有啊？”

“麻烦。”邢武丢下两个字便转身进了家，不一会儿就拿了一瓶海飞丝和一个肥皂盒给她。

晴也看了眼手上的东西，眉头皱得更深了：“只有这个？”

“怎么，你还想用潘婷啊？”邢武嘴角挂着不耐。

“有护发素吗？”

邢武跟听到什么荒唐的笑话一样，摸了摸自己的寸头：“你觉得我需要护发素？”

“……”晴也“砰”地把门关了。

她头发长，这里气候又干燥，不用护发素头发干干的，不容易梳，但是现在别说护发素了，连洗面奶都没有，这个八竿子打不着的小姨家连肥皂都是快用光的薄薄一块。晴也过惯了优渥的生活，何曾想到有一天自己会在一个没有门锁的地方洗澡？这一切对她来说都太玄幻了。

平时要洗半个多小时的澡，由于晴也精神高度紧绷，十分钟不到就冲好了。

晴也穿上干净衣物，拿着衣服刚准备开门，余光瞥见角落一团黑乎乎的东西在动。

邢武一根烟已经抽完，等得有些热，却突然听见洗澡间再次传来一声尖叫，声音中还夹杂着惊恐。他条件反射性地从木凳上站起身，匆匆走过去提着嗓子问：“又怎么了？”

刚走到洗澡间门口还没站定，突然里面冲出来个人结结实实撞到他胸口，他只感觉一阵温软的香味扑面而来，再低下头时，面前的姑娘花容失色地指着身后：“里面。”

邢武很自觉地退后一步挑起眉：“有鬼啊？”

却没想到晴也眼睛睖得老大叫道：“有蜘蛛。”

“……”

邢武无语地拉开门看了一眼，语气随意：“蜘蛛就蜘蛛呗。”说着就准备转身。

晴也突然就急了眼，她这是第一次看见那么大的蜘蛛，浑身鸡皮疙瘩都起来了，质问道：“你不把它弄死吗？”

邢武收起表情，正经地说：“我不杀生。”然后眼睁睁地看着晴也从惊吓到愤怒的表情，玩味地接道，“蜘蛛吃蚊子，干吗要弄死？”

晴也脸上那不停变化的神情让邢武起了玩心，他吊儿郎当地说：“而且你怎么知道不是我养的？”

晴也此时此刻真想拿海飞丝砸他。

邢武进了屋，晴也跟在他后面，而后就愣住了，这是理发店啊，再破的理发店怎么可能连瓶护发素都没有。邢武开了灯，晴也顶着湿漉漉的头发直接冲到洗头床那儿，弯腰找了一会儿，拿起一瓶劣质护发素质问邢武：“这不是护发素是什么？”

邢武压根儿没搭理她，双手抄在牛仔裤口袋里“哦”了一声，径直上楼了。

晴也真没见过这么讨厌的人，好好说句话会死吗？

她进房后，立马将他们中间的碎花帘子拉严实，说道：“你妈说你晚上都不回来睡。”

“我妈说我天天晚上变身蜘蛛侠拯救世界你怎么不信？”

晴也将床上的风油精扔到隔壁床，拉过毛毯，但并没有盖，刚洗的澡又感觉在冒汗，热得不行。

她再次坐了起来，还是忍不住问了句：“你们为什么浴室不装门锁？”

旁边传来游戏的声音。

邢武淡淡地回问了句：“哪家装？”

晴也听明白了，共用的洗澡间，家家都不想吃亏。

一把破锁而已，晴也冷笑了一声，干脆起身站在电风扇前吹凉。

立式电风扇就放在帘子前，刚才被邢武挪了下，对着她那半边，邢武那边一点风都吹不到。

晴也好奇地用余光瞄着他，这人穿着黑色 T 恤靠在床头，当真一点汗都没有。

她忍不住问："你不热吗？"

"心静自然凉。"邢武专注地打着游戏，头都不抬。

"你房间为什么不装空调？你夏天都这样过的吗？"

邢武突然抬眉，冷冷地盯着她看了几秒，毫无征兆地将手机往床上一扔："你有钱我不介意你替我家装门锁、安空调，住不惯就滚。"

空气骤然安静，晴也就这样站在床尾纹丝不动地回视着他，两人都没说话。下一秒，晴也的眼眶突然就红了，邢武锋利的眼神微微动了下。

晴也转过身拿起手机转身就走，很快楼梯上就传来下楼的声音。邢武在床上愣了几秒，低骂了声："烦！"

这一天对晴也来说糟糕透了，她从一个光鲜亮丽的世界突然掉进了灰暗的地方，周围都是些奇奇怪怪的人，陌生的环境，破败的街道，难以下咽的饭菜，毫无血缘关系的亲戚，这一切都随着邢武的一声"滚"压倒她内心最后一根稻草。

她只感觉脑袋嗡嗡的，胸腔发胀，浑身火热，像要燃烧般。她不知道打开这扇门后她要去哪里，可她不想再待在这里，一分钟都不想。

就在她拉开门的刹那，忽然一道黑影横在她面前，邢武高大的身影笼罩下来，在黑暗中透着凶悍的野性，一双眼睛似狼一般盯着她，声音很沉："想出去是吧？可以，我先告诉你我们这里的情况，晚上超过九点，街上能看见的除了赌鬼和酒鬼，就是色鬼，你这长相在我们这里算招摇的，保证一出门就被人盯上。顺便告诉你一声，我们这种小地方穷山恶水，没人喜欢多管闲事，你叫再大声也不会有人见义勇为，打 110，胆子大你可以出去试试。"

说罢，邢武把门一开，目送着她。

一阵闷热的风吹打在晴也身上，她望着门外空荡荡的街道突然打了个寒战。此时大脑也有些清醒，不管邢武说的是真是假，她没必要拿自己的安全跟他赌气。

于是，她果断转身上楼回房。

所幸邢武也没再上来，不知道他是不是出去了。

晴也迷迷糊糊地躺了两三个小时，也不确定自己到底有没有睡着，就感觉肚子不停地在叫，最后直接被饿醒了。她翻了翻自己的行李，走的时候的确准备了一包零食，但想着现在哪里买不到零食点不到外卖啊，带着也麻烦干脆就没带。

谁能想到还真有地方晚上点不到外卖，买不到东西。

晴也在床上翻来覆去，后来又特别想去厕所，干脆一下坐了起来穿上拖鞋。

外面黑漆漆的，她不知道李岚芳打麻将有没有回来，这个点又不好喊李岚芳，只能借着手机的光亮往楼梯口走。

她感觉一觉醒来眼睛更疼了些，狠狠眨了几下。路过沙发时突然踢到一条腿，吓了她一跳，她把手机猛地往沙发上一照，上面居然躺着一个人。那人抬手挡住刺眼的光线，声音有些沙哑地说："干吗？"

晴也这才发现躺着的是邢武，他晚上居然没出去，还躺在沙发上睡着了。

晴也赶忙挪开亮光说："我去厕所。"说完摸索到楼梯口，才下到一半看着楼下黑漆漆的理发店，镜子的反光阴森恐怖，她突然停住脚步抬头轻轻喊了声，"你那个……睡了吗？"

"嗯。"

晴也站在楼梯上憋了半天。

邢武不耐烦地开口道："说话。"

"能……陪我去个厕所吗？"

"……"

楼上没有动静，就在晴也以为邢武不打算搭理她时，听见了趿着拖鞋的声音，邢武颀长的身影出现在楼梯口。

夜晚的后院静得出奇，这里没有什么树，连知了的叫声都没有，听觉仿佛被放大无数倍，让晴也有些紧张。

邢武走到后院门口就停下了，穿着松松垮垮的14号篮球T恤和灰色运动裤靠在门框上，身形修长。晴也走了几步听见身后没了声音回过头看他：“你怎么不走了？”

邢武低头点燃一根烟，嘬了口斜着嘴角：“走去哪儿？站在马桶边等你？”

“神经病。”晴也迈着小碎步，一口气冲进厕所关上门。

晴也从厕所出来的时候，下意识地抬头看了下月亮，脚步微顿。这个地方看月亮似乎更大更亮一些，明明是同样的月亮，昨天晚上看的时候她还坐在自己房间的窗户边，今天已经身在千里之外的山坳坳里，一天之间生活有着这样的天翻地覆，她仍然无法适应。

邢武同样抬起头瞧着那轮明月，也不催她，一个站在院中，一个靠在门框上盯着同一个方向，各怀心思。

邢武抽完烟扔到外面的地上踩灭，问道：“饿吗？”

晴也低头摸了摸肚子，心想不会刚才邢武听见她肚子叫了吧？这都能知道？

邢武迈了出来朝厨房走去：“我饿了。要吃就里面等着，外面蚊子多。”

晴也回头看了他一眼，他已经进了厨房不知道在搞什么。

晴也没敢往空荡荡的理发店走，就坐在洗发床上刷着手机。

朋友圈里基本上都是原来国际学校的同学，她随意翻了翻，看见平时不怎么发朋友圈的何乐菱居然发了一张手折心形纸的图片，配文：希望和你有未来。

何乐菱算是原来班上和晴也关系不错的姑娘，两人成绩都靠前，只不过从初中开始何乐菱始终没有超过晴也，但名次也不会低。自从几个月前晴也妈妈病逝后，家里接二连三出事，她已经很久没有跟何乐菱一起逛街刷题聊八卦了，没想到短短几个月何乐菱居然有喜欢的人了。

晴也点了个赞，退出朋友圈。

邢武端了两碗面进来，直接端到了麻将桌上对晴也说：“过来。”

晴也刚才就闻到了麻油香，吞咽了下走过去，刚坐下就看见一碗让人很有食欲的面条，上面不仅摆着绿油油的青菜，还有火腿和煎蛋。

晴也没有动筷子，鼻尖突然酸了一下。以前她妈妈身体还没恶化时也给她做过这种青菜麻油面，想来都是很久远的事了。

邢武一只脚跷在椅子上斜了她一眼："吃吧，没毒。"

晴也拿起筷子，吃了口面，又夹了片青菜叶子，突然就打开了胃口。

就拿这碗面来说，比李岚芳做的菜不知道好吃多少倍，起码青菜熟了，面条软硬度也刚刚好。

晴也是真的饿急了，大口吃着。如果妈妈在世看见她现在的样子，一定会训她没有吃相。她也从来不会在陌生人面前这样不顾形象，可也许是晚上和邢武吵了一架的缘故，她也懒得在他面前保持什么形象。

邢武眼皮微抬睨着晴也，晴也感觉到他的目光，不禁问道："你跟谁说话都跟吃了火药一样吗？"

邢武斜着唇笑了："就你那藐视万物的眼神，还指望我舰着脸对你笑？"

"我哪有藐视万物？"

邢武吃完了把碗一推，忽然凑近了些盯着她，有些痞气地说："满眼都写着瞧不起。"说罢他往椅背上一靠，蹬了下旁边的椅子，"说说看，都瞧不起谁？瞧不起这穷地方？还是瞧不起我家？我要没猜错，下午在路上碰见我们，心里肯定骂了句'乡巴佬'吧？"

晴也诧异地抬起头："没有。"

下一句却接道："骂的浑蛋。"

邢武在扎扎亭这一带混了十几年第一次被人当面骂浑蛋，还是个女的，居然把他给气笑了。

他半眯起眼盯着晴也。

只是一个眼神晴也便感觉到一种危险的信号，说实话，她下午能从一群人中一眼注意到邢武，就是他身上这种锋芒毕露的尖锐，让人很难忽视。

但是邢武并没有跟晴也计较，掏出手机语气淡淡地说："不管你以前生活多'肥'，既然投奔我家，就收起你的骄傲，我们这里，没人会哄着你玩。"

晴也没说话。她不是不懂入乡随俗的道理，只是她心里那道坎很难轻易过去，还有那十八年的生活习惯，不是说改就能改的，明天太阳升起后会怎么样，她也不知道，过一天算一天吧。

邢武早就吃完了，跷着腿靠在椅背上玩手机，晴也不知道他是不是在等自己，反正她吃完后，他也跟着站了起来。

两人一前一后地上楼，邢武没进房间，依然往沙发上一倒，晴也进屋睡觉了。

第二天醒来后，晴也先是眨了下眼，感觉双眼模糊，她刚抬手揉了揉，突然眼睛疼得不行。

她轻手轻脚地出了房，李岚芳房间的门还关着，邢武依然躺在沙发上，她拿出电动牙刷和一次性面巾摸到洗手台，结果洗完脸后，眼睛碰了水更疼了，她不知道自己这是怎么了，看东西都模模糊糊的。

她放下东西摸到楼梯口想下楼照照镜子检查下眼睛。

于是安静的早晨传出一声“咚”的巨响，直接把躺在沙发上的邢武震坐了起来。

他立马跑到楼梯口，看见晴也竟然顺着楼梯滚了下去重重摔在地上。

邢武三步并两步跑下楼皱起眉：“怎么搞的？”

他刚准备把她拉起来，她面目扭曲地叫了声：“疼。”

邢武一眼看见她右腿蹭破了，双眼红得吓人，跟被鬼附身一样。一大清早的把他吓清醒了，他咒骂了一声。

他背起晴也就往街口的诊所冲，刚跑出理发店，李岚芳就在二楼喊：“武子，什么声音？”

邢武头也不抬地说：“你外甥女摔死了。”

晴也虽然疼得要命，但还是气得掐着他的脖子：“我没死，别胡说。你告诉我眼睛怎么了？我看不清楚了，不会瞎了吧？”

邢武气急败坏地骂道：“闭嘴吧，我家没这么毒，住一天就瞎了。”

一大早诊所医生才上班，卷帘门拉了一半没开门，邢武把晴也放地上，用拳头砸着门喊道：“庄医生，救命。”

响动不小，里面很快有了动静，一个老头儿跑来拉开卷帘门："救什么命？哪个要死了？"

"……"

卷帘门放上去后，邢武指着身旁的晴也："她。"

老头子似乎和邢武很熟，白了邢武一眼："整天胡说八道，把人搞进来。"

晴也右腿疼得不能动，邢武拉了她一把，她双手抓着邢武的胳膊，把他膀子当拐杖用，单腿跳进诊室。

邢武低眸看着她柔软白净的手，撇过头敛了敛神色，将她扶到椅子上，和庄医生说："从楼梯上摔下来的。"

庄医生让晴也动了动手脚，确定没有骨折后，给她处理了下腿伤，开了药，又见她眼睛不对劲，顺便帮她把眼睛也看了，说是得了急性结膜炎，开了药，让她不要揉眼睛，另外注意睡眠休息，提高免疫力，还给她开了眼药水。

邢武知道晴也没骨折后，回去的路上就没再背着她。晴也拽着他的胳膊往理发店跳，热得开始各种怀疑起来："你们这地方的医生不分科室什么都看啊？靠谱吗？"

邢武双手抄在牛仔裤口袋里，斜了下嘴角："有什么不靠谱的，心脏病都能看。"

"真的假的？"

刚问完，邢武手机响了，他接起后说了声："知道了，马上过来。"

把晴也送到炫岛理发店门口，邢武将药递给晴也就打算走，晴也说了句："加下微信。"

邢武抬眉掠了她一眼。

晴也掏出手机冷笑一声："还高贵冷艳了？"

邢武没说话，滑开二维码给她扫。

刚骑上"小天使"，手机就响了，邢武打开一看，晴也给他发了个红包，备注：药钱。

邢武"呵"了一声，将手机放回兜里。

李岚芳看见晴也摔成这样，咋咋呼呼了一早上，到了下午又跟啥事没有一样打牌了。两个“洗剪吹”今天就来了一个，另一个说是休息。来的是裤腰带上拴着狗链子的，跟晴也自我介绍说叫“流年”，晴也差点听成榴梿，刚想说挺有气味的名字，流年把胸牌给晴也看了看，晴也用看不太清楚的眼睛大概看见是“流年”。

也不知道是不是真名，一股子“葬爱”家族四十五度仰望天空的味道。

李岚芳让晴也坐在收银台里帮她收收钱，自己跑去打麻将。

今天下午理发店生意还不错，流年兄又洗头又剪头，一句怨言都没有，空闲的时候还替晴也倒水。

晴也随口问他：“你一个月拿多少钱啊？”

流年甩了甩飘逸的长发回道：“一千二，李老板打麻将赢钱的话还会给奖金。”

晴也差点一口水喷出来，看着面前的“憨憨”，竟然一时间无言以对，是什么样的信仰让他月薪一千二百块钱还心甘情愿忙得飞起，这真是个神奇的地方。

三点过后，黄毛和胖虎来了理发店，主要是昨天听说邢武冒出个美女表妹，今天特地来调戏调戏，不是，探望探望。

黄毛一进来就熟门熟路地拍了拍李岚芳：“阿姨，清一色一条龙啊。”

李岚芳晦气地打掉他的手：“一边去，财气都给你拍跑了。武子呢？”

黄毛眼神一转，落到晴也身上，心不在焉地说：“在忙呢。”

“忙他个鬼。”

晴也一眼认出这个胖子和瘦子就是昨天邢武摩托车上的混混，自然也没什么好感，低着头刷手机。

结果黄毛直接拽了一把椅子往晴也边上一坐，刚准备套近乎，晴也一抬眼，差点把黄毛从椅子上吓得摔地上，只见她一双红红的眼睛，布满血丝，还瞪得老大。

黄毛哆哆嗦嗦地说：“我的妈，尸变啊？”

话音刚落，邢武拎着个塑料袋正好进来，几步走到黄毛身边，直接一脚蹬向椅子，把他蹬站起来。

“你们来干吗？”

黄毛笑着挤了挤眼睛：“这不是来看看表妹嘛。不过你这表妹怎么了，怪可怕的。”

邢武把塑料袋拿到里面回道：“从楼梯上摔下来，眼睛得了急性结膜炎。来看病人空着手看啊？”

黄毛讪讪地说：“后补后补，明天就拎几个大苹果来。表妹，你还想吃啥，跟哥讲。”

邢武看了眼黄毛那股勤样没说话，结果晴也还真不客气地告诉他：“车厘子和牛油果。”

“车……”黄毛回看着邢武，满眼都在说你这个大表妹不好养啊。

邢武嘴角微勾，一旁的胖虎半天没寻思过来，结巴着问道：“为……为什么从楼梯上摔，摔下来会得结膜炎啊？”

三个人都抬头看着他，不约而同地骂了句：“蠢。”

随后黄毛愣了一下，大笑着说：“这一看就是自家表妹啊，瞧瞧这默契。”

晴也扯了下嘴角。邢武眼里浮上一层笑意瞥向晴也，但是下一秒他眼里的笑意已经消失得无影无踪，一把夺过晴也的手机，语气不大好：“眼睛真想瞎？上楼睡觉去。”

晴也坐了几个小时也懒得在下面，扶着墙一瘸一拐地往后走，路过邢武身边的时候，她突然停了下，对他说：“你把药钱收一下。”

邢武头都没抬地说：“我再没钱也不差你这点药钱。”

晴也觉得简直莫名其妙，她正常把药钱给他怎么了？又戳到他哪根神经了？真是有病。

她理都没理他，转身上楼。

黄毛“啧”了声，对邢武说：“武哥，你这对表妹会不会太凶了啊？”

“你表妹我表妹？”

“你表妹，我不介意当你表妹夫。”说完黄毛嬉皮笑脸地挤了挤眼，一脸猥琐相。

正好有老头儿进来剪头，邢武对他骂道：“滚去帮忙。”

“哎。”

晴也的确睡了一觉，一直到天黑才醒。得了结膜炎的原因，手机、电脑不能看，这个破地方连一个能正常聊天的人都没有，她长这么大从来没有度过这么糟心的暑假，竟然有点想赶紧开学，不用整天对着这一家子魔幻的人。

晴也又在床上躺了一会儿，直到李岚芳喊她下楼吃饭她才起来。

刚到后院，就听见李岚芳对着邢武满口抱怨：“你脑子坏掉了？锁不要钱啊？吴家还好说，老张家肯定不会出钱的，凭什么要我们装门锁啊？”

晴也愣了一下，突然想到下午邢武回来时拎着的塑料袋，她刚才都没注意，现在想来好像是一把新门锁。

她转头看向邢武。

邢武正在喂他奶奶吃饭，斜了晴也一眼。昏黄的灯泡下，他的侧脸映着光，轮廓清晰俊冷。

晴也想到昨晚洗澡时的场景，因为门上那个洞，自己还紧张兮兮了半天，一点安全感都没有，脑补洞外突然出现一双眼睛，吓得都没敢洗多长时间，着急忙慌跑出来又热得一身汗。

邢武那会儿还骂她麻烦，各种不耐烦，但是今天他竟然装了门锁。不知道为什么，晴也心里突然生出了一种异样的感觉，再看邢武时，似乎觉得这人也没那么讨厌了，连同他那张冷脸看上去都帅了一些。

邢武似乎不想再让李岚芳继续这个话题，开口道：“行了，又没让你掏钱，装就装了，还问张叔家要钱干吗？”

晴也坐下吃饭没有参与他们俩之间的争执，结果李岚芳被邢武的话激到了，放下筷子就骂道：“你这话说得我就听不懂了，什么叫没让我掏钱，你怎么长大的，没老娘养你，你能这么高？你的钱不是我的钱？不是我老邢家的钱？大家都用洗澡间，锁坏了一个个装死，巴不得别人家来装，你倒好，做了这个冤大头，今天是门锁，怎么，明天还准备替别人家盖房子了？”

说实话，晴也觉得李岚芳有点太斤斤计较了，门口邻居抬头不见低头见的，没必要算这么清。虽然她横竖看邢武不爽，但就事论事，这件事她是站邢武的，而且她觉得李岚芳话讲得有点重了。

她抬起头看了眼邢武，果不其然，邢武咬着后牙槽，明显憋着火一脸要掀桌子的表情。

不过他还是忍着没发作，耐着性子喂他奶奶吃饭。李岚芳看他不说话，反而更来劲了，张口闭口钱钱钱的。

晴也从小就没为钱愁过，她父母也从来不会因为钱吵架，所以她不大能理解为什么这里的人张口闭口全是钱，还能为了几十块钱把邻居当贼一样防着，简直玄之又幻。

终于，她忍无可忍，抬起头问了句：“多少钱？”

李岚芳的声音戛然而止看向她，就连邢武也皱起眉侧了下头。

晴也又重复了一遍：“门锁多少钱，我出，五百够不够？”

说着，她就从身上的斜挎小包里掏出五张崭新的钞票往桌上一拍：“能不能别吵了？”

李岚芳果然安静了，直勾勾地盯着钱。然而让晴也没想到的是，邢武突然将喂得差不多的碗往桌上一砸，站起身就狠戾地说：“有钱怎么不全拿出来支援县里建设？就你有钱是吧？”

说着邢武突然一踢木凳，饭也没吃就转身走了。

晴也被他凶得莫名其妙。木凳子被他踢飞，在地上滚了两圈直接就解体了，她僵在桌边，一颗心脏跳动得狂快，愤怒、惊恐、委屈全部交织在一起，堵得她差点喘不过气来，整张小脸都白了。

李岚芳这时倒是不碎碎念了，自言自语了一句：“造孽啊！”然后反过来安慰晴也，“咱不理他，吃我们的，跟他计较，天天都能被他气死一回。”说着还顺便把晴也面前的五百块钱收进了自己口袋，她当真又跟啥事没有一样，继续吃起饭来。

晴也看了看李岚芳，胃口全无，连同刚刚对邢武生出的那么一丢丢好感也荡然无存，她再次觉得这一家人都脑子不好。

但是今天晴也没有任性，邢武说得不错，只有蠢货会跟自己的肚子过不去，不过她想把这句话改一下，只有蠢货才会因为浑蛋跟自己的肚子过不去。

晴也味如嚼蜡地把米饭塞进肚子里，饱没饱不好说，但起码吃了。

那晚邢武没有回家，晴也不知道他去了哪儿，也压根儿不想知道，只是她下楼洗澡的时候，看了眼那个才安装上去的门锁，应该是邢武自己装的，挺规整，门后面的大蜘蛛也没有了，不知道是自己跑走了，还是被邢武弄走了。

倒是第二天黄毛真拎着大苹果来看晴也了，他没好意思往房间走，就把水果放在二楼楼梯口，对房间里的晴也喊了一声："表妹啊，你要吃的那个牛啥果，我跑了两家卖水果的地方都没有，车厘子找到一家，你先吃着啊。"

说完他就走了。

晴也走到楼梯口，看着一大袋水果，里面居然还有一个火龙果，虽然车厘子没什么看相，干干的，但能在这地方吃到估计已经很奢侈了。

之后的几天，邢武果真像李岚芳所说，不怎么回来睡觉，甚至连人都看不到，也就每天晚饭的时候回来一下，有时候中午也会回来绕一圈，基本也不怎么在家里吃饭，回来喂一下他奶奶饭，然后就走了。

倒是有一天趁回来的时候，把那天被他踢解体的木椅又重新钉上了，而且木条边缘还打磨光滑了，跟正儿八经木工做出来的椅子一样，大概因为他要不修，他家也找不出多一把的木椅了。

晴也不想主动跟邢武说话找架吵，邢武也似乎懒得搭理她，看到跟没看到一样。

倒是有天吃饭的时候，晴也又听见李岚芳和邢武在理发店里吵着什么，不过没吵两句邢武就走了。李岚芳出来后倒是把之前那五百块钱还给了晴也，晴也压根儿就没想过要回来，李岚芳骂骂咧咧地说："收起来吧，我再拿你钱武子又要跟我吵。"

晴也没说什么，把五百块钱收了起来。

第二章

顺时随俗

y a o y a u

一周后晴也的眼睛基本康复了，腿上的伤也结痂了。白天的时候，她看完书偶尔会帮李岚芳收收钱啥的，不是她善心大发，只是因为她实在太无聊了，自从过来后，除了窝在房间看书几乎没有其他地方可去。

除了这巴掌大的理发店，她一步也迈不出去，一来她哪里也不认识，二来自从那晚邢武吓唬过她以后，她对这个县城的治安状况感到担忧，也不敢一个人出去瞎晃悠。

倒是那天黄毛和胖虎路过炫岛的时候，又来看了看她。见她眼睛好了，黄毛还嬉皮笑脸地说：“这看着终于不恐怖了。”

晴也随口提了句：“邢武平时都干吗去了？”

黄毛理所当然地说：“苦钱啊。”

“暑期工啊？”

胖虎结巴着说：“不……不是暑期工，是……是长期工。”

黄毛笑道：“你不知道吧，我们武哥在外人称‘小武爷’，厉害着呢，咱们扎扎亭出不了第二个比武哥厉害的人。”

晴也情不自禁又露出了那种藐视大地的眼神，这群人是没看过什么叫厉害的人吧？物理学家、气象学家、天文学家、特种兵、工程师、飞行员哪个不厉害，他邢武再厉害还能上天不成？

黄毛见晴也不信，还急了眼：“真的，我们武哥……”

胖虎拽了拽他：“武哥不是，让你不要……不要到处说他的事吗？”

黄毛闭了嘴，晴也问道：“你们还上学吗？”

黄毛回道：“上啊，我们还有武哥都是鞍中的，开学都高三了。”

晴也挑了下眉，鞍中？就是她转来的这所学校，没想到邢武跟她同届，还真看不出来是个高中生的样子。

黄毛、胖虎没待一会儿就走了。

自从晴也眼睛好了以后，她便开始在电脑上预习高三的课程。她原来的同学们早提前返校了，这里的学校一点动静都没有，像黄毛、胖虎他们还整天在大街上游荡，完全不像是要参加高考的人，也是很神奇。

但是越神奇，晴也越感到一种无形的压迫感。她和这里的所有人都格格不入，想要离开这儿，唯一的途径就是拿出超常的水平参加高考。按照原来的打算，她的目标是哥伦比亚或者多伦多大学，加拿大现在好的大学都需要提供高考成绩，她要的不是被录取，而是奖学金。最坏的打算，爸爸暂时出不来，她一个人去国外生活，经费是头等大事，她虽然有万般难过、万般无奈、万般不适应，但不得不为以后的道路着手规划。

白天的时候，她有时一边坐在收银台里收钱，一边开着笔记本电脑看教学视频，做做笔记啥的。

但似乎她的行为在这里人眼中就是个奇葩，有个李岚芳的牌友甚至还说了句：“女孩读那么多书干吗，以后还不得嫁人生孩子。”

居然不少人附和。

晴也不敢相信 21 世纪的今天竟然还有人觉得女人就该没文化。

她当时就忍不住怼了一句：“你们赚的钱够让老婆小孩躺在家里也能衣食无忧实现财务自由吗？如果不能，凭什么不让女人用知识改变命运？”

“哎呀呀，你这个小孩……”牌友们没想到平时看上去文文静静的小姑娘，突然回了嘴。

李岚芳也是第一次见晴也当着这么多人的面较真，打着圆场说道：“她喜欢学习给她学就是了，又不是干坏事。”

牌友见李二姐发话，也都不说什么了。李岚芳虽然绝大多数的时候都挺迂腐，但在学习上面，她觉得晴也这么上进挺好的，起码她那个臭儿子就做不到，让他老老实实在家看上半天书那还不得要他命了。

谁能想到第二天下午，晴也不过去了一趟厕所的工夫，回来的时候几个人围着收银台，她还没明白过来发生了什么，就听流年说：“这是苹果电脑，很贵的。”

她问了句：“怎么了？”然后就看见放在收银台上的 Pro 黑屏了，收银台上全是水，键盘上还撒了枸杞桂圆啥的。

一台老式饮水机就在收银台边上，刚才李岚芳的一个牌友赵麻子起来倒水，另一个牌友让他顺便帮她也倒点。赵麻子倒完自己的水，盖子也没盖就随手放在收银台上去倒另一杯，结果回头来拿自己那杯的时候，太烫了，手一缩就碰倒了，滚烫的水当时就全部泼在笔记本电脑上。

晴也着急了，她所有的学习资料都在里面，好些还是原来学校的。她赶忙去按开机键，结果一点反应都没有，一直黑屏。

偏偏这个赵麻子还在旁边说风凉话：“就一杯水怎么能把电脑搞坏？没多大事。”

晴也抬头瞪了他一眼。

四十几岁的赵麻子是李岚芳的固定牌搭子，此时看见晴也气势汹汹的眼神怔了下。

晴也将笔记本电脑拿起来抖了抖上面的枸杞桂圆对他说：“要是修不好，你就准备赔吧！”说罢就转头问流年，“你们这儿有苹果售后吗？”

“啥？”

“算了，哪里有修电脑的？”

流年反应过来，告诉她：“哦，你坐个三轮车，跟他讲去电子街，他就知道了。”

“好。”

晴也二话不说拿着笔记本电脑出门，流年不放心地追出去告诉她：“坐过去五块钱，别多给了。”

所谓的三轮车是电动的，北京很难看到，晴也即使以前看到过，但也从来没坐过，没想到坐上去竟然这么颠，吓得她一只手抱着电脑，另一只手死死抓着门边，感觉屁股都要开花了。奈何这破地方没一条好路，全是坑坑洼洼的，大哥抄近道居然还骑上了一条泥土路，三轮车一歪，她差点以为翻车了，出了一身冷汗，人家师傅依然很淡定，一个破三轮车骑出了秋名山车神的味道，就差漂移了。

等到了电子街，晴也已经面色惨白，差点就给整吐了。她掏了张十块的，头也不回地走了，发誓再也不坐这破玩意儿了，都是什么乱七八糟的。

所谓的电子街，和北京的中关村、太平洋数码城可不一样，没有什么大楼，也没多少店，就一排稀稀拉拉的门面，门口乱七八糟的自行车、电瓶车、摩托车毫无章法地乱停瞎放。

关键是，这些门面不光卖手机和电脑，还有灯具、变压器、开关，甚至淋浴头和水龙头也在这儿卖，就像一锅大杂烩。

晴也跑了几家卖电脑的，虽然也有卖苹果电脑的，但都是老款，而且说到维修这里没一家店能修苹果电脑的，普通笔记本电脑还能修修看。

店员问她急不急，要是不急的话电脑丢那里，他们可以帮她拿到县城修，不过时间比较长。

晴也没想到这里连修个电脑都这么麻烦，这一来一回估计赶不上开学了。

有个小哥看她挺迷茫的，多了句嘴："要么你去顺易找狙皇问问看吧，要是他也不会修，我们这里就没人能修了。"

晴也在刚才那家店也听人提到了"狙皇"这人，猜想可能是这里比较有维修经验的师傅，于是顺着电子街找一家叫顺易的门面。

天气热得不行，这地方也没有树遮阳，晴也晒得把笔记本电脑顶头上，穿着米白色的凉鞋一直走到街尾，差点以为自己找漏了，结果一转身看见街对面一家店，写着"顺易维修部"。

她赶忙小跑过去，然而她还没走进去，就感觉这家维修店很"谜"啊。

门口堵着两台破冰箱，往里走还有笨重的旧电视，再往里走，堆得乱七八糟的什么家用电器都有，这到底是修什么的呀？

店里也没人，里面有个帘子，倒是不时从帘子后面传来男人的脏话声，乌烟瘴气的。

要是换作以前，修电脑这种事直接交给她爸助理了，她是万万不可能踏入这种鱼龙混杂的地方。这样的环境让她十分抵触，然而就在她转身之际，还是顿了顿脚步，咬咬牙对里面喊了声：“有没有人啊？”

没人回答她。

晴也清了清嗓子又喊了声：“有没有……”

这时一个穿着白背心的男人一撩帘子出来，光着的膀子上文着花臂，个子不高，但一看就不太好惹的样子。

晴也从来没有跟这种人打过交道，愣了愣，一时间话都说不上来了。

花臂有些好奇地打量她，问道：“来干吗？”

晴也喉咙发紧，硬着头皮开口问了句：“我找狙师傅，前面卖电脑的说他在这里。”

花臂听见她说狙后面还加了个师傅，当即就笑了，又从上到下打量了她一番：“外地人吧？”

晴也点了点头，结果就听见花臂边往帘子后头走边扯着嗓子喊了声：“武哥，有人找。”

没几秒，花臂就探出头来对晴也说：“让你进去。”

晴也在听见“武哥”这个称呼时已经心跳加快了，她心里的猜测在拨开帘子看见坐在人堆里叼着烟拿着扑克牌的邢武时，彻底坐实了。

邢武动都没动，淡淡地掀了下眼皮，嘴上的香烟升起烟雾，在看清进来的人时，他眯了下眼睛。

晴也很震惊地说：“我以为……狙皇是人名。”

她一路找过来还心说她这个姓已经少见了，居然还有人姓狙，也是少有。

旁边的花臂插了句：“这姑娘还说要找狙师傅。”

“哈哈哈！”

顿时，屋里充斥着男人奔放的笑声，晴也站在门边，脸唰地就红了。

邢武慢悠悠地拿开叼在嘴上的烟按灭在烟灰缸里，眼里也浮上几许似笑非笑的光，开口问道：“什么事？”

这时晴也才十分别扭地将笔记本电脑拿出来对他说：“电脑进了水，黑屏，卖电脑的说你会修。”

邢武没动，朝花臂抬了抬下巴。

花臂便走到晴也身边：“给我吧。”

晴也将电脑递给花臂，花臂回身拿了一盒专用工具扔给邢武，把电脑递给他。

邢武将笔记本电脑直接压在折叠桌面散落的纸牌上，用螺丝刀三两下就拧开了后壳，熟练地拔掉电池线。

牌局暂停，几个年轻男人闲聊抽烟，屋里乱哄哄的，那些人还不停地打量晴也。

她穿着清新别致的网纱裙，收腰的设计将她的比例衬托得很完美，V 领勾勒出精致的锁骨线条，清爽时尚，面容姣好，在这狼多肉少的屋子里自然吸引了所有目光。

晴也站在门边非常不自在，干脆挤到了邢武身边，弯腰问道：“怎么样，能修好吗？”

邢武没说话，抬头看了她一眼。因为弯腰的缘故，她发丝微垂，鼻尖上热得染上一层汗，有种清水出芙蓉的明艳。

邢武歪了下头，对站在柜式空调边的犬牙喊了声：“起开，别挡着风。”

犬牙刚让开，晴也就感受到丝丝凉风吹在身上，让她突然连挪都不想挪了，所以邢武修电脑时，她就站在他边上吹空调。

折腾了一会儿，邢武把笔记本电脑加上拆卸的东西往后面一扔，说道：“修不了，主板烧了。”

晴也立马就急了：“你这边能换吗？我急着用。”

邢武招了下手，示意大家继续打牌，随口报了个价：“不急四千，加急五千，先付钱，嫌贵拿走。”

说着，他又开始打起斗地主。

晴也想过换主板不便宜，但没想到这么贵。五千对她来说不算巨款，但就现在的处境来说也得掉层肉。

她问了句："那修好了里面东西都在吧？"

"嗯。"邢武随意应了声。

得到这个回答后，晴也没再犹豫。她被扔到这个鸟不拉屎的破地方，这台电脑是她唯一的指望了，里面还有她所有的照片，要是电脑修不好，她连爸妈的照片都得丢了。

于是晴也掏出手机转了五千给邢武。

邢武手机就放在桌上，"叮"的一声，晴也对他说："转给你了。"

邢武看都没看一眼，"哦"了声，继续打牌。

晴也回头找了找，在空调旁边看到一个小板凳，她几步走过去坐下，拿出手机刷着网页。

邢武打了几局后，扭头看向她："还待这儿干吗？"

"等你一起回去。"

晴也想着反正都四点多了，一会儿邢武也是要回去喂奶奶吃饭的，外面太热，她不想再走整整一条街去坐三轮车了，那破东西在这里的道路上骑，跟玩命一样，想想就可怕。

但旁边几个兄弟听见晴也的话都愣住了，花臂立马问了句："武哥你认识这个妹子啊？"

"嗯。"邢武就应了声，也没多解释。

其他人搞不清楚什么状况，这妹子要等武哥一起回去，关系像是不一般啊，但武哥还收了人家那么大一笔维修费，关系也不太像多熟的样子，于是都很"谜"，见邢武不说话，也不好多问。

只有犬牙知道晴也是邢武的表妹，所以也不惊讶，从旁边冰柜里拿了一瓶冰红茶递给她。

晴也抬头看了他一眼，接过冰红茶说了声："谢谢。"

"他们都叫我犬牙。"

晴也发现他的确有颗小虎牙，长得比较斯文，算是这帮人里头没什么匪气的。

"晴也。"她也不扭捏，回了句。

之后晴也便独自坐在小板凳上看手机。

突然想起上次何乐菱发的那条朋友圈，于是晴也点开聊天框发了个表情过去，打了一排字：我离开北京了，你最近怎么样？

没多久，何乐菱回：听说了，挺突然的。我还是老样子，天天上课啊，你什么时候回来？

晴也盯着那句“你什么时候回来”发了一会儿呆才回复：暂时不回去了。对了，你说的那个人，我认识吗？ [贼笑 .jpg]

然而这条信息如石沉大海一般，何乐菱半天没有回复。晴也盯着手机等了一会儿，想着也许这个点何乐菱还在上课吧，原来学校的老师总喜欢搞突击测验，可能何乐菱没空回了，不像她，电脑一坏，她就等于抓瞎了。她来这里也有十多天了，从来就没听说有冲刺班培训机构啥的，想想也对，这里的人也不像肯在教育上面额外花钱的样子。

晴也将手机收了起来，抬头望了眼邢武。他跷着二郎腿，拿着副牌，还是左撇子，鬓角的那道杠张扬嚣张，她都不知道鞍中的老师怎么允许他顶着这种头到学校的。

她能感觉出来，这里的人都挺怕他的。想到刚来的那天，李岚芳告诉她，邢武学习不行，打牛混世强得很。

十八年来晴也的生活环境都比较简单，从来没有跟混混打过交道，没想到她这个没有血缘关系的表哥还是黑老大？黑老大还读高中，擅长维修？这里的黑老大很有个性嘛。

屋子里面烟雾缭绕的，晴也才坐了二十分钟就感觉呼吸不畅了，但外面又太热，她咳了一声走到门帘那儿，对着缝隙呼吸，空气稍微好些。

邢武抬了下眼帘盯着她背影瞧了眼，黑色绸缎般的长发绑在脑后，系上了一个淡粉色的发夹，背影清丽，浅色的连衣裙衬着她瓷白的皮肤有些晃眼。如果不是见到她，邢武从来不知道原来有女孩能白得这么细腻，毫无瑕疵。

他抬手打了下左边的大黑。大黑手一抖，莫名其妙地问道：“武哥你打我干吗？”

邢武没什么温度地说：“烟灭了。”

大黑傻愣愣地看着刚点的烟，站着的花臂嘿嘿一笑：“大黑你悠着点，再赢武哥钱，今天家都别回了。”

没料到邢武悠悠抬起眼皮盯着花臂：“你的也灭了。”

花臂这就有点蒙了，自己又没上牌桌赢他钱，让自己灭烟干吗？

邢武脸色有些不好，他们也不想自讨没趣，乖乖灭了烟。

晴也回头看着邢武，他垂着眼皮盯着手上的牌，似乎根本没有在意她。

晴也这一等就等了一个小时，他们牌局结束后，邢武才伸了个懒腰不急不慢地站起身对犬牙说：“我先走了。”

犬牙问了句：“晚上还过来吗？”

“过来。”邢武落下这句就掀开帘子走了出去，晴也跟在他后面。

傍晚热浪滚滚，太阳西斜，天空雾蒙蒙的，有种黄沙漫天的感觉，让晴也很不舒服，更不舒服的是，回到邢武的房间还是没有空调，她都不知道这一天天的是怎么过来的，连电风扇吹出来的风都是热的。

此时刚才打牌的那群人陆续出来了，憋了好一会儿，几人一出来就点了烟。

邢武跨上他贴着哆啦A梦的“小天使”看了晴也一眼，晴也很自觉地走过去，刚抬腿准备跨，突然发现她裙子太短，跨不起来，一跨准走光。

站在顺易门口的男人们盯着她白晃晃的腿，眼睛放光。

正在晴也窘迫的时候，邢武回头扫了眼她的裙子，对她说：“侧着坐。”

晴也一边拉着裙摆一边挪到“小天使”上，她没扶邢武，手就死死扣着后座边上。

大黑他们身边很少有这么正点的妹子，早就糊涂心思一大堆了，奈何她坐了邢武的车，所以即使他们想动心思也不敢瞎动。

晴也一坐好，邢武就拧着油门走了。他骑得飞快，晴也侧坐本来重心就不稳，心里直骂你大爷的，这边人骑车怎么个个都跟敢死队一样。

还好邢武没带她走土路，倒是穿街走巷骑的水泥路，但是这里的水泥路跟城里的柏油马路不同，水泥路也是坑坑洼洼的。

邢武倒是很娴熟地带着她避开大大小小的坑。这条路他闭着眼都知道坑在哪儿，不过他这蛇形走位让后座上的人就没那么舒坦了。

在他第三次急转方向避坑时，晴也终于吓得一把抓住他衣服喊道：“你不能慢点吗？”

“你不嫌晒啊？”

“……”她嫌晒啊，但小命要紧啊。

晴也管不了那么多，就死死拽着他的衣角不撒手。邢武低头看了眼变形到勒着他脖子的T恤，无语地说：“再拽就撕了，松开。”

晴也不想摔死，索性心一横捏着邢武的腰。邢武身体僵了下，他没想到这姑娘胆子这么大，要别人这样碰他，早被他扔下车了，可此时此刻，他腰间的感觉如此强烈，甚至可以隔着布料感觉到她柔软白嫩的手，他舌尖在口腔里裹了一圈，这种感觉真磨人。

扶着邢武的腰，晴也身体稳多了，不过她惊讶于邢武看着人高马大的，腰倒挺窄挺紧致的，以前刚上高中时隔壁桌发给她一本霸道总裁言情小说，里面把上围比腰围大很多，从肋骨往髋骨方向腰身迅速收缩的这种男性身材称为“公狗腰”，还说拥有这种线条的男人性感至极，她当时也就看看，脑补不出来，现在碰着邢武的腰，她突然就有了画面感。

至于她为什么在大街上脑中出现这种画面，她也不知道，幸亏她坐在后面，邢武看不见她脸红的样子。

不过她的指尖能够如此清晰地感觉到邢武的腰很硬，她很想知道能不能捏得动。

于是在避过又一个坑的时候，晴也趁机捏了一把。邢武是个不太怕热的人，但此时此刻心口居然有种燥热的感觉，他语气不善地说：“你捏我干吗？”

晴也顿时哑口无言，总不能告诉他我在测试能不能捏动你的腰吧？这么荒唐的事情连她自己都想不通刚才到底在干吗。

她赶忙转移了话题：“你晚上都睡刚才那儿啊？”

“有时候。”

有时候的意思是，也不是全睡那儿，那不睡顺易的时候，他去哪儿啊？

晴也没继续问，换了个话题：“你在那儿上班？”

“打工。”邢武回答得很直接。

后来晴也就没多问了。

骑到家门口，晴也下了车刚准备进去，邢武一边锁车一边对她说：“电脑修好我带回来给你，以后没事少往那边跑。”

晴也回过头眨巴了下眼睛：“为什么？”

邢武直起身子，耀眼的夕阳余晖照射进他的瞳孔，他透出几分疲惫的神色，说：“没瞧见一群男人看见你都跟狼一样，闹出了什么事我还得出面，麻烦。”

“呵……”晴也冷笑一声转身进了理发店。

麻烦，这不是第一次从邢武口中说出，她在他眼里就是个大麻烦，麻烦到他连家都不愿回了。

要不是万不得已，她愿意跑过来？愿意跟一群魔幻的人共用洗澡间？愿意天天窝在连空调都没有的房间里？

晴也心情糟糕到极致，直接冲上楼回了房。李岚芳牌局结束了，也不知道发生了什么事，看晴也脸色不好，拉着邢武说：“晴也怎么了？没事吧？这个赵麻子真是什么事都干不好，倒个水还能把晴也的电脑弄坏了。”

邢武皱了下眉：“赵叔弄的？”

“可不是嘛。我听流年说她那个电脑挺贵的吧？修下要多少钱啊？晴也还说要让他赔呢，老赵回家问他老婆要钱了，牌都没心思打。”

邢武扫了眼楼梯处，对李岚芳说：“这事你别管了。”

谁想到晚上赵麻子来敲卷帘门，说找晴也，问晴也电脑修了多少钱。

晴也从楼上下来的时候，邢武就坐在理发店里没吭声，她几步走过去看见赵麻子手上捏着几张皱巴巴的钞票，虽然邢武收了她五千，但她看赵麻子那衣服都换不出第二套的模样，估计要跟他讲五千能把他吓死。

她淡淡地说了句：“老板善心大发没收我钱，你拿着吧，不用给了。”

赵麻子松了口气：“哦，那太好了。”

赵麻子刚走，晴也回过身准备上楼，邢武就坐在过道的椅子上，长腿就这么伸着挡着道，似笑非笑地说了句：“纸老虎。”

晴也瞪着他。

邢武翘起嘴角："听我妈说你让他拿钱时不是挺硬气吗？"

晴也踢了他一脚："你以为我是你？"

邢武挑起眉梢慢悠悠站起身伸了个懒腰就走了。

晴也没有电脑，第二天白天只能拿张破纸无聊地写起英语作文，忽然手机响了，她拿起来看了看，是退款信息。昨天转给邢武的五千块他竟然还没点收款，又给退回来了。

晴也干脆给他发了条信息：忘点收钱了？

坐在顺易的邢武在收到这条信息的时候，刚刚把晴也的笔记本电脑重新组装上，顺利开了机，屏幕亮了，桌面是粉红色的爱心泡泡，还是动态的，他皱了下眉，一脸嫌弃。

桌面上密密麻麻的学习资料，看得邢武头大。他检查了下性能确定没问题后，刚准备关机，突然看见一个文件夹的名字叫"最爱"。

他修过的电脑不少，从来不会随便点开别人的东西，这点原则他还是有的，但是不知道为什么，此时此刻看着这个文件夹，他突然很好奇那个藐视一切的丫头最爱的人是谁。

他盯着电脑桌面看了几秒，碰了两下触碰板还是点了进去。

文件夹里面大概有几百张照片，有晴也的旅行照，还有和家人的合照，倒没什么自拍照，长得好看还不自恋，也是难得。

邢武一张张地翻着，她坐游轮的，滑雪的，在海边玩滑翔翼的……

有一张晴也和同学在学校的照片，身后是她原来国际学校恢宏的建筑，女生们穿着墨绿色的小制服，格纹百褶裙，系着领结，一群人当中还有金发碧眼的外国小孩，特别洋气，晴也站在中间，被左右两边的女同学搂着肩，笑得耀眼明媚。他认识她以来，还从没见过她这样笑。

邢武的目光停留在这张照片上看了许久，又翻到下一张。

晴也和两个小姐妹在房间里对着镜头比剪刀手。

这个应该是晴也的房间，因为照片放大，邢武看见了她身后放着的一排奖杯，上面刻着她的名字。

晴也的房间很大，有一架白色的三角钢琴，欧式的装潢，漂亮梦幻的水晶灯，地上铺着粉色柔软的地毯，乳白色的欧式大床。照片里几个姑娘没有穿制服，打扮得体又时髦，看上去家境都很好的样子。

后来邢武看见了晴也和她妈妈的照片，是在她家的院中，她妈妈拿着浇水壶，晴也抱着妈妈的胳膊，头靠在妈妈肩膀上，一脸幸福地笑着。

而她们身后是迄今为止在鞍子县都没有见过的北欧风格的豪华别墅，再想到自己家的房子，邢武紧了紧牙根，突然不想继续看下去了。

就在他准备关掉文件夹时，看见了一张男生单独的照片，旁边没有任何人，只有这个男生和煦地对着镜头笑，眼里情不自禁流露出些许羞涩和爱慕。

男生在看谁，大概率就是在看这个照相的人吧，也就是晴也。

邢武扫了眼照片下面，还备注了三个字“孟睿航”，是这个男生的名字。

他不屑地关了电脑，拉了卷帘门跨上“小天使”往家骑。

一路上他心里都堵得慌，至于为什么堵，他也说不上来。他知道晴也原来生活条件挺好，但是好到什么程度他完全没有概念。

在看完晴也的生活照后，邢武倒是突然对她以前的生活有了直观的感受，好像一下子就读懂了她那个藐视一切的眼神从何而来。

光她的房间就比他家都大，后街的鞍角公园里的花都没她家院子里的多，读的学校建得比他们县政府大楼还气派。

她去过那么多地方，认识那么多出身高贵、家境殷实的同学，从小就看过这个世界的人，又怎么可能甘心被放逐在这里？

想到晴也刚来那天站在他家店门口哭的无助样，邢武脑中忽然飘过一只被囚禁的黄莺。那时他十岁，他爸搞了个破笼子回来关了一只毛色艳丽的黄莺，黄莺每天站在笼子里叫个不停，只要他一靠近，那只黄莺就用小眼睛晶亮亮地盯着他叫，像是求救一样。

终于他背着他爸把那只黄莺放了，后来被他爸狠狠打了一顿。

而此时此刻，那只黄莺的叫声再次萦绕在他脑中，带着绝望的气息。

邢武猛然刹车，又骑回了顺易。

邢武没回晴也信息，晴也打算晚上等他回来当面再问问他钱的事，昨天那么急吼吼地收钱，现在又没点，也不知道是不是忘了。

然而一直等到天黑，炫岛门口才传来一阵动静。晴也探头看了眼，邢武回来是回来了，不过“小天使”后面绑了个好大的东西。

邢武扫向站在门口探头探脑的晴也，手一伸将笔记本电脑递给她。

晴也双眼一亮跑出来接了过去：“修好了？能开机了吗？”

“自己看。”说完邢武便去搬后座绑着的东西，对她说，“让让。”

晴也侧过身子问了句：“什么啊？”

跟进去一看居然是台空调，她立马嚷了声：“你买空调了？”

邢武看着她雀跃的样子，觉得有些好笑。家里放着那么贵的钢琴，现在还能为了一台破二手空调兴奋成这样，他家这条件到底是有多差，半个月都不到就把一个千金大小姐的生活标准降到这么低。

他说了声：“店里拿的。吃完饭我装一下，先用着。”

晴也反倒担心起来：“这样行吗？你跟你们老板说了吗？”

“不用说，要不是我把它修好，这东西本来就准备当废铁卖了。”

晴也心情突然就好了起来，不仅因为电脑修好了，而且更值得开心的是，晚上有空调吹了，不用老被热醒，简直太棒了！

所以就连晚上吃饭都感觉香了很多，虽然她依然不怎么吃菜，只吃白米饭。

关于这个问题，邢武老早就想问她了，今天倒是忍不住多了句嘴：“减肥应该多吃菜少吃饭吧，你这个操作好像反了。”

晴也莫名其妙地说：“谁说我要减肥了？我身材很差吗？”

邢武眼神不自觉地瞄了眼，很快收回了。

晴也嘀咕了句：“你不觉得这个油……我也不知道，总感觉味道怪怪的。”

晴也不会做饭，吃不出什么荤油、玉米油、菜籽油的，反正就感觉每道菜都有那个味。

邢武愣了一下，他很清楚李岚芳炒菜一直用的荤油。李岚芳这人对待金钱方面有些极端，打麻将一天输几百都不心疼，但是居家过日子，一根葱都能斤斤计较。

就例如这个荤油就是她长年累月的习惯，买猪肉的时候会多要点肥的，回来炼一大碗荤油放着，炒菜的时候挖一点，偏偏现在天气热，有时候她记性不好忘了放冰箱，没多久就变了味。邢武从小吃到大，早已吃不出什么所以然来了，反正他只知道家里有一口就吃一口，小时候李岚芳还没开炫岛时经常跑出去打麻将，他连吃都吃不上。

但是晴也不一样，她原来那生活，估计一日三餐饮食都是有讲究的，肠胃更是娇贵得很，还能忍了一个多礼拜没说，天天就吃白米饭，真是难为她了，要不是今天他随口问了句，还不知道她要憋多久。

邢武突然感觉心里很不是滋味。

把他奶奶喂饱推进房后，邢武便上楼装空调了，晴也吃完也跟了上去，发现邢武的工具还挺齐全，她上去的时候邢武正好在打外机孔，声音很吵。

打完后，他又把不锈钢防盗围栏拆了，爬出去装外机架。晴也眼睁睁看着他什么安全装备都没有就这样徒手往窗外爬，吓了一跳，虽说二楼不算多高，但这样掉下去不死也断腿吧？

晴也赶忙跑过去拽着他的胳膊：“你干吗，你好歹拴个绳子啊。”

邢武侧眸嘲弄地盯着她：“我爬窗的时候你还在你妈怀里喝奶吧，松开。”

晴也不可理喻地松开了手，但也没敢离开窗边，紧张兮兮地盯着他这个高危险的动作。

邢武脚踩在一个外露的钢管上，那个钢管还是活动的，看着就不靠谱的样子，晴也真怕他摔下去，勾着头往外看。

天越来越黑，光线不大好，邢武瞥了眼她紧张兮兮的样子，对她说：“你要没事拿手机帮我照个亮。”

晴也不敢大意，掏出手机打开闪光灯，邢武的视野立马清晰了很多。邢武量好位置开始装架子，身体完全悬空站着，晴也看得腿都有点软，可邢武竟然淡定从容，一点慌乱的样子都没有。

借着手机的光线，晴也望着他的侧脸，一滴汗水顺着流畅的下颌落到凸起的喉结处，透着狂野的味道。晴也很少看见他流汗，大概这个站姿的确不大舒服，加上外面的天气闷热难耐。

晴也望着他娴熟的动作，随口问道：“你为什么每天特地回来喂你奶奶饭啊？”

邢武指了下窗台上的螺丝：“给我。”

晴也递给他，他接过后回道：“她不是每顿饭都愿意配合吃，我妈没什么耐心，喂两口，她要是不吃要么就不喂了，要么就硬掰她的嘴，嘴掰肿是小事，我就怕把她噎死。”

说起耐心，晴也觉得邢武这个人也没什么耐心，对人都挺凶的，但是说到照顾他奶奶，他却特别仔细，他奶奶要是不愿意吃饭的时候，他甚至要像哄小孩一样让他奶奶张嘴，其实这件事还挺颠覆她对邢武的认知。

“你对你奶奶挺好的。”晴也不禁说道。

邢武很快已经装好了一边的架子，让晴也把另一个架子递给他说道：“小时候我爸妈在家少，家里家外都是我奶奶忙，没她也就没我。”

一句“没她也就没我”让晴也有些动容，随即她想起一个这么多天都很疑惑的事情：“你爸呢？”

晴也发现提起邢武的爸爸，他脸上会露出些许讽刺：“死了。”

晴也微微一怔：“死……你妈还跟我说等你爸回来隔房间，怎么就……”

邢武保持那个姿势站了半天着实有些费劲，热得把T恤一掀，声音颇冷：“一年也回不来两次，跟死了有什么区别？”

晴也没再说话了。她从来没有见过谁能这样诅咒自己爸爸的，即使她爸外面的女人再多，她也恨得咬牙切齿，但不至于让她爸去死，所以她无法理解邢武的冷漠。

邢武干活速度很快，没一会儿就把空调外机放好了，跳了进来。晴也就站在窗边，他身上的汗水夹杂着男性气息扑面而来。晴也目光落在他半卷起的衣角上，露出线条清晰的腹肌，泛着诱人的古铜色，让晴也的脸瞬间就红了。

邢武正好抬头放电钻，瞥见晴也局促的眼神，眉梢微挑：“热得脸都红了还杵在这儿干吗？”

晴也抬起头，分明瞧见了他眼里的玩味，深刻怀疑他说这话是故意的，故意让她更加窘迫。

晴也头也没抬地走到她那半边吹电风扇，邢武继续装内机，动作麻利迅速。晴也发现邢武这人虽然脾气不好，但也不是没有优点，起码他很能干，会木工，能装锁，懂电脑，还会安空调，就这些在晴也眼里零碎而复杂的生活琐事，放在邢武身上，几乎就没有他不会的。

晴也原来身边也有很多非常厉害的男同学，他们有的会好几国语言，有的吹拉弹唱样样精通，甚至有的初中刚毕业就通晓古今中外，出口成章。

但可以确定的是，邢武会的这些，她原来那些优秀的男同学没一个会的，这倒突然让晴也觉得还挺酷的。

很快，空调装好了。

邢武打开遥控器调了下温度，转头对晴也说："好了。"

晴也走过去站在空调底下感受了下，空调送风口传来凉快的风吹打在晴也身上，舒服极了，仿佛瞬间驱散了心头的闷热。晴也情不自禁地弯起嘴角，露出很浅的小酒窝。邢武掠了她一眼，眸里映上一层微光。

晴也很快想起什么，转头说道："对了，修电脑的钱你怎么没收？"

邢武要笑不笑地翻出一套干净衣裤，转身往楼下走，丢下句："逗你玩的，主板没坏。"

晴也叉腰瞪着他的背影，好玩吧？浑蛋！

邢武下楼冲了把澡，上来的时候晴也正坐在床上搞笔记本电脑，屋里凉气已经上来了，比起外面要凉快很多。

邢武头上顶着毛巾，他本就没多少头发，随便擦两下就干了，斜眼的时候看见晴也床边的地上堆了一大堆衣服。

他才几天没回来，房间就被这个女人搞成垃圾堆了？

邢武皱眉冷峻地抬了抬下巴："你把那么多衣服堆地上干吗？"

晴也头也不抬地回："脏的。"

"脏的你不洗堆地上就干净了？"

晴也这下抬起头平静地看向他。她不是不想洗，来第二天就问过李岚芳洗衣机在哪儿，结果李岚芳把她带到洗衣机那里，打开盖子叫她把衣服扔进去就行。洗衣机是那种褪了色的老式洗衣机就算了，她伸头看了眼，里面还塞了好多理发店客人用过的脏毛巾，上面粘着各种碎发，洗衣机内壁一层污垢，她深刻怀疑她衣服不洗都比扔进去洗要干净。

所以她没能下得了手，就把脏衣服又拿回了房间，这几天一天一套干净的，基本上也快弹尽粮绝了。

邢武看着她沉默的样子，把毛巾往旁边一扔叉着腰：“嫌脏啊？”

“不脏吗？”晴也反问。

邢武被她怼得无话可说。前两年他还把家里的洗衣机拆开来清洗过，后来发现他妈懒得令人发指，几乎每天晚上把客人用的毛巾啥的塞进去洗，闷一晚上再拿出来，那长年累月的馊味让他也懒得再拆开清洗了，所以他自己的衣服都是手洗。

邢武撇了撇嘴，用眼神示意她床边：“你带的衣服都穿完了怎么办？”

没想到晴也回答：“不知道。”

邢武第一次看见生活不能自理到如此理直气壮的人，把他给气笑了。

他站在写字台边半晌，最后叹了一声走过去抱起地上那堆衣服往外走。

晴也有些诧异地问他：“你干吗？”

“下楼洗衣服，顺带帮你洗了，要谢我磕三个响头喊爷爷。”

说着声音已经飘远。

晴也坐在床上愣了半天，虽然原来在家她的衣服都有阿姨帮她洗，而且她也没觉得不妥，但阿姨是女的啊，况且她爸开了工资的。

而邢武……晴也突然低喊了声：“糟了！”

说着她就急匆匆穿上鞋子往楼下跑，她的内衣内裤还堆在里面。

晴也没了命地跑去后院冲进洗澡间，看见邢武正对着水池，旁边放着一块洗衣皂，他手里正拿着一个她的内衣，眉宇深锁，跟对着什么极其深奥的东西一样。

晴也赶忙跑过去一把夺过，脸红得都快爆炸了，朝邢武吼道：“你干吗？”

邢武被她吼得有点尴尬，干咳了一声：“我在考虑这个海绵需不需要拿出来洗？”

晴也一把推开他，在衣服堆里把自己的内衣内裤翻出来，头都不敢抬地说：

“这些我自己洗。”说完就跑走了，看都没看他一眼，一脸惊慌失措的样子。

邢武嘴角一斜，眼露冷意，上天可见他半点糊涂心思没有，帮她洗个衣服还被骂？这女人良心喂狗了？

邢武来火地打开水龙头，虽然一肚子火，却还是拿起她的裙子帮她洗着。

晴也的衣服面料摸上去都很细腻高档，邢武的力气本就大，也没敢像给自己洗衣服一样猛搓，怕给她弄坏了，楼上那大小姐指不定还要怎么发脾气，就轻轻揉了揉，所幸她衣服也不脏，还有股少女香。

少女香？邢武嘴角微勾，他脑中怎么会蹦出这个词汇？真够变态的。

不一会儿，邢武听见身后出现脚步声，晴也又跑下来了，把那双沾了泥的皮鞋往邢武旁边一扔：“这个也洗了。”

邢武眼睛一瞟，居然是她来第一天穿的那双沾了泥的鞋子，泥巴都硬了黏在上面，这么多天了竟然还没洗？

他终于见识到比他妈还夸张的女人了。只是他是造了什么孽，家里总共四个人，除了他，其他三个女人都生活不能自理？

邢武低骂了一声：“我欠你的。”

晴也一边往外走一边悠悠地回道：“本来就是你弄脏的。”

好，很好，棒棒的。

邢武洗完衣服套上衣架挂在后院的晾衣绳上，上楼回房拿上车钥匙，晴也抬了下眼皮问他：“晚上回顺易睡吗？”

邢武把手机装进牛仔裤口袋里回：“不然呢？”

晴也没吱声，却在邢武打开门的时候，声音极轻地说了声：“谢了。”

邢武回头盯着她看了眼，带上了门。

虽然这莫名其妙从天而降的大小姐整天一副眼睛长头顶上的样子，但并不是不知进退不懂事的女孩，就是不会洗衣服而已。

晴也第二天早上下楼的时候就看见她的小皮鞋被擦得锃亮，放在一楼窗台上，干净得反光，一点泥巴也没了。虽说会踩到泥也是因为邢武，不过晴也还是觉得她这个没半毛钱关系的混混表哥，也没表面看上去那么坏了。

一早晴也还是赶紧把自己的内衣裤洗了，不够穿是一回事，脏衣服清空了，内衣裤堆在地上她自己都没眼看。

邢武家连滚筒洗衣机都没有，更别提烘干机了，这里的人洗好的衣服就晾在院子里自然晒干，但是，院子是共用的，她这些内衣裤就挂在院子里飘，如此有伤大雅的事，她纠结了半天都下不了手。

还是李岚芳起床后看见晴也抱着个盆杵在院子里，对她说："你晾衣服啊？给我给我，我待会儿帮你一起晾了。"

而后李岚芳三下五除二帮她把内衣裤全挂在晾衣架上了，于是今天的后院便飘荡着一排五颜六色的裙子，还有各种款式的内衣裤，直接导致邢武中午回来喂饭时，头都没好意思抬一下。

所以他喂完饭就走了，头都没回一下。

李岚芳扶老太太回房时，晴也听见奶奶嘴里念叨着什么人，她说话含混不清，晴也也不知道她说啥，就听见李岚芳骂了句："你哪天死了你儿子都不问你一声，还念他！"

没一会儿，李岚芳气呼呼地出来了。晴也想起昨晚邢武说他爸一年也回不来两次，不免感到奇怪。

"邢武爸爸，去哪儿了？"

李岚芳骂骂咧咧地抱怨道："哪里有工地就跑去哪里搬砖，说是隔壁县城修大楼，谁知道真的假的，还不知道是不是在外面搞了个老姘，我天天累死累活帮他养儿子，养老妈，他个没良心的这么多年从来没看他拿过一分钱回家……"

提起邢武的爸爸邢国栋，李岚芳那脏话能一口气骂十分钟还不带重样的，听得晴也脑壳疼，只能说家家都有本难念的经，她爸原来好好的时候，也整天到处应酬，各种理由不回家，男人不顾家这事，跟有钱没钱真没关系。

至于李岚芳说她自己累死累活，晴也持保留态度，如果硬说她累，大概也是打麻将熬夜累的。

晚上邢武回来的时候拎了两桶金龙鱼，李岚芳看见后，立马就叫了起来："买这种油干吗？贵死了，两桶要百来块吧，家里又不是没油。"

晴也坐在木桌边低着头。

邢武把李岚芳推进厨房，跟她说：“把荤油扔了吧，都落苍蝇了，是给人吃的？”

李岚芳还想说两句，被邢武打住了：“曹老板送的。”

曹老板是顺易的老板，平时都在县城不怎么过来，他信得过邢武和犬牙，店都是交给他们打理。犬牙早辍学了，天天待在店里，邢武不上学时基本也在那边。

李岚芳一听是曹老板给的，不要钱，也就没再多说什么了。

吃饭的时候，晴也有点反常，从头到尾都埋着头不说话，吃完饭一声不吭就上楼了，整个人都有点不对劲。

邢武抬头问了李岚芳一句：“她怎么了？”

李岚芳一脸怒气：“说到这事就来气，晴也的内衣内裤被人偷了。”

“啊？”邢武有些诧异，中午回来吃饭的时候还看见挂在院子里，被偷了？

李岚芳故意放大声音骂道：“也不知道是哪个不要脸的东西，连小姑娘的内衣都偷，干这种缺德事……”

后面李岚芳骂的脏话越来越不堪入耳，还故意对着院那头三户人家骂，似乎认定是那三家人中的哪个不要脸的偷的。

邢武皱着眉，这个后院平时来的人杂，有理发店上厕所的顾客，有打麻将的，还有特地来看人打麻将的邻居，加上那三家大院子里的人，不好说到底是谁干的这缺德事，但估计把那丫头气得不轻。

“那她穿什么？”邢武问了句。

李岚芳说：“没事，待会儿拿我的先给她穿。”

邢武挑了下眉睨着他妈：“她会穿你的？”

李岚芳毫不在意地说：“有什么关系，我的都洗干净了有什么不能穿的。”

邢武“嘶”了一声，眼神古怪地盯着她：“你就没考虑过大小的问题？”

李岚芳像才反应过来一样：“对哦。”

邢武都服了，他都能想到的问题，李岚芳跟缺心眼一样。

邢武叹了一声，从身上摸出两百块递给李岚芳：“你明天上街替她买两套新的吧。”

“我买？我怎么知道她要穿什么样的？”

“你都不知道，难道我知道？”邢武呛了李岚芳一句。

李岚芳拿过钱说：“明天没空，答应赵麻子老婆去帮忙，她儿子不是要娶媳妇了嘛。”

“关你屁事？”

“讲好的啊。天天在一起打牌，人家喊我，我好意思不去啊？先让晴也穿我的，下个礼拜我去县城再帮她带吧。”

邢武冷了脸一把夺回两百块，走了。

他回房拿了件T恤，顺便看了眼晴也，她蜷在床边，电脑开着，眼神发直，似乎没看进去，不知道在发什么呆。邢武感觉她现在似乎比刚来时整个人瘦了一大圈，下巴都尖了。

他刚抽出衣服，忽然听见晴也声音很轻地从帘子那头飘了过来：“你们这里的人怎么都这样呢？”

邢武听到这句话后，眼眸微微动了下。他从小在扎扎亭长大，早就习惯了这种风气，从来没觉得家门口的人这种喜欢占小便宜、自私自利、斤斤计较有什么问题，反正人不为己天诛地灭，他也这样活了十八年。

可随着这个女孩的到来，短短半个月不到的时间，邢武不止一次因为他妈干的事，因为周围邻居的举动感到难堪。

他们这里的人为什么会这样？他答不上来，他也是这里的人。

他开口问了声：“衣服丢没丢？”

晴也摇了摇头，下巴磕在膝盖上，满脸不解地说：“我就是奇怪那人不拿我衣服，拿我内衣回去干吗，穿别人的内衣不硌硬吗？”

邢武很想告诉她，拿她内衣的人不一定是用来穿的，但他最终没说，怕吓着她。

临走时，看见她干掉的裙子已经收了上来，整整齐齐叠在一起，放在行李箱上面。

下楼的时候，邢武脑中飘过晴也刚才那句“穿别人的内衣不硌硬吗”。

他紧了下牙根走进厨房，站在门口问了李岚芳一句：“你平时穿里面的衣服在哪儿买？”

“凤洋大市场，干吗？”

“没什么。”邢武转身走了。

果真晚上李岚芳拿自己的内衣给晴也时，她婉拒了。想到那个满是污垢的洗衣机，她不敢确定李岚芳会不会把内衣也扔里面洗，待在这儿的这段时间里，她知道在李岚芳身上，一切皆有可能。

邢武第二天一大早就去了一趟县城。犬牙让花臂看店，准备陪邢武一起去，顺便逛逛，结果邢武直接拒绝了，让犬牙要去自己去，别跟着他，搞得犬牙莫名其妙。

要不是一大早的，他们都怀疑邢武是不是到县城干坏事去了，神神秘秘的。

邢武到凤洋大市场的时候，市场才开门，半露天的，衣服、鞋子、袜子、箱包应有尽有，当然也有内衣内裤，老板喊的价格都好几百，但邢武清楚一般成交价也就是十分之一。

他倒是找到几家卖女士内衣的，但没好意思进去看，就假装随意路过摊位。粗略看上去，内衣款式都很老气，要么就是那种十分香艳透明的，简直没眼看，他怀疑真要买回去，估计晴也能气得往他脸上砸。

路过一个摊子的时候，正好一个中年妇女才买了个内衣付了钱，邢武听见十五块钱，便宜倒是很便宜，就是想起那天帮晴也洗衣服时，她那些衣服的面料和牌子，让她穿十来块钱的东西，他没下得了手。

他出了凤洋大市场，站在门口抽了根烟，又沿着步行街走了十多分钟，找到了一家卖内衣的专卖店，二话不说走了进去。

但是邢武一进店里，气氛突然微妙起来，货架上挂着颜色款式各异的女士胸罩和内裤，店员是个小姑娘，尴尬地看着他，他也尴尬地看着店员，最后只能硬着头皮问了句：“开门了吧？”

店员说：“开了，你要买什么？”

邢武扫了一圈，果真专门店就是不一样，内衣看上去正常多了。他找了一圈，找到一款跟那天他拿着准备洗的内衣差不多的款式，对店员说：“要这个。”

店员脸色更加古怪了，毕竟还从来没遇到过哪个男人一大早跑来买胸罩，但是本着职业操守，店员还是问了句：“要多大的？”

这句话把邢武问蒙了，多大？他怎么知道多大？

他刚拿出手机准备发给晴也问问，突然顿住了，怎么问？问你胸有多大？晴也估计会直接把他拖入黑名单吧！

邢武天不怕地不怕，从来没被谁刁难过，但是此时他感觉自己太难了，由衷地觉得女人真是麻烦。

麻烦归麻烦，他还是凭着那天的记忆选了个差不多的：“大概这么大的。”

店员看了眼：“哦，B罩的，就要这个吗？”

邢武又挑了两个素色的，对店员说：“这三个吧，配内裤，多少钱？”

店员看这小伙子一脸不自然，长得也挺帅，好心说道：“送你配套的内裤吧，不收钱。内衣的话，这个蓝的是新款，比较贵，要368元，这两个都是218元，加一起804元，现金支付还是手机支付啊？”

邢武愣了下，没想到这点破布料这么贵，要小一千？

他拿着内衣袋子出来后没回顺易，直接回了家。

晴也刚起来没多久，正坐在收银台里背单词，忽然就听见了“小天使”的声音，她还奇怪今天邢武怎么这么早回来了，就看见他拎着个袋子走到自己面前，什么话也没说，往她身上一扔就到后院去了。

流年也奇怪今天邢武怎么回来这么早，还问了晴也一句：“武哥给你什么啊？”

“不知道啊。”说着晴也打开一看，顿时脸憋得通红把袋子一合，没给头伸过来的流年看。

她跑到后院的时候，邢武正倒了一杯水若无其事地喝着。

晴也左右看了看，确定没人后，凑到他面前，满脸通红地说：“你什么意思？”

“什么什么意思？”

“你买这个给我干吗？”

“你说呢？”

邢武一句你说呢，搞得晴也十分局促，尴尬癌都犯了，她爸都没给她买过这些。

邢武还是第一次看见她这么难为情的样子，压着嘴角的笑，对她说：“我下午带个晾衣架回来放在窗户边，以后这些东西你就在房间晒，反正朝南日头好能干。”

“唔……”

晴也低着头匆忙回房了，半天没好意思下楼，直到听见“小天使”又骑走的声音她才下来。

中午邢武没回来，晴也总算是见识到李岚芳喂饭的架势，当真是老太太一不吃，她就把碗筷一放，骂骂咧咧懒得喂了，主要赶着打牌。

晴也看奶奶压根儿没吃几口，干脆对李岚芳说：“你去吧，我喂好推奶奶进屋。”

李岚芳巴不得有人帮她照顾老太太，丢下一句：“那交给你了。”然后人就走了。

邢武晚上回来的时候，黄毛、胖虎跟他一起回来的，他们买了几个现成的卤菜，还搬了一箱啤酒回来，打算晚上在邢武家喝酒。

李岚芳刚下牌桌，邢武还奇怪，走过去压低声音问她：“你不是说今天到赵叔家帮忙的吗？”

李岚芳随口说道：“搞错了，是明天。”

邢武真是拿他这个妈一点办法都没有，也不知道她这德行他爸当初看上她哪儿了。

“中午奶奶吃饭了吗？”邢武问了一句。

“吃了吃了，晴也喂的。”

邢武“嘶”了一声低骂道：“你少赌一会儿能死人啊，让她喂干吗？”

李岚芳没当一回事地说：“她自己要喂的，喂得挺好，一碗饭都吃光了，别担心。”

邢武叉着腰皱起眉："我是在说这个问题吗？人家到我们家不是给你当用人使唤的，你自觉点行不行？"

黄毛见邢武又要跟他妈吵了，赶忙喊了声："武哥，喝酒。"

李岚芳忙拽住他说："趁流年在这儿，你先把这个月的账算了再吃，我炒两个菜去。"

李岚芳上学时就没好好读过书，字都写不利索，除了打麻将算账溜得很，其他方面她都懒得算，每个月底都叫邢武算，关键她那个账，凡人根本算不清楚。

就一个连封皮都没有的破本子，上面谁剪了几个头，烫染了多少钱，手写一下，连日期都不一定每天有，眉毛连着胡子，绝大多数需要流年回忆，但是流年这个人脑子也不太好使，有时候客人一多忙起来根本想不起来收了多少钱、来了几个顾客，加上李岚芳经常从账里拿钱打麻将，流年也不知道她拿了多少。

所以每个月的对账工作基本靠猜，绝大多数都是邢武和流年干瞪眼，然后随便报给李岚芳一个数，只要不亏本，李岚芳也不多问，所有人都糊里糊涂的。

晴也听见下面有动静，下楼看见黄毛和胖虎也来了，邢武拿着个破本子一副苦大仇深的模样盯着流年："你这样算能算得过来吗？拿计算器啊，我报数字你加。"

"哦。"流年呆愣愣地跑去找了个破计算器。

邢武在旁报着："58加30再加30加4个10加……你快点，我饭还没吃。"

晴也边喝水边看了眼流年，真心替他累啊，按个计算器找数字能找半天，邢武说4个10，他按完两个后记不得自己按了多少，又从头开始……

晴也看着这两人不太聪明的样子，差点一口水喷出来。

邢武又从头开始报，报了一长串，然后问流年："多少啊？"

流年一阵慌乱，无处安放的手又不知道按到哪儿了。

邢武刚想骂人，就听见旁边传来一个声音："5380。"

几人同时扭头盯着晴也，黄毛有些吃惊地说：“你心算的啊？”

晴也盖上杯盖淡淡地说：“不然呢？这几个数字还要折腾半天？你们这里小学生都能上高中吧？”

李岚芳正好进来，本来想喊他们吃饭，看情况也站在一边。

晴也却往收银台一坐，打开笔记本电脑点开一个表格底气十足地说：“我不知道你们这个账怎么算出来的，不过数字肯定不对，出入还挺大的。”

几人哑口无言，一时间面面相觑。

晴也一说账不对，李岚芳马上就插道：“哪里不对了？”

晴也瞥了她一眼，淡淡道：“我 10 号来的，从那天开始算起到月底 21 天，总收入为 4620 元，这样算平均每天有 220 元的进账，加上 10 号前的 9 天我这里没有算上的，最起码月收入应该在 6600 元左右，而且据我观察暑假来的学生还挺多的，7 月初刚放假，要是我没估计错，应该会迎来一波客流高峰，所以 7 月份的实际收入应该还要高于这个平均值，最起码 7000 元往上。”

说完，她看向流年，大家也都陆续望向流年。

流年回忆了一下说：“好像是这样的，刚放假那几天好多学生来。”

李岚芳立马就嚷了起来：“差这么多？好几千块钱？你们这个账不对啊？流年你说说。”

流年一脸茫然地说：“我也不知道。”

李岚芳指着流年就道：“你不会装自己腰包了吧？看着平时也挺老实一人啊。”

流年这一听，立马急了：“我没拿过店里的钱啊李老板。”

李岚芳还想上前盘问一番，晴也手一拦，盯着电脑说：“等等，你先听听 10 号以后的支出，流年和杜奇燕两个人的工资加起来是 2400 元，水电煤一共交了 1320 元，其他杂费总计 329 元，你 7 月 11 号拿了 300 元，14 号拿了 200 元，17 号又拿了 300 元，18 号拿了 126 元说你买菜，然后就是 20 号一下子拿了 1000 元，25 号拿了 500 元，刚才你把剩下的 1205 元拿走了，也就是这个月 10 号以后你一共拿了 3631 元。流年，10 号之前老板有拿过钱吗？”

流年不安地瞥了眼李岚芳，照实说：“好像拿过几次，多少我不清楚。”

晴也“嗯”了一声，看向李岚芳：“听说你每个月底都会把剩余的钱拿走，月头开始重新滚账，不加上你 10 号以前拿的钱，光 10 号以后的支出总额就在 7680 元了，所以刚才那个 5380 元的账肯定是对不上的。”

邢武听晴也这么一分析，突然就绕过弯来，加上 10 号之前的收入这个月的账最起码靠万了，怪不得晴也刚才这么笃定地说账不对。

李岚芳拿钱不会告诉流年，流年自己也糊里糊涂的，所以这出入的几千块钱其实是被李岚芳拿走了，至于她还天天喊没钱，大概率是被她赌没了。

邢武知道李岚芳每个月在麻将桌上要输掉不少钱，但从来不知道她能输掉几个人的工资。

他冷冷地盯着李岚芳。

李岚芳自知理亏，刚才还怀疑流年，这下自己站不住脚，也不说话了。

黄毛来了句：“牛掰啊！表妹你这智商杠杠的啊，才来几天就把店里的账目弄得这么清楚了？”说罢凑过来看了眼。

李岚芳、流年也好奇地围上来，邢武便走到晴也身后，看见她的 Excel 表格上，日期、摘要、收入、支出、余额、经手人，所有东西清清楚楚，小到购买店内糖果二十几块钱她都有备注，而且晴也随便点了几下，立马就能筛选出剪头剪了多少钱、烫发多少钱、染发多少钱，函数一算，各项数据每个节点一目了然。

虽然这些在晴也看来是很弱智的操作，但看在这几个学渣还有学都没怎么好好上过的李岚芳和流年眼里就很牛了。

这里唯一一个能看懂函数的邢武，也绝对做不到像晴也这么细心，把账目弄得明明白白，他眼里闪过几丝深谙的光。

李岚芳喊他们先吃饭，让流年也留下来吃。他们把理发店的椅子搬到后院围着木桌，邢武先去喂他奶奶了，晚上奶奶食欲比较好，吃得挺快。

没一会儿他出来的时候，晴也托着腮坐在桌边听黄毛和胖虎海吹，那吹牛吹得无边无际的，流年听得一脸崇拜，晴也倒是很平静。

邢武过去拉了把椅子坐下，李岚芳没跟小孩们凑热闹，炒完菜自己端着饭进去看电视了。

黄毛把啤酒瓶打开，流年死活不肯喝，直喊苦。黄毛笑他㞞，于是倒了三杯酒，问晴也：“哎，表妹，你要不要来点？”

邢武斜了他一眼：“她看着像喝酒的？”

晴也听见这话就不服气了：“我怎么不能喝了，已经成年了好不好？而且，这啤酒上标了你们专供吗？”说着拿了个一次性杯子递给黄毛，“满上。”

黄毛还从来没见过哪个小姑娘把武哥说得一声不吭，顿时大笑不止，接过杯子就给晴也满上了，胖虎也笑呵呵的，邢武摇了摇头随他们去了。

晴也拿起酒杯举了起来豪爽地说：“走一个。”说罢仰头自己先干为敬。

邢武皱了下眉，说了她一句：“喝这么急干吗？”

晴也放下酒杯挑衅地看着他：“你喝啊。”

黄毛、胖虎都拿起酒杯，邢武也抬起头一口干了，他喝酒很霸气，不像晴也一点点喝完，他当真是完美诠释了“一口闷”。

李岚芳吃完出来放碗的时候看见晴也也喝起酒了，有些惊讶地说：“哎呀，你怎么也喝了？”放完碗出来又不放心地交代了句，“我去隔壁打牌了，武子你看着点晴也，别给她喝多了。”

邢武吊儿郎当地靠在椅背上掀了下眼皮：“你去吧。”

晴也今天终于不用只吃李岚芳烧的菜了，居然还有卤菜吃，虽然看相也没多好，和北京烤鸭的皮脆肉嫩不能比，但起码也算有滋有味。

她胃口大开，吃了不少。

黄毛又给她倒上酒，把花生推到她面前：“表妹，你吃这个，喝酒就得配这个。”

晴也用筷子夹了一颗放进嘴里，把几个男孩看得一愣一愣的，他们这里喝酒吃花生米都是一人抓一把往嘴里丢，哪见人吃个花生米还这么细巧。

从小的生活环境不同，即使坐在破木条做的烂板凳上，晴也依然背脊挺直，姿态优雅，就连喝酒的样子都赏心悦目，四块钱一瓶的啤酒给她喝出了四千块红酒的韵味，不像他们几个大老粗，坐没坐相，站没站样的。

所以看得黄毛他们都觉得有意思，开口问晴也：“表妹，你这个姓挺少见的啊，名字也少见，你家人怎么想起来给你取这个名字？”

“晴空万里，言言善也。”

“啥？这什么意思啊？”黄毛听着这跟文言文一样的解释，一头雾水，“晴空万里”他明白，但是“晴空万里”为什么要“言言善也”，他就想不通了。

邢武也侧头看向晴也。

晴也淡淡地解释道：“当你的生活晴空万里，心境开阔时，说出来的话、做出来的事都是积极的，人才能变得更好。这是我爸给我取的名字，小时候他告诉我想成为什么样的人，就必须要让自己踏上什么样的路，这样最终才能抵达终点。”

邢武低头喝了一杯酒，浓密的睫毛掩荫着眼里略微跳动的光。晴空万里，言言善也，但首先要晴空万里。这几天困扰他的问题，他突然就想明白了，为什么这里的人善不了，每天恶言相向、愤世嫉俗、斤斤计较，因为这里黄沙漫天，烈日照下来都隔着一层纱，无法晴空万里，又谈何言言善也？

流年似懂非懂地问：“那晴也，你以后想成为什么样的人？”

晴也极浅地笑了下：“我吗？具体我还没想好，不过我应该会向着多伦多大学的商学院努力，我觉得我以后能赚很多钱，所以需要系统学习经济结构和商务理念。”

一桌大男孩都笑了，居然还有人谜之自信地说自己以后能赚很多钱，就连邢武都扬起嘴角。

胖虎说：“不，不过这个多，多伦多，不是在国外吗？”

“加拿大。”晴也告诉他。

胖虎和流年都张着嘴盯着她看。在这个连生活都保障不了的十八线小县城最穷的扎扎亭，出国对他们来说就跟做梦一样，电视上看过，但从没想过跟自己或者身边人有关。

所以一句“加拿大”让他们看晴也的眼神都肃然起敬起来。

邢武垂着眸，整个人都很沉寂。他也是第一次听说晴也后面打算出国留学，其实在看过她从前那些生活照后，出国留学在她这种孩子中似乎不足为奇，只不过此时亲耳听她提起，他突然感觉跟她是两个世界的人。

晴也喝第三杯的时候脸颊就泛红了，瓷白的脸蛋上浮着淡淡的红晕，笑起来唇边点缀着一个可爱的小酒窝，像雨后放晴的天空，耀眼璀璨，还带着几分轻视的骄傲，昏黄的灯泡下，整个人白得发光。

她和扎扎亭女孩最大的不同是，她敢想敢讲，像个宝藏女孩一样，身上有太多在他们看来奇奇怪怪的经历，比如她坐直升机跨越峡谷时的险峻，还有跟她爸爸坐热气球差点撞到鸟的事情，让胖虎他们听得津津有味，完全把她当女神一样崇拜着。

一会儿过后，晴也说话的声音明显不似平常，多了几分小女生俏皮傲娇的味道，邢武抬头看了她一眼，发现她一双如水的大眼都开始变得迷离闪烁了。

在晴也又端起酒杯准备跟胖虎他们喝时，邢武终于忍不住抬手压了下她的手腕："差不多就行了。"

晴也正跟他们聊到兴头上，此时的邢武就跟扫她兴一样，她不满地嘟了下嘴，侧过头对他瞪着眼："我还能喝，你别管我。"

邢武一愣，不知道是不是自己耳朵出毛病了，刚才晴也的声音软绵绵的，好似向他撒娇一样，还嘟嘴了？这到底是她醉了，还是自己醉了？

邢武当真强硬地夺过晴也的酒杯往桌上一放："也吃差不多了，结束吧，你们各回各家各找各妈去。"

邢武发话赶人了，胖虎他们也不好硬赖着。

邢武算是看出来了，这姑娘脾气犟得很，黄毛他们不走，她能跟他们奉陪到底，要她不喝，只能把这群人麻溜地赶走。

人一走，晴也就摇摇晃晃站了起来。她的确喝过啤酒，顶多半杯，再也不能多了，今天喝了三杯，第一杯还喝得那么急，这会儿刚站起身就上头了。

邢武锁了门一进来就看见晴也扶着楼梯跌跌爬爬地往上走，原本已经爬了两层了又倒退了一层，差点踩空直接跌下来，看得邢武心一提几步冲了过去，扶住她，没让她往后倒。

结果晴也却抬起头，脸颊绯红笑嘻嘻地指着他："大表哥啊？"

"神经。"邢武板着脸就松开手，然后把她往楼上推。

晴也动作不利索，邢武怕她再往后仰，干脆跟在她后面护着她。

等她好不容易爬上楼了吧，站在楼梯口又不动了，还捂着胸，眉头皱得紧紧的。

邢武走过去看她那样，问道：“不会想吐吧？”

晴也摇了摇头，吸着鼻子眼睛红红的，突然眼泪就毫无征兆地掉了下来，把邢武看呆了。

这是几个意思？准备耍酒疯了？还来个前奏？掉两滴泪预告一下？

邢武最讨厌女孩喝酒耍酒疯，一点样子都没有，他当即就冷着脸把她往房间里拽，打算把她扔床上赶紧走人。

然而还没到房门口，晴也“哇”的一声哭了出来，邢武虎躯一震，回头看她。

晴也劲儿倒不小，一下子甩开他就吼道：“你就知道凶我，邢武你个浑蛋，我人生地不熟的，一来你就凶我，我爸妈从来不凶我，从来没有人会凶我。”

邢武头一疼，脑中飘过一排字：她来了，她来了，她耍着酒疯走来了。

邢武叉着腰刚准备说话，却看见晴也通红的双眼盈盈地闪着，下巴倔强地高高抬起，跟无家可归的波斯猫一样，高贵、傲娇，却也楚楚可怜，红润的唇微微噘着，一双眼睛波光粼粼地盯着他：“你说话啊，为什么不说话？你是不是很讨厌我？”

邢武知道自己今天是无法轻易脱身了，干脆也不急着走，双手抱胸眼尾勾起浅淡的笑睨着她：“我什么时候说过讨厌你？”

“你就说了啊，眼睛、嘴巴、声音、动作，每个地方都在告诉我你讨厌我，我睡你房间，害你连家都不能回，你不爽我对不对？”

邢武无语地侧头深吸一口气，随后转头平静地告诉她：“我没有不爽你，我是不爽我自己，我回不回家跟你也没有关系，别往自己脸上贴金。”

晴也眼泪瞬间溢了出来：“你看，你又凶我了……”

邢武张了张嘴，竟一时间无言以对。

晴也吸着鼻子委屈地说：“你以为我想来你家吗？我来之前也不知道你家是这个样子的啊，我天天待在理发店里，连门都出不了，我都快发霉了，谁也不认识，没有朋友跟我说话，没人能带我出去逛，连洗面奶都不知道上哪儿买，还有爽肤水、面乳、防晒霜，什么都没有……”

晴也绝望地大哭。

邢武一开始都没反应过来，没有洗面奶什么的至于哭得这么撕心裂肺吗？后来看着她一颤一颤的小肩膀，他明白过来，她哭不是因为这些生活用品，而是难过离开了她的家，她熟悉的地方，和那些她朝夕相处的人。

邢武没有离开过鞍子县，去过的最远的地方大概县城的东边，隔壁县级市的交界处，他无法感同身受晴也的绝望，但大致也能体会到一些，特别是在看完她那些生活照后。

邢武朝她走近一步，声音缓和了一些："我没对你凶，你要缺什么跟我说就是。"

晴也哼了一声撇开头。

外面热，邢武想把她拽进房间，结果他刚拽了她一下，她的身体便像摇摇欲坠的纸片一样，朝他倒了过来，直接砸在他胸口。

他低头看着半阖着眼的晴也，差点下意识地把她推开，可手悬到一半又实在推不下去，他怕万一推开她后，她又哭着控诉自己讨厌她、凶她。

邢武向来觉得女生是一种麻烦的生物，他从来没有迁就过哪个女孩，也从来没有哪个女孩敢在他面前胡搅蛮缠，可此时此刻面对晴也醉醺醺的样子，他竟然不忍撒手。

他纠结了两秒，还是将手放在她的腰上把她提进房间，可他却感觉自己的掌心滚烫，手中的小腰盈盈一握，仿佛他再用点力就能掐断一样。

他怀中的晴也还喃喃地念了句："难受。"

邢武"呵"了声："刚才不是挺豪爽的吗？不能喝还硬撑，面子在我们这里不值钱，下次少干死要面子活受罪的事。"

邢武把她放在床上，替她脱了鞋子。

晴也生得纯美，睁开眼怼人的时候光芒四射，闭上眼睡觉时安静乖巧。

邢武眼神发紧，很快立起身子绕到另一边去开空调，然后又拉过毯子替她盖上。

谁料原本躺在床上的晴也，翻了个身指着床边一堆衣服对邢武说："那些是要洗的。"

“……”

要不是她醉着，邢武真想给她一个栗暴，他是洗衣工吗？还使唤他使唤上瘾了？半点不好意思的自觉都没有。

邢武来火地叉着腰瞥向她趴着的样子，长长的睫毛垂着，粉嫩的脸被挤得肉嘟嘟的，像个婴儿一样，嗯，巨婴。

邢武叹了一声，走到她床边，好家伙，两天又堆了座小山出来，是穿衣服还是吃衣服？

邢武弯腰收拾的时候，晴也感觉眼前有人晃啊晃的，就半睁开眼，喃喃地念了句：“翘臀。”

邢武一惊，回过头瞪着她：“说什么？”

晴也闭着眼说了一个字：“翘。”瘫在枕头边的手还竖了个大拇指。

邢武一口血气卡在胸口上不去下不来，这女孩在……调戏他？

邢武看她不动了，拿着衣服下楼，把一桌残局收拾了，碗洗了，又把晴也衣服也洗了。洗澡间微黄的光打在他锋利的轮廓上，本来面无表情的他，看着手里柔软的浅蓝色布料竟然洗笑了起来。

他这是中了邪吧？居然会帮个丫头洗衣服？这估计把外面那些兄弟眼珠子挖出来也没人会相信。

邢武把衣服洗好，拧干拿上楼，打开房门的时候晴也早就呼吸均匀了，毯子踢得光光的。

邢武放轻了脚步一手拿着盆，一手替她又拉了上去，他把衣服挂在窗边的晾衣架上，又把空调的温度调高了些，拉开门准备走人。

都走到楼梯口了，想到晴也刚才说难受的样子，怕她夜里起来吐，干脆往沙发上一倒，没走。

不过晴也第二天早晨起来的时候，邢武已经不在家了。她头挺疼，主要很少喝这么多酒，以为邢武昨晚就走了，也没啥印象。

由于宿醉，晴也一早上都没精打采的，就赖在楼上没下去，一直到吃中饭的时候才下楼。

黄毛和胖虎又跟着邢武回来了，晴也感觉这三人像三个臭皮匠，整天腻在一起，跟没事干一样。

不过晴也猜对了，除了邢武需要两头跑，其他两人还真没事干。

黄毛看见晴也走下来，笑眯眯地说："表妹啊，听说你昨晚喝大了啊？发酒疯了？"

晴也一愣，看向邢武，邢武跟没听见一样，喂着奶奶饭。晴也有点不确定地问邢武："我昨晚对谁发酒疯了？"

直到这时邢武才缓缓看向她，反问了句："不记得了啊？"

废话，我记得问你啊。

邢武嘴角撩起一丝不明所以的浅笑，看得晴也有点慌啊。她就迷迷糊糊记得好像乱七八糟朝邢武吼了一通，貌似还挺爽的，今早醒来整个人都舒畅许多，但具体吼了什么，她不大能记得了，至于还干了别的什么事，她也记不得了。

黄毛还火上浇油地开了句玩笑："没事表妹，都是自己人，你占我们便宜我们不会介意的。"

他不说还好，一说晴也抬起头盯他看了眼，然后……脸红了。

脸红是因为她所受的教育不允许她干出这么失态的事，如果她昨晚真对着他们发酒疯了，那她现在可以找块豆腐撞死了。

于是晴也夹了点菜端起碗跑到厨房吃了，貌似眼神还有点闪躲的感觉。

她一走，黄毛就不淡定了，激动地说："你们看见了吧？看见了吧？表妹刚才对着我脸红了，还害羞地跑走了，看都不敢看我。糟糕，经过昨晚的交流，她这是对我动心了啊！"说着还一把搂过胖虎，"胖子你看到了吧？她脸红你看到没？"

胖虎挠了挠头："也……也许是热的？"

"热你个头！"

黄毛整个人都有点飘，还扯着邢武说："武哥，以后我们就是一家人了啊。"

邢武抽了张纸巾替奶奶擦了擦嘴，漫不经心地说："谁要跟你成一家人。"

黄毛嘿嘿傻笑。

邢武站起身把碗送进厨房的时候，晴也正端着碗坐在小木凳上小口小口吃着饭。她最近感觉菜的味道好了些，没有那种怪怪的味道了，虽然还是算不上多好吃，反正将就一下也能下肚。她真是惊叹自己神奇的适应能力，同时也挺惊叹这破地方同化人的本事，还真怕自己习惯了这种生活就这样得过且过呢，她赶忙摇了摇头甩开这个恐怖的设想。

见邢武进来放碗，她抬起头赶忙问了他一句：“我昨晚后来没对你说什么吧？”

邢武把碗放下，转过身靠在灶台边上摸出打火机，低头点火的姿势倒是贼帅。

已经经历完变声期的他，嗓子又沉又磁，有些散漫地说：“真不记得了？”

正午的阳光斜斜地洒在他身上，透着痞痞的味道。他那意味深长的眼神弄得晴也更加不安，她睁着一双乌黑的眼睛，声音都高了几分：“我说什么了？”

邢武嘬了口烟，故意走到她旁边低下身子，轻飘飘地落下句：“你夸我翘臀，过奖了。”

说完，邢武就出去了。

晴也整个人如石化一样坐在小板凳上，没两秒钟，厨房就传来一声崩溃的大叫。

黄毛吓了一跳，赶忙起身要去看看：“表妹怎么了？”

邢武嘴角微微翘起，一把拉住黄毛对他说：“走，陪我去木材店转转。”

“去那儿干吗？”

黄毛还没问清楚就被邢武直接拉走了，胖虎也跟了上去。

第三章

润物无声

y a o y a o

关于评价男生臀部这件事，晴也活了十八年从来没干过，就连想都没想过，但是，她不仅看了邢武的臀部，还评价了，不仅评价了，还给了五星好评，对方竟然还跟她说“过奖了”？

这件事对晴也来说简直就是毁灭三观，这就直接导致，下午她都不敢下楼了，就怕碰见突然回来的邢武。

邢武傍晚的时候的确回来了，晴也在楼上听见了“小天使”的声音，她还特地靠着窗户往下看了眼，也不知道邢武这人是不是眼睛长头上的，锁好车竟然还抬了下头，吓得晴也赶忙蹲下身。

不过邢武回来后一直没上楼，到吃饭都待在楼下。李岚芳上来喊晴也吃饭，顺便问她是不是不舒服。

她顺水推舟地说是有点不舒服，让李岚芳把饭菜给她拨碗里，她待会儿想吃自己下去吃。

李岚芳一下楼就盯着邢武骂：“叫你们昨晚给晴也少喝点，看她今天一整天都蔫蔫的。下次不准再让她喝酒了，人家千金之躯，能跟你们这帮小流氓比？”

邢武好笑地调侃道：“你还会用千金之躯？可以啊。”

李岚芳自信地说：“那我也是看过《甄嬛传》的。”

邢武想了半天都没想明白千金之躯跟《甄嬛传》有什么关系，另外他妈看《甄嬛传》是准备在她那些牌友之间来场宫斗戏？就他们这扎扎亭，连个像样的楼房都没有，还宫斗呢，斗街差不多。

李岚芳吃完饭让邢武把碗洗了，再帮她把手机搞一下，最近她手机连照张照片都照不出，老提示内存不够，她也不知道怎么弄。

把手机给邢武后，李岚芳就先去隔壁打麻将了，还叮嘱邢武要是晚上出去，走前上楼看看晴也，别真生病了。

邢武洗完碗帮李岚芳清了清各个软件的缓存就走了，压根儿没上楼，他很清楚自己要是上去看她，没病都能给他看出病来。

果不其然，邢武前脚刚走，晴也就下来了，自己跑到厨房找饭吃，发现他们给她留了不少菜，还有牛肉吃，真是难得。

晴也吃完饭，本来打算在电脑上做套卷子，正好消化消化再下来洗澡的，结果外面下了雨。这还是除了她刚到鞍子县以来这边第一次下这么大的雨，外面电闪雷鸣的特恐怖。暴雨说来就来，连邢武房间的窗户都被吹得直响，窗户密封不是很好，总有风溜进来形成尖细的声音，跟鬼叫一样。晴也看了眼外面黑漆漆的楼梯，抱着电脑蜷了蜷身体，根本没有心思再写题了。

好在这场暴雨来得快，去得也快，虽然没有完全停，但一阵一阵的，晴也趁着雨小了，抱着衣服赶紧下楼去洗澡，怕一会儿雨再变大。

她冲进洗澡间打开微弱的灯，先铺纸巾再放衣服，然后锁好门开始脱衣服。

自从邢武装上门锁后，晴也洗澡安心多了，但今天晚上她却有些慌手慌脚的。外面风依然很大，不时闪电骤亮，虽然门是锁着的，但老是被风吹得发出“咚咚咚”的声音，就跟有人敲门一样，搞得她的心总是提着。

她才把头发上的泡沫冲掉，忽然感觉似乎门的声音更大了点，她先是静止了一瞬，而后赶忙关掉水，全部神经都紧绷起来听着门外的动静。

起初她以为是自己吓自己，可能风更大了所以才吹得门很响，她不停地安慰自己门锁了，不会有事，但门晃动的幅度越来越大，就像有人从外面要把门撞开一样。

晴也的心脏突然疯狂跳动起来，她一步步朝门的方向靠近，当看到颤抖的门把手时，顿时出了一身冷汗，这明显是有人在外面动门锁才会这样。

几乎同时，晴也意识到门外有人想破门而入，她瞬间吓得四肢发抖，赶忙跑到木凳边上拿起手机就拨打李岚芳的电话，想着李岚芳在隔壁打牌过来应该很快，然而手机响了半天，压根儿就没人接。邢武傍晚帮李岚芳弄好手机就随手放在收银台里面了，此时李岚芳的手机就关在收银台抽屉里，根本没人听见。

门开始发出“轰咚咚”的声音，本就不大结实的门板随时有种被人撬开的错觉。

晴也手心一层汗，惊恐地拨通了邢武的语音通话。

晚上大黑他们早就窝在顺易等邢武打斗地主，一帮男的大夏天的晚上也睡不着觉，有事没事吃完晚饭都喜欢跑到顺易窝着。

邢武正跷着二郎腿眯眼看着一手好牌，好整以暇地靠在椅子上，一副悠闲的模样，手机突然就响了起来。

刚响两声的时候他看都没看，直到犬牙扫他一眼，他才不急不慢地掏出手机，看见居然是晴也给他打的微信语音。

他微微蹙了下眉接通放在耳边，然而手机那头传来的，便是晴也带着哭腔的颤抖声：“邢武，洗澡间门外有人在撞门，我在里面，怎么办？”

“什么？”

一圈人只看见邢武突然就扔掉了手中的牌站了起来，屋内顿时寂静无声，所有男人都盯着邢武，邢武直接拿着手机大步往外走：“衣服穿好了吗？”

“还没……”

“不要开门，穿上衣服等我回来。”

说罢，他将手机一锁，直接拉开卷帘门冲了出去。

犬牙很少看见邢武如此神色匆匆的样子，去年被鞍职那么多人围了他也没慌过，于是赶忙追了出去吼了声：“出什么事了？”

邢武没工夫回答他，冲进大雨跨上“小天使”就往回奔。犬牙刚准备提醒他下着雨，然而“小天使”的车轮已经碾着水花冲出去好远，犬牙看着他冒雨狂奔的背影，诧异地杵在原地。

挂掉电话后，晴也已经急得一身汗，慌手慌脚去拿衣服，大概身体颤抖得太厉害，衣服好几次拿反了。

没一会儿门外的人撞得更大力了，晴也整个脑袋都炸了，其间她还打了个 110，半天才接通，里面的接线员问她地址，她一急压根儿就说不出地址，报了个炫岛理发店。

挂了电话她拿起那个放衣服的木凳，眼神死死地盯着门口，打算如果邢武回来前这个人真冲进来，她就拿木凳跟他拼了。

短短几分钟对晴也来说如身在炼狱一样煎熬，她害怕得歇斯底里地大叫着，渴望有人能听见动静，可外面又下起了大雨，电闪雷鸣淹没了她的声音，在这个老旧破败的地方，没人冒雨多管闲事，也没人出来管她死活。

她已经不知道脸上不停滴落的水珠是汗水还是泪水，就在她神经快绷不住时，外面突然就传来一声惨叫，紧接着门锁不再晃动，但是门外的动静越来越大。

晴也赶忙提着木凳跑到门边上听着外面的动静，又是几声男人的惨叫过后，晴也听见了邢武的声音。

“吃了豹子胆了？敢打我家的人的主意，今天让你爬不起来！”

晴也心头一松，赶忙就打开门锁。

当洗澡间的门打开的刹那，晴也看见的，就是顶着暴雨的邢武狠戾地跨站在一个男人身上，一手提着男人的衣领，将被他打翻在地上的男人半提起来，一拳一拳地砸在男人身上。暴雨如注，他浑身被浸透，臂膀的线条却因为那凶悍的力气清晰可见，额头青筋暴出，眼神嗜血，整个人都萦绕着一种恐怖的气息。

这是晴也第一次看见邢武打人，拳头又快又狠，暴戾凶残，冰冷得仿佛整个人没有一点温度。

晴也惊恐地尖叫：“邢武！”

一声呼喊终于将失去理智的邢武拉了回来，他一把扔开男人。

晴也套着白色的睡裙就这样站在门边，纤细的胳膊还提着木凳，一双清透的眼睛布满惊惧的泪水，害怕无助地紧紧盯着他。

那一瞬，邢武感觉有一种看不见的东西猛地撞击着他的心脏，如雷如鼓。

邢武几步走到晴也面前，满脸雨水地盯着她："没事了，凳子给我。"

晴也却愣愣地看着躺在雨水中的男人，声音颤抖地说："你……你把他打死了？"

正说话间，院子的动静终于让那头的几户人家陆续开了门，赵妈子一看吓了一跳，对站在洗澡间门口的邢武喊道："武子，怎么搞的？"

邢武缓缓转过头，没有回答赵妈子的话，而是盯着探头探脑的吴宝平，语气冷到极致："吴伯，把你儿子拖回去。"

吴宝平一听地上躺的是自家儿子，伞也顾不得打就冲了出来，一看真是吴老二，立马就喊自家老太婆出来，一边骂一边将吴老二抬进屋。

邢武夺过晴也手上的凳子往里面一扔，又转身走入大雨中，向着吴家走去。晴也此时只感觉浑身冰冷，她刚才是怕外面的男人冲进来，而此时她是怕那个人被邢武打死了。

她看邢武直接走进吴家，牙一咬也冲进大雨跑了过去。

晴也跑到吴家门口没敢进去，伸着头往里一看，发现邢武并没有去查看吴老二的情况，而是直接拉开吴家衣柜，把衣服全部拽了出来。

晴也震惊地盯着邢武，周围大院里的邻居也都打着伞围到吴家门口，不知道发生了什么事。

此时晴也才看见躺在旁边的吴老二并没事，虽然整个人看上去惨不忍睹，但竟然还睁着眼靠坐起来。

吴老二的老母亲拽着邢武就哭喊道："武子你这是要做什么？我儿子怎么了你好好说，翻我家东西干吗？"

邢武根本不理她，蹲下身拉开最底下的抽屉把衣服往旁边一拨，顿时，所有人都看傻了，男人的衣裤下面压着颜色清新的女士内衣和内裤，而且还是那种少女的款式。

晴也一眼认出那是自己的东西，就是前阵子被偷走的内衣裤。她的血液瞬间倒流，被惊得思维都快停止运转了。

就看见邢武从旁边扯了一个塑料袋，将里面的女士内衣裤全部装进袋里，站起身看着吴家父母：“你儿子偷我表妹内衣就算了，还趁着打雷下雨要冲进洗澡间，至于他想冲进去干什么，你们心里有数。”

瞬时，吴家人脸色煞白，就连恨不得拿刀的吴宝平都突然失了气焰，盯着自己儿子骂道：“老二，你找死啊？”

邢武冷哼一声，盯着周围一群人，凶狠地撂下话：“你们也知道他在找死，我警告这个大院里的人，有谁再敢把心思动在晴也身上，没有下次，我直接送你们去见阎王，老子这辈子就没怕过牢饭。”

晴也站在吴家门口，怔怔地盯着邢武。

她不知道自己此时此刻是什么感觉，恐惧、惊慌、震撼，还是这突如其来的安全感，很复杂，复杂到她的情绪起伏过大，整个人都在发抖。

邢武撂下话转身刚准备出门，便看见抱着胳膊站在门边的晴也，白色裙子全部湿透了，瑟瑟发抖地盯着他。

他眉峰皱了起来，对她凶道：“你跑出来干吗？”

晴也没说话，就这样眼眸湿润地凝视着他。

邢武被她看得很别扭，攥着她的手腕就带她穿过大雨将她重新推进洗澡间：“安心洗吧。”

“你呢？”晴也嗓音很小地问了声。

邢武看着她明显被吓得不轻的样子，紧了下牙根声音放缓了些：“我就在这儿。”

邢武又上楼给她拿了干的衣服下来，晴也洗澡的时候听见院子里又有动静了，好像来了人。她快速冲好澡打开门，看见邢武为她在门口放了一把伞，理发店后门是开着的，邢武特地留门给她照亮。

晴也撑起伞跑进家。

店里站着两个民警同志，似乎和邢武挺熟的，拍着他的肩膀对他说：“下次下手注意点，别真闹出什么事，你是两手一甩进去了，你妈和你奶奶怎么办？”

邢武淡淡地回：“我有数。”

民警了解完情况后，大概也觉得吴老二活该，见没闹出人命，吴家人也没脸追究，跟邢武聊了两句就走了。

民警走后，邢武锁了卷帘门回过身，看见晴也站在楼梯口盯着他，他叹了一声走过去接过她手上湿掉的脏衣服，对她说：“睡觉去吧。”

晴也沉默地上了楼，邢武抬头看着她，直到她的背影消失在楼梯口才转身往院子走。

他此时此刻心情很差，差到极致，胸腔间好似积郁了一股散不去的浊气，堵得他发泄不出，淋浴冲在他精窄的身体上，他浑身紧绷狠狠对着墙捶了一拳。

但这一拳似乎并没有抵消他此时的心情，他不敢想象要是刚才他没接到晴也的电话，要是吴老二早一步撬开门锁，那到底会发生多么恐怖的事情。

他现在居然非常庆幸那天买门锁的时候，挑了款最贵的双保险的，他甚至不敢想象要是他那天挑的是便宜的那款，今天又会发生什么。

邢武活到这么大，心头第一次产生了一种后怕的感觉。他以为生活已经这样了，他不会再有任何害怕的事情，但因为那个女孩的到来，因为今晚的事情，他居然开始害怕。

害怕一个好好的女孩毁在他家，毁在他的眼皮子底下，他虽然自认为不是什么好人，但见不得这种事。

邢武洗完澡后，又将他湿掉的衣服和晴也的衣服一起洗了，洗完没立马上楼，想着别吵醒她，他还特地在楼下刷着手机抽了根烟才端着盆走上楼。

没料到房间里的晴也压根儿没睡，她就坐在床边低着头眼神发怵地落在地面，也没看手机，头发还在滴水，那样子，就像突然被人扔进水里，绝望到窒息。

邢武放下盆对她说了句：“还没睡啊？”

说完，他走到窗边挂衣服。

身后的女孩沉默得出奇，一声不吭，让邢武很不习惯。

他挂好衣服回头看着她，又从抽屉里拿出一个吹风机递给她。

晴也没接，也依然没动。

邢武无奈地插上插头，绕到她面前帮她吹了起来。

晴也一直低着头，没拒绝也没多配合。邢武知道她今天被吓得不轻，换作任何女孩大概都会被吓得不轻，更何况还是像她这样从大城市来的，从小就被保护得很好，生活安逸顺遂，哪里见过这些阴暗面。

他其实想安慰她几句，让她好好睡觉的，但是几次张口他都不知道该说什么。

他从来没安慰过人，语文成绩是所有学科当中最烂的，让他骂骂人还差不多，要让他组织个语言来安慰人，对他来说比登天还难。

然而就在这时，一直低着头的晴也突然很微弱地说了句："我想回家。"

吹风机的噪声太大，邢武听得不是很真切，他关掉吹风机，不确定地问："你说什么？"

晴也的头发已经不滴水了，半干不干地贴在脸颊边，小巧精致的脸就藏在头发里，她又说了一遍："我想回家。"

邢武这次听清楚了。他放下吹风机坐在晴也对面，他自己的床边，双手撑在膝盖上弯腰盯着她："你家里还有人了吗？"

晴也沉默良久，摇了摇头。没有了，她家没有人了。她原来还有个爷爷，前些年过世了，爷爷过世后，大伯因为爷爷生前的事情和她爸闹僵了，大伯出国后，她爸就不认他那个哥哥了，大伯也跟她爸老死不相往来，她没有家人了。

邢武捏捏眉心，耐下性子对她说："你家里没人怎么回去？回去住哪儿？怎么生活？"

晴也的脸埋在膝盖间紧紧抱着自己，有些歇斯底里地说："我不知道，我不知道我能去哪儿，只要不是这里，去哪儿都好。"

要是晴也刚来那几天对邢武说这话，邢武肯定二话不说让她滚蛋，说不定还会帮她把行李抬出去亲自送她滚蛋。

但是在这个滂沱大雨的夜晚，在她刚经历了一场恐怖的惊吓后，邢武听见她这番话时，只感觉牙根发紧，整个人笼罩在一片看不见摸不着的阴霾之中。

他没有吱声。他们之间安静了许久，直到他看见地板上落下一滴水珠，他才抬了下眼皮，发丝后的晴也无声地掉着眼泪。

那一刻，邢武的心拧了一下。在李岚芳告诉他有个表妹要来他家住时，他始终把这个未知的表妹当作不速之客，从看见她第一眼起，她就是那副目中无人、藐视一切的样子，仿佛这里的人事物她都瞧不上。

虽然邢武不愿承认，但晴也身上那耀眼的刺，的确一次又一次戳着他的自尊，而周围那些原本在他眼中不足为奇的人、环境更是加剧了这种感觉。

他从晴也来的第一天就很清楚她是不同的，她和这扎扎亭的所有人都不同，她不属于这里，也根本不应该被扔在这里，可他无法改变别人，无法改变这里的环境，现下也无法把面前这个女孩赶出去。

邢武锁着的眉渐渐松开了，他低眸喊了晴也一声：“喂。”

晴也没理他，他干脆拨开晴也挡在额前的头发，霎时间看见满脸泪水的她，可怜得让人心疼。

晴也撇过头抬手擦着泪，不愿与他对视。

邢武故意侧过身子凑到她面前：“我寻思着走你是没地方走了，你要有地方你家人也不会把你送到我们这儿，还有十来天就开学了，你再转到其他地方也不现实。”

晴也知道不现实，但她就是不想待在这里，这是一种从她心底生出的厌恶和排斥，本来她以为自己可以克服的，一年而已，没什么大不了，可还没开学，她心里的这种排斥便越来越一发不可收。

却听见邢武叹了一声，突然说道：“今天的事，我保证以后不会再发生了。”

晴也含泪转头盯着他：“你怎么保证？”

邢武撇了下嘴角，双手往身后的床上一撑，肆意而张扬。

晴也一脸怀疑地盯着邢武。邢武看见她的眼神，只是无奈地告诉她：“吴家有两个儿子，大儿子在县城开出租车，结了婚后婆媳关系处不好，所以很少回来，小儿子也就是吴老二，三十岁了坐吃等死讨不到媳妇，就赖着爹娘老子，这也是吴家大媳妇一肚子怨气的原因。

“吴老二虽然是个混账东西，但胆子小，只干鬼事，我刚才下手是重了点，但是轻了起不到作用。他这次起码得在家躺个十天半个月的，以后给他十个狗胆他也绝对不敢再对你起什么糊涂心思。

“另外，我也不会再给他这个机会，我说能保证肯定有我的办法。”

这貌似是晴也印象中，邢武第一次跟她正经说话，她不禁抬头多看了他两眼。

不知道是不是邢武这番话起了作用，晴也的眼泪倒是止住了，也没再继续刚才那个要走的话题，就那么坐着。

邢武说了句:“我妈差不多要回来了,看见你对着我哭,指不定又要骂我。”

晴也现在心情糟糕透了，一点都不想面对李岚芳一惊一乍污言秽语的样子，所以回身上了床，拉过毛毯盖在身上。

她刚躺下就听见邢武往外走的脚步声，立马又坐起身问他:“你去哪儿？”

邢武回头望着她紧张的样子，那双美眸通红，仿若怕被遗弃了。

邢武的眉宇间终于少了几丝平日里的凌厉，淡淡地对她说：“睡不着，看会儿球赛，晚上不走。”

晴也听见那句“晚上不走”才安下心来，重新躺了下去。

虽然邢武帮她把门带上了，可晴也依然能听见外面断断续续传来的电视声，这个影响睡眠的声音第一次让她感到如此踏实，听着听着就睡着了。

第二天李岚芳还是从赵家老妈子口中听说了这事，这赵妈子还不嫌事大地添油加醋了一番，明明是邢武把吴老二打趴下后，赵家才出来围观的，结果在赵妈子嘴里就跟亲眼看见吴老二撞门耍流氓一样，说得有鼻子有眼的。

李岚芳这一听哪能忍，一大早又冲去了吴家。吴家老两口也是可怜，替儿子各种赔礼道歉，还把家里一筐鸡蛋给了李岚芳。

李岚芳雄赳赳气昂昂地拿着一筐鸡蛋回了家跟邢武提起了这事，邢武越听越歪，问李岚芳听谁说的，李岚芳说是赵妈子。

所以早上邢武临出门前又去警告了一番赵妈子，让她嘴巴放干净点，再让他听到什么耍流氓的事情，他就让她儿子骨折。

赵妈子吓得一再保证不胡说八道了，她儿子赵贝在学校都是邢武罩着才没出过什么事，不然就赵贝那弱鸡又喜欢打小报告的德行早被揍了。

晴也早晨起来换上了邢武帮她买的内衣，而后脸颊便有些发烫，因为她发现内衣的尺寸刚刚好，她都不知道邢武为什么会清楚她的尺寸。

早晨邢武走前特地交代过李岚芳，所以晴也下楼的时候，没人在她面前提起昨晚的事。其实晴也特头疼李岚芳会问她，所幸李岚芳压根儿没提。

倒是店里的那位顶着烟花烫的小妹妹杜奇燕今天不知咋了，坐在门口一直掉眼泪。

李岚芳这炫岛做的就是扎扎亭这块人的生意，客流量不算特别大，都是熟客，所以除了她自己有时候会带客人剪剪头，就雇了两个人，一个是流年，还有一个便是这位顶着烟花烫几乎常年看不见脸的小妹妹杜奇燕。

杜奇燕这个姑娘吧，晴也来了这么长时间，总共也没跟她说过几句话，但是她却能感觉出来杜奇燕经常会偷偷看她，只不过每次她迎上杜奇燕的目光时，杜奇燕便会到处闪躲，还会脸红。

杜奇燕身上有着扎扎亭女孩的特点，没见过什么世面，遇到生人会害羞，不敢说话，但又渴望表现出见过世面的样子，拼命把自己打扮得很时尚，又压根儿没搞明白时尚到底是啥玩意儿。

所以在晴也刚来的那几天，杜奇燕把家里所有稀奇古怪的东西都往身上套，那造型一天比一天辣眼睛。而往往杜奇燕看见晴也身上一件装饰都没有，就一条简单素色的连衣裙就能秒杀一切的容貌和气质，的确自惭形秽，所以她在晴也面前总会忍不住自卑，因此从来不敢主动找晴也说话。

晴也还特别奇怪地问了流年杜奇燕今天怎么了，流年告诉她杜奇燕失恋了，好像被人甩了，一大早就肿着眼睛来，还对流年说，她心里有座坟，住着未亡人。

虽然人家失恋挺惨的，但晴也实在差点绷不住笑意，她深刻怀疑李岚芳是“葬爱”家族元老级人物，招的人一个比一个像“葬爱”家族高级会员啊，这都是些啥？家族语录吗？

今天店里没什么生意，杜奇燕就坐在店门口，晴也在收银台里一套卷子都做完了，她还在那儿哭，大有孟姜女哭倒长城的架势。

下午的时候，突然来了辆面包车停在炫岛正门，就连晴也都伸头张望着，然后就看见从面包车上下来的邢武，后面还跟着跳下来的胖虎和黄毛。

三个人下了面包车卸了几块板材下来，面包车就开走了。

邢武带着胖虎和黄毛把板材搬了进来，李岚芳莫名其妙地问："搞这些回来干吗？"

"有用。"邢武简洁地回了句，便将视线转到晴也脸上。她穿着一套抹茶绿的套装，头发绑得高高的，绾成一个丸子，露出修长白净的脖子坐在收银台里，在这个炎炎夏日里看上去清爽明媚。

邢武到底松了口气，他还以为晴也今天不会下来了，或者一觉醒来又要闹着喊回家。事实证明，这个大小姐的复原能力让他刮目相看。

黄毛对晴也抛了个媚眼，殷勤地说："表妹，我来了。"

晴也压根儿没搭理他，看向邢武。眼神对视的那两秒，两人似乎同时想到昨晚的事，有些微妙的尴尬。

邢武路过她身边的时候，把胳膊上挂的一个塑料袋放在收银台上，然后带着胖虎和黄毛去后院了。

晴也将塑料袋打开，里面是新鲜的车厘子和几个牛油果，看相比上次黄毛买的好多了。

晴也拎着袋子到旁边将车厘子洗了洗，放了一颗到嘴里，甜。

她分了一些端给门口还在哭的杜奇燕。

杜奇燕非常错愕地抬头望着晴也，一时间不知道该怎么办了。晴也什么话也没说，把车厘子放在她腿上就转身走了。

她端着车厘子走到后院，看见邢武蹲在地上测量板材做标记，胖虎帮他递工具。黄毛看见晴也，乐颠颠地走了过来："表妹，好吃吧？我们哥几个特地绕到县城买的。"

晴也把洗干净的车厘子递到黄毛面前，黄毛摆摆手："你吃吧，给我吃纯属浪费。"说着瞄了眼店里头，问晴也，"门口那姑娘中邪了？哭得跟家里死人一样。"

"……"晴也很想告诉他，人家心里还真有一座坟，住着未亡人呢！

"你说杜奇燕啊？失恋了。"

黄毛一听便乐了："就她那样，还有人跟她恋啊？"

他忽然的笑声惊得晴也差点被一颗车厘子活生生卡住。

邢武抬起眼皮朝他们那里扫了一眼。

晴也微微弯着眉眼，透着少女的清澈和她身上特有的矜傲，仿佛是这灰蒙蒙的扎扎亭唯一的一抹充满生机的绿色。

他的眼神又移向手舞足蹈的黄毛，对他说："过来帮我扶着。"

"哎！"黄毛应着声过去了。

晴也问了句："你们在弄什么啊？"

邢武淡淡地说："自己拿眼睛看。"

呵，才一晚上，又不好好说话了。晴也发现经过这么多天，她对邢武的这种沟通方式也免疫了，刚来那几天还经常被他气得不轻，现在居然面对他的冷言冷语都没啥反应了。

下午日头最烈，后院也没个遮蔽的，三人热得一身汗，黄毛说受不了了，到旁边搞点冰的吃。

黄毛所谓冰的，就是碎碎冰，还真够冰的，黄毛特地从中间掰了一半，递给晴也。晴也瞥了眼，扭过头说："我不吃色素。"

旁边的胖虎已经啃了起来，红的碎碎冰给他啃得像火腿肠一样魔性。黄毛见晴也不要，抬手递给邢武："武哥，那这半给你。"

邢武头也没抬地说："放窗台，你们歇会儿。"

黄毛把那半碎碎冰放在窗台就和胖虎进去凉快了。

晴也靠在门框上看着邢武用电锯裁板，两个袖口掀到了肩上，双臂线条流畅偾张，古铜色的肌肤在烈日下闪烁着晶莹的汗珠，少年的野性和迷人的专注完美融合在他身上，的确是一幅养眼的画面。

邢武的五官很立体，这点遗传了李岚芳。其实晴也看过李岚芳不化妆的样子，还挺好看的，只不过她日常妆容太辣眼睛，是为数不多把自己越化越丑的典型。

加上邢武的衣服一向简单干净，身形又高大，虽然晴也不想承认，但在这个鸟不拉屎鸡不生蛋的地方，邢武的确要比身后那些杀马特养眼多了。

她瞥了眼碎碎冰，提醒道：“要化了。”

邢武这才抬起头，放下电锯，长腿跨过木板走了过来。靠近后，他身上的汗水散发着荷尔蒙的味道让晴也躲开了目光。想到昨晚，晴也忽然有种说不出的感觉，邢武脱口而出的那句“敢打我家的人的主意”有种护犊子的霸气，现在回想起来，她竟然觉得特别想笑。

然后……她就笑了，歪着头盯着邢武不明所以地笑了。

邢武刚准备把碎碎冰叼在嘴上，抬眸看见晴也脸上洋溢着浅笑，迎着光线，明媚耀眼，看得他突然愣了下，而后扫了眼手中的碎碎冰：“你要啊？”

晴也当真朝他伸了手，他直接把碎碎冰递给她又回身干活了。

碎碎冰化了一半，晴也抬头喝了一口融化的水，还真是又冰又甜呢。

黄毛出来看见原本给邢武的碎碎冰又到了晴也手中，很是诧异地说：“怎么我给你你不要，他给你你就要啊？”

晴也半笑着说：“你手脏。”

黄毛这就不承认了，指着邢武：“表妹你不能睁眼说瞎话啊，武哥干了半天活手不比我脏多了？”

邢武听见他们的对话，低着头牵起嘴角。

晴也没理黄毛，嫌热就进去了。

黄毛一副苦大仇深的样子对邢武说：“昨天表妹还看着我脸红，今天都不理我了？武哥，你说表妹这是不是想让我主动点啊？”

“……”这么会异想天开，你怎么不去写剧本？

等傍晚晴也再去后院时，邢武正在刷漆，黄毛他们已经走了。

晴也走进后院，惊道：“你这是打了个衣柜啊？”

她惊奇地围着衣柜绕了一圈，居然发现这个木柜每一处都被邢武打磨得很精细，除了挂衣格，还有好几个抽屉，而且看上去挺结实的样子。

邢武正在上着一层清漆，晴也绕到邢武身边睁着大眼问他：“你这个木柜打给谁的啊？”

邢武侧眸掠了她一眼，没吱声。

晴也指着自己的鼻尖讶异地说：“不会给我的吧？”

邢武没承认也没否认，继续低头干活，晴也倒是笑了起来：“真是给我的啊？我正差个衣柜呢，你看我的衣服只能堆在行李箱上。”

邢武不瞎，当然看得到，淡淡地说：“我是怕你再住几天，把我房间堆成猪窝。”

晴也的心情突然就好了起来，对于他的调侃丝毫不在意，围着衣柜又看了一圈：“我什么时候能用啊？”

“放着给它吹几天，味道散了再搬上去。”说着，他突然想起什么对晴也说，“那袋子里的东西你还要吗？”

晴也侧头看见是昨天晚上邢武从吴老二抽屉里搜出的内衣裤，瞬间又敛起了笑容：“不要，扔了。”

她原来还真以为是哪个女的偷走的，现在知道居然是吴老二，真无法想象吴老二拿了她的内衣内裤回家做了什么，她想想就恶心。

就在这时，晴也的手机突然响了起来，是个陌生号码，接通后电话里面传来一个女人的声音，号称是鞍中的杨丽老师，问她有没有到鞍子县，如果方便的话明天去一趟学校，核实登记一下转学手续之类的。

晴也挂了电话就抬起头问邢武：“鞍中有个叫杨丽的老师你认识吗？”

“她打给你的？”

“喊我明天去趟学校，在哪儿啊？远吗？”

邢武就这样瞧着她，不知道在想什么，而后说道：“远倒不远，明天我带你去。”

晴也本来只想问个路，没想到邢武居然还好心地陪她去，太阳打西边出来了？不嫌她麻烦了啊？

虽然昨天发生了那茬，但依然不影响李岚芳吃完晚饭要出去打牌的行程。晴也算看明白了，就她这八竿子打不着的便宜小姨，一天不吃饭行，一天不打麻将就跟五毒要发作一样，坚决不行。

邢武把奶奶推进房后，将碗筷收拾进厨房。等他收拾完出来的时候，发现晴也居然没有上楼，就搬了个小板凳坐在后院门口，她面前放着才切好的牛油果，绿油油的，还挺好看，手机对着盘子拍了一张照片，发了条朋友圈：坚持再坚持。

这是自从晴也妈妈过世后，她发的第一条朋友圈。

刚发出去很多老同学便纷纷给她留言问她转去哪里了，什么时候回去找他们玩。

晴也没法回复，估计就是告诉这帮人她在的地方，他们也没听过。而且她成绩向来优异，从前在国际学校，无论学业方面，还是才艺方面，甚至各类竞赛她从来没有掉过链子，一直是班上的尖子生，即使放在一群家境殷实、实力不凡的孩子中间，她依然是璀璨夺目的存在，可现在璀璨的明珠蒙上了一层灰，被放逐在这样的地方，她的傲骨让她无法将自己的处境告诉这些老朋友。

直到她收到了孟睿航的留言，问她：你还好吗？

晴也点开他的回复，打了几个字又删了，愣了好久，直到邢武走到她边上伸头看了眼。他倒不是故意想看，只不过视力太好，随便一瞄就瞧见了“孟睿航”三个字，让他突然想起之前在晴也电脑里看见的那个长相清秀的男生。

邢武靠在门边“呵”了一声：“好学生也有喜欢的人啊？”

晴也吓了一跳，赶忙收起手机抬头盯着邢武。邢武本来以为晴也会骂他一句让他别瞎说之类的，但晴也只是黑着脸盯着他，没有反驳。

邢武踢开旁边的凳子就往里走，晴也赶忙站了起来对他说：“你要出去吗？”

“不然呢？”邢武把打火机放进裤兜里，头都没回。

晴也咬着唇站在后门边盯着邢武。邢武听见身后没了声音，回头掠了她一眼。晴也的眉紧紧锁着，一副欲言又止的模样，整个人纠结得不行。

他干脆回过身来吊儿郎当地说：“干吗？不想我出去？”

晴也瞥了眼后院，一脸担忧的样子。

经历了昨晚的事情后，晴也着实有了不小的心理阴影，李岚芳天天晚上跑去打麻将，邢武要是也不在家，她估计膀胱炸了也不会再一个人下楼去厕所。

邢武见她沉默的样子，几步走了回来看着她：“说话，不说我走了。”

他作势转身离开，晴也深吸一口气，声音跟蚊子哼哼一样：“能不能……别出去了？”

邢武已经转过的身子微顿了下，回过头嘴角扯起一个玩味的笑：“你不会搬个小板凳在门口等我半天就是怕我出去了吧？”

晴也一双黑乌乌的大眼就这么平静地注视着他，不否认。

邢武叉着腰望着她那副苦哈哈的样子，忍不住笑了起来，顺手拿起手机打了个电话给犬牙：“喂，我晚上不过去了。”

晴也听见他这话，瞬间就松了口气，转身拿起牛油果上楼了。

而电话那头的犬牙很诧异：“牌都分好了，怎么说不来就不来了？”

邢武回头看了眼已经上楼的晴也，淡淡地“嗯”了一声：“家里人不给我出门。”

犬牙顿时就乐了：“你就吹吧，你什么时候听过你家人的话？”

“……”这不是在听着嘛。

晴也回到房间后，将自己的手续、原来的成绩单，还有证件等收拾出来，杨老师让她明天去学校的时候带着。

邢武走到房门口的时候抱胸靠在门框上对她说：“喂，聊聊。”

晴也觉得有些好笑，他们有什么好聊的？于是她继续埋头整理东西问道：“聊什么？”

“你要是有空的话，能不能帮店里做个账，我妈……”

邢武垂着眸蹙了下眉接道：“拿钱没数，都在牌桌上送出去了，还月月喊没钱，我想从这个月开始扣她两千下来。我奶奶这个病，说要钱就要钱的，给她这样败下去不是办法。”

晴也直起身子想了想：“你妈肯吗？”

“我会跟她说。”

邢武细长的眼睛牢牢盯着晴也，晴也无所谓地耸了耸肩：“可以。”

倒不是她多乐于助人，而是她住在邢武家，虽然不能说相处得多愉快，但起码平时他们也算照顾她，而且今晚邢武愿意推了狐朋狗友的约留下来，她帮他这个忙无可非议。况且，上次看他和流年对账的样子，真的让她一理科学霸不忍直视。

但她还是故意激了下邢武："万一我把钱贪了呢？"

邢武"呵"了一声："那我还要谢谢你了，能瞧得上我家的钱。"

说罢，邢武便转过身，刚走一步又想起什么回身说道："不过快开学了，像你这种好学生有时间搞这些吗？"

晴也一脸看弱智的表情："你以为你家理发店开在王府井啊？就这人流量一天才几个顾客？只要每天回来跟流年对下，两分钟都不要，数据一填，公式自动核算，月底报表一拉就出来了。你们当天的事情不当天结，月底几个人坐在一起苦思冥想能想出什么来？"

邢武瞧着她轻松的模样，扯了下嘴角就没再说什么了。他没晴也心细，也没她待在店里时间长，那天看见她做的账后，他才知道他妈一个月能赌掉几千块。

晴也虽然表面看上去对谁都挺冷漠的，天天坐在收银台里一副事不关己的模样，但心里有本账，跟明镜似的，才来大半个月就把他家理发店的利润算得清清楚楚，所以老实说，在这件事上他还挺信任她的。

为什么信任她，因为邢武相信，这些钱在她眼中也不过是个看不上眼的数字。

邢武还和前一晚一样，躺在沙发上看球赛看到半夜，具体他几点睡觉的，晴也不知道，她依然听着电视机断断续续的声音睡着了。

第二天上午晴也和杨老师约好了要去趟鞍中，邢武坐在"小天使"上等她的时候点了一根烟，抽到一半就看见她出来了，穿了条高腰牛仔短裤，白色荷叶边雪纺衫，绑了个马尾，背着双肩包，还真是青春洋溢啊。

邢武眼尾勾了下，扔掉烟对她说："上车。"

今天晴也穿的短裤，不用侧坐了，跨上"小天使"后她自觉地往后靠，双手抓住车后座，邢武慢慢悠悠地骑向鞍中。

还有一个星期高三的学生才返校，此时学校大门紧闭，十分幽静的样子。才骑到门口，保安就探出头，对着邢武喊道：“哟，开学了你都不来，这没开学你来干吗？”

显然保安和邢武很熟了，邢武一刹车吊儿郎当地说：“老妖婆约谈我。”

保安一边走出来打开小门一边诧异道：“你放个假还能闯出什么祸来？”

“谁知道呢。”邢武随口胡诌地骑了进去。

整洁的教学楼一排排立着，庄严寂静，左边有个室内体育馆，右边还有个很大的足球场，此时也没人，一眼望去红色塑胶跑道还挺正规的，倒是出乎晴也的预料。

虽然跟她原来国际学校的欧式教学楼没法比，但起码也像个一般公立高中的样子了。她昨天晚上躺在床上还自动带入了贫困山区那种土房破桌的场景，就拿到邢武家的这一个月来说，她觉得学校再糟糕都不足为奇了，还做好了崩溃的准备。

结果这个名为鞍子县第一高级中学给晴也的第一印象竟然还不错，起码在这地头上是算高级的了。

邢武骑到高中部教学楼，晴也下了车还对他说了句：“你们学校还行。”

邢武从照片中看过晴也原来高中的样子，此时此刻也很“谜”，不知道她哪只眼睛看见还行了。当然，因为他不知道晴也做过更悲剧的设想。

邢武没上楼，就指了下楼梯告诉她：“上去三楼，右拐走到底。”

晴也看了眼，背着包上去了。

办公室除了杨丽还有两个老师，杨老师看见晴也后亲自站了起来，拉了把椅子让她坐，似乎一眼就很喜欢她的样子。毕竟晴也白白净净的，五官端正清澈，眉眼间的从容和傲骨，一看就是那种好学生的样子，比较合老师们的眼缘。

果不其然，当她把成绩单和一些资料递交给杨丽后，杨丽一双眼睛都亮了，抬起头看着她：“你们那里的卷面难度应该要比我们高，你这个成绩上学期在年级排名第几啊？”

晴也很平静地告诉她：“期末考发挥稳定，保持第一。”

晴也不卑不亢的神态让杨丽微微一怔，和晴也身后的郭老师对视一眼，办公室里几个老师顿时就意识到，鞍中恐怕迎来了一个国宝级学霸了。

特别是当晴也握着笔填表格时，那一手漂亮隽秀的字体更是让杨丽刮目相看。她毕竟教语文的，见到写字如此好看的学生，自然忍不住夸赞，就连郭老师都站起身走过来围观。

手续没办多长时间，大概是杨丽见到晴也心情比较激动，一激动就拉着她多扯了一会儿，从学校背景介绍，到班级情况，再到关心晴也的生活云云。

晴也就照实说住在小姨家，杨丽还问了句怎么她小姨今天没来，毕竟第一次来学校一般都是家长带着孩子。晴也含糊地说小姨工作忙。

她没跟李岚芳说今天来学校，就李岚芳那日常妆容，亮片眼影，高跟鞋的防水台像踩高跷似的，她实在没眼跟老师说李岚芳是她家长。

后来杨丽还亲自把晴也送下了楼，告诉晴也开学后她就是晴也的班主任，有任何需要帮助的地方，无论生活上的还是学习上的都可以来找她，活像一个慈祥的中年妇女。

晴也感觉这个杨老师人还可以，为人师表，刚才邢武还喊她老妖婆，晴也还以为对方是一个多严厉的老师呢。

而且这鞍中的硬件设施虽然不能跟她原来的国际学校比，但也还算看得过眼了，起码边上还有个小电梯，只不过贴着“教师专用”，也就是跟她基本没啥关系。

邢武坐在“小天使”上玩着手机等晴也，等了老半天她也没下来。邢武也不急，他知道杨丽那德行，金口一开没完没了的。

杨丽把晴也送到楼梯口，刚准备让她回去路上注意点，就看见了远处坐在摩托车上剃着板寸的邢武，她皱了下眉，当即就拉住了晴也。

晴也还没反应过来什么意思，就看见杨丽一本正经地跟她说：“那个学生叫邢武，开学后离他远点，他要跟你说话你千万别理他。”

晴也盯邢武看了眼，他还在低头玩着游戏，压根儿没注意到她们。

晴也有些玩味地问了句：“为什么啊杨老师？”

“成绩是一方面，这都不是关键的，主要这个同学吧，喜欢欺负别的同学，逃课、打架、抽烟样样来，身上记着大过，这马上都高三了，再犯什么错能不能毕业都成问题，你和他们这些学生不同。”

晴也真是谢谢杨老师了，这么掏心掏肺地提醒她，她差点就感动了呢。

杨丽一脸慈爱地目送了晴也便转身上楼了。晴也向邢武走去，邢武抬了下眸收起手机：“弄好了？”

晴也一身轻松地拽了拽背包，然后不明所以地盯着邢武笑。上午的阳光还没那么烈，在晴也长长的睫毛上洒下一层金辉，让她看上去格外神气。

邢武垂眸拍了下扶手，忽然扬眉问道：“我要去趟县城，你马上有事吗？”

“我能有什么事？”说完，晴也跨上“小天使”。

邢武嘴角微勾。

杨丽刚上到二楼，听见摩托车的声音特地往楼下看了眼，就看见晴也居然上了邢武的车走了，走了？

路上的时候，邢武问晴也：“老妖婆找你了说什么，这么长时间？”

晴也坐在他身后眯起眼睛笑道：“跟我说叫我离你远点，你跟我讲话千万别理你。”

“啥玩意儿？”邢武暴躁道，“我又惹她了？”

晴也复述道：“杨老师说你喜欢欺负同学。”

“……”

“那你还敢跟我说话，也不怕我欺负你。”

“呵，还不知道谁欺负谁呢。”

邢武听着晴也天不怕地不怕的话，眼里浮上一丝嘲弄，渐渐加快速度又突然一捏刹车，晴也吓了一跳就往前撞去，身体毫无征兆地撞上邢武的后背。

邢武的确只是想捉弄她一下，他经常跟兄弟这样玩，但没想到女孩身体是绵软的，隔着薄薄的布料，让他的身体猛然僵住，眼里的光瞬间收敛。

晴也在撞上去的刹那，下意识地环了下他的腰稳住平衡，却立马感觉到少年紧绷的肌肉，她赶忙松开手，脸唰地就红了，甚至都忘了怼他，就这样突然安静下来。

在到县城之前两人都没怎么再说话，保持着不尴不尬的沉默。

一直到周围的街景慢慢发生了变化。

鞍子县的县城也不大，总共就一条街，从头走到尾就没了，但比起扎扎亭来说，这里到底是县人流量最大的地方，有几个小商场，有两层楼的大超市，还有奶茶店、火锅店。

晴也总算找到了点熟悉的味道，这也是她到这里以来第一次上街，刚才的尴尬一扫而空，反而兴致高昂地说："对了，你要来干吗的？"

"买个配件。"

"那先陪你买吧。买完我们能逛会儿再回去吗，我请你吃火锅。"

邢武半笑不笑地说："不急，你想去哪儿逛先去吧。"

晴也这一听就不客气起来，直奔商场，把她缺的洗面奶、面乳、爽肤水七七八八的全部配齐了，还逛了逛女装和卖鞋的地方，就跟被解禁的囚鸟一样，整个人突然就有了精气神。

邢武除了有事很少来县城，这里的人从出生起就习惯窝在自己那巴掌大的地盘上，没有大城市里的人私家车一开到处游玩的习惯，他即使来县城也是带着目的来，一般弄完就走，不会多停留，更不会像现在这样陪着这位大小姐逛商场，搞得他十分别扭。

所以晴也进什么女装店的时候，他就在门口的过道边刷手机边等她，直到她对着门口喊他："邢武，你帮我看看这两套哪套好看啊？"

邢武听见她的声音回过头去，看见她换上了一套米白色的蕾丝裙，手上还拿了一套泡泡袖衬衫样式的套装。

这样的衣服在县城并不好卖，这里绝大多数女孩不会穿这种衣服，一来皮肤太黑穿得不伦不类，二来价格贵，平时生活也根本穿不到这样精致的衣服。

可穿在晴也身上却毫无违和感，甚至她白净的皮肤和出众的气质在驾驭这些衣服时，很随意就穿出了一种名媛范儿，店员一个劲地夸她。

邢武清了下嗓子说了句："不知道，你自己看。"因为他真的挑不出来。

结果晴也全买了。邢武总算见识到这位大小姐的购物能力，能入她眼的都是贵的东西，还一个劲地抱怨他们这里东西少，什么也买不到。

邢武看着自己左右手拎着的购物袋，这叫什么也买不到？要是品牌齐全她还能怎么买？把整个商场包了？

晴也买得差不多了说要吃糖葫芦。她其实原来在首都很少会吃糖葫芦，只是在这里看见了，突然内心就生出了情怀。

邢武把购物袋放她身边，慢慢悠悠刷着手机排在了队伍后面。

晴也望着这个完全跟不上时代节奏的商场，一共就三层楼，居然除了衣服鞋子包，卖家具的也混杂在其中，好一个大写的奇葩，她居然还能在如此奇葩的商场逛了老半天，这就算了，竟然买了这么多东西，也是醉了。

这件事充分说明了，把一个人丢进一口暗无天日的井里关上十天半个月的，出来看见什么都香。

晴也不习惯边走边吃东西，她必须吃完了再走，所以邢武就立在另一边低头看手机。

没一会儿，邢武忽然问了她一句："你爸留了挺多钱给你啊？"

晴也漫不经心地说："也没多少。"

"那你还不省着点用？"

晴也突然就感觉手上的糖葫芦不香了，她顺手递给邢武："不吃了。"

邢武莫名其妙地拿了过来："我排了半天队你吃两个就不吃了？"

晴也面无表情地说："有问题吗？"

邢武"啧"了一声就打算替她扔了，她拽了他一下："你干吗？"

"扔了啊。"

"扔了多浪费，你排了那么长时间的队。"

"那怎么办？我不能一直替你拿着吧大小姐？"

"你吃。"

"……"

邢武锋利的眼盯着她："我凭什么要吃你剩下的东西？"

"你嫌弃我？"

晴也这一问，突然让邢武想到那晚她喝醉后也是这样盯着他，委屈巴巴地说："你凶我。"

他能怎么办？他能说他不喜欢吃山楂吗？他只能三两口把糖葫芦咬了，赶紧结束这个没完没了的话题。

晴也说到做到，要请邢武去吃火锅。正好到了中午吃饭时间，邢武没什么意见。

但是坐下来后邢武就后悔了，这位大小姐哪是吃火锅啊，想吃什么指一指，然后盯着他就不动了。

邢武除了他脑瘫的奶奶还第一次这么伺候一个女人，真跟活菩萨一样，就差喂到嘴边了。

晴也点了不少，真正吃倒没吃多少，基本都进了邢武的肚子。快吃好的时候，晴也有些好奇地问邢武："为什么电子街的人都叫你狙皇啊？"

邢武夹了片涮羊肉扔进嘴里，抬眉看她："想知道啊？"

晴也歪了下头，邢武摸了摸肚子站起身，说："我出去抽根烟，等会儿告诉你。"

晴也坐在椅子上等邢武，邢武抽完烟回来顺便把账结了，等晴也再叫服务员的时候才知道，于是她出了火锅店死活要把钱给邢武。

邢武一脸无所谓地说："得了吧，省点钱去国外，你以为人民币有无限复制功能啊？"然后又说，"你刚才不是问为什么别人喊我狙皇吗？来。"

之后邢武接过晴也手上的购物袋带她去了一家电玩城，一进去游戏机嘈杂的声音就不绝于耳，还伴随着好多小年轻们的叫声。

晴也原来也跟同学去过电玩城夹娃娃投篮玩 VR 之类的，不过高二以后基本就没时间出去玩了，这里的电玩城不比首都的都是高科技，也就一些早淘汰过时的老式机器。

邢武带着晴也走到最里面。

靠吧台的地方围了不少人，邢武先挤了进去，回头看晴也还在人群外面，便穿过人群朝她伸去手臂喊了声："手给我。"

晴也低头愣了一下，望着少年骨节分明的手指，抬起自己的手交给了他。

邢武刚握住晴也的手就瞬间收紧将她拽了进来，把身前的位置让给她，自己站在她身后挡住人群，低头问她：“看见奖池没？”

晴也光顾着看一个大的游戏机屏幕了，经邢武提醒才扭过头去，看见右边有个牌子写着“奖品区”，堆放着各种样式的奖品，还挺丰富的。

晴也点了点头，邢武声音颇为轻松地问：“想要什么？”

晴也有些诧异地回过头：“啊？想要什么就能要吗？”

却看见邢武对她扬起一个浅笑：“选吧。”

晴也扭回头看了半天，最后指着一堆奖最上面的盒子：“我想要那个家用烧烤炉。”

邢武有些诧异：“要那个干吗？”

“在家吃烧烤啊。”晴也回得理所当然。

“行吧。”

邢武刚说完，旁边一个大哥就冷言冷语道：“那是一等奖，你们以为说要就能要啊，我来了两个礼拜还没通关呢。”

晴也眨巴了下眼望向邢武，邢武低头凑到她耳边说了句：“赢回来晚上肉你烤。”

说完他就去参赛台报名了。

晴也一脸蒙地站在原地看着他，也不知道他这谜之自信是怎么来的。

这台打枪的游戏机大概是整个电玩城最高级的设备了，画质挺好，两两PK通关，赢的人继续跟下面一个参赛的人PK。

晴也向旁边大哥了解完赛制后，以她强大的逻辑稍微推断一下，就知道抽签位置越靠后越好，因为前面的人PK掉厉害的参赛者，精神高度紧张越到后面越难打，这时候后面参赛的人说不定还能凭借狗屎运取得最终胜利。

所以晴也心里暗自为邢武捏把汗，希望他抽的顺序靠后，结果这大爷，什么臭手气，居然抽了个第一，怎么不去买彩票啊？

本来晴也以为刚上来不怎么难，谁知道旁边大哥说比赛的时候机器早被人调过了，都是高难度的版本，所以一上来屏幕上就出现一大波敌军。

屏幕一分为二，两边画面一样，根据打死的人头数得分，当然，就算拿的人头数多，比赛结束前血条没了，依然淘汰。

这个游戏难就难在一个弹夹五枚子弹，打完了得人为操作替换弹夹，所以在替换的时候容易遭到偷袭，特别容易让参赛者手忙脚乱造成恐慌。

也就是在比赛的过程中，既要拿人头，又要保证自己的血量不被攻击，还要不停地换弹夹，说实话，还挺难的，特考验人的心理素质和反应能力。

晴也看见邢武身边的小哥，双手抱着枪整个人东倒西歪，都快穿越到大屏幕里了。

再看一边的邢武，单手抄在运动裤口袋里，另一只手提着枪，每打五下弯下手腕，轻松替换弹夹，关键拿的还是左手，站在那儿纹丝不动的样子跟身旁的对手感觉不是在一个次元里。

第一局打到三分之一的时候旁边的小哥血条就耗光了，屏幕上显示一片血红的“Game over（游戏结束）”。

邢武回过头在人群中找到晴也，对她斜了下嘴角，那表情透着一种无声的张扬。

后面几局难度一关比一关大，到最后屏幕上密密麻麻的人头看得晴也头都疼，估计有密集恐惧症的人这会儿就直接over了，邢武虽然终于到了决赛，但比起一开始的轻松应对，此时显然也集中了精神，眉峰微凛盯着屏幕。

邢武个头高，身形匀称挺拔，虽然平时一副懒散样，但专注起来整个人都散发着一种精锐的气质，晴也发现他甩枪的姿势还挺帅的。

就在她发呆的时候，旁边一片叫声，等她回过神来时发现比赛已经结束了。

邢武漫不经心地放下枪，有工作人员朝他走过来。

邢武指了下那个烧烤炉，工作人员便直接搬给了他，然后把他的右手举了起来，顿时周围响起欢呼声。

晴也盯着邢武手中的烧烤炉，一双眼睛也亮了起来，抿嘴笑。

除了奖品外，工作人员还送了张面值两百元的会员卡，晴也陪邢武去前台登记领卡，工作人员让邢武报下身份证号注册会员。

然而就在邢武报完后，站在一边的晴也瞪着一双眼睛侧头盯着他，问：“你……2月15号生日？”

邢武瞥了她一眼：“怎么？”

就见晴也一双明媚的大眼逐渐眯成一条线，嘴角扬起她那种标准藐视一切的笑容，突然转身慢悠悠地往电玩城外面走去。

邢武拿到卡后提上东西跟了上去盯她看了眼：“吃错药了？”

晴也笑眯眯地侧了下头声音轻快地说：“我2月13号。”

邢武莫名其妙道：“然后呢？”

“我比你大两天，所以……叫姐。”

“……”邢武斜眼看着她一副尾巴快翘上天的模样，跟占了多大的便宜一样，理都没理她，直接跨上“小天使”。

晴也和邢武是同年的，也不知道李岚芳是怎么记的，还是随口说的，所以第一次他们见面时就介绍晴也是邢武的表妹，这么多天以来，晴也一直都认为邢武比自己大来着，她想着幸亏一声哥没叫，要不然得多吃亏啊，搞了半天自己原来是他姐。

回去的路上，晴也的心情特别舒畅，虽然身前坐着的人不变，但是身份却从表哥突然变成了表弟，那感觉竟然出奇地美好。

要说表哥和表弟还是有差别的，差别在于同样一件事情表哥做了就是浑蛋，表弟做了她竟然觉得可以包容是怎么回事？毕竟……他小啊。

想到这儿，晴也根本忍不住上扬的嘴角，还一口一个：“表弟啊，待会儿要不要顺便买点肉啊？姐晚上还要给你烤肉吃呢。”

邢武咬了咬牙，真想一个甩尾把后面的女人甩出三条街开外。

所以回去的路上，邢武一声不吭，就听见晴也一个劲地说个不停，似乎非常享受当姐的乐趣。

他们刚到家没多久，黄毛和胖虎就拎着烤肉和啤酒来了，黄毛还一脸兴奋地说：“真搞了个烧烤炉回来啊？你们可以嘛，武哥一打电话我就去买肉了，你们看看这漂亮的五花肉。”

晴也拍了拍邢武的肩膀笑着说：“那是，我弟打比赛赢了个第一。当然，他能这么优秀都是因为有我这个姐。”

黄毛和胖虎当场就愣了，齐刷刷地看向邢武。邢武瞪了她一眼，拎着东西到后院去了。

黄毛赶忙追上去问道：“不是，武哥，这怎么回事？怎么大表妹变成大表姐了？”

邢武抬头掠了他一眼，冷冷道：“闭嘴。”

黄毛见在邢武这儿问不出个所以然来，又跑去问晴也。晴也倒是非常乐意地告诉他：“我比他大两天啊，不喊我姐喊什么？”

所以晚上烤肉的时候，黄毛一边喝着啤酒一边凑到邢武身边：“你说你们俩这生日吧，完美地避开了情人节，你们爹妈都有仇吧？”

邢武骂了句“滚”，抬脚就朝他踹去。

黄毛闪得快，抱着板凳灵活地躲开了。

后来邢武去厨房切肉，黄毛挪着板凳凑到晴也旁边对她说：“我们武哥下午打枪是不是很厉害？”

晴也倒是突然想起什么，问了他一句：“为什么别人喊他狙皇啊？”

黄毛笑了：“因为他就是狙皇啊，狙击第一人。”

见晴也一脸茫然的样子，黄毛解释道：“这个名字的由来还得从八年多前说起了，那时候县里面一个大老板举办了次 CS 大赛，武哥听说有奖金后就跑去参加了，人家看他小屁孩一个把他推到旁边让他玩泥巴去，你敢相信吗？十岁的武哥上去就给了那人一拳，哈哈哈……”

黄毛一说起这事浑身是劲儿，虽然邢武一再让黄毛少拿他吹牛，但在黄毛眼里，邢武就是扎扎亭夜空中最亮的星。

晴也眉眼微挑：“然后呢？”

胖虎今天喝了几杯酒，话也多了起来，说：“然……然后，那个大哥就要打……打武哥。”

晴也歪了下头：“邢武十岁？怎么跟人打？”

黄毛接了过来：“没打起来。工作人员过来问情况，武哥说你们这比赛又没有规定年龄凭什么不给他参加，主办方无言以对，后来所有人就看见一个十岁的小孩带着四个队友杀到了最后。队友死光后，武哥一个匪狙了对方三个警，拿走了三千块奖金，当时三千块对我们来说是什么概念啊！”

胖虎憨憨地说：“是……是啊，李阿姨还放了鞭炮。”

“……”还真像李岚芳能干出来的事，唯恐人家不知道她十岁的儿子拿了钱回来。

晴也这下总算听明白了：“狙皇就是说他狙击厉害的意思啊。”

黄毛喝了口啤酒说道：“也不光是，武哥不管玩什么游戏ID都叫‘狙皇’，就是武哥十岁那次比赛在县里出了名，当时和他一起比到最后的都是打游戏挺厉害的老大哥，武哥结识他们后，有时候会和他们一起玩玩其他游戏，后来他ID就越打越响了。

“你别看我武哥平时为人低调，我告诉你大表妹，呃……表……姐，什么游戏到我武哥手上都跟玩似的。”

晴也斜着眼看黄毛，很想问问他邢武什么时候为人低调了，而且哪款游戏拿到手上不是用来玩的？用来吃的？

黄毛大概说到兴头上，往厨房瞄了眼，压低声音对晴也说：“你不知道，以前武哥打游戏认识的一个哥们，现在听说在上海混得老好了，从我们这县城出去的，跑车都开上了，喊武哥退了学去上海跟他做职业选手。”

晴也知道邢武玩游戏，每次他只要没事的时候，永远抱着个手机在打游戏，晴也压根儿没当一回事，毕竟现在哪个年轻男孩不玩点啥游戏啊，但她真没想到邢武游戏打得这么好，要不是下午亲眼所见，现在黄毛在她面前吹牛她还真不一定会信。

晴也托着腮想了下说：“听说他成绩很烂？要是这样还不如出去闯闯。”

黄毛立马“啧啧”两声，和胖虎对看一眼说道：“你们大城市来的人想法就是不一样。当时武哥跟他妈提了这事，李阿姨骂了他整整一个礼拜，差点以死相逼了。”

晴也莫名其妙道：“为什么？”

虽然晴也成绩从来没有掉过链子，但是在她看来人生的出路并非学习一条路，所以她不能理解李岚芳为什么要以死相逼。

胖虎接道：“说……说打游戏，不……不务正业，还说武……武哥是想把他……他奶奶丢给……丢给她不管了。”

黄毛叹了一声摇了摇头：“是啊。当时周围邻居都来劝武哥，说他不懂事，不能忘恩负义一走了之。”

晴也嘴角冷撇了一下，不屑道：“游戏打不好叫不务正业，打得好叫电竞大佬，打不打得好得看能不能打出钱来，电竞现在都是正儿八经的行业了，而且这行的黄金年龄也就这几年，你们这儿的人观念真陈旧。”

对于晴也的调侃，胖虎憋红着脸，黄毛也直叹气。

后来他们聊到快开学的事。

黄毛听说她班主任是杨丽，笑着拍着胖虎的肩对晴也说：“那你跟胖虎一个班啊，别担心了，让胖虎罩着你。”

晴也看着胖虎智商不太高的样子，一口咬定：“我不会跟他一个班的。”

邢武倒是拿着切好的肉出来了，本来说好晚上晴也烤肉的，结果这大小姐就假模假样地烤了两片，其中还烤煳了一片，简直让人不忍直视，估计再给她这样烤下去，有一半肉得废了。

所以搞了半天，烤肉的重任又落到了邢武身上。他习惯性地把短袖卷在肩上，站在烧烤炉前一脸的懒散劲，懒散归懒散，肉烤得倒不错。黄毛和胖虎都能吃，晴也看他们俩跟土匪头子一样，也不甘示弱，所以几乎邢武刚把肉夹到盘子里，一眨眼工夫就空了，然后三人又跟饿狼扑食一样盯着他。烤了半天他自己还饿着，此时此刻，他才意识到，就不应该去打什么枪，比什么赛，赢什么烧烤炉回来的。

晴也等肉的时候，就撑着个下巴盯着邢武看，想到下午他比赛的模样，专注的时候整个人都散发着精锐之气，每一次扣动扳机都能精准地将敌人击倒，她甚至想到如果他手上拿的是一把真枪，肯定酷毙了。要不是生在这样的家庭，成长在这样的地方，以他的身体素质，或许应该去当兵，拿上真枪，培养优秀的射击技术，而不是埋没在这种小地方，连想做个电竞选手都要遭人鄙夷。

晴也来了也有一个月了，她虽然很少会和周围邻居说话，但她有一双冷静慧智的眼睛，每天都在观察这里的人。她能猜到李岚芳阻止邢武的原因，虽然她这个名义上的小姨整天咋咋呼呼的，但其实李岚芳敢在家门口这么吆五喝六的，都是因为她有个刺头儿子撑腰，如果邢武真离开这里，李岚芳也就失去了依靠，还要面对一个脑瘫的老太太，她的世界等于坍塌了。

对于李岚芳来说，半个身子已经陷进泥里，她没有去过辽阔的草原，没有看过广阔的大海，她的世界只有这片泥沼，也从没想过离开或改变自己的生活，但她似乎又一直在这片泥沼不停挣扎，所以她要在自己被淹没前拼命拉住邢武，生存的本能让她无法沦陷自己推邢武一把，只能不停地把他往下拽。

晴也眼里突然就有了画面感，她甚至觉得邢武是可悲的，他的身上明显有着与众不同的闪光点，虽然他整天吊儿郎当的，但他能吃苦，脑子也活，可以说他比黄毛，比胖虎，比流年那些人更容易寻求出路，却被生活的负荷、环境的束缚限制在这种暗无天日的小地方。

想到这儿，晴也自嘲地苦笑了下。她还替邢武可惜呢，她自己现在还不是泥菩萨过江。

晴也拿起啤酒就准备灌下肚，却突然感觉对面一道黑影压了过来，邢武越过烧烤炉，长臂一伸把她手上的啤酒夺了过去。

晴也刚准备睖眼睛，就听见他说："不是我不想给你喝，只是我经不住夸。"说完似笑非笑地掠着她。

晴也突然就想到上次喝醉酒还夸他翘臀来着，顿时脸颊绯红一片，低着头也没敢拿正眼瞧他了，干脆侧过头问黄毛："你们这里为什么叫渣渣亭啊？都是渣渣而闻名的？"

对面三人均是一愣，黄毛和胖虎当即就笑开了，黄毛一边笑一边拍着桌子："我说表妹，不是表姐啊，不是那个渣渣。我们这里过去打鬼子的时候，有八路军在后面的石亭那儿扎过营，所以叫扎扎亭。不过，你这个理解也没啥毛病，我们县就数我们扎扎亭最乱。"

晴也来这么长时间了，偶尔听他们提起扎扎亭，一直以为是那个"渣渣"，还第一次知道这名字居然和红色背景有关，真是个神奇的地方。

不过今天晚上还当真是来邢武家吃得最痛快的一次，她没来扎扎亭之前从来不知道肉这么好吃，原来在家里妈妈让她吃点肉还得说她半天，现在晴也是真知道肉的金贵了，起码李岚芳就舍不得买这么多肉回来一次性吃个痛快。

晴也今天就喝了一杯酒，刚刚好，微醺不醉。黄毛和胖虎走后，晴也帮邢武把东西收拾进厨房，邢武洗碗，她就靠在厨房门边拿着水杯看着他。

邢武垂着头对她说了句：“站这儿不热？”

晴也却答非所问地说：“你……今天不是说要去县城配东西的吗？东西呢？”

邢武转头盯着晴也，屋外的繁星映衬着他明亮有力的眼。晴也喝酒有点上脸，昏黄的灯光照在她的脸颊上，白皙中泛着醉人的粉红色，像蜜桃般。

水不停地流着，打在盘子上发出“哗哗”声，月亮悄悄爬上屋顶，静谧得没有一丝声音，晴也来这里头一次感受到一种岁月静好的错觉。

她扬了扬嘴角，眼帘微眨：“所以根本没有什么要配的东西，就是怕我闷在你家自闭了，找个借口带我出去放风咯？”

邢武也不否认，低头继续洗碗。他不需要否认什么，晴也不笨，稍微想下就能想明白，谁叫她上次可怜兮兮地跟他说门都出不了，快发霉了，谁也不认识，没有朋友跟她说话，没人能带她出去走走看看，连洗面奶都不知道上哪儿买，还有爽肤水、面乳、防晒霜，什么都没有。

经过吴老二的事后，邢武还真有点担心这个大小姐给整自闭了，前天晚上还哭着喊着要回家，说除了这里去哪儿都行，谁知道城里来的富家女心灵有多脆弱，搞不好真离家出走了。

他妈把人接来后基本没管过，以为跟他一样糙，喂饱就行了。晴也要是个男的，他还真懒得管了，离家出走算球，偏偏是个女的，真做出什么极端的行为出了事，他良心上过不去，毕竟他妈收了人钱的。

就在这时，晴也的手机响了，她刚才端碗的时候手机就放在灶台边，邢武眼睛一斜便看见了来电人：孟睿航。

晴也很快把手机拿了起来，不一会儿便走远了。邢武侧眸盯着她的背影看了一眼，只听见一声“喂”，她便进去了。

电话接通后，她和孟睿航都沉默了一瞬，从小一起长大的情谊到头来两人却连一句话都说不出来。

别人都说远亲不如近邻，自从他们家和大伯闹翻后，孟家和他们家的关系比亲戚还要近，从小孟爸爸就打趣，等晴也长大后要进他们家，以后便能成为真正的一家人。

可是当她爸爸遇事考虑把晴也暂时安顿在孟家时，孟家却婉拒了，所以万般无奈之下晴也被送来了这里。

她不能说怪孟家现实，毕竟爸爸刚出事时，孟爸爸也一直到处想办法周旋，只不过后来爸爸进去了，孟家这样的家庭自然选择明哲保身。道理晴也都能想得通，可情感上难免无法释怀，所以就连离开首都，她都没有告诉孟睿航。

孟睿航在电话里问她："你怎么样？我想开学前去看看你。"

晴也紧紧握了下拳头，又忽然松开，冷漠地回道："我挺好，不要来看我，没空接待你。"

电话那头的孟睿航顿了顿，声音轻浅地唤了声："晴也……"

"还有事吗？"晴也冷冷地打断了他。

孟睿航停顿了片刻，告诉她之前冯叔叔欠晴也家的钱他爸帮忙要回来了，冯叔叔答应分三次还。虽然不多，但想着晴也一个人在外需要用钱，所以拿到第一笔钱后孟爸爸就让孟睿航先联系晴也把钱给她。

这个冯叔叔算是他们以前的一个老邻居，后来生意失败到处借钱。晴也虽然并不想再和原来这些邻居有什么联系，但钱还是要拿回来的。

邢武上楼的时候，便看见晴也站在窗边，还在和那个男的打电话，并听见她对那个男的说："你下次再给我钱直接转账就行了。"

邢武原本打算踏入房间的脚步忽然顿住，转身往沙发上一躺打开电视。

邢武今晚依然没有出去，躺在沙发上看球赛的时候，晴也突然在房间里喊了一声，把他给吓一跳，以为又出什么事了，走到房门口时，晴也苦着张脸问他："我放护肤品的袋子呢？"

邢武莫名其妙地说："我怎么知道。"

晴也皱起眉回忆道："是不是我看你打比赛时漏拿了？"

"找过了？"

"找过了，没有。"

邢武叹了声："回头再买吧。"

他刚准备出去，晴也突然叫了他一声："喂，其实北上广的电竞圈现在发展得都挺好，有很多挺有名气的战队，而且打得好听说能赚不少钱，现在越来越多投资商看好这行。"

邢武蹙了下眉盯着她："你想说什么？"

"我想说，你家这个情况……"

"我家什么情况？"邢武的脸突然冷了下来。

晴也耸了下肩把帘子一拉。她不是个多管闲事的人，大概喝了点酒的原因，或者说邢武带她出去溜达了一圈，她良心发现好心提点他一句，结果被邢武毫不客气地怼了回来。行吧，她以后绝不多管闲事。

邢武第二天中午去了趟顺易，手上还拎着一袋东西往旁边一扔，犬牙他们都围了上来。

自从那晚邢武打牌打到一半冒雨突然离开后，两天多都没见到他，打电话给他，他也没说什么，兄弟们都认为他家出了什么事，也不好多问。

结果一翻，发现邢武拎了一袋女人用的护肤品，还都是牌子货。

大黑当场就凑过来把邢武一搂奸笑道："武子，你这是有事情了啊，怪不得现在连晚上都不过来了。"

邢武烦躁地甩开他："到一边去，热死了。"然后看向犬牙，"最近有没有什么活，远点不怕，钱多就行。"

犬牙有些诧异地说："你这个暑假赚得还不够啊？你钱都花哪儿了？"

邢武跷着腿点燃一根烟。犬牙望向那袋大牌护肤品，多少钱他不清楚，但那些牌子货一瓶几百块是要的，还这么一大袋东西。

犬牙没吱声，邢武却淡淡地说了句："谁会嫌钱多。"

犬牙应道："知道了，我回去跟我姐招呼声。"

邢武就待了一会儿便骑着"小天使"走了，中午回去的时候晴也刚吃完饭，邢武把东西丢给她就打算离开，她追了出来对他说：“多少钱，转给你。”

邢武看了她一眼便发动了“小天使”，却万万没想到晴也突然跑了出来挡在“小天使”前面：“我问你多少钱。”

邢武淡淡地睨着她：“我问你要钱了吗？”

晴也侧头深吸一口气，再次看向他时提高了音调：“邢武你什么意思啊？你以为你家开银行的吗，还是觉得我付不起那些钱？”

邢武沉默着盯她看了几秒。

外面太阳正烈，晴也晒得鼻尖冒了汗，邢武撇开眼神，对她说了两个字：“起开。”

晴也突然来了火，叉腰瞪着他：“我谢谢你帮我把这些东西买回来，钱我是一定要给你的。邢武，我不想欠你什么，这和你有钱没钱无关。”

邢武慢慢垂下眸子，想到昨晚她让那个男的转账时理直气壮的语气，再品着这句“我不想欠你什么”，突然玩味地笑了起来，一拧油门就朝她撞去。

晴也吓了一跳，本能地跳开，邢武直接掠过她骑远了。

晴也气得在原地跺脚，恨不得把鞋子脱了砸他后脑壳。

她抱着东西回房，打开微信转了三千给邢武，邢武那边没动静，她就不停地发“收钱”二字给他。发到第五遍的时候，她被邢武拉黑了，拉黑了，拉黑了！

晴也一声怒吼，差点把邢武房间给点了。

傍晚的时候，晴也越想越气，飞了一条好友申请过去，备注：有种你别回来了。

然后，他真没回来了。

第四章

新的征途

临开学前的一周晴也几乎没见到过邢武，还是有次听李岚芳提起，说邢武上县城有事，这几天不回来。晴也就搞不懂了，对于一个高三生有什么事比开学还重要的？

但要说他真没回来过，也不完全是，起码有天早晨晴也醒来的时候，看见那个邢武打的衣柜已经被抬到了二楼。当然，她清楚不会是李岚芳抬的。

开学的日子一天天逼近，就连整天轧马路的黄毛和胖虎最近都没见到人了，晴也有种上紧发条准备战斗的节奏。

开学的那天早晨，李岚芳难得起了个大早，给晴也做了早饭，还问她需不需要送她去学校。

晴也还是礼貌地拒绝了。这里的人都知道李岚芳是邢武的妈，真要李岚芳去学校，她是不是还得跟每个人解释下自己和邢武的关系？关键就他把自己拉黑这么多天的举动，她不想跟他有半毛钱关系。

于是早晨晴也将包往肩上一背就往学校走去，路上不时能碰到三三两两的鞍中学生，基本都穿着校服。这里学生的校服果然跟他们的审美一样，白色翻领短袖衫配上丑爆了的绿色运动裤，男女都一样，关键绿色也就算了，为什么还要在裤缝边加上两条大红色的杠？这是深刻地把红配绿丑得哭的精髓发挥到极致吗？

晴也一路上都在想一个问题，她得跟杨丽老师说下，自己就快毕业了，校服钱能不能省了。

走进鞍中大门的一刹那，前些天在晴也脑中那种静谧美好的感觉瞬间就被颠覆了，只见眼前飘荡着一群又一群的“乡非”资深追求者。

她终于领悟到流年和杜奇燕并不是奇葩，而是这鞍子县中微不足道的一粒尘埃。

就拿眼前这些同学来说吧，卷裤腿的卷裤腿，还有头发遮住半张脸跟倩女幽魂一样飘过去的，就没有一个姑娘能好好把头发全部扎起来吗？

晴也不禁又退了几步看了看门口的牌子，确定是高级中学，不是技校职高啥的。

于是在一众自认为打扮潮爆了的年轻人中间，突然就出现了这么一股清流，绑着高高的丸子头，完美的发际线衬托出光洁饱满的额，露出修长白净的脖子，每一处五官都精致得那么恰到好处。

身上的白色蕾丝连身裙剪裁得体大方，俏丽中又多了那么一丝这里女孩少有的大气和从容，在朝阳四射下白得反光，走在通往高中部的主道上，仿佛自带BGM，所有人都朝她投来异样的眼光。

虽然在这些“乡非”眼中晴也的打扮并不潮，却浑身上下透着一种高不可攀的质感，显然和这所高中的所有人都格格不入。

但是下一秒，周围人的视线便全部从晴也身上移开，齐刷刷地回过头去，瞬间，四周的同学纷纷向两边散开。晴也跟着人群退到路边上，本以为是哪个老师或者校长开车进来了，但并未听见汽车的声音。

当她回过头的时候，看见的便是一个身穿黑色运动装的男生逆着光双手抄在运动裤口袋里，踩着平衡车速度极快地掠进学校大门，那修长的身影像一道旋风。

就连晴也都感到诧异，这地方居然还有人能把平衡车玩得这么溜？那速度走远看就跟脚下踩了一对风火轮，整个人像飞似的朝主道而来，不停地穿梭在各类同学之间，冷着脸目不斜视。

渐渐地，主道上所有同学都自觉让开，不过一眨眼的工夫，平衡车便像一阵风暴从晴也面前飞过。与此同时，她看见了那个人的侧面，虽然只是匆匆一眼，但鬓角处那道惹眼的横杠猛地撞进她的视线中，让她突然僵住，邢武？

她拉着包快速几步跟了上去，然而还没走进教学楼，就看见那道背影直接踩着平衡车嚣张地滑进电梯，她加快脚步走了过去，电梯门却正好关上。

晴也盯着电梯门上的“教师专用”四个大字，一脸蒙圈。

没一会儿晴也找到高三（2）班的门口敲了敲门，杨丽老师已经到班上了，此时侧头看见晴也，走下讲台将她迎了进来。

本来乱哄哄的教室因为晴也这个陌生面孔的到来突然安静下来。晴也踏着一双小羊皮平底鞋走入教室，侧过头平静地迎上所有人的目光，掠过一个个探究的眼神忽然就锁住了坐在教室最后一排的那个黑色身影。

她一直认为虽然邢武、黄毛这些人也在鞍中读高三，但以她的成绩不至于跟他们在一个班，但她却没想到这里的学生渣得如此平均，根本没有快慢班可言，就连胖虎竟然也跟她在一个班，此时正龇牙咧嘴地对着她笑。

如果说刚才晴也没看清楚，不敢肯定踏着平衡车的人是邢武，而此时看见他一身黑色运动装抄着兜的模样，她着实开始怀疑这所学校的学渣是有特殊待遇还是咋的？连教师专用电梯都能堂而皇之地进了？还有没有校规了？

晴也平淡地扫了眼邢武便收回目光，此时杨老师热情地介绍道：“这位同学是本学期的转学生，名叫晴也。在接下来的一学年里，她将和我们一起拼搏，迎战人生中最重要的一仗。”

杨老师不愧为语文老师，两句欢迎词说得声情并茂、慷慨激昂，奈何底下的同学半点感动都没有，男同学一片沸腾，集体朝晴也吹着口哨，甩着手中的书，突然就觉得这个烦躁的高三生活丰富多彩起来，而女同学则集体用一种不太友善的眼神打量着晴也，从头发到指甲恨不得把她扒了个遍。

晴也冷眼看着一群不太正常的同学，转头问杨老师：“我坐哪儿？”

晴也个子在女生中不算矮，按理说应该坐后排，但杨老师这私心一点都不带隐藏的，直接把前排一个小个子男生调去了后排，让晴也坐在第一排，正中。

小个子男生不情不愿地抱了三趟书，才把乱七八糟的东西全部清空了。

晴也抽开椅子往桌前一坐，很自然地从书包里拿出电脑，顿时四面八方涌来各种惊诧的目光。

所有同学都惊呆了啊，这哪里来的转学生，报到第一天屁股还没坐热居然玩起电脑来了？要不要这么嚣张？还坐的是第一排啊，他们这里的学渣也不敢这么玩。

晴也感觉到目光，抬头朝周围望了眼，突然发现整个教室除了她，居然没有一个人带电脑。

她原来的国际学校教学方式比较灵活，上了高中以后，电脑是每个学生的标配，老师会直接通过远程演示解析题目，发布每日课题，甚至共享教学资料等，所以上学不带电脑是一件很麻烦的事。

然而显然，这里并不是这样。

旁边一个眼镜比酒瓶底还厚的妹子怯怯地跟她说：“晴也，班上不能玩电脑。”

“嗯？”哪只眼睛看见在“玩”电脑了？不用电脑，这里学习资料都是纯手抄吗？晴也看着这个叫叶水琴的眼镜妹面前密密麻麻的手抄本，叹了一声，收起电脑。

与此同时，坐在后面几排的方蕾一脸不爽，回过头就对身后的李文卉说：“那个晴也哪里人？上学第一天就拿个苹果电脑来炫富，真够恶心人的。”

李文卉隔着一个走廊凑过去告诉她：“听杨老师说她是北京人。”

方蕾不屑道：“北京人有什么了不起的，还不是两个眼睛一个嘴巴。”

坐在李文卉后面的邢武掀了下眼皮，扫了这两人一眼又垂下眼帘，拿出手机点开游戏。

本来今天报到没什么正式课程，结果教数学的朱偾老师一进班就像吃错药似的开始大骂，让前排把刚收上来的卷子又给传了下去，张口就吼道：“一群吃干饭的，第一大题第 5 小题填空但凡写‘5’的一起给我站起来！”

朱老师发的是暑假前布置下去的卷子，晴也没有，所以只能冷眼旁观，然后就看见周围的同学陆陆续续站了一大半，她不知道什么情况，显然这些站起来的人也不知道什么情况，还嬉皮笑脸推推搡搡的。

朱老师突然就使出洪荒之力吼道：“还有脸笑，看看班上一共多少人？58 个同学，站了 42 个，你们这 42 个人都成神了，属复印机的？还是有心灵感应啊？一个根号这么有默契全抄成 5！”

“哈哈哈……”话音刚落，全班哄堂大笑。

只有晴也坐在位置上抹了一把额，感觉刚刚从天而降的飞沫仿若体验了一把亚马孙热带雨林。

再看看四周大笑不止的同学，晴也脸都绿了，她到底来到了一个怎样神奇的学校，老师在上面气得心脏病都快犯了，下面居然没一个理他的？还狂笑？

晴也回头看了眼，连胖虎都站了起来，硕大的身形挤在前后桌之间，不过坐在最后的那人没起来，正低着头手指飞快地盯着手机。想来他也不可能站起来，别说晴也没见他写过作业，就他房间连支能写字的笔都没有。

朱老师头顶本来就没几根的头发被这群学生气得直接炸了起来，立在头上。当然不是真炸的，是他脑壳疼拿尺子搓了半天突然就炸了。讲台就在晴也的桌子面前，她一抬头看见朱老师那科学怪物的造型，吓得差点从板凳上站起来。

但很显然，班上其他同学就比她淡定多了，对于朱老师喜欢拿尺子搓头发这事，大家早已司空见惯，并且深刻地怀疑朱老师头发少绝对是二十多年来从事教育事业，坚持不懈且刻苦搓头发造成的。

然后朱老师便开始长达几十分钟的试卷讲解，可谓挖空心思、绞尽脑汁、费尽心机，就为了让这群学生能明白解题思路，毕竟二班是理科班，虽然卷面难度不同，但也不至于莫名其妙被文科班甩了两条街，这让他的老脸往哪里搁？

所以朱老师讲得慷慨激昂、热血沸腾、满头大汗，每题都展开讲解，还举一反三，各种论证。

晴也只看了一眼就头大，明明三言两语可以解释得通，被他这么一绕更是乱七八糟一锅粥，连她看得都费劲。

头顶的工业电扇不停地旋转，发出恼人的噪声，台前的朱老师唾沫星子堪比淋浴头不停飘落，周围乱哄哄的一片，整个教室就晴也刚进来那会儿安静了一下，一直到现在几十分钟过去了就没安静过，黑板上肉眼可见的粉笔灰大片大片地朝她头发上飘来，晴也都快抓狂了。

朱老师一喊休息，晴也第一个冲出教室直奔杨丽办公室申请换座位，这个班级C位的宝座她实在是无福消受，她确定自己再坐一节课，不被朱老师的唾沫淹死也会被那粉笔灰呛死。

当然，她不会用这种理由来找杨老师，而是说了一个非常可操作的理由，她有轻度远视，坐第一排看黑板太吃力，需要往后坐。

杨老师一听十分关心啊，问她有没有去过医院，这个年纪一定要保护好视力，学海无涯云云。

然后她就带着晴也回班换座位了，又让刚才那个小个子搬着书到前排，把晴也安排在倒数第三排。

小个子在朱债老师讲题时刚把所有东西摆整齐，桌子擦干净了，这才弄好，杨老师又通知他回来，他的内心顿时如尼亚加拉大瀑布倾泻而下般崩溃。

小个子的同桌“扑哧”一笑，由于笑得太奔放了，一串鼻涕就这么喷了出来。晴也瞬间倒抽一口凉气，转头就对杨老师说：“其实那个位置还是太靠前了，我可以再往后挪挪。”

小个子呆愣愣地站在原位，不知道是换，还是不换。

就在这时，坐在倒数第二排的李文卉提着嗓子说道：“一个座位挑三拣四的，要不要全班站起来给你挪位置啊？”

晴也缓缓转头循着声音找了过去，最后目光稳稳落在李文卉挑衅的脸上，忽然嘴角浮起一丝不易察觉的弧度，指着李文卉的位置一脸真诚地对杨老师说：“不用麻烦了，我坐那里就行。”

朱老师去了趟厕所，又匆匆赶回来了，杨老师抓紧时间安排了一下：“李文卉你先把东西收收跟晴也换个位置。快点，别耽误大家时间，待会儿朱老师讲完卷子你们就直接放学了，后天早晨正式上课，你们一个个都把生物钟调好了。”

李文卉捂着嘴，不可置信地看着晴也微微扬起下巴反扔给她一个挑衅的目光，差点吐血。

杨老师安排完就离开了，李文卉气冲冲地站起身，板凳猛地一顶，打在邢武的桌子上发出“咚”的一声。邢武慢悠悠地抬起头看着李文卉一脸怒气地收拾东西，还在状况外地问了句：“能走了？”

李文卉看了邢武一眼，咬了咬唇蹦出四个字：“我换座位。”

本来还指望邢武说两句什么，结果他就“哦”了一声继续低头打游戏了。

李文卉气得把书包一拉，狼狈地抱着一堆东西往前走，路过方蕾身边时丢下两个字：“搞她。”

相比李文卉，晴也除了一个包和刚发的几本教材也没其他东西，从容许多。

她转过身朝后面走去，周围人的目光都落在她身上，她每走一步浑身上下都隐隐散发出一种自信强大的气场。邢武从见她第一眼就把这种气场称为“藐视万物”，而这只不过是她从小优越的环境和自身的优异积累而成的自信，在旁人看来仿若一只矜傲的白天鹅。

方蕾低头盯着她的步伐，算好距离，不是穿白色短裙吗？那就让她在全班面前跌个跟头。

眼看晴也已经走到面前，方蕾脚一伸，一切不过电光石火之间，甚至晴也的目光都没有低垂半分，就这么稳稳踩在她的脚面上。

方蕾顿时大叫一声“啊”，我去，剧本不对啊！

就见晴也若无其事地踩着她的脚背走到倒数第二排，还回过头对她轻飘飘地说了句：“不好意思啊。”

朱老师一拍讲台吼道：“方蕾，你杀猪啊？叫什么？”

班上顿时一片大笑，方蕾埋着头心里一阵苦。

邢武正沉浸在5V5厮杀中，余光感觉前面落下一道白影，他不禁抬头望着前座女生修长的后颈。

晴也从容不迫地放好书，然后回过头，直接拿起邢武桌角的空白卷往自己面前一放，丢下句：“谢了，渣渣。”

每个班总有几个边缘化被放弃的学生，但通常这类学生吧，即使被个别几个主课老师放弃，但总有教书育人、德高望重的副课老师给予关怀之类的，很少有像邢武这种被各科老师边缘化，甚至连体育老师看了都想骂人的学生。

因此他的作业，写与不写都不会有人去问他，之所以这张卷子还能在开学第一天出现在他桌子上，完全就是因为放假前他压根儿没带走，一直塞在他的抽屉里。

此时被晴也拽走，对他来说也没有任何影响。

所以接下来朱老师在台上讲解后半张卷子的时候，晴也便埋头从第一题开始写，邢武一局游戏都打完了，抬头看了她一眼，她还一直保持着一个姿势没有变过。

等朱老师讲到最后一道压轴大题的时候，晴也正好赶了上来也写到最后一题，她刚理顺解题思路准备动笔，突然讲台上“砰”的一声，她握着笔的手猛然一抖，看着头发不知道什么时候又炸开的朱老师，庆幸刚才休息的时候找老杨换了座位，不然非得把她拍出心脏病来。

只见老朱同志又开始在讲台上暴走：“我要先夸下班长范统，最后一道题全班就他一个人还写了一个抛物线方程，能得上 1 分。”

晴也还想着这个“饭桶”是谁啊？就见所有人都朝胖虎看去。

胖虎挠着头傻傻地笑着：“谢……谢谢朱老师。”

顿时，晴也只感觉一阵眩晕，她到底来了哪儿？一个智商看上去约等于没有，还严重结巴的两百斤胖子是他们的……班长？

晴也坐在位置上感觉自己的三观瞬间遭到了洗礼，她此时此刻终于知道烤肉那天黄毛为什么说让胖虎罩着她了，敢情他还是个隐藏版班干部啊，这谁能看得出来？

朱老师唾沫星子直飞地骂道：“我知道这题难，是名校题库里的大题，但是再难你们一个个连个‘解’和冒号都不写，吃猪饲料长大的？啊？比拖拉机还难拖，拖拉机还知道咕噜咕噜冒烟，你们呢？你们连个‘解’都吐不出来，还好意思说你们是高中生，我都不好意思到外面说教过你们，你们让我一个人民教师天天活在罪恶中，我都感觉对不起你们列祖列宗……”

就老朱同志这一惊一乍的骂声，晴也干脆不写了，抱着胸坐在椅子上越听越有意思。她突然觉得这个数学老师教数学着实是屈才了，他可以去试试单口相声，但前提是和观众保持五米以上的大范围杀伤距离。

于是老朱同志骂到一半突然就瞄到了端坐在椅子上，面露微笑的晴也。虽然班上还有其他同学在笑，但朱老师一眼就感觉出这个女生的笑和别人不一样，带着点冷傲和不屑，似乎还有点看笑话的意思。他的骂声戛然而止，喊了声：“邢武……”

正在埋头奋战的邢武突然被点到名字，莫名其妙地抬起头，就听见朱老师接下去的话：“前面的那个女同学，你笑什么？”

全班唰地回过头去。邢武见没自己啥事，又继续低下头去。晴也此时的笑容倒是慢慢收住，声音不卑不亢地说：“没笑什么，在听老师教书育人。”

这“教书育人”四个字听在朱老师耳朵里就有点刺耳了，虽然他是在育人，但自问刚才那番话也没多高尚，不过硬要挑这姑娘的毛病，貌似她说的话也没毛病。

朱老师眼睛一睖，语气不好地说：“你面前的卷子哪儿来的？”

晴也眼皮不眨地说：“问后面同学借的。”

所有人的眼睛瞬间睁大，不可置信地盯着后排。邢武虽然不写作业，但从他那里拿东西也要有胆子拿，这也是为什么他的卷子放在抽屉一个暑假还在的原因。

而这个转学生，刚来第一天，座位刚换就把邢武的卷子拿了？更诡异的是，邢武居然一声没吭？上一次拿他卷子的差点没掉层皮啊！

坐晴也前面瘦矮的男生，外号“小灵通”，学校内外的八卦无所不知，此时回过身子看了眼立马“哇”了一声说道：“她都快写完了。”

方蕾扫了眼黑板突然就出了声：“朱老师，这题这么难，不让北京来的转学生写写看吗？好学校出来的学生要是都写不出来，你这不是难为我们吗？”

此话一出，全班都在起哄。让他们回答问题一个个装死，但是看热闹从来不嫌事大，还私心希望晴也写不出来，趁机让朱老师体会下他出的题有多变态。

邢武嫌吵地皱了下眉退出了游戏，抬头看着前面的人。

朱老师拍了拍讲台喊道：“别吵别吵，外面人听着像什么样，那个女同学你到前面来。”

晴也缓缓侧过头，目光平静地盯着方蕾，方蕾回过头对着她不怀好意地笑了下。晴也面无表情地收回目光站起身，踏着小羊皮平底鞋朝讲台走去，双腿修长笔直。

晴也走上讲台，朱老师递给她一支粉笔点了点黑板：“能写多少写多少，第二小题不会就试着先求这三条曲线方程。”

晴也接过粉笔，走到黑板的最左边开始下笔。头顶电扇的微风吹着她白色的裙摆微微晃动，高举的胳膊纤细修长，裙子被拉得弯成一道优美的弧度显出腰身，手下的粉笔像施了魔力一般半点不带打顿的。

朱老师打开茶叶杯盖子，吹了吹漂浮在上面的一层茶叶喝了口水，等他再回过头的时候，晴也已经写了半个黑板了，把他给惊了一跳，赶忙放下茶杯，拿起旁边的眼镜卡在鼻梁上聚精会神地盯着她列出的一个个方程。

底下的同学从最初的满脸嬉笑，到笑容凝结，再到此时此刻的目瞪口呆。

而晴也就这样从容地写了一整块黑板，几乎不费吹灰之力就解出了第一小题，她直接黑板一拉，开始写第二小题，那帅气的姿势把所有人看呆了。

就这样教室里渐渐鸦雀无声，所有人都像朱老师一样盯着她灵活的手腕。

晴也听了一节课已经摸清朱老师惯用的解题思路，为了让他少点废话，她还在第三块黑板上快速把他有可能会说的另一种解题方法一并写了。

就这样密密麻麻写了一整个黑板后，晴也回过头粉笔朝粉笔盒里一抛，然后就这么走了？直接转身出了教室，走了？

教室里的所有人都一脸蒙，包括朱老师那脑袋都跟机械扭转一样顺着晴也的身影望向外面，根本无法理解这姑娘好好地要走去哪儿啊。

然后众人就看见晴也径直走向教室外面的一排直饮水龙头前，拧开他们平时喝水的龙头，开始洗手？

当大家满头问号时，邢武不动声色地勾了下嘴角看了看时间。

晴也从小学起，教室里基本上配备的都是白板，越长大老师越注重课件质量，基本上都教学电子一体化了，就算需要用到黑板的地方，也绝对是使用无尘粉笔，她看着跟在面粉里面打过滚的手，根本无法理解这里的学生是怎么忍受这满天飘雪的粉尘。

所幸她写完后瞥见教室外一排水龙头，心说这点还是挺人性化的，用完粉笔可以及时将手洗干净，所以二话不说丢了粉笔就出来洗手了，并且看着这锈渍斑斑的水龙头，一点都不认为这是用来喝直饮水的。

于是所有同学就这么看着这位转学生，用他们平时喝水的龙头足足洗了有五分钟之久，洗得下课铃都响了。

晴也转过身的时候，班上已经乱哄哄一片。

有人提着嗓子吼了一声：“武哥，你认识那个转学生啊，怎么卷子都给她了？”

晴也此时正好甩了甩手上的水走进班级，听见这句话缓缓转头看向邢武，邢武也漫不经心地迎上她的目光，语气平淡地说了句：“不熟。”

不熟？好，很好。

晴也的眼神波澜不惊地收回，走到自己的座位上把东西收拾进包里。胖虎挤了过来，靠在邢武的桌子上对晴也憨憨地笑着：“怎么不熟了？不……”

晴也将背包往肩上一甩抬头打断了胖虎的话，冷冷地说：“是不太熟，连微信都没有能熟到哪里？”说完将板凳往桌底一插，转身从后门走了。

胖虎愣愣地看着晴也的背影呈现痴呆状，邢武摸了摸一头短寸慢悠悠地伸了个懒腰。

胖虎不明所以地问了句：“她怎么了？”

邢武嘴角轻轻一勾：“纸老虎被人点着了。”

“？”

晴也是走了，但她并不知道，在她刚离开学校，鞍中整个高三都炸了。

朱老师在晴也洗手的时候，就让坐晴也前面的“小灵通”把她桌上的卷子拿上来，又不知道从哪儿拿出一支笔开始批改，当批改到反面的时候，朱老师整个人跟打了鸡血一样，笔一扔突然冲进隔壁一班，把所有人喊了过来围观晴也写在黑板上整洁清晰的答案。

一班和二班的数学都是朱老师带的，他在鞍中教了这么多年数学，也从他手上出过不少成绩优异的学生，但从来没有哪个学生的逻辑思维如此缜密，一口气将这题的几种解题路径全部呈现出来，分毫不差。

本来邢武还准备闪人的，顿时前后左右全部被一班的人包围了，他只能被迫坐在椅子上等老朱讲完黑板上的题目，而其他班的同学也陆续放了学，路过二班时不知道发生了什么事，全部都驻足在二班窗户边，围得那是水泄不通，还有人爬到了同学的肩膀上往里看。

朱老师面向全年级，拿起晴也刚刚写的卷子，单手一扬，中气十足地说：“一个刚转来第一天的学生，随手写了一张试卷，得了 149 分。”

“啪”的一声，试卷被朱老师拍在讲台上，所有人，包括窗外围观的其他班的学生全都目瞪口呆。

朱老师又指着填空题上面的一个洞：“晴也这张卷子是问同学借来的，唯一扣的 1 分就是这个原先的已知条件被烫了个洞。”

瞬间，全班同学齐刷刷地看向邢武，就连一班同学和窗外围观的人也不明所以地望向邢武。此时朱老师一双眼睛恨不得喷出火来，那意思要不是邢武把试卷烫了个洞，转学生大概率这张卷子能得满分。

邢武瞧着这么多道目光，撇了下嘴耸耸肩，一副事不关己的模样。

朱老师对着全年级各班学生使出洪荒之力吼道：“从今天开始，所有人给我回去反思，几百号人这道题写不过一个转学生，我都替你们丢脸！”

最后朱老师结束了这场身体力行的教育活动，也从此激起群愤，让整个年级的人记住了这个叫晴也的转学生，虽然绝大多数的人连晴也长啥样都不知道，但每个人下楼的时候都恨得牙痒痒。

晴也便这样人在家中坐，锅从天上来，分分钟成了全民公敌。

胖虎看着其他班同学的骂声，心里有些发毛地凑到邢武身边：“武……武哥，晴也好……好像有麻烦了。”

邢武踩着平衡车双手插在运动裤口袋里，声音透着几分散漫：“是吗？告诉黄毛，不许插手。她不是要当我姐吗？看看她有没有这个能耐。”

邢武出了校门并没有回家，倒是傍晚的时候晴也听见了摩托车的声音，而且不止一辆。她正坐在二楼窗边刷题，抬头往楼下看了眼，便看见了那天在顺易见到的犬牙，骑着辆摩托车，旁边还站了另一个男人，但明显看上去要比他们大些，像是社会人。

跟他们一起的还有个女的，一头烟灰闷青色大卷，穿着性感的小热裤和紧身背心，身材火辣。几人没进理发店，抽着烟站在门口等邢武，晴也看见那个辣妹也夹着根烟，挺酷的样子。

邢武倒没有上楼，不知道回来干吗的，没一会儿拿着一个小箱子出去了。几人又在门口说了两句话，邢武把箱子放在摩托车踏板上，辣妹走过去不知道对他说了句什么，邢武抬头对她笑了下。虽然只是一个很平常的交流，但晴也没有见邢武跟谁露出过这种毫无防备的笑。

很快几人扔了烟头，两辆车消失在炫岛门口。

房间的空调风依然微微地落在晴也身上，然而她此时却感觉有些闷热，她放下笔闭上眼捏了捏鼻梁，不屑地低骂一声："渣渣。"然后继续静下心来拿起笔。

邢武那晚依然没有回来，第二天晴也没有下楼，在房间刷了一天的题。李岚芳终于有了点小姨的样子，还洗了个苹果上来递给晴也，让她注意休息。

晴也接过苹果啃了一口，休息吗？

她望着窗外灰蒙蒙的天，叹了一声，她不敢休息，她怕一停下来自己就会被这片漫天灰尘淹没，她爸妈培养她十八年不是陨落在这破地方的，她不能被淹没。

当天晚上，孟睿航就把第二笔钱给她打了过来，没多少，几万块，但够现在的她用好久了。

又告诉她已经把多伦多、麦吉尔、蒙特利尔这些学校明年的申请时间和入学条件全部发给她了。

晴也点开电脑看见了孟睿航的邮件，回了句：收到，谢谢。

隔了大约半个小时，孟睿航拍了一张照片给她，是一个箱子，里面整齐地放着晴也原来在学校的东西。

那天她参加完考试就直接被孙海接走了，之后的几天她一直活在混乱和崩溃中，甚至连和那些熟悉的同学最后一句道别都没来得及说，就离开了北京，自然也没再回过学校。

孟睿航告诉她，学校的东西都帮她收好了，一样不少，都在他那里，问她地址，给她寄过去。

其实都是些可要可不要的文具、学习资料、水杯还有一些乱七八糟的小东西，但晴也记得那里面有个电子词典，收录了留学备考的全部版权辞书，她现在还挺需要的，这东西是她爸专门给她买的。几千块的东西对现在没有收入的她来说也不是可以随便扔的小钱，而且就目前来说买起来也麻烦，所以她跑下楼问了下李岚芳炫岛的地址，然后发给了孟睿航，让他把东西寄到这个地址就行。

正式上课那天，李岚芳难得起了个大早，给晴也煮了两个鸡蛋，让她放口袋里。晴也一脸为难地盯着两个鸡蛋，不知道怎么告诉她，她不喜欢吃煮鸡蛋这事。

结果李岚芳直接塞进了她的包里对她说："我和你妈虽然不是亲姐妹，但我在她家长大，一直把她当亲姐，现在她走了，把你托给我，我肯定会好好照顾你。我看人家高三的学生都挺辛苦的，武子我是管不了了，你营养一定要跟得上，你整天关在房间看书，身体别累垮了。"

晴也本来准备把鸡蛋拿出来还给李岚芳，听着她突然抽筋似的关怀，也不好意思驳了她的情，倒是顺口问了句："邢武去哪儿了？好几天没见到人了。"

李岚芳告诉她："武子接了个活，去外地了。"

去外地了？学都不上了？

晴也一路上都很"谜"，这里的高中生很随便嘛，来去自如？关键是，李岚芳压根儿也不管邢武，好像他不上学出去苦钱是理所应当的事。

晴也穿着她的抹茶绿小套装出门了，然而她一进班就发现全班同学看她的目光都有些不太友善，有种说不上来的仇视感，就像原来每次考试放榜后，在她后面的那些年级前五十看她的眼神差不多。

晴也早已习惯了这种嫉妒她却又干不掉她的眼神，心理素质极好地走回座位，瞟了眼身后空荡荡的位置，坐下将书整理出来。

邢武果真没来上学，上课第一天就直接旷了，这求学精神让晴也十分佩服，就是他们班原来再不像话的富二代也绝对不敢这么堂而皇之地旷课，更夸张的是，这里的老师也选择性失忆，完全当没有邢武这个人一般。

晴也的同桌是一个叫史敏的妹子，倒是一上午的时间就让晴也对她刮目相看。这位史姓妹子算是晴也到这所学校以来，发现上课最认真的学生，整整四节课坐姿端正，目不斜视，聚精会神，厕所都不去，连晴也这种上课很少会分神的好学生都自叹不如。

暗自感慨鞍中还是有好学上进的同学，更庆幸这个同学还是她同桌，比起跟学渣同桌，她倒更愿意跟这种态度端正的同学坐一起。

中午吃完饭，晴也趴在桌子上睡了一会儿。大概环境太陌生，加上实在太吵，也没能睡着，等她迷迷糊糊坐起来时，左边两张课桌被人拼了起来，几个男生跷着腿在玩游戏，不时冒几句脏话，声音就没停过，前面几个女生围着手机不知道在看什么剧，讲台前面的同学走来走去的，整个教室乱哄哄一片，跟杀猪场一样。

晴也转过头去，发现史敏还在抄写英语单词，真是这个班上一朵出淤泥而不染的奇葩花。晴也不免又在心中对她多了一份敬意，赶紧打开书，摒除那些嘈杂的声音让自己静下心来。

结果还没看一会儿，突然外面站了几男几女，对着窗户就喊道："哪个是晴也啊？"

晴也头都没抬，就掀了下眼皮子。

那群人又喊道："怎么，长得丑不敢出来见人啊？"

史敏有些慌张地偷偷瞄了晴也一眼，也不敢说话，整个人坐得笔直。

就听见他们当中一个女生笑骂道："估计是挺丑的，学习成绩好的有几个能看的。"

旁边几个男生都在笑。

晴也慢慢直起身子，放下手中的笔。史敏将书立了起来挡住脸声音微弱地对晴也说："你别出去，他们几个是四班的，不好惹。"

晴也看着那群人，不屑地撇了下嘴角，将书一合就站起身。

左边那些玩闹的男生停止了游戏，前面追剧的女同学也不追了，都抬起头盯着晴也。

窗外那群人很快将目光锁定在这个刚站起来的女孩身上，抹茶绿的套装让人眼前一亮，走路时领口垂坠的蝴蝶结系带被风撩起，浑身上下透着一种从容不迫的精致感，就这样走出教室来到这群人面前，抬起头缓缓掀开眼皮盯着他们："找我什么事？"

就在这时，晴也看见这群人身后刚从楼梯口拐上来的邢武，修长的身形挎着个黑色的运动包，短袖卷起，精悍惹眼。他很快注意到走廊的动静，下颌微勾，眼神颇冷地扫了过来。

晴也面前的男生眼神直勾勾地盯着她说了句："哟，你们不是说爆丑无比吗？"

那个瘦高的女生白了旁边男生一眼，看向晴也平静的目光，突然来了火："我说你很淡定吗？你是不是感觉自己成绩好长得也好挺骄傲的啊？"

晴也侧过眸看向她反问道："不值得骄傲吗？"

"……"他们怎么也没想到这个转学生一点都不带谦虚的，反而浑身散发出一种丝毫不惧的气场。

瘦高女一把就拽住了晴也领口的结，顺滑的蝴蝶结随即松散开，她语气凶道："你再给我狂！"

晴也眼神微移，看见已经走到近前的邢武就这样擦着她的肩进班了。

进班了？

她心口突然就升起一把大火，抬眸冷冷地看着瘦高女："放开。"

瘦高女抬起手，巴掌还没落下，晴也突然吼了一声："扇啊！"

瞬间，整个三楼所有班级的学生全部探出头来。教室里二班的人没有一个上前的，只是紧张地看着这一幕，邢武仿若压根儿没看见一样走回座位放下包。

他刚坐下，胖虎就凑了过来焦急地说："武哥。"

邢武抬头盯了胖虎一眼，胖虎硬生生把接下来的话咽了下去，邢武掏出手机脚往桌上一跷开始打游戏。

与此同时，瘦高女刚准备落下的巴掌随着晴也一声怒吼，突然被吓了一跳，手反倒僵了一下。就这么迟疑的两秒，晴也抬手握住了她的手腕狠狠一甩，转身就想进班。

瘦高女旁边两个女生一步跨到她面前，挡住了二班大门，语气不善地说："话还没说完就进班啦？你当真以为你成绩好鞍中就能给你横着走？我们今天要教教你做人。"

晴也眼眸一扫看向胖虎，扬起声对他说："班长，我进不了班你不管管吗？"

胖虎一脸便秘的神情，看看晴也，又看看邢武。

晴也一看胖虎那眼神立马明白过来他是不会出手了，捏紧拳头掏出手机直接拨了个电话："喂，教导处吧？"

周围几个学生立即面面相觑，露出愤怒的表情。饶是他们再猖狂，但毕竟还是在校生，谁也不想被拎去教导处挨训，你推我搡地回班了。临走时瘦高女用劲推了下晴也，晴也的手臂狠狠磕在了门框上，顿时一阵钻心的疼痛直达心底。

她咬着牙低头看了眼，用手捂住手臂深吸一口气，侧头看着那个瘦高的背影，眼里的光冷了下去。

两秒以后，她面上已无表情，若无其事地进了班，所到之处大家都在窃窃私语。

晴也屏蔽掉所有人的目光走到座位前，抽出板凳就狠狠往后面的桌子一撞，声音之大吓得全班都回过头去，就见邢武的桌子被她直接撞歪了。

如果刚才那一幕大家只是抱着看热闹的心态，那么现在所有人才真正大气不敢出一下，原本乱哄哄的教室瞬间鸦雀无声。

而邢武只是缓缓把脚放了下去，漫不经心地将桌子摆正，又继续低头玩起游戏来，仿若一切不曾发生过。

晴也一直到坐下后才松开手，看了眼手臂撞到的地方，破了层皮，流血了。史敏低声惊呼。

这声倒是让邢武抬起眼皮，目光落在晴也的伤口处，眼里的光沉了些许。

史敏赶忙从书包里翻出创可贴撕开，一边帮晴也贴着手臂上的伤一边对她说：“你下次千万别惹四班的人。”

晴也问了句：“四班的人怎么了？”

“四班……”

史敏刚说到一半，外面一个人直接就冲进了二班，所有人再次虎躯一震，史敏哆哆嗦嗦地说：“四班是我们学校最乱的一个班，最凶的就是这个人。”

晴也抬起头看向这位刚冲进他们班，号称四班最凶的同学，顿时就扬起一个冷笑，黄毛。

黄毛看见晴也就直接从前门冲了过来，满脸焦急，却在走到晴也面前时，邢武突然将手机往桌上一砸对他说：“出去。”

黄毛一愣，握着拳一脸不服气地盯着邢武：“她……”

“我不想再说一遍，出去。”

周围气压瞬间降低，晴也低着头，坐在位置上，整个人异常沉寂。黄毛咬牙切齿满脸暴躁的样子，对上邢武冷到极致的眼眸。

最终，黄毛捏了捏拳头，不放心地盯晴也看了眼，转身离开了二班。

史敏顿时松口气，拍着胸口直喘气：“吓死我了。”然后拽着晴也声音极小地说，“大家都叫他黄毛，但他不敢惹我们班的邢武。我忘了告诉你了，你后面那个更不能惹，我们一般都不敢跟他讲话。”

晴也斜睨了她一眼，很想告诉她，她早惹光了。

下午第一节课是英语，但是晴也几乎一整节课都没听进去，右胳膊肘一弯就疼，连字都不好写，疼得鼻尖上微微冒汗。

偏偏这个教英语的 Miss 余吧，是个四十左右的女人，教学水平怎么样不予置评，就那金口一开“yours”直接念成“要死”，把晴也都听愣住了，还心说谁要死了？

整节课上下来，晴也就感觉这 Miss 余的口语莫不是跟美国哪个犄角旮旯的乡村农场主学的，还故意把舌头往肚子里吞，拼命卷，这散装乡音听得她鸡皮疙瘩一阵一阵地起。

打了下课铃后，晴也起身对史敏说去洗把脸。史敏弱弱地提醒她："那个，晴也啊，我们班门口的龙头是用来喝水的，你下次要是洗手可以去厕所。"

"……"晴也总算知道那天为什么一教室的人都跟看怪物一样盯着她了。

她快速出了教室往洗手间的方向走。

刚下课洗手间人不算多，她不想碰见其他人，匆匆洗了把脸就出来了，往回走的路上，不少人对她指指点点的，她烦躁地绕开人群从另一边的音乐教室绕回班。

然而刚拐过走廊，忽然一道黑影压在她的面前，把她吓了一跳。抬头的瞬间，当对上邢武冷峻的眸子时，她惊讶的眼神顿时变成了愤怒，抬脚就要绕开他。

邢武长腿慢悠悠地跨了一步挡住她的去路，抬起双手拿起她领口松掉的系带，浓密的睫毛微垂着，手指微动之间将她的领结重新系上了。

阳光透过走廊照在他侧脸上，轮廓忽明忽暗，深刻英隽，声音像砂纸磨过，磁性低沉："疼吗？"

晴也侧过眸子，语气很冷地说："疼不疼跟你有关吗？"

邢武嘴角忽然就勾起了一丝笑意，眼眸黑亮地注视着她。

晴也余光瞥见他含笑的样子，忽然就火冲到脑子里，脸色气得通红回瞪着他。

邢武却缓缓歪了下脖子，收起唇边的弧度，漫不经心地说："委屈了？"

晴也忽然鼻尖一酸，然而下一秒，她的左手腕却被人攥住，她还没反应过来，身体已经被邢武牵着走了，她在后面喊道："喂，你带我去哪儿啊？马上要上课了，邢武，你走开。"

"吵死了，闭嘴。"

晴也气得直跳脚，邢武却一把将她拽进那个教师专用的电梯里，她突然就不嚷嚷了，反而有些紧张地说："你是老师吗？"

邢武已经松开了手，淡淡地睨着她："你看过我这种老师？"

"那你凭什么坐这个电梯？"

“凭我是这个电梯的保养兼维修顾问。”

晴也吃惊地盯着他，修电梯就修电梯呗，还给自己安个高大上的头衔。

然后电梯停在了一楼，上课铃响了，外面已经没有学生了，邢武把晴也直接带到了一楼拐角的房间，他掏出钥匙开门的时候，晴也抬头看见了“医务室”三个大字。

她还没反应过来邢武怎么会有医务室的钥匙，人就被他拽了进去。

邢武把门关上后，晴也打量了一番，医务室不大，挺整洁的，泛着淡淡的酒精味，但是没有人。

她回过身问邢武：“你怎么连这里的钥匙都有啊？”

邢武翻出两个小药瓶，回身看了她一眼：“猜猜校医是谁？”

“我怎么知道。”

邢武回身把晴也按在板凳上对她说：“王萍。”

“王……就是经常跟你妈打牌的那个王萍啊？她还是医生啊？那她怎么不在这儿？”

邢武斜了她一眼：“你说呢？”

晴也都服了，就那个经常穿着一双破洞肉丝袜的中年妇女，还是鞍中的校医？真是瞎了她的钛合金眼，这会儿王萍不会又跑去炫岛打麻将了吧？

邢武扯过晴也的手臂直接撕掉了创可贴，晴也疼得抬起膝盖就给了邢武一下，力气不小，狠狠撞在邢武腿上。邢武也不躲，给她撒完气抬眸看了眼她气得通红的脸颊，低头将一种乳白色的药膏涂在伤口处。晴也盯着他的手，她已经注意过好几次了，邢武的手长得很好看，手掌宽大，骨节分明，手指修长，就连指甲都那么饱满干净，她甚至想着他如果真做电竞人，这双手在电脑上飞速战斗的样子一定很帅，虽然这时候她不该想这么歪的事情。

邢武开口问道：“你有教导处电话？”

晴也撇过头语气不善地说：“你看到教导主任来了？”

晴也的确没有教导处的电话，只是刚才那种情况，她只能拿起电话吓唬一下那群人。

邢武低垂着眸对她说：“就是真有下次也别打，我们这里的学生跟你们那儿的不同，遇事往上捅是大忌，你找了老师是能解决眼前的问题，但其他人会因为你的举动疏远你，这就会引来更大的问题，出了校门，很多事情不在学校的控制范围内，不要给自己找麻烦。”

晴也忽然笑了，歪了下头勾着眼尾盯着他：“那你倒是教教我，刚才那种情况，我怎么脱身？”

邢武将药膏一拧，似笑非笑地回：“你不是脑子好吗？那就多动动脑子。”说完将药膏放了回去对她说，“天热创可贴不要贴了，你先回去吧，我抽根烟。”

晴也莫名其妙地左右看看：“在这儿抽？”

邢武面无表情地往窗边一坐，打开窗户掏出根烟。晴也都无语了，她转过身就往门口走，邢武却突然在她身后落下句：“四班那几个女的也不是无所顾忌，我们班有个女的跟她们有过节儿，你可以猜猜是谁。”

晴也回过头诧异地盯着邢武，他低头点燃烟，吸了一口侧过头，烟雾朦胧地飘在他的脸颊前，让他看上去多了几分看不真切的意味。

晴也收回目光打开门，突然又回头问了他一句：“你刚从外地回来？”

邢武跷着腿没说话，晴也带上门径直回了教室。

第二节是数学课，朱老师已经开启了他暴躁的讲课模式，开始在班上随机点人解题，大概觉得大家基础太差，上课又没几个人听，打算用这种突然袭击的方式让这些学生打起精神。

下午第二节课是最好睡的一节课，结果好多同学硬生生被朱老师喊起来罚站，晴也回教室的时候，后面已经站了一排，其他困意来袭的同学也都勉强提起精神，毕竟谁也不想大热天的站几十分钟。

朱老师一边讲课一边看心情点名，但凡被他点到回答不上来的通通到后面去。

直到点到方蕾的时候，她站起来低头卷着书角准备好往后走，突然一个纸团飞到她的桌子上，她一惊抬头快速瞥了眼朱老师，打开纸团一看，整整齐齐的公式清楚地写在纸上，她将字条压在书上照着上面的内容念了出来。

朱老师忽然就一拍讲台，把方蕾吓得一哆嗦，猛然抬头，却看见朱老师露出欣慰的笑容夸赞道：“很好！非常好！后面站着的一群人看看人家方蕾，都高三了，一个个整天混吃等死，都打算毕了业直接失业是吧？”

朱老师对方蕾挥了下手，她长舒一口气，心虚地坐下来回过头去，看见的就是气定神闲的晴也，递给她一个会心的微笑。

方蕾忽然握起手上这团纸，内心七上八下的，不知道这个转学生为什么突然会帮她。

邢武直到课上到一半才慢悠悠地从后门晃了进来，一进来就被朱老师直接点名：“邢武，又去操场旅游了？回来挺早的啊，再迟点就直接下课了，给我后面站着不许坐。”

晴也低头轻扯着嘴角。

邢武干脆连教室都不进了，散漫地掏出手机开始打游戏。

朱老师又继续上课。晴也回过头看了邢武一眼，他靠在后门上，长腿随意交叠着，几缕阳光照在他身上，整个人仿佛都有种懒洋洋的感觉，眉眼清冷不羁。

晴也收回视线的时候，透过窗户看见四班的那几个女生从后门溜了出去。

她碰了下旁边的史敏，问道：“那些人不上课吗？”

史敏往窗外看了眼，小声说：“她们应该是去操场，那个……”

史敏夹了支笔示意了一下，晴也立马明白过来，是去抽烟啊。

第二节课一下课，朱老师吼了一声：“今天的作业就是早上发下去的那张卷子，明天不及格的给我继续后面站着。”说罢拿起书就走了。

班上又开始乱哄哄的，下节体育课就是他们放飞自我的时刻，胖虎他们踩着板凳跳过来，把邢武一搂直接往操场走去。

方蕾犹豫了半天，还是攥起那张团纸走到晴也面前，史敏抬起头畏畏缩缩地看了方蕾一眼不敢吱声。

晴也感觉到面前的人，缓缓抬起目光沉静地对上方蕾，方蕾举起手中的纸团扔到她的桌上直接问道：“什么意思？”

晴也扫了眼那张纸团，撇了下嘴角，从手边抽出才写好新鲜出炉的试卷往方蕾面前一放，缓缓抬起眼皮看向方蕾：“天这么热，站在后面可吹不到风扇。”

方蕾咬了下唇，纠结了一瞬，还是拿起晴也的试卷转身塞进自己抽屉中。

晴也站起身动了动脖子望着目瞪口呆的史敏：“不去上体育课吗？”

史敏这才回过神来：“走吧。”

“等等。”晴也突然顿住脚步，随手从邢武桌上拿起他崭新的数学书出了教室。

往操场走的时候，史敏还有些奇怪地说：“你拿数学书干吗？”

晴也笑着说：“看啊，难道玩？”

史敏发现晴也这会儿心情还挺好的。晴也心情的确挺好的，到这个学校来居然还能上体育课，就是他们原来那个国际学校虽不比公立学校抓得紧，但基本上高二下半学期以后，体育课这种东西就跟浮云一样，能不能上全看运气，想不想上也是自愿，所以除了每周强制性的锻炼，绝大多数人都选择不上，特别这个大热天的。

本来晴也还愁自己穿了条裙子，早知道能上体育课嘛，就换条裤子了，结果她还真是多虑了，班上二十几个女生，一大半都说来例假，或坐或靠在操场边上的阴凉处聊天。

男生基本上也是自由活动放飞状态，打篮球的打篮球，吹牛的吹牛，就连体育老师都临时被他们喊过去充当裁判，完全没有任何纪律可言。

晴也倒是看见邢武跟一群男的坐在对面放体育器材的棚子下面，个个叼着根烟，也没人管。那群人不全是二班的，但都有个共同点，看着就不像好人，就连黄毛也在。

二十多分钟以后，四班几个女生下来了。晴也一眼看见了刚才推她的瘦高女，显然几个人也看见了晴也，有些鹤立鸡群地靠在单杠上捧着本数学书。

晴也只扫了她们一眼就低下头继续看着手中的书，那几个女的直接朝晴也走来，还没到面前就嚷道：“教导主任呢，我等了两节课了。”

二班原本窝在一起的女生也都看了过来，晴也跟没听见一样，眼神继续落在数学书上。

突然“啪”的一声，手中的数学书被打落。

“体育课还拿着数学书看，装什么装啊？”

之前推晴也的瘦高女几步走到近前，弯腰捡起那本书当着晴也的面直接撕了。

整个过程晴也一声没吭，靠在单杠上用一种不屑的眼神盯着她。

四班几个女的当场就火了，本以为撕了好学生的书就跟踩到她尾巴一样，能让她暴跳如雷，结果她不仅没有生气，反而一脸平静。

旁边的方蕾看见数学书的封面，想到刚刚才拿了晴也的数学卷子，有些按捺不住，站了起来。李文卉拉了她一把：“你干吗啊？”

方蕾顺势把李文卉也拉了起来：“过去看看。”

方蕾几步朝晴也走去，对着四班几个女生说道：“曹凡，刚开学撕人书不好吧？”

叫曹凡的瘦高女一转头看见是方蕾，面色不太好地说：“你还想帮她不成？”

方蕾耸了耸肩：“我对事不对人。你想找人麻烦下课找，我们班这还在上课，你气势汹汹地过来，是把我们二班人都当炮灰啊？”

与此同时，看到这边情形的黄毛骂骂咧咧地站起身：“找死的，又来找晴也的碴儿。”说着甩着两个膀子就要走过来。

邢武淡淡地落了句：“回来。”

黄毛从刚才听说晴也被他们班几个女的找了麻烦，人就不淡定了，一口气冲上楼本想替晴也出口恶气，结果邢武直接让他别多管闲事。

这会儿人在他们眼皮子底下找到晴也，邢武居然能纹丝不动。黄毛一脸不爽地回过头看着他：“我说武哥，你怎么回事？眼睁睁看着晴也被人欺负管都不管了？”

邢武狠狠嘬了口烟，语气不善地反问他：“怎么管？让全校都知道晴也跟我们混在一起？”

黄毛明显一愣，他被怒气冲昏头脑根本就想不到那么多，就想替晴也教训一下那帮兔崽子，却压根儿没想到他们这帮人一旦出面，事情就不一样了。

黄毛忽然拧起眉来，几步走了回来愣在邢武面前挡住光。邢武抬头掠着他，嘴边扯出一道冷弧：“我们身边都是什么样的女的你也不用脑子想想。”

黄毛的脸色突然就难看起来。他们身边都是些不学好的女生，抽烟、脏话、打架样样来，虽然黄毛自己都瞧不上那些女的，但平时会跟他们这帮人混在一起的，大多都是这样的。

在鞍中，坏学生也分三六九等，曹凡那帮人虽然也是坏学生，但属于只敢在学校欺负弱小，出了校门屁都不敢放的。

而邢武他们则属于学校里最恶的恶霸，但是他们并不会轻易对学生下手，一般这种学生之间的小打小闹他们也不会过问，除非是涉及一些校外的事，他们才会出面。为了一个刚转学来的女同学兴师动众的，不出一天晴也的名字肯定在鞍子县三大学校之间传遍，到时候人家会怎么看她？

就算晴也纯得跟张白纸一样，但只要跟他们沾上关系，照样会被贴上一个“乱”字。

黄毛这会儿想通了，稍稍冷静下来，往旁边台阶上一坐：“我没你考虑得多。”

邢武抽完最后一口烟扔掉烟头，目光深邃地说：“你以后在学校看见她少话多，她就在这儿待一年，有个好名声，那些校领导还能多关照关照，别给她以后留下什么污点，她是来学习的，不像我们这里大多数人混个文凭。”

胖虎这时插了嘴：“我……我觉得武哥说得对，你们看……看那些红了的明星，不……不是老被人爆料，以……以前在老家风评……风评不好，反正以后晴也也要从……从我们这个小地方出去的，也……也许她以后会很了不起。”

胖虎想到那天晴也被朱老师喊上去做题的架势，从那一刻起，他就认定晴也以后一定会比这所学校的任何人都要厉害。

黄毛品着这番话，有些不是滋味。他还想着和大表姐发展一段惊天地泣鬼神的感情，旁边两盆冷水泼得他透透的。他转头看了看邢武，突然感慨道：“武哥，我发现你其实想得挺长远的，晴也有你这个亲戚挺好。”

邢武似笑非笑地说："她现在大概恨不得宰了我。"

黄毛叹了一声："我就是看不得晴也被人欺负。"

刚说完就瞧见邢武抬了抬下巴嘴角微勾："被人欺负？大概很难有人能欺负得了她。"

黄毛转头的瞬间就发现不知道发生了什么，四班几个女的竟然和二班一群女的打了起来，抓头发的抓头发，扯衣服的扯衣服，就连体育老师都跑了过去。

而晴也依然毫发无伤地靠在单杠上，慢悠悠地戴上耳机迎着阳光背英语单词。

直到这群女生被教导主任请去喝茶都没搞明白她们到底是怎么闹起来的。

下课铃响了，晴也戴着耳机转身回了班，深藏功与名。

胖虎作为班长被叫过去象征性地了解一下情况。

等他回来的时候，黄毛问了他一句："听说晴也的数学书被撕了啊？"

胖虎点点头。

黄毛"啧"了一声："那大表姐估计要发飙了。"

胖虎面色古怪地看向邢武："应……应该不能，书皮上写的是……是武哥的名字。"

邢武：？

于是晴也上学的第一天就掀起了一场轰动全校的群架，但要说是她掀起的，似乎也不太准确，因为上到教导主任，下到杨丽都亲自安抚了她一番，让她好好学习，不要被那些同学影响云云，纷纷觉得晴也是两班女生争执的牺牲者。

本来学校还想专门为她再发一本数学书，当听说那本被撕掉的书是她误拿成邢武的之后，老师们似乎也没再提发书的事。

然后言论便成了四班的曹凡撕了二班邢武的书，二班女生看不过眼，跟四班女生干了一架。当曹凡得知自己那天撕的是邢武的书后，整整一个礼拜没敢从二班门口过，一不小心在学校碰见邢武，拔腿就跑，生怕被邢武叫去问话。

但其实对邢武来说，有没有数学书完全没有半点影响，反正整个学期下来，他要能翻十次那都是太阳打西边出来了。

他不是每天都来学校，迟到早退是他的常态，整天踩着他的风火轮神龙见首不见尾的。

在班上也从来不会找晴也说话，通常没待到放学人就走了，反正他也不会回家。

这几天就连黄毛在学校碰见晴也，也只远远地看一眼，像不认识一样。

晴也多少感觉有些不爽，好歹是在一起吃过饭的交情，一个个都跟白眼狼一样。

所以在几天后的中午，黄毛刚跟一帮哥们从操场抽完烟回来，就看见晴也靠在远处的柱子边盯着他。旁边一哥们笑着对晴也吊儿郎当地扬扬手，立马被黄毛拍了一脑门，一群人已经拐了过去，黄毛找了个借口去小卖部买打火机又绕了回来。

晴也依然站在那儿等他，他左右看了看朝晴也走去，挠了挠头说："表妹啊。"

晴也冷冷地瞥着他："谁是你表妹？一开学一个装得比一个高冷，说，邢武都跟你们交代什么了？"

黄毛一脸无辜地说："武哥没说什么啊。"

晴也信他个邪，"呵"了一声："不说啊？可以，以后你跟我说话看我还会不会搭理你。"

说完晴也转身就走。

黄毛急了眼盯着她的背影开了口："武哥说让你好好上学。"

晴也停住脚步回过头看着他。

黄毛无奈地说："你也知道我们都不是好学生，学校里面人多口杂的，老师同学都盯着，武哥也是不想给你找麻烦。"

晴也微微抬起眼眸盯黄毛深看了一眼，什么话也没说转身走了。

晚上回去倒是听李岚芳说起吴老二伤好了，跑去外面打工了。

晴也多了句嘴，问：“去哪儿了？”

李岚芳告诉她，前两天武子说他一个老哥那边缺几个干活的，远是远点，但包吃包住，当时吴老妈子就站在院子里嗑瓜子，大概听进去了，下午就拎着鸡蛋跑来找李岚芳看能不能介绍她家老二去。

李岚芳考虑到邢武上次把吴老二打得不轻，怕他不肯，鸡蛋收下，说要问问她儿子，结果没想到邢武倒是爽快答应了。

于是老两口就这么终于把不成器的老二送出去打工了。

晴也一边吃着饭一边听李岚芳说起这件事，忽然就想起了邢武那句：“我不会再给他这个机会，我说能保证肯定有我的办法。”

晴也怎么也没想到，邢武的办法是直接把吴老二搞走了。其实想想邢武这个人说狠也挺狠的，打吴老二的时候没有半点留情，但另一方面也挺有人情味的，起码还能给吴家这个不成器的二儿子弄个工作，解决了吴家老两口的心头大事，也让晴也终于可以松口气了。

晴也吃完饭进家的时候，邢武正好回来，戴着顶黑色鸭舌帽，穿着紧身的黑色 T 恤，一身精悍之气。

自从邢武把她拉黑后，她这几天在家里碰见他都当他是空气，即使邢武偶尔跟她搭句话，她也眼睛长头顶压根儿不理他，两人之间处于一种半冷战的模式。

邢武是发现了，这个大小姐得罪不得，可记着仇呢，这两天已经开始把她的学习资料堆到他床上去了，大有不给他进屋的意思，这以后要是有哪个男的把她娶回家还不得当菩萨供着？

所以今天回来邢武也没指望她有什么好脸色，抬眸扫了她一眼便直接往后院走去。

哪料晴也突然反常地挡在了他面前，他往左跨一步，她也往左跨，他往右跨，她依然朝右走了一步。

邢武露出藏在帽檐下锐利的眼睛盯着她，她抱着胸漫不经心地问了句：“你的风火轮呢？”

邢武挑了下眉梢，反应过来她说的是平衡车，淡淡回道：“在顺易，干吗？”

“哪天给我耍耍。”

邢武面无表情地问：“会吗？”

“你教我啊。”

邢武看着她理直气壮的样子，嘴角轻勾：“改天带回来。”

晴也却微微歪了下头睨着他：“干吗不在学校教我，带回来多麻烦？”她的目光明亮中多了一丝探究。

邢武浓黑的睫毛半垂着，眼神微眯。晴也昂起下巴，眼里透着淡淡的嘲弄。四目相对之间，两人都没再说话，邢武直接撇开眼神往后院走去，晴也回身盯着他的背影看了一眼，嘴角轻扬。

第五章

展翅破浪

方蕾因为这件事差点被学校警告，最近脾气倒是收敛很多，不在班上吆五喝六的了，而且因为最近问晴也借作业抄，晴也眼皮不眨地就借给了她，倒是让她突然觉得这个转学生似乎也并没有太难相处，反而有时候下课还会故意找晴也说两句话。

当有一天注意到晴也穿的小羊皮带珍珠的鞋子是 Chanel 的后，班上女生之间突然就炸了。

晴也从来没有把这些当作什么奢侈品，因为从小穿的都是这些，身边同学也没人会穿廉价的东西，以前基本上她妈买什么她穿什么，后来她妈身体不好，她高中后课业繁忙，她爸的女秘书会定期给她采购一批衣物。

不得不说，那女秘书的眼光还挺好，晴也穿着都合适。

虽然晴也从来没有把这些牌子货放在眼里，但是对于一个连 Chanel 专柜都没有的破县城来说，这些女生看晴也的眼神便多了些追崇。

之后二班的女生不知道抽什么筋，原本一个个披头散发的非主流造型，这几天陆陆续续全部把头发绑了起来，甚至还跟晴也一样在右边别了个淡蓝色的发夹。晴也那个专门夹住碎发的小发夹是 Alexandre de Paris 的，精致小巧，而其他女生也不知道从哪个夜市摊子淘来的，乱七八糟的大有东施效颦的味道，就连脑门大得跟门板一样，还有一脑门青春痘的妹子也大胆地撩起了自己的刘海。

不仅如此，晴也我行我素的行为也让众人大跌眼镜，例如她从来不参加晚自习，就连方蕾这种成绩不咋样的学生，升到高三了也知道乖乖留下来上晚自习，然而晴也下课铃一打准时走人，和一般好学生的操作完全是反着来的。

对此她同桌史敏实在忍不住问她为什么不留下来上晚自习这件事，她反问史敏上晚自习的目的是什么，然后说：“是为了节约时间更好地提高学习效率，与其留下来被人打扰不如早点回家效率更高。”

史敏目瞪口呆。

晴也在原来的学校也会参加晚自习，那是因为周围都是上进好学的人，那种学习氛围会推着人不停打起精神。但自从转来鞍中，她上了一天的课就清楚留下来上晚自习意义并不大，反而这嘈杂的环境会影响她的学习效率。

但显然别人并不理解，在他们这里，只有一种人不会参加晚自习，就是邢武他们那种边缘化被放弃的学渣，因此，晴也成了整个学校一个另类的存在。

无论她的外貌、成绩、行为全都如此鹤立鸡群，引发争议。

树大势必招风，有人追崇，就有人嫉妒，比如几天后的曹凡突然回过味来，那天在操场发生的事，原本想压压这个转学生的气焰，结果几天过去了，她依然我行我素，曹凡自己倒是被教导主任训了一下午，自然咽不下这口恶气。

所以一周后的某天放学，晴也刚收拾好东西就看见方蕾匆匆跑了进来对她说：“晴也，晴也，你要不翻墙回家吧。”

晴也一头问号地看着她。

方蕾解释道：“曹凡，就四班上次撕书的那个，喊她哥带了一帮人来堵你了。”

晴也前面的“小灵通”立马回过头来：“我去，不会吧。晴也你还是翻围墙跑吧，曹凡她哥是鞍职扛把子，被他们逮到你就完了。”

史敏一脸惊恐地听着他们的对话，焦急地看着晴也。偏偏晴也面无表情地转过头望向胖虎的座位问了句：“班长呢？”

小灵通说：“这会儿肯定在后门炒面摊子那儿。你找班长也没用啊，职高那帮人都混社会的，而且范统跟你不熟肯定不会帮你。”

“炒面摊子？”晴也收回视线询问小灵通，“在那儿干吗？”

“那边有两台游戏机，他们晚自习前会去吃个饭顺便玩会儿。”

晴也眼眸微微动了下，拿起书包对方蕾说：“把消息放给曹凡，我从后门走。”

方蕾惊了一跳：“你从后门不一定能走掉，而且还故意告诉他们干吗？”

却看见晴也漫不经心地站起身，把书包背到肩上淡淡地说：“会会他们啊，我总不能以后每天都翻围墙回家吧？再说，你们看我这样像是能翻得过去？”

说完，她便包带一拉晃了出去。

几人看着晴也不急不忙的背影，全都出了一身冷汗。

很显然，学校里已经有很多人知道鞍职的人在门口堵晴也，所以从她走出教室起，四周都在指指点点，好多人还想早点到校门口找个地理位置绝佳的地方强势围观。

偏偏晴也目不斜视地往后门走去，不用方蕾放消息，这么多双眼睛看着，分分钟就把晴也的行踪通知给了曹凡。

所以当晴也走到后门时，对面巷口已经站了一群穿着五花八门的混混，有男有女，眼神似狼。

鞍中后门一般不开，但是放学时会留个小门，给上晚自习的同学吃个饭之类的，只有传达室能通行。

晴也走到后门口，先是用眼神往外扫视了一圈，目光落在外面穿着鞍中校服的男生那儿。一群人坐在炒面摊子旁边的台阶上，几人在打游戏，一帮人在围观。

晴也一眼瞧见了坐在人群中正盯着游戏机的邢武，而后抬脚踏出校门。

她穿着条浅蓝色的高腰微喇牛仔裤，白色印花T恤塞在腰间走出校园，往校门口一站，那完美的比例从远看脖子以下全是腿，眼神直视着对面的混混，明明瘦弱单薄的女生，那从容淡定的模样却有种气场两米八的感觉。

而且还是这么单枪匹马地迎了出来，让对面鞍职的人都愣了愣，就连炒面摊子那边的本校生也陆续回过头来。

为首的是个满脸煞气，长得就挺凶的高个子，头发两边全剃光了，就中间留了一排染成红色，运动裤配人字拖，外表掩饰不住的张扬嚣张，这个人便是曹凡的哥哥曹平。

虽然对面站的人不少，但一群人之中，晴也一眼就区分出这人气场不同，所以她扫了一圈，就将目光稳稳地落在这个穿着人字拖，靠着黑色摩托车的男人身上。曹平也正在漫不经心地打量着晴也，当看清她的长相后，原本冰冷的神色突然就多了抹玩味的笑意，对身旁一个花衬衫的男人招了下手。衬衫男立马弯腰凑过去，他说了几句话后，衬衫男笑了笑直起身子带着一帮人就往晴也这边走来。

晴也站在路牙边，与炒面摊一街之隔，在衬衫男那群人走向她的时候，邢武他们已经转过视线瞧了过来。

衬衫男在离晴也两米的距离时，慢慢停下脚步上下打量了她一番，眸色发亮地说："还是个美女啊，怪不得这么遭恨。"

衬衫男后面跟了一群女的，有穿着露脐装的，化着大浓妆的，还有叼着烟的，一看就不是鞍中的学生，曹凡还不至于傻到找晴也麻烦自己露面。

晴也面无表情地望着他们落了句："什么事？"

衬衫男立马就笑了起来："挺酷的嘛妹妹，我们也没什么事，就是听说你学习挺牛的，想跟你认识认识。"

晴也侧过头看着坐在摩托车上的曹平出声问道："怎么认识？"

曹平对着她笑。

与此同时，马路对面的邢武眼神一斜，扫向曹平，黄毛立马挤了过来骂道："武哥，大曹怎么都跑过来了，这是搞事情啊。"

邢武眼眸渐渐变冷，夺过黄毛才买的烟，叼了一根。他们离对面不远，晴也和衬衫男的对话听得一清二楚。

衬衫男笑得阴险猥琐，眼神直勾勾地盯着晴也："怎么认识嘛，给你两个选择，要么让我身后这群小姐姐招呼招呼你，要么你跟我走一趟，让我曹哥亲自'招呼'你。"

后面那个"招呼"二字衬衫男说得极其暧昧。晴也眉峰一凛，衬衫男忙说道："你放心妹妹，我们都是大好男儿，绝对不会对女人动手，但是我后面这群姑娘就说不准了，你这小脸也挨不了几个巴掌。我要是你吧，就选第二个。"

黄毛爆了句粗口就站起身，邢武压了他一下。

然而就在这时，所有人都看见晴也突然不明所以地笑了，直接问衬衫男："第二种我没听明白是打算怎么招呼我？"

衬衫男一边笑一边猥琐地朝晴也走去："别想那么可怕，我们曹哥只是想跟你相处相处。"

晴也垂眸看着他越来越靠近的脚步，微微抬起下巴突然收敛笑意，眼神瞬间变冷："再敢靠近我半步，我小弟让你走不出这条街。"

衬衫男猛然一怔，望着她突然变了表情的脸，一脸蒙地盯着她，说："你小弟？在哪儿？"

周围人全部面面相觑。曹平感兴趣地挑起眉，鞍中那群男生也开始骚动，邢武嘬了口烟眼神微眯。

晴也抬起胳膊抱着胸，缓缓侧过头对着邢武昂起下巴，眼神定定地落在他身上。

衬衫男顺着她的目光侧过头去，看见的就是蹲在一群人中间，叼着烟半眯起眼的鞍中校霸邢武，嘴角哆嗦了一下，不确定地喊了声："武哥？"

邢武依然叼着烟毫无表情，而身边的黄毛和胖虎一群人已经陆续站起身，个个凶神恶煞的样子。

衬衫男见情况不对，再次不确定地朝邢武喊了声："小武爷，这妹子跟你没关系吧？"

这一声就连大曹都回过头来望向邢武，就见他嘴角依然叼着烟，虽然眼神盯着他们那边，但并没有发话。

衬衫男松了口气，转头对晴也笑道："妹妹啊，牛不能瞎吹，你知道他谁嘛，还你小弟。"说着再次朝晴也迈了一步。

晴也已经收回视线，没有躲开，也没有退让，就这样抱着胸立在原地。

然而就在衬衫男抬起手不知道是不是想去拽晴也时，突然左边飞来一个烟头，狠狠砸在衬衫男的手背上，顿时，星火四起。衬衫男叫了一声缩回手，再次不可置信地侧过头去。

一直蹲着的邢武终于慢悠悠地站了起来，薄唇微启，声音很冷地朝他吐出一个字："滚。"

学校门口来来往往的学生，后门边挤着围观的同学，还有楼上一排排窗户边看热闹的人全都汗毛炸起，本来只是想看看鞍职的校霸怎么跑来鞍中，没想到引出了本校校霸。

历年来鞍中和鞍职的人向来不对付，两个学校之间隔着几条街，常年会因为各种莫名其妙的事起冲突，不要说学生之间，就是教职人员之间都闹过矛盾。

这几年两个学校之间虽然也摩擦不断，但没有起过什么大的冲突，一来是因为鞍职现在扛把子曹平的妹妹曹凡就读鞍中，二来是忌惮邢武那帮人在这一带的势力，虽然他们一般不过问学生之间的小打小闹，但真的摆到明面上吃相太难看也等于不给邢武他们面子，所以曹平即使会偶尔欺负欺负鞍中的人，不过一般都有个度。

万万没想到一个刚转学来仅仅一个礼拜的女同学居然让邢武开了金口，此时别说衬衫男一脸惊慌地盯着曹平，连曹平自己都有些讶异。

不过他倒没什么慌的，踩着人字拖缓缓从摩托车旁直起身子，痞里痞气地朝街中间走来，后面跟了一帮人，从人数上来讲不比邢武那里的人少，个个都不像好人的打扮。

曹平先是玩味地盯晴也瞧了瞧，而后又转向邢武，皮笑肉不笑地说："武子，这个姑娘让我妹吃苦头的事情你清楚吧？"

邢武侧眸扫向他："所以你要替你妹讨个公道？那你妹撕我书的事你是不是得先给我个说法？"

曹平眉头一挑，具体情况他也不是很清楚，曹凡回家跟他说肯定把所有锅推到晴也身上，至于撕邢武书的事只字未提。

但曹平到底是护着自家妹子，只挑了下眉便无所谓地盯着邢武："我妹撕你书我倒没听说，不过这是两码事，我今天来是解决另一件事，解决完了我再给你个说法，你没意见吧？"

邢武低头冷"呵"了一声："在我看来是一件事。"说完直接看向晴也，"过来。"

晴也转过身就这么在众目睽睽之下径直走向邢武，往他身边并排一站冷冷地掠着大曹。

邢武侧眸看了她一眼，她也正好抬起头与他对视，夕阳半落，暮色渐起，四目相对。

曹平的脸立马就黑了下来，盯着邢武意味深长地说："武子啊，这种事你不是一向不管吗？"

邢武缓缓收回目光，拽着晴也的胳膊将她往自己身后一推。

曹平一看这架势冷声道："你确定要插手？"

邢武朝曹平走近一步，顿时曹平后面的兄弟一起围了上来，邢武身后的黄毛他们也涌过来，两方人马一触即发。

邢武半挑着嘴角冷峻的弧度，声音里没有丝毫温度："你妹的事让你妹自己来解决，你要是想替她出头，那这件事我就管定了。"

曹平眼里的光慢慢冷了下去，两人虽然谁都没动，但眼神中的压制丝毫不逊色于对方。

邢武双手抄在兜里，曹平甩着手中的车钥匙，两人个子差不多高，气压瞬间拉低，一个面色阴沉，一个冷若冰霜，就连他们身后的兄弟都互相瞪着对方。

曹平甩着的钥匙突然高高抛起，再稳稳接住，点了点头阴冷地笑道："好，可以，我今天卖你小武爷一个面子，不过问女人的事，但下次碰上男人的事……"

曹平握起右拳撞了撞自己的左肩又指了下邢武，留下个意味深长的笑容手一招带着兄弟们走了。

邢武他们站在原地目送着那群人，曹平跨上摩托车后，突然又想起什么，特地回了下头朝站在路边的晴也手一挥："我对女人很好的，刚才的事好好考虑，我们还会再见。"说着对晴也轻浮地挑了下眼皮，骑走了。

黄毛立马就对着那帮人骂道："垃圾，呸！"

邢武转过身盯着面色不好的晴也看了几秒，没有朝她走过去，也没有跟她说话，仿佛刚才发生的一切不复存在，直接转身对黄毛他们说了句："走吧。"

黄毛踢了脚胖虎喊他走人，一群人游戏也不打了，浩浩荡荡跟着邢武往操场走，留下晴也一个人还站在路边。

她盯着邢武的背影看了好一会儿，突然就加快脚步朝他追了上去。

此时邢武一群人已经走进学校，那些原本上晚自习的人下来了一大半，另一半也伸着头强势围观，晴也就这样不惧目光直接走到了邢武前面把他一挡。

邢武有些讶异地盯着她，当看见她眼里的愠怒时，邢武微微蹙了下眉，沉声对她说："你确定要这样拦在我面前？"

他双手抄在运动裤口袋里，整个人异常沉静，晴也嘴角当即扬起一丝嘲讽："你认为我怕？"

邢武侧过头玩世不恭地笑了，随后又渐渐收敛笑意盯着她："知道跟我们这群人混在一起的下场吗？不到明天中午校领导就会轮番上阵找你问话，你就没想过后果？"

旁边的黄毛赶忙插嘴道："是啊，晴也你赶紧走吧，别给哪个老师看见你跟我们在一起，明天要是有人问你外校生的事，你就说不知道，推给我们就行了。"

晴也吹了一下额前的碎发，冷笑着抬起头盯着邢武，突然朝他凑近一步，一字一句告诉他："你当真认为别人对我的看法能影响我的成绩，还是影响我考上顶尖大学？呵，你也太小瞧我了。"

夕阳的最后一抹余晖照在她坚定的脸上，那一刻仿佛她的身上藏着万丈光芒，邢武心头微怔。他从来没有看过一个人可以如此自信，自信到仿佛未来就握在她的手中，她有掌控一切的本事，根本不会因为别人偏移一分一毫。

他侧了下头对黄毛他们说："你们先过去吧。"说完就往车棚那儿走去。

黄毛他们散了，邢武的身影也消失在夜色中，楼上伸着头的见没啥可看的都缩了回去上晚自习了。

晴也走进车棚的时候，邢武坐在一辆自行车上。黑暗中，他的身影颀长，手中的火星子忽明忽暗之间，双眼黑亮地注视着她。

晴也走到他对面，也靠在一辆自行车上望着他。

两人之间有几秒的沉默，随后晴也先开了口：“不是想跟我保持距离吗？刚才干吗站出来？”

邢武嘬了口烟，淡淡地说：“黄毛告诉你的？”

邢武用屁股想就知道怎么回事，怪不得那天晚上晴也故意挑衅他，让他在学校教她平衡车。

他声音里透着冷峻：“所以你故意把人带来后门，就这么笃定我会插手？”

晴也缓缓抱着胸眼眸微抬，结果已经证实了，她就是很笃定。

邢武眉峰微拧：“你在引火烧身。”

晴也侧过头看着棚外，半暗的光线里，她清纯的五官配上那讽刺的笑意，仿佛完美的天使外壳里住着一个不为人知的小恶魔。如果说邢武初识她时，只认为她是个骄纵单纯的大小姐，不谙世事、不懂疾苦，而这么多天下来，他渐渐发现她并没有表面看上去那么单纯，起码，她可以很快适应这片泥潭，并顽强地让自己在夹缝中寻求生机，那大胆的韧劲儿无疑是一种致命的吸引力。

良久，她收回视线，表情恬淡动人，唇边的淡笑迎着初秋的幽柔，邢武夹着烟的手指微微收紧。

她忽然开了口：“我也想好好上学，奈何长得太招摇，总有人不让我安宁，你说怎么办？”

邢武突然就笑了，“奈何长得太招摇”这话要是别人敢在他面前说，早被打了，可晴也却又说得这么理直气壮，让他一点都反驳不了。

她牢牢注凝视着他，语气里透着不满：“你以为跟你们保持距离我就能屁事没有了？你也看到了，我不找麻烦，麻烦也会找到我，实力又不允许我低调。”

邢武半低着头，唇边的笑容漾了开来，笑看着她：“你考虑清楚了？被校领导认定你跟我们走得近，对你没有半点好处。”

晴也不屑地睨着他：“我晴也不需要那些人的抬爱照样能刷新你们县榜首。”

棚外路灯骤亮，暖色的光线照在她的侧脸，她眼里是自信张扬的神采映在邢武的瞳孔中，撞在他心口。他低头将最后一口烟抽完把烟头踩灭，忽然往晴也走去，修长的身影就这样压在她的面前，挡去了所有光线。

他缓缓弯下腰，晴也瞬间感觉到他的气息就这么包裹而来。她的心跳忽然跳动很快，听见他说：“你是打算大树底下好乘凉，就没想过这棵树会给你带来更糟心的事？”

晴也抬头迎向他的目光，淡淡地说：“我想不出还有什么比住在你家转来这破学校更糟心的事。”

邢武唇边勾起笑容，秋日的傍晚，带着少许的闷热，晴也望着他漆黑的双眼。此时此刻他的眼神像有种未知的魔力，让她无法动弹，就这样憋着股气沉寂地与他对视着，没有丝毫松懈。

甚至在那一刻晴也心头产生了一种迷惑，她不知道邢武这样看着她干吗，也不知道他不说话跟她这样僵持着干吗，她甚至不知道他此时此刻在想什么，要跟她对视多久，只是当她的眼神瞄到他轻抿的唇时，忽然不自然地撇过头去。

终于，邢武慢悠悠地冷“呵”一声掏出手机打给黄毛：“来后门吧。”说完他就晃着两个膀子走出了车棚。

晴也转头问了他一句：“去哪儿？”

“吃东西。”邢武头也不回地说，就听见身后跟上了来的脚步声，他侧眸睨了眼晴也，“还跟着我干吗？”

晴也转过脸去说道：“跟你出去下馆子啊，难道回你家上演‘变形计’啊？”

晴也总算知道为什么邢武三天两头不回家吃了，那是因为外面的饭香啊。当她跟一群不良少年在路边的夜市摊子坐下后，她倒是半点不自然都没有。她发现自己的适应能力还是挺强的，两个月前刚来鞍子县的时候，去趟电子街看见那些文身男小心脏都颤，也许是后来跟黄毛他们在一起待多了，短短时间她已经可以毫无违和感地跟这帮人坐一起吃饭了。

当然她清楚，她如此心安理得是因为身边坐着的人，如果邢武不在场，她是不可能跟这帮人待在一起。

晴也把这种微妙的安全感称为廉价的亲情，虽然她并不想认这个便宜亲戚，但谁叫人家在学校能罩得住呢。

不过虽然晴也没有丝毫不自然，但这一桌子的不良少年却从一坐下开始就莫名拘谨，主要平时都一帮男的混在一起，玩笑随便开，今天突然来了个女的，还是鞍中最近才转来的赫赫有名的学霸。

要叫他们跟一些不学好的女孩子耍，他们没啥耍不开的，但是面对晴也这样的乖乖女，标准好学生类型，一群男的的确有些不大自然，也搞不清楚她和武哥怎么认识的。

不过黄毛相比其他人来说和晴也就熟悉多了，晴也坐下来扫了一圈就问他：“我们小班长呢？”

黄毛烟一叼说道：“上晚自习去了。”

晴也有些诧异：“他还上晚自习啊？”

黄毛告诉她：“胖虎跟我们不同，他家人对他还是有点要求的，要他最起码考个大专出来。”

晴也这还是第一次听说，忽然想到他的名字，笑了起来：“他家人是怎么想的，给他取个名字叫范统？”

邢武钩完烧烤单子递给老板，转头撩起嘴角：“那你有没有想过，他家人也许就是想取个象形的名字。”

一桌子人都笑了，晴也弯起了眼角：“不过，你们选班长的标准我不大能看懂。”

对面四班的张凯告诉她：“班长都是班上同学民主投票选的，二班的票武哥带头投的胖虎，哪个敢不跟。”

晴也诧异地侧过头：“你这是安插自己人当班干部，狼狈为奸啊。”

邢武半笑着把玻璃杯用开水烫了一下，倒了杯可乐放在晴也面前：“你以为拍《无间道》？我这是给胖子找点事做做，以后升学讲起来是个班干部，没坏处，再说老妖婆也不傻。”

晴也倒是渐渐发现邢武凶归凶，对身边人都挺仗义的。

黄毛接道：“是啊，我们这儿的学校，特别是毕业班，要是真让文文静静的好学生来当班长，你看谁会听。”

晴也拿起可乐抿了一口，听出了点意思，就这个礼拜的课上下来，班上那些叛逆的非主流，还真得找个像胖虎这样的班长来镇镇场子，不然要其他人配合交个东西估计都难。杨老师自然也考虑到这点，所以才会找胖虎这样的左右手。这里的学校和她原来待的地方真的从风气到规矩都很不一样。

晴也来这里也有段时间了，她发现邢武身边玩的人还挺杂的，有不上学的社会人，也有这些学校里的刺头。

比如现在坐着的这一桌子男生，都不在一个班，不过基本上都是各个班上的班霸级人物，至于为什么这些来自不同班的人能混在一起，晴也把这叫作“物以类聚，人以群分”，那她现在跟他们坐在一起算什么？

她暗暗挑了下眉梢，只能说明她今天真的饿疯了。

她和黄毛认识这么长时间了，他们一直“黄毛、黄毛”地叫他，也没个正经名字，于是烧烤上来后，她拿了一根羊肉串侧过头去问黄毛：“你叫什么名字？”

黄毛愣了一下，周围一圈人都低低地笑了起来，黄毛埋着头竟然还有点不好意思的表情，看得晴也弯了弯眼角：“什么好名字这么神秘？”

黄毛不喜欢提起自己的名字，所以周围人从来也不叫他本名。晴也转头看向邢武，邢武噙着淡笑说了句：“郝成功。”

“……”郝叔叔的愿望很直白了。

隔壁一班外号叫“狼呆”的，倒是突然说起校门口发生那事，插嘴道：“你们说大曹刚才那是什么意思？听那话的意思是他看上晴也了啊？”

说起大曹，一桌男的便开始飙脏话，大概源于鞍中和鞍职先天性不合，张凯气汹汹地冒了句：“看他那鬼样，要不是武哥在，还不知道要怎么嚣张，鞍职的人被武哥打怕了，现在大曹看到武哥肯定要掂量掂量。”

晴也侧头望向邢武，邢武倒是半垂着眸，手指敲着酒杯边缘，没当一回事地说：“怕什么，一般男的跟她相处怕超不过三天就能被弄疯吧。”

一群人一脸蒙地望向晴也，感觉武哥这话中信息量巨大啊。

晴也一听，立马瞪着邢武：“我怎么了？”

邢武吊儿郎当地斜眼掠着她：“就你这自理能力，你自己想想。”

晴也筷子一拍，这么一想，也没再说话了。

“哈哈哈哈哈……”

夜市摊子顿时传来一阵爆笑，对面狼呆直接笑喷了一口酒，邢武摇了摇头嘴角漾开。

晴也自信中带着那么点耿直的可爱让一帮男的越看越有意思，却在聊到最嗨的时候，她突然站起身，包一背对众人说道：“我饱了，你们慢吃。”

这说走就走的架势，也是够我行我素的。黄毛一脸诧异地抬起头：“你这就走了？”

晴也点了下头：“嗯，我回去刷题了。”

这时一桌学渣才恍然人家跟他们不同，到底是好学生啊，还能在气氛这么嗨的情况下说收住就收住，就这自律性让一桌男的叹为观止。

晴也背好包后踢了一脚邢武的凳子，邢武侧眸扫了她一眼，她就这样安静地站在他身后望着他。

邢武收回目光拿起面前的酒杯干了下肚，缓缓站起身对黄毛说：“这顿我来，你们吃，晚上把钱转你。”说完转身睨了晴也一眼。

两人一前一后地走了。

一帮男的看着邢武和晴也的背影是越看越“谜”，张凯“嘶”了一声不禁说道：“你们说咱武哥跟那好学生到底什么关系啊？你们不觉得两人看上去不一般吗？黄毛你清不清楚？”

黄毛一脸高深莫测的样子骂道：“别胡说八道的，没听刚才晴也在大曹他们面前放的话啊，就那关系。”

一众人脸色僵硬，齐声蹦出口：“小弟？”

夜晚的街道上行人三三两两，蛾子不停扑扇着翅膀撞着路边上歪歪斜斜的路灯，偶有凉风吹过，天气似乎比晴也刚来这里时舒服了一些，就连空气中沉闷的沙尘颗粒都消散了少许。

她回过头盯着身后的邢武，他依然双手抄兜，神情散漫的样子。

“你的平衡车呢？”

邢武看着她："在传达室。"

见晴也没有要走的意思，挑了下眉："现在学？"

晴也安静地望着他，邢武玩味道："不回去看书了？"

"骑回去看啊。"

邢武回去拿平衡车的时候，晴也就戴着耳机站在路边，边听口语练习边等他。

大约五分钟后，街道那头两道LED灯骤然照了过来，晴也侧过头去，看见邢武踩着平衡车，修长的身影在黑夜里疾行如梭，仿若一道魅影。他那S形的走位完美诠释出他是整条街最靓的"仔"，之后轻松地停在晴也面前走了下来，对她说："上吧。"

晴也都想喷他一脸，我上个屁啊，你不知道我第一次玩？

邢武瞥了她一眼问道："知道怎么控制吗？"

晴也踩了一只脚上去："没吃过猪肉还没见过猪跑吗？"

"……"你这确定不是在骂人？

晴也突然好笑地说："你这个从哪儿搞来的？在你们县算是高科技了吧？"

邢武听着她调侃的话，斜了她一眼："不知道'马爸爸'吗？"

晴也对于邢武还网购平衡车这事表示由衷地夸赞："你绝对是整个县最潮的乡巴佬。"

"……"

她对他说："扶我下。"

邢武不屑一顾地冷眼看她："不扶，大街上拉拉扯扯像什么样。"

晴也完全不理睬他，已经将手伸了过去，邢武低眸看着伸到面前的小手，顿了顿还是抬起手，却在快握住她的时候，她直接扶住他的手臂踩上平衡车，他握了一把空气，眼眸微转，眯起眼睛。

晴也刚上去的时候还有点东倒西歪的，一脸紧张的样子死死拽着邢武的两个胳膊，邢武挑着笑问她："行不行啊你？"

晴也倒是十分傲娇地说："给我几分钟，没有我学不会的。"

邢武本来就打算静静地看着她吹牛，结果几分钟后他就被打脸了，晴也当真手一松开始尝试着自己控制平衡车，一开始她速度还挺慢的，大概这里车子少的缘故，她胆子开始越来越大，慢慢加快了速度跑到邢武前面去了，邢武慢悠悠地跟在她身后。

当晴也掌握操纵平衡车的方法后，越来越觉得踩在上面风驰电掣的感觉太爽了，从小她爸就喜欢带她体验各种新鲜事物，所以她玩这些东西向来胆子大。

路灯的灯光拉得她比例纤长，高腰微喇牛仔裤显得腿又长又直，背着双肩包戴着耳机的模样酷酷的，就这样神气地掠过低矮的枯树，掠过贴着牛皮癣广告的电箱，掠过堆满纸盒的门面房，仿佛就连远处纵横交错的电线通通都消失了，这个邢武走了无数次的破败街道忽然之间全部亮了起来，他望着那个近在眼前，却好似随时会飞向远处的背影，眼里的光渐渐聚拢，最后街边的风景全部消失了，他的眼里只有那束光，慢慢凝结成一个小小的点，越来越远，越来越模糊，却在这时一阵三蹦子的声音突然出现在路口……

邢武瞳孔急剧收缩，朝着晴也大吼一声："回来！"

有那么几秒钟，邢武感觉到心脏骤停，他不知道那是种什么样的感受，只是在三蹦子冲出来的时候他已经朝着晴也狂奔过去，一把将她按进怀里，一阵温热的风吹过，街道静谧，月明星稀，三蹦子的声音越来越远。

邢武的手臂紧紧搂着晴也，她的脸就这样埋在他的胸口，如此清晰地感受到他强劲有力的心跳，在离他心脏最近的地方。

晴也没有动，声音里带着点不确定的诧异："你干吗？"

邢武猛然愣住，快速松开她退后一步，黑亮的眸子里仿佛还残留着波动的余光："不是怕你被车撞嘛。"

晴也的眼神带着淡淡的审视，盯着他望了几秒，忽然笑了起来让过身子："这么远的距离你以为刚才那人瞎？还是以为我瞎？"

邢武这时才发现晴也已经在三蹦子拐弯的时候就提早改变了方向，他的脸色突然变了变，转过身冷冷地丢下句："走吧。"

晴也看着他突然冷漠的身影，轻扯了下嘴角。没一会儿，她便踩着平衡车滑到了他旁边侧头望着他：“喂，干吗拉黑我？”

邢武依然冷着脸，目不斜视的样子透着股难以侵犯的距离感，晴也故意狠狠地拍了下他的后背然后迅速骑到了前面，转了个弯扬起声音又问了一遍：“为什么拉黑我？”

邢武停下了脚步，两人之间隔着一段距离，他摸出一根烟，低头点燃，烟雾在他指尖弥漫，他半垂着眸，声音不轻不重地传了过来：“收他的钱挺爽快的，跟我算这么清，我的钱没他的香是吧？”

晴也站在平衡车上一头雾水地盯着他，一双大眼莫名其妙地眨巴了两下。十几秒过后，她突然反应过来，侧过头就笑出了声，平衡车在原地画了一个圈，她的笑声越来越明朗，像细雨拍打在春笋上的清脆，漾着波纹。

而后平衡车慢慢停了下来，她的笑容也淡了些，就这样望着邢武对他说：“那是我爸的钱，我爸没进去前借给别人的钱，我当然是要拿回来的，你以为呢？”

邢武拿起烟抽了口，没有回答她的话。

炫岛就在他们身后不远处，三色灯柱还在发着光不停旋转，晴也脸上的笑容彻底消失了，再次挂上那藐视大地的神情，淡淡地说：“喂，我虽然长得不赖，各方面都很优秀，实在很难让人不动心，但你可千万别看上我，因为，我是你得不到的人！”

说完她就原地转了个圈回过头对邢武做了个鬼脸。

邢武微微一愣，头一次有种想把她搓圆捏扁的冲动。

晴也回到店里就径直上楼看书了，邢武没去楼上打扰她，一直在一楼打游戏。晴也看完书下来洗澡的时候已经不早了，他依然跷着个腿坐在理发店，她洗完澡回房没多久就听见外面“小天使”的声音，他走了。

晴也关了灯躺在床上拿出手机，看见微信里躺着一条好友申请，她哼了一声锁了手机没搭理他。

翻来覆去十分钟后，她又解锁了手机通过了那条申请。没一会儿，邢武发了一个戴着墨镜叼着烟的表情包，晴也回了个炸弹过去，关手机睡觉。

果真如大家所料，第二天一大早，副校长就亲自带着教导主任还有杨丽来到了二班门口找晴也，于是晴也就这么在众目睽睽之下被请去了教导处。

不到十分钟，这件事就传遍了整个鞍中。昨天下午鞍职一大帮人来堵晴也的事很多人都看见了，后来晴也还号称鞍中老师学生看到都头大的邢武是她小弟，更奇特的是，她如此大放厥词，邢武竟然没有动她，还真替她出面弄走了鞍职的人，搞得昨晚各个班的晚自习都炸了，各种猜测不断。

晴也的成绩刚开学就在校领导之间传开了，鞍中已经好几年没出过本县的高考状元，这几年县前几的名额都被金隆中学占了。金隆中学是县里唯一一所私立高中，鞍中作为唯一一所公立高中，两所学校常年竞争不断，从师资力量到升学率。校领导当然也想扬眉吐气一把，他们私下讨论过，如果晴也这一年保持这个水平不滑落，再冲一把的话别说县状元，市状元都有很大的希望，因此，虽然晴也自己不清楚，但短短一周的时间她已经被划为重点保护对象。

所以昨天下午这件事立马得到了校方的高度重视，一大早就把晴也请了过去了解情况。

曹凡带了一帮人站在走廊上看热闹。不说和外校人的事，就光晴也昨天光明正大地跟邢武那帮人混在一起，一顿警告是肯定少不了的。

结果没多久所有人就看见教导主任和杨丽两个人亲自把晴也送回班，一路上有说有笑和颜悦色，完全没有挨训的样子。

送到二班后，教导主任和杨丽同时走进教室，邢武这时才晃着两个膀子慢悠悠地从后门走了进来。早自习这种东西跟他从来无缘，他能赶在第二节课进班已经算刻苦勤奋的了。

邢武在楼下的时候就听说晴也一早被校领导约谈了，只是没想到上楼的时候她已经约谈完毕了，此时讲台前连大龅牙顾主任都在。

邢武眼睛瞥着站在一边的晴也，往后排走去。顾主任找了一圈终于找到了他，对着他就开了口："邢武啊，今天来得挺早啊。"

邢武没想到会被点名，双手插兜散漫地走到座位前回道："不苦不累，高三无味。"

班上传来一阵低低的笑声——教导主任在，大家都低头捂着嘴不敢太造次。

顾主任推了下鼻梁上的眼镜白了他一眼：“你是够累的，睡觉打游戏的时间都不够哪有时间上学？”

邢武觉得十分有道理，还诚恳地点了点头。

周围一群人头都埋到桌子底下笑了。

顾主任清了清嗓子说道：“从今天开始学校交给你个任务，保护好晴也的个人安全，保证晴也的学习环境不受干扰，特别是外校的人再来找她麻烦，你尽量是在不起冲突的情况下把人请走，要是请不走第一时间通知校领导来解决。”

顿时，所有人都坐直身子，一脸诧异地回过头盯着邢武。

邢武自己也莫名其妙地回道：“我又不是保安，干吗让我保护她？”

顾主任常年和这些刺头打交道，自然一清二楚邢武在鞍中的分量，意味深长地说：“谁叫你能者多劳呢？学校打算给你任命一个安全标兵的职务，干得好上学期记的大过可以酌情将功补过。”

“……”安全标兵是什么鬼？

邢武上了这么多年学压根儿就没听过有什么安全标兵的职务。

他眼神一扫看向站在旁边神情自若的晴也，发现她嘴角挂着似笑非笑的弧度盯着他，真想冲过去问问她早上都跟这帮校领导说了啥。

邢武收回视线，有些不痛快地摸了摸短寸来了句：“那这个，安全标兵是不是跟学生会那些主席部长一个级别的？”

全班再也忍不住哄堂大笑，就连站在旁边准备上课的朱老师都笑了起来。

顾主任指了指邢武讽刺地说：“你还和校长一个级别呢！”说完看向胖虎，“范统、黄志明、孙栋成，你们几个也配合邢武。你们班就这么一个成绩露脸的，自己班的人不帮着自己班的同学，还给外校人欺负，是想全军覆没啊？”

顾主任点的这几个也是二班平时不安分的男生，他们几个都没什么意见，顾主任交代完就和杨丽走了。

晴也此时漫不经心地回了座位，刚坐下来，邢武就飞了一条微信给她：

你跟那帮人怎么说的？

晴也回了几个字：说你是我表弟。

“……”

这是晴也第二次给邢武一种化腐朽为神奇的感觉，如果说上次不费吹灰之力就理清了他妈那常年乱七八糟的账，让他感到意外，那么这次的事情让邢武对她有了种新的审视。

她是在邢武生活中出现的第一个敢于打破常规和世俗的好学生，她似乎永远清楚自己要的是什么，怎么样才能保证自己的目标不受干扰，她不怕别人对她的看法，也不惧他们这帮人的坏影响，甚至可以在一夜之间将这种坏影响变成堂而皇之的庇护，让所有人大跌眼镜。

本来学校里面的人都认为晴也一大早被请去教导处，肯定要针对昨天下午的校外聚集事件被教育，特别是她莫名其妙跟邢武那帮人扯上关系的事。

谁能想到，校领导不仅没有对她进行严厉的教训，居然亲自带她回教室，还让以邢武为首的一帮人以后罩着她，如此诡异的走向没有一个人能看得懂。

当然他们看不懂的原因是，今天早晨一帮校领导是准备轮番做晴也工作，让她远离那些校内不安分的坏学生，结果晴也一进教导处自己就先招了，说邢武是她表弟，一家的，难道要让她跟亲戚断绝关系。

校领导还没发话已经被晴也整蒙了，随后调出了邢武妈妈，也就是李岚芳的联系方式，当着晴也的面跟李岚芳确定了两人的亲戚关系。电话免提，李岚芳那大嗓门在电话那头说道：“是啊，晴也是我外甥女，现在住我这儿呢，我生意忙，主任啊，你平时多关照关照我们家晴也和邢武啊。”

然后晴也就听见赵麻子在旁边喊了一声：“李二姐，张光他爸痔疮开刀去了，下午三缺一啊。”

一众领导脸都绿了。晴也真想找个洞钻一下，肠子都悔青了咋把李岚芳给供出来了。

挂了电话后，一群校领导就一脸愁容啊，人家正儿八经的亲戚，还住在一起，不能让人家不联系啊，又怕晴也学习受到影响。后来还是顾主任想出了这两全其美的妙招。

因此，晴也便在校领导的授命下，光明正大被邢武罩着了，还没人敢吱声的那种。

曹凡听说后差点一口老血吐出当场暴毙，因为这就意味着，她再看晴也不爽，从今天起在学校也动不了晴也一根头发。

对于这件诡异的事，很快就有人走漏了风声，说邢武真是晴也的小弟，认她当姐了云云。

当然，绝大多数人是不信的，邢武什么性格鞍中的人都很清楚，他什么时候向人低过头？

晴也能感觉到邢武最近似乎刻意和她保持着一种距离感，比如吃饭的时候，他总是边刷手机边吃，基本和她连眼神都零交流，之前还会偶尔在外面的沙发上过夜，最近几乎没回来过。

就是在学校也是神龙见首不见尾的，经常上了一两节课后他从后门慢悠悠地晃了进来，可能等下课铃一响晴也再回头时他又走了，连面都见不到几次，完全就是个不称职的安全标兵。

但是除了他，其他顾主任点到名的人倒是非常称职，这个礼拜几乎天天放学都有一大波人“护送”晴也回家。说起护送，其实也就是一帮不上晚自习的渣渣没事干顺便轧马路。

就连顾主任没点到名的黄毛、狼呆那群外班人偶尔也会跟在晴也后面，一边吹牛一边瞎晃悠，通常目送晴也进了炫岛后，他们就走了，鞍职那帮人最近也没再来找过晴也麻烦。

这架势搞得学校里面的人都很“谜”，毕竟鞍中成立有史以来，还没有哪个姑娘能走到哪儿后面都跟一帮刺头，要知道这些人讲起来是学生，整天在学校就跟大爷一样，连校长都喊不动的那种。

这就导致最近晴也无论走到哪儿，没有人再敢对她龇一下，甚至她那走路带风的模样活脱脱一副鞍中女大佬的架势。

但实际上，晴也只是争分夺秒，不愿意在无关紧要的事情上面浪费时间，因为很快就迎来了他们进入高三以来的第一次月考。

月考那天邢武没迟到，来得还挺早，颀长的他从后门掠进来的时候，晴也余光瞄了他一眼，穿着件干净的白色短袖 T 恤和黑色工装裤。

其实晴也一直觉得邢武挺有型的，简单的衣服能穿出一种利落干练的帅气，在这个满是非主流的学校里，算是难得能入得了她眼的穿着。

他刚进教室没多久就被黄毛他们喊出去了，晴也翻开书准备再看看化学公式，忽然她的面前落下一道人影。

晴也缓缓抬起头，看见李文卉手上拿着一瓶酸奶站在她面前。

因为换座位的事情，晴也刚来第一天就和这个妹子起了点小摩擦，所以对她并没有好感，她这么多天也从来没跟晴也说过话，此时站在晴也面前让晴也感觉有些不明所以。

晴也抬起眉问了句："有事？"

李文卉往门外瞟了眼，晴也顺着她的视线，睨了眼站在走廊上吹牛的那帮男生。

而后李文卉弯下身子压低声音对晴也说："我也是听别人说的，你真是邢武的姐姐啊？"

晴也平静地瞧着她这副小心翼翼的模样，和第一天看见她时那嚣张的样子判若两人，忽然觉得有点意思，反问她："是不是他姐又怎样？"

李文卉有点尴尬地说："不好意思，我那时候不知道你……你认识邢武。这个我放邢武桌上了，要是他问起，你就提下我。"

说着，李文卉把酸奶放在了邢武的桌角，赶忙回了座位。

晴也望着她的背影，又看了看外面靠在走廊上的邢武，好笑地勾了下嘴角。

上课铃响起的时候，外面那群男的才逐渐散了，邢武慢悠悠地从后门走了进来。晴也回过头去，发现他今天还破天荒地带了一支笔过来，晴也真担心他那支破笔到底能不能写出来。

邢武看见她回头，抬眸看了她一眼，没说话。

晴也瞥了眼桌角："喂，酸奶。"

邢武这时才看向桌边，听见晴也接着说道："李文卉给你的。"

邢武蹙了下眉侧头喊了声：“胖子。”

胖虎回过头。邢武手一抬直接将酸奶扔给了胖虎，然后平静地望着晴也，晴也不以为意地转过身去。

本来只是个不足为奇的小插曲，可考完数学后，胖虎大大咧咧地拿着那瓶酸喝，有人问他酸奶哪儿来的，胖虎也没心眼地说武哥给他的。

这句话恰巧被李文卉听见了，她跑出教室堵在准备去厕所的邢武面前。

走廊上邢武冷着脸双手抄在工装裤口袋里，修长的身影逆着光，鬓角边的横杠莫名透着股不太好惹的邪气。

李文卉那点小心思邢武不是不清楚，不过他压根儿对她没有其他想法，只是没想到她会突然堵在自己面前。

李文卉虽然坐在邢武面前一年多了，但由于不是经常能见到邢武，邢武一般也不怎么搭理班上女生，所以李文卉站在他面前依然有点发怵。

她低着头略带委屈地问邢武：“你为什么要把我给你的酸奶给范统？”

邢武面无表情地说：“不想喝。”

李文卉咬了下唇，似乎挣扎了很久终于抬起头看着邢武告诉他：“那是我特地给你的，你知道我意思吧。”

邢武眼神微飘，看见李文卉身后不远处刚接完水的晴也，此时正拿着水杯靠在走廊上笑眯眯地盯着他。

邢武再望向面前纠缠不休的李文卉时只感觉脑袋疼。

晴也本来想看看这出戏的走向，结果就看见邢武从口袋里摸出了二十块钱，是的，二十块钱纸币，递给了李文卉。李文卉当然也是一脸蒙地看着他，不知道他为什么要给自己二十块钱。邢武见她不接，还把钱塞给了她，淡淡地说了句：“当我跟你买的。”

然后就走了，徒留李文卉一个人站在原地举着二十块钱一脸凌乱。

邢武倒是没当回事地去了厕所，晃回教室的时候，晴也依然拿着个水杯站在二班后门的走廊边上看着他。

他的眼神也落在晴也身上，却在走到她面前时，她突然轻飘飘地冒了句：“做事够绝啊。”

邢武的脚步慢了下来，侧睨着她：“看戏不买票？”

晴也笑了起来：“李文卉不挺好的，还给你买酸奶。”

邢武眯了下眼，冷冷地看着她。

晴也故作明白地点了点头，转了个话题：“你挺可以的啊，天天叫黄毛那帮人跟着我，自己连人影都见不到。”

邢武挑起眉梢转过身盯着她。

晴也抬起头，长长的睫毛微微眨了下：“难道不是吗？你要没发话，那帮人可能没事找事干？”

邢武干脆抱着胸靠在身后的墙上，玩味地扯起嘴角：“那不是怕跟你处的时间太多，被你的美貌和优秀吸引，毕竟你是我得不到的……”

邢武看了她一眼转身回教室了。

晴也望着他的背影笑了起来，也不急不慢地走回教室。

第六章

暗潮涌动

很快月考成绩下来了，让晴也万万没想到，平时上课一分钟小差都不开，上厕所时间都要节约下来的史敏，月考成绩全班倒数前五，把晴也给惊呆了。

于是晴也十分认真地请教她：“你平时上课那么专心，都听进去了吗？”

史敏也很认真地回答她：“听进去了，就是听不懂。”

“……”

晴也简直佩服得五体投地，她一直以为她的同桌怎么也是二班名列前茅的好学生，哪知道这成绩直接让她不忍直视。

史敏刚离开座位，晴也就赶忙回过头去瞄邢武的卷子。邢武靠在椅子上打游戏，卷子就放在桌上。

不看还好，一看晴也都无言以对了。一个从来没正儿八经听过一节课，大概是随便瞎蒙的选择题，虽然也不及格，但猜的分都比史敏认认真真写出来的分高，还有这么魔性的事？

于是晴也对着他的卷子直感叹：“我真不知道史敏听不懂啊，她平时也不说，我看全班没哪个有她认真的，怎么能连你都考不过？”

那个“连你”两个字晴也说得非常嫌弃，邢武斜她一眼：“那你就没想过不是她笨，是我天资过人？”

“……”72 分的天资，晴也望着自己卷子 147 的分数，他要是天资，自己是什么？天神吗？

邢武刚说完就接了个电话，貌似有事，他把卷子一折塞进抽屉对晴也说了句：“我去趟顺易，晚上不回去了。”然后就直接从后门走了。

放学后，黄毛一群人蹲在学校门口的路边上抽着烟。看见晴也出来了，黄毛烟一扔就走了过来：“表妹，考得怎么样啊？”

晴也面无表情地说：“不怎么样。”

旁边的狼呆立马就惊了：“我们老班都说了，你总分甩年级第二整整58分，理综接近满分啊！”

晴也满脸不屑地说：“真进了考场，我的对手会是你们年级第二？”

一句话让一帮渣渣虎躯一震。

晴也转身背着包往回走，一群人也陆续站了起来。

晴也这次月考的确不满意，可以说是她有史以来考得最糟糕的一次，不该扣分的地方丢了分，总分才过650，连她之前的水平都没有发挥出来。

按照去年国内顶尖985本省的理科录取分数线，她还差十几二十分，更何况，她查过去年这个省理科过650分的有81个人，参照去年招生计划，那几个一流学校在这个省的录取率千分之四都不到，如果她考不进全省前十，那么她的处境将会变得十分被动，她向来不喜欢把选择权交到别人手中，所以心情非常低落。

但起码清楚接下来该往哪儿使力了，她现在心里有种隐隐的担忧，这个分数在她原来的学校并不稀奇，但是放在这里，就好像身边所有人都觉得她成绩逆天，但她清楚，事实情况并不是这么回事，她很怕自己会因为这些声音有丝毫松懈。

现在她只能参照那几个一流985的分数线，如果真想在国外拿奖学金，她面对的会是来自全世界各国的学霸，还有国外环境的挑战，这些都是她要战胜的事情，所以周围的人越觉得她厉害，她越是要把自己心里的那根弦拉拉紧。

回去的路上，晴也随口问了句：“你们考得怎么样？”

几人稀稀拉拉报的分都是惨不忍睹，晴也无语地说：“你们好歹还天天往学校跑，连邢武都考不过啊？”

黄毛对晴也说："其实我们武哥初中的时候成绩还行。"

晴也不大相信地睨着黄毛，黄毛笑道："真的，除了语文，你叫他写个作文就跟要杀他一样，像数理化啥的，我们武哥初中的时候一般都能考及格，有时候分数还挺漂亮的。"

晴也有些诧异："我以为就他那样会混个职高技校的呢。"

黄毛接道："你别说，武哥初中毕业是准备直奔鞍职的，毕竟你也知道，他对学习不大感兴趣。"

"那怎么读了鞍中？"

黄毛长叹一声："不是跟鞍职的人闹得不愉快嘛。那时候几个鞍职的人跑到他家理发店剪头，故意闹事掀了李阿姨的牌桌，武哥当然不会饶了那帮人，就起了冲突，哪个能想到打到一半武哥打得那么凶，伤了好几个。虽然后来也赔了些钱，但那次是真把鞍职的人搞怕了，后来外面都传武哥是疯子，不要命。

"所以鞍职的人就跟武哥结下了梁子，武哥又觉得鞍职那帮人太渣，不愿意跟他们同流合污，中考时发挥了一下，硬着头皮把作文写了，就来了鞍中。"

"……"

晴也这还是第一次听说居然有人读高中的理由如此荒唐，不禁说道："如果他底子不差，又读了高中，为什么不好好学？"

黄毛倒是随口搭着："学不进去吧，就跟我们一样，而且花那大精力学出来干吗呢？考大学？有没有钱读另说，这家里还有一大摊子事呢，对武哥来说还不如多接点活赚钱来得实在。"

晴也在心里微微叹了一声，她是一人吃饱全家不饿，但邢武显然和她不一样。

黄毛他们到了炫岛门口就跟晴也分道扬镳了。

晴也一进门看见今天杜奇燕和流年两人还没走，站在角落不知道在嘀咕什么，她还奇怪地问了句："不下班啊？"

流年转过身看了看晴也，犹豫了一瞬又跟杜奇燕商量了两句，两人走到晴也面前，告诉她："我们等下打算去问燕燕前男友要钱，不知道能不能要回来。”

晴也放下包，倒了杯水瞥了他们一眼问什么钱，这才听说之前杜奇燕跟她那个“未亡人”好着的时候，“未亡人”从她身上拿了不少钱走，反正各种理由。听杜奇燕的意思，两人处了一年不到的时间，那“未亡人”陆陆续续从她手上拿走了一万多，现在杜奇燕妈妈身体不好，急需钱看病，她想问“未亡人”把钱要回来。

晴也听他们说了一通后，突然想到上次杜奇燕失恋哭那么惨，那是该哭一下，一个月就这点破工资，她还能给那渣男一万多，真爱无敌了。

晴也随口问了句：“有借条吗？”

“没有。”

“微信转账聊天记录呢？”

“没。”

“……”

晴也放下水杯看向他们：“祝你们好运。”

然后这两人就这样迎着夜色走了。

晴也随便吃了两口饭拿出试卷开始刷题，大约一个多小时后，突然接到了流年的电话，他气喘吁吁地说：“我被打了。”

“……”

晴也都服了，这两个“憨憨”跑去要钱，看人多不知道跑，还头铁继续问人要，人家不动女人就算了，就流年这样的弱鸡不得打他。

流年在电话里急匆匆地说，现在杜奇燕跟那帮人上了楼，到现在都没下来，他又不敢先走，也不敢上去，打电话给武哥联系不上，问晴也能不能赶紧想想办法联系邢武，他怕杜奇燕在上面出事。

晴也一边下楼一边对他说：“那边多少人？”

流年断断续续地说：“大概……大概得有五六个。”

“地址给我，我去找邢武。”

挂了电话晴也已经冲出炫岛，锁上门直奔大路。晚上八点多的街道上，人已经越来越少，路灯时亮时不亮地闪着，晚风稍有了些凉意。

街头的小店门口两辆三蹦子停在路边，旁边一桌人围着个矮桌在打纸牌。

晴也硬着头皮走过去问了句："走吗？"

几个中年男人盯她看了眼，其中一个八字眉的男人问她："去哪儿？"

晴也说电子街，男人不耐烦地看着手上的牌："电子街早就关门了，这个点还往那儿跑干吗？"

晴也见他屁股都不挪一下的样子，掏出五十块钱往牌桌上一扔："走不走？"

中年男人看了眼钞票，摸进了口袋慢慢站起来往三蹦子那儿走，晴也二话不说爬了上去。

中年男人走的都是小道，时不时还在倒车镜里直瞄晴也。

晴也警惕地盯着他，拿出手机打给邢武。邢武手机是通着的，就是没人接。前排中年男人又盯晴也看了一眼，突然就拐进了一条不知名的小路，晴也作势对着手机说："我在车上了，从扎扎亭过来的。"

她瞄了眼路边故意放大声音："现在到邮政这边了，你们在路边等我就行。"

中年男人没一会儿将三蹦子骑到大路，晴也稍微松了口气。

十多分钟后，三蹦子停在顺易门口，晴也下了车，三蹦子就骑走了。

这个点整条街空空荡荡的，只有路边几辆破自行车和被风吹起的塑料袋沿着街边晃来晃去。

顺易的卷帘门紧闭，不像有人的样子，晴也不确定地走上前拍了拍，里面并没有动静，门是锁着的也看不见里面的光线。

她左右看了看，握起拳头捶着门，卷帘门发出一阵"咚咚咚"的声音。

几分钟后，隔壁店铺突然开了个小门，有个男人探出头来看了她一眼问道："找谁啊？"

晴也侧头看见这个男人有些面熟，貌似上次来找邢武的时候，跟他们在一起打牌的，还听见他们叫他大黑。

她说了句："我找邢武，他在顺易吗？"

大黑走出小门认出了晴也，抓了抓头："找武哥啊，他不在，找他有事？"

“有事，挺急的，电话联系不上，你知道他在哪儿吗？”

大黑趿着拖鞋摸了串钥匙出来：“那我带你去。”

说着大黑把门锁了转身往后面的巷子走，晴也站在巷口没动。大黑回头看了她一眼，笑道：“走啊，你是武哥朋友我还能害你不成？武哥不削我啊？”

晴也握紧手机跟了上去，巷子里面纸箱垃圾堆得到处都是，还有那种脏兮兮的大油桶散发出难闻刺鼻的气味，晴也始终和这个大黑保持着一定的距离跟在他后面。

穿过巷子是个小区后门，像是那种20世纪90年代的开放式老小区，门口几个大爷大妈坐着小马扎吹牛，她跟大黑进了小区后，里面还挺大的，鱼龙混杂什么人都有，绕来绕去走了大概十分钟才走到一排放自行车电瓶车的车棚前面。

大黑直接走到车棚对面一个一楼的院子前，透过院子能看见客厅里面亮着灯。大黑踩在院门边上对里面喊了声：“武哥！”

晴也站在他身后左右看了看，也不知道这到底是哪儿，却忽然看到了邢武的“小天使”停在不远处。

很快大门开了，走出来的是一个年轻女人，她先是探头看了眼，似乎认识大黑，直接走过来拉开院门。

晴也这才发现她见过这个女人，上次跟邢武一起来过炫岛，站在门口抽烟的那个辣妹。

只不过她此时穿着一条睡裙，头发湿漉漉的，显然刚洗过澡。即使隔了几步的距离，晴也依然能闻到她身上诱人的沐浴香气，还有她大腿上露出的半截彩色狐狸文身，透着一种致命的妖冶。

旁边的大黑说了句：“舒姐，这个姑娘找武哥，说有急事。”

这个叫舒姐的侧过头掠着晴也，虽然她没有说话，但晴也能感觉出来她的眼神里有着一丝不寻常的打量。

晴也迎上她的目光，抬起眸平静地问道：“邢武在吗？”

舒寒转过身淡淡地丢下句：“进来吧。”

大黑对晴也招招手，晴也踏进院子，虽然院子很小，但收拾得倒还算舒服，有个自家搭的小棚子，还有一对喝茶的小石凳。

舒寒一进去，犬牙就问了句：“谁啊？”

她望向邢武对他说：“有个女孩来找你。”

邢武正在跟犬牙一人对着一台电脑打 LOL，闻言回过头去，便看见刚从院中走进来站在门前的晴也。

晴也扫视了一圈，最后目光落在邢武身上，他穿着个黑色紧身背心，外加一条宽松的灰色短裤。晴也心头闪过一抹讶异，她在家看见邢武永远长裤套得严严实实的，从来没见邢武穿得这么随意。

邢武看见来找他的是晴也，而且还是这个点，也很诧异地问她：“你怎么过来了？”

然而晴也开口后的第一句话却是：“为什么不接电话？”

那表情，那语气，那眼神，带着强烈的不满和不易察觉的怒气，弄得周围几人一时间都有些尴尬。

舒寒靠在一边睨着这个小姑娘，又挑起一丝探究的目光望向邢武。

邢武站起身看向舒寒：“我手机电充好了吗？”

舒寒直起身子往房间走去：“我看看啊，应该差不多了。”

晴也的眼神随着这个女人移动到房间，她打开门的时候，晴也看见那是间女人的房间，应该就是她的，也就是这里是她家。

晴也收回视线对邢武说：“流年被人打了，杜奇燕现在也不知道怎么样，被她那个‘未亡人’，就是前男友带上了楼，他们那边大概五六个人。”

“啊？”邢武皱了下眉，拿起旁边的长裤一边往身上套一边问晴也，“他们在哪儿？”

“靶厂二区，你认识吗？”

邢武愣了下，和犬牙对望了眼。犬牙将鼠标一丢，也站起了身。

舒寒正好走出来把手机递给邢武，邢武随手接过往裤子口袋里一扔对犬牙说：“叫些人吧。”

“我跟你们一起去。”大黑站在门口说道。

几人就往门外走，舒寒此时叫住了邢武：“武子，要我过去打个招呼吗？”

邢武看了眼站在旁边的晴也，晴也撇过头往院外走去，听见身后的邢武说了句：“我先去看看什么情况。”

说完他走出院子直接发动了“小天使”。

舒寒走到院门口，晴也站在院子对面的车棚边，邢武将“小天使”骑了过来，对舒寒说：“应该没多大事，你别管了。”然后转头看向晴也，“上来。”

舒寒眼眸微转，落在对面的晴也身上。晴也此时也转头对上她的视线，虽然两人没有说一句话，但彼此眼中藏着一种无声的较量。

晴也淡淡地收回视线，往邢武摩托车上一跨扶着他的腰。舒寒的目光扫向邢武的腰间，又瞥了眼邢武的侧脸，他似乎并没有什么反应，只是很快将摩托车骑走了，车子一拐消失在小区那头。

路上晴也又打了两个电话给流年，确定他在的地方，又问了问那边的情况，流年说杜奇燕还没下来，发信息给她也没回。

邢武本来让晴也先回去的，但是晴也有点不放心杜奇燕，打算跟过去看看。

骑到靶厂门口的时候，那边已经停了好几辆摩托车，五六个男的等在那儿，不过看上去都不是学生，二十几岁的样子，对邢武晃了下手，晴也一个不认识。

她说了句：“我以为你喊黄毛他们呢。”

“他们是学生，社会上这些事能少碰就少碰。”

“那你呢？”

“我不一样。”

晴也拽着他腰间的布料：“哪里不一样？”

邢武侧过头，锋利的脸颊没有一丝温度：“我不指望有以后。”

晴也垂下眸看着车轮边她和邢武影子，眼里的光被他这句话搅动着。她从前在一本书上看到过，当一个人不停遭受挫败，身边全是人，却没有一个人能拉他一把时，最后的希望变成无能为力，光亮被黑暗吞噬，便不会指望再有以后。

邢武对那帮人喊了句：“人在二区，直接过去。”

晴也这才看见靶厂真的是一个工厂，塑料厂的名字，这一带全是那种老旧的破楼，夜晚黑灯瞎火一片，有种废弃工厂的错觉。

一群人骑到二区，走老远就看见流年傻乎乎地站在一根电线杆子前，邢武直接朝他骑去。下了车晴也才看清流年那惨不忍睹的脸，本就不大的眼睛，左半边直接肿得老高，不忍直视。

流年指着楼上说：“他们去了四楼。”

邢武二话不说带人上去了。

流年有些紧张地搓着手，晴也抬头看了眼这栋画着大大“拆”字的危楼，总共就没几家还亮着灯。她收回视线抬脚就跟了上去，流年慌张地喊了她一声：“晴也，你别去。”

她回头递给流年一个眼神，身影已经消失在楼栋里。

楼梯逼仄窄黑，贴满了各种凌乱的小广告，到处都透着锈迹斑斑的粗糙和那种最底层的生活气息，拐弯角落还堆放着别人家的垃圾，晴也一口气爬上四楼，一条长长的走廊连着各个住家，密集紧凑，似蚁穴。

晴也看见那帮人的身影出现在对面，她拐过走廊，绕过一堆堆的生活垃圾，向着那群人走去。

大概是屋子比较小，邢武带的人没有全部进去，还有三四个人在外面，晴也便走到这群人的身后。

刚过去就听见一道声音：“我说武子啊，我们向来井水不犯河水，你也不是个找事的人，怎么最近频频为女人出头，这不像你的作风啊。”

晴也发觉这个声音有些耳熟，透过几个男人往门缝里一瞧，竟然看见客厅正中坐着的人是大曹。大曹身边四五个兄弟，而杜奇燕正掉着泪站在大曹和邢武中间，左右两边脸上都有明显的五指印，红肿得扎眼。晴也咬紧了下牙，听见邢武声音阴冷地回道：“你不是不知道她是我家店里的人。”

大曹立马就笑了起来：“你家店里的。邢老板够仗义啊，员工的私生活都要插手，人家小两口子吵架分手关你什么事？”

话音刚落，犬牙直接抬脚挑起旁边的马扎就朝大曹砸去。大曹身边一个大高个眼疾手快，一脚踢飞了已经飞到大曹面门的马扎。

屋内气氛一触即发，大曹本来吊儿郎当的神色突然就沉了下去。

邢武却在这时朝大曹走去，把对面的人吓了一跳，集体站了起来满脸防备地盯着他。

邢武立在大曹面前，居高临下盯着他说道：“我不是来找你麻烦的，你身边兄弟玩人感情就算了，还骗姑娘钱这是人干的事？你想清楚护着他的后果。”

大曹眯起眼睛抬头盯着浑身肌肉紧绷的邢武，虽然他跟邢武接触不多，但从小在这一片长大，邢武的为人他多少清楚，只要他点头，下一秒邢武的拳头肯定不留情面。

大曹是个聪明人，他不怕邢武，但也没必要为了个无关紧要的狐朋狗友惹得一身腥。

都是在外面闯的，要是今天的事传出去，他大曹为了个骗女人钱的男人出头，那他以后的脸面哪里搁？出来玩名声固然重要，没有名声哪儿来威望如何服众，还怎么混？

权衡利弊后，大曹腿一跷，晃着脚上的人字拖，皮笑肉不笑地说：“我说护着谁了吗？”

此话一出，站在大曹斜后方的一个男的突然就急了，喊了声：“曹哥。”

大曹一副吊儿郎当的样子对邢武说：“你们有证据就赶紧拿证据解决事情，没有证据就赶紧走人，大晚上的一帮人跑到我这儿，传出去以为我们鞍职和你们鞍中又起了冲突。”

大曹这番话像是突然点醒了斜后方那男的，他突然就冲了出来气势汹汹地说：“是啊，你们说我骗她钱，证据呢，拿证据出来啊！”

杜奇燕的头垂得更低了，晴也这时终于看清了这位传说中的“未亡人”，内心一阵颤抖。就见这男的满脸青春美丽疙瘩痘，堪比月球表面，那密度直接模糊了整张脸，让人忽视了他的五官，简直就是辣眼睛。

晴也在看清他的那一刻已经开始怀疑人生，杜奇燕到底看上“未亡人”哪儿了？就这长相还不如直接亡了算了。

邢武侧头看向杜奇燕问了句：“他打条了吗？”

杜奇燕没说话，邢武心里已经有数。

大曹夸张地“哈哈”两声，放下跷着的腿伸了伸胳膊：“慢走啊武子。”

邢武脸色瞬间难看起来，但没有任何证据这时候就是把大曹这帮人打一顿他们也不占理。

然而就在这时，人群后方突然出现一道清脆的声音：“我有证据。”

所有人的视线转到了门外，看见的便是从门外费力挤进来的晴也。

晴也穿着一套纯白色的休闲衣，简约时尚，单手抄在休闲裤口袋里不急不慢地走了进来。邢武盯着她瞪了一眼，晴也直接无视他的目光，对着“未亡人”就问道：“你叫什么？”

“未亡人”没见过晴也，倒是她一走进屋中，原本气氛压抑的屋内瞬间像是亮了起来。

晴也见“未亡人”有些发愣地盯着她，对他露出一个莞尔的笑意，声音轻缓地又问了一遍：“帅哥，你叫什么啊？”

“未亡人”看见晴也嘴角好看的弧度，一时间脱口而出：“杨刚，干吗？”

晴也看着他那副瘦弱的样子，一点都没看出来哪里“阳刚”了。

于是她转过头问道：“嗯，杜奇燕，杨刚从你那儿一共借了多少钱？”

杜奇燕抽抽搭搭地说：“差不多一万四。”

“他说过还吗？”

杜奇燕抬起头有些紧张地盯着晴也，晴也干脆一把将她拽到自己身边，捏了下她的胳膊让她别怕，眼神定定地望着她：“杨刚问你借钱的时候怎么说的？”

杜奇燕低着头说：“第一次是说他兄弟出事进医院，要五千块钱救命，说等他兄弟家人拿钱出来，他就还给我，我就给了。后来有阵子我打电话联系不上他，他说手机坏了，要换手机，不然联系不方便，问我借了三千买了个手机……”

杜奇燕陆陆续续说了下去，杨刚突然暴躁地打断了她：“行了，有完没完了？”

晴也平静地抬眸睨着他：“反应这么大干吗？也就是你承认这些钱的确借了哦。”

杨刚局促地看了眼大曹。大曹靠在椅子上转了两下手腕，没当一回事的样子。

晴也继续穷追不舍地说：“杜奇燕每笔钱能跟你记得清清楚楚，你还想怎么抵赖？”

杨刚底气也突然上来了，咋呼道：“我告诉你们，这钱我杨刚就是拿了你们也别想我吐出一毛钱出来，有种拿证据告我，没证据少在这儿啰唆。”

“好。”晴也声音一扬，从口袋里拿出手机按了一个键，手机里立马响起：

“你叫什么？帅哥，你叫什么啊？”

“杨刚，干吗？”

“嗯，杜奇燕，杨刚从你那儿一共借了多少钱？”

……

从晴也进门起的录音完完整整地从手机里放了出来，对面那帮人脸色骤变，晴也将手机一收重新放回口袋里对着他们就说道：“这就是证据，录音里双方主体和事由一清二楚，而且你也承认了，限你一周之内把钱凑齐还给燕燕，否则你就到警察面前解释你的诈骗行为吧。”

瞬时间，所有人都愣住了，包括和她同来的邢武他们。

晴也进屋就直接问“未亡人”的姓名，要的就是明确借款人，不给他任何打擦边球的机会，后来又引导杜奇燕说出借款金额和事情脉络，她在踏进这间屋子之前的确没有任何证据，不过现在她已经搜集到了。

杨刚一听到那刺耳的“诈骗”两个字立马就炸了，冲着晴也就走来，邢武手一伸直接攥着他的衣领将他连人往后一扔。

杨刚狼狈地跌坐在地。

晴也低下头按了几下手机，而后抬起头冷冷地看着他：“我劝你们后面也不要来找我，手机录音我现在已经传给一个律师朋友了，如果接下来我出一点事，那么我的律师朋友会出面跟你们交涉。”

对面五六个男人互相看了眼。

大曹的眼神一直落在晴也身上，带着点微微的讶异和一丝兴趣，忽然拍起掌来，缓缓从椅子上站起身，面上挂着要笑不笑的神情，指了指晴也对邢武说：“这不是你们学校才转来的好学生嘛，怎么连晚上都跟你们混在一起啊？”

“关你屁事。”邢武直接怼了回去。

大曹嘴角依然挂着笑意，只是眼里的光瞬间变冷。邢武身后的兄弟见情况不对，都挤了进来，本就不大的屋子，突然就挤了十几个人。

大曹望了眼邢武身后那气势，冷笑一声，抬起手就一巴掌拍在杨刚的后脑勺上骂道：“垃圾，自己惹的事自己解决。”

“曹哥，我……”

曹平已经又坐了回去，对邢武一群人说：“慢走不送。”

大黑直接提着杨刚就出去了，大曹他们果真没有再插手。不过在邢武转身时，大曹说了一句话：“武子啊，明年县运会我们比画比画？”

邢武脚步微顿告诉他：“高三不参加。”

大曹跟听到什么笑话一样，回道：“我等你。”

邢武头也没转地直接离开了。

楼下，邢武靠在石礅边上，晴也站在他旁边看着瑟缩的杨刚，刚才在楼上还一副猖狂的样子，现在没了大曹的庇护，整个㞞成一团。

邢武低头点燃一根烟，声音暗哑：“律师朋友？”

“原来一个师姐，现在学法律。万一他们真来找我怎么办，我不就吓唬吓唬他们嘛。”

她侧头看邢武，邢武嘴角勾起一抹笑意：“你也知道怕啊？”

“正常人我没什么好怕的，就怕你们这种不正常的。”

邢武侧头掠着他：“哪里不正常了？”

晴也意味深长地说：“正常人都想有以后。”

邢武抽着烟，嘴角的笑意淡了些。

不远处，大黑想收拾收拾杨刚，犬牙拉了他一把，指着傻愣愣的流年说：“你来。”

流年左右看了看，一脸胆小地说：“我啊？”

犬牙又对流年招了招手，流年弓着背走了过来，他本就瘦，穿着吊裆的垮裤，腰上还拴着个狗链子一样的装饰，走起路来叮叮当当的，跟跳大绳的一样。

犬牙问流年刚才杨刚有没有动他，流年点了点头，犬牙冰冷地说：“还回去。”

流年那是一脸惊恐啊，回头胆怯地盯着邢武，邢武面无表情地看着他。

流年先是抬起手轻飘飘地捶了下杨刚，旁边大黑他们立马笑成一团，骂道：“你摸他干吗？”

流年憋红着脸，深吸一口气，回了杨刚一拳，之后犬牙又看向杜奇燕对她说：“小妹妹过来。”

杜奇燕已经不哭了，只是面对杨刚时还是有些难受和害怕，杨刚看杜奇燕过来，又吼了起来：“你敢动我一下试试看，你个丑女人！”

杜奇燕眼泪又掉了出来，一颗石子飞了过去打在杨刚的腿上，杨刚惨叫一声止住了骂声。

邢武夹着烟有些诧异地侧过头去，晴也拍了拍手吐出两个字：“欠揍。”

邢武忽然玩味地笑了。

杜奇燕本来还不想打的，被他骂得有些急了，抬起手把刚才他当着那么多人的面扇在她脸上的巴掌狠狠还了回去，是整个人都跳起来狠狠扇了回去。

虽然姿势非常滑稽，但声音倒是很大，一个巴掌直接把杨刚打蒙了，直愣愣地盯着杜奇燕。

杜奇燕退到了流年身边，此时流年也直起背，两人迎着月光那姿势，顿时感觉人生到达了巅峰。

邢武看了下时间已经快十点了，他扔掉烟转头问晴也：“你回去还要写题吗？”

晴也点了点头，他对犬牙喊了声：“我有事先走了。”于是带着晴也离开了靶厂。

靶厂离扎扎亭不远，回去的路上晴也问邢武：“杨刚也是鞍职的学生啊？”

“退学了，现在到处骗吃骗喝。”

晴也想到刚才他们听见靶厂时的表情，不禁问道：“靶厂那里的人都不好惹吗？”

邢武将“小天使”停在炫岛门口拉开卷帘门对晴也说：“我们这里但凡稍微有点钱的都是靶厂的，有钱能使鬼推磨，靶厂是由暗堂的人罩着。”

邢武走进炫岛，晴也眉梢一挑跟了进去好笑道：“暗堂又是什么玩意儿？是帮派的意思吗？你们这巴掌大的地方居然还四分五裂，怎么不成立峨眉派、武当派、华山派的啊？”

邢武却回身拉上卷帘门对她说：“下次再遇到这种事你别插手，听到没？”

晴也很少看见邢武如此严肃的神色，一时间没有说话。

邢武见她皱起眉的样子，叹了一声又对她说了一遍：“听到没？”

晴也虽然不知道那个暗堂到底是什么样的存在，但能让邢武他们这帮刺头闻风色变的，不用说也能想到其中的复杂。她淡淡地回了句：“知道了。”

邢武转身往后院走，晴也喊了他一声：“喂，你经常住那儿？”

邢武脚步顿住，回过头看着她，没明白过来她问这句话的意图。

晴也低头转着理发店的旋转椅目光低垂：“那女的，是谁啊？”说完抬起头直视着邢武。

邢武脸上没有任何表情，只是很平淡地告诉她：“舒寒是犬牙同父异母的姐姐，我们都叫她‘舒姐’。”

晴也吸了下腮帮子，手中的椅子无声地转着，她看似随意地说道：“她喜欢你。”

不是疑问，而是肯定，虽然只是一个眼神，但晴也可以确定她没感觉错。

邢武干脆回过身来抱着胸，脸色隐在忽明忽暗之间睨着她：“然后呢？”

晴也没有说话，忽然身后的卷帘门又开了，两人同时往后看去，李岚芳今天回来得挺早，打了两圈就结束了，手上还拿了个纸箱子对晴也说：“晴也，你的快递，从北京寄来的，下午赵麻子顺便帮你拿回来了。”

东西挺重的，李岚芳直接放在了地上对邢武说：“武子，你帮晴也搬一下。”

邢武不急不慢地晃了过来，弯腰的时候看见寄件人处写着“孟睿航”三个字。

他回过头瞥了晴也一眼，晴也直接转身上楼对他说：“谢了。”

邢武把东西搬进房间的时候，晴也坐在床尾盯着手机，整个人跟入定了一样，一动不动。

邢武把东西重重地往她脚边一扔，她依然没有任何反应，只是就这样对着手机发呆，似乎整个人突然有些不大对劲的感觉。

邢武伸头看了眼，晴也的手机上是一个女生靠在一个男生身上的照片，照片中的女生虽然邢武不认识，但是那个男的邢武倒是见过，正是这箱快递的寄件人。

邢武望着晴也愣神的样子，忽然咬紧了下牙根说道：“你……”

话还没说出口，晴也快速锁了手机，顺手从旁边拿起一串钥匙划开了纸箱，从里面拿出几样东西对邢武说：“我看书了。”

邢武没说话，靠在门边盯着她。

晴也面上看不出任何波澜，只是将拿出的东西放在窗边的写字台上，抽开椅子安静地坐了下来，然后拿起笔埋着头。

房间里安静得仿佛连窗外风的声音都消失了，她的背影看上去有些单薄和落寞，就这么孤单地坐在窗边。邢武看了她好一会儿，才退了出去带上门。

十二点多的时候，李岚芳早睡了，邢武靠在沙发上已经进入迷糊的状态，电视还在亮着，播着晚间新闻。迷迷糊糊中，邢武似乎听见楼下有什么声音，他缓缓睁开眼斜了眼房门，看见他房间的门不知道什么时候打开了，又听见了楼下冰箱关上的声音。

他起了身，走下楼的时候，看见的就是一个小小的身影坐在后院的门槛上，手上拿着罐啤酒抬头望着头顶残月，她的身影仿佛被封印在那窄窄的门框里，望着只属于她一个人的星空，寂寥、挣扎。

那幅画面就这样刻在邢武的脑中，久久挥散不去，他忽然想起晴也来这儿的第一天李岚芳对他说的话。

“她妈刚死，爸就坐牢了，可怜得很，现在就指望咱们了。”

那时邢武对这句话没有任何感觉，就仿佛在听一个无关紧要的人所遭遇的事情，可此时望着晴也的背影，他却有种窒息的沉闷。

晴也拿起啤酒仰头又喝了一口，忽然听见身后响起打火机的“啪嗒”声，她回过头去，便看见邢武靠在她身后的门上，火星子一点烟头骤亮，他嘬了口烟，低头睨着她：“我以为好学生应该懂借酒消愁愁更愁的道理。”

晴也嘲弄地笑了下，把啤酒举起来递给他：“陪我喝。”

邢武眼神微愣，看着她递到自己面前的酒，有些不大确定地盯着她，毕竟，他们的关系好像还没有近到可以同喝一罐酒的地步。

晴也有些不满地压着眼角：“大老爷们矫情个什么劲儿？”

邢武笑了下接过啤酒，晴也往旁边挪了挪给他空出一半的位置。

邢武扔了手上的烟长腿一跨坐在她身边。

门槛就这么窄，两人几乎挨在一起，胳膊肘不经意间的触碰，让邢武有些不自然，但晴也这会儿似乎根本就没有在意这些细节，神情有些不爽，也许，或多或少还掺杂着点难过，具体是什么样的心情邢武也摸不透。

他把啤酒拿到嘴边，问了句：“失恋了啊？”

晴也不屑地说：“失什么鬼的恋？”

“那个姓孟的。”

晴也斜眼看着邢武，发现他还挺清楚的，连人名都能记得，不禁笑了起来，说：“我们不是那种关系。”

晴也双手撑在身后，望着繁星点点的夜空长舒一口气：“我就是想不通。他吧，从小就整天跟在我后面，一直说喜欢我，他对我真的挺好的，这么多年也没见他眼里有别人，虽然我们现在还小，不会确定关系，但要是我爸不出这个事，我想以后我们迟早要在一起的吧，毕竟我身边也没谁有他了解我了。

“你说，我这才离开几个月啊，他就对别的女孩示好了，而且还是我最好的朋友？”

邢武还没喝呢，晴也直接夺过啤酒灌了一大口，抬手擦了擦嘴，有些生气地说：“我真不介意他们这样，就是他们这事做得不地道。你说，我跟睿航从小一起长大，他有什么不能跟我说的，他们这样以为我会介意吗？我是那种小肚鸡肠的人吗？邢武，你评评理，我是那种人吗？”

邢武顺着晴也的话点了点头，晴也眼神一睖，他又赶忙摇了下头，拿过啤酒喝了一口。

“结果我前段时间发信息给何乐菱问她是不是有喜欢的人了，她不说，这头睿航还联系我说要来看我，你说他们俩这装得跟没事人一样。

“他孟睿航喜欢我的事全校皆知，不管他现在是不是改变心意了，只要他们跟我说一声，这也没什么。我就是气不过他们瞒着我，搞得全世界都知道，就我一个是傻子一样。

“要不是 Jesse 把两人的照片发给我，我还要被瞒到什么时候？”

邢武也不知道她口中的这个 Jesse 是谁，她似乎压根儿没兴趣告诉他，总之就把他当个垃圾桶，不停地向他倒着苦水。

邢武也不吱声，就安静地听她说。

晴也抢过啤酒，抬起头刚倒了一口发现没了，气鼓鼓地捏扁了啤酒罐，生气地盯着邢武：“你怎么喝光了啊？”

邢武蒙蒙地说：“本来也没多少啊。”

晴也更加生气了：“你就不知道给我留个底子吗？”

邢武盯她看了几秒，突然就笑了起来：“你跟你原来的同学在一起也这样无理取闹啊？”

晴也昂了昂下巴，傲娇地说：“那当然不是，我可好相处了。”

邢武玩味道：“那你怎么就对我这么不讲理了？”

晴也噘了下嘴忽然凑近，微醺的脸颊透着红润的可爱，眯起眼睛对他说：“因为你是浑蛋……”

晴也的腿坐得酸麻，扶着门框站了起来。

她站起身后便跨进门槛往楼梯口走，然而黑暗中胳膊突然被人扯了一下，她还没有反应过来，身体已经被邢武按在墙上，他居高临下地盯着她：“你说谁浑蛋？”

晴也的手腕被他禁锢在墙上动弹不得，她扭动了几下身子，借着酒劲就发起飙来：“你们都是浑蛋，我爸要不是在外面找那么多女人，我妈病情不会被他气得恶化，我妈躺在病床上都有女人耀武扬威等着上位，我恨不得杀了那些女人，她们为的是什么？是我爸的钱！他怎么就想不明白呢！他进去后那些女人在哪儿？怎么不站出来了？”

邢武怔怔地望着晴也，这是晴也第一次在他面前提起自己家的事，那些光鲜的外表下不堪的一幕，如此歇斯底里。

她的眼泪无声地从眼眶滑落，抬头咄咄地盯着邢武：“我没有家了。邢武，我不像你，你还有妈妈，还有奶奶，最起码你爸还能回来，我呢？我都不知道从你家这扇门走出去我能去哪儿，现在连我一起长到大的朋友都……我不想用‘背叛’两个字，但这种感觉真不好受。”

邢武渐渐松开了晴也的手腕，晴也的手臂滑落下来，邢武低垂着眸抬起手轻轻拭着她颊边的泪。

他温柔的样子让晴也好似出现了幻觉，就这么愣愣地看着他铺开的睫毛投下一片阴影，嘴角冷峻，抬眸之间仿佛眼里夹着细碎的光。

他的声音在黑夜里带着温暖的诱惑，对她说：“这里不是你家吗？我们把你当外人了？要真把你当外人，你刚才骂我浑蛋我早赶你走了。”

晴也低着头吸了下鼻子，声音闷闷地说：“你还故意躲着我呢。”

邢武说：“那你要我怎么办？你就不怕吗？不怕栽在我手里？”

晴也揉了揉眼睛，再抬起头时，眼里的光明亮笃定：“邢武，不会有人能影响得了我，我妈就是一辈子依附男人才会到头来落得这个下场，但我不会，你不用太自信，我不可能栽在你手上。”

邢武忽然就笑了起来，细长的眼里夹杂着一些复杂难懂的光，半开着玩笑说：“你是不会，那你想过我吗？万一我栽在你手上怎么办？”

晴也怔怔地望着他，一时间竟然不知道该怎么回答这个她从未考虑过的问题。

邢武漫不经心地直起身子对她说：“一点半了，明天不上课了？”

晴也转身上了楼，两人结束了这个让人迷惘的话题。

虽然晴也前一天几乎到两点才睡着，但第二天六点不到就站在沙发边上踢了踢邢武的腿。邢武烦躁地抽出枕头盖着脸，晴也一把扔了他的枕头对他说：

“起来上学了。”

邢武真怀疑晴也在梦游。

他半眯着眼瞄了眼黑漆漆的窗外：“你抽筋啊？天还没亮上什么学？”

晴也已经穿戴整齐，背上包边往楼梯口走边对他说：“给你十分钟啊，快点下来。”

邢武依然躺着没动，听见下楼的声音渐渐消失，才一把坐了起来揉了揉头。

他下楼的时候，一道风从他眼前掠过，晴也穿着一件半袖衫背着包在炫岛门口玩平衡车。

邢武迈着不急不缓的步子走了出来，浓眉下藏着一双炯灼的眼，迎着天际刚刚升起的第一束光，不知道在想什么。

晴也滑到他面前晃了晃手：“一大早发什么呆啊，还没睡醒？”

邢武压下眼皮面无表情地看着她：“你不困啊？昨天睡了几个小时？还跟打了鸡血一样。”

晴也“咯咯”地笑了两声：“不苦不累，高三无味。”

而后她转头对邢武说：“我想吃豆腐脑。黄毛说你们经常去的那家辣油超香的，带我去。”

邢武拿起手机看了看时间，五点四十五分，这个点要去吃豆腐脑，果然这大小姐昨天晚上被刺激得不轻。

于是邢武晃着两个膀子带她往后街走，她就踩着平衡车跟在他后面。邢武不时回头盯她看一眼，嘴角噙着不明所以的笑意。

终于在他第N次回头时，晴也忍不住问他：“你笑什么？”

“你不觉得，这个点，这个样子，我有点像在遛狗？”

晴也立马就加快速度狠狠弹了下他的耳朵，又迅速掠到他前面去了。

邢武摸了摸自己的耳朵无声地笑了笑。

虽然刚过六点，但祁家早餐摊门前依然排起了不长不短的队来。

晴也有些诧异地说：“这么多人啊？”

邢武回头让她找个座位，他去排队。

所谓座位，也就是路边上的几个小木桌，已经有些人了，不过还好他们来得早，尚有空位。

晴也坐下后侧头看了邢武一眼，他出门时已经换了一件长袖连帽衫，下身黑色运动裤边一道白色的杠，一双大长腿特别惹眼。她没见过邢武的爸爸，虽然李岚芳长得不丑，但并没有多高，邢武这身形比例莫不是遗传他爹？那他爹得多么帅的一个中年大叔？

晴也胡思乱想着。

等邢武端着碗回过头的时候，看见的就是抱着胳膊缩成一团的晴也，眼神发愣。

入秋的天气，早晨的确有些凉意，邢武将东西放下后问了她一句："你不冷啊？"

"冷啊。"晴也回得理所当然。

邢武都无语了："冷不知道多穿点？"

晴也拽过碗然后顺便拽了下他的袖子，邢武看着她："干吗？"

"外套借我穿下，我冷。"

"你冷我不冷啊？"

晴也认真地盯着他："虽然大家都冷，但我觉得你身体素质比我好，而且我是你们校唯一有望拿县榜首的人，所以你不能让我感冒，那什么，安全标兵。"晴也说到最后眼睛都笑弯了。

邢武被她一番冠冕堂皇的话给气笑了，瞪着她拉下拉链把外套扔给她。

晴也也不客气，接过套上，然后拿起传说中香爆了的辣油。

邢武起身去了马路对面，晴也不知道他去干吗了。

过了一会儿，他拿着个热乎乎的肉夹馍递给晴也："给。吃饱点状元，我们县就靠你发光发热了。"

晴也笑眯眯地接过来咬了一口，香气四溢满满的肉，瞬间让她感到一种舒畅的满足感。

邢武似乎不怕辣的样子，往碗里放了好几勺辣椒，整个碗都红通通的，看着都可怕。

晴也搅了搅自己的碗，喝了一小口，抬头问邢武："杜奇燕她妈听说急着要钱治病，那个杨刚也不知道什么时候能把钱凑齐，你说，我要是先拿钱给她妈看病她会要吗？”

邢武斜了眼晴也：“你钱多啊？”

晴也没吱声，邢武倒是突然问道：“加拿大留学一年要多少钱？”

“再省一年最少也得十几万吧。”

“你爸给你留了多少？”

两人对视了几秒，虽然说财不外露，特别是在这穷乡僻壤的地方，自我保护的本能让晴也知道不宜告诉别人自己的全部身家，但面对邢武的询问，她竟然觉得没有必要防备，于是照实告诉他：“三十万。”

邢武微微蹙了下眉：“那才够你上两年，后面怎么办？”

晴也却似乎并不是很担心，她随意搅着碗里的豆腐脑说道：“所以我得想办法拿到奖学金，名额有限，竞争太激烈。”说着狠狠咬了一大口肉夹馍，眼里全是斗志。

邢武的眉却越皱越紧，对晴也说：“杜奇燕她妈的事你别管了，我来想办法。”

晴也诧异地抬起头看着他。

此时早餐摊子的人越来越多，有两个穿着鞍中校服的姑娘在他们这桌坐了下来，看校服颜色应该是鞍中高二的学生，他们俩便自然而然终止了这个话题。

早餐摊子桌子有限，都是拼着坐的，一开始这两个姑娘都没在意，直到坐下来后才发现她们旁边坐着的人是邢武，顿时大气都不敢喘一下，想站起来吧，旁边没位置了，继续坐吧，她们连眼神都无处安放了。

邢武倒是根本没有在意她们，一边刷着手机一边喝着豆腐脑，在这个有些寒意的早晨就穿了件短袖，臂膀线条紧实流畅，侧脸轮廓干净利落，坐他旁边的小女生时不时偷偷瞄着他。

邢武似乎注意到女生的目光，抬了下眸，锐利的眼睛像鹫，女生瞬间脸红到耳根。

晴也将碗往邢武面前一推："太辣了。"

邢武推开自己的空碗，很自然地拉过晴也那碗继续吃了起来。

这时对面两个女生才抬起头，赫然看见的就是这段时间在学校讨论度最高的学霸晴也。

至于晴也为什么一大早跟邢武在早餐摊子吃早饭，邢武又为什么把她嫌辣的豆腐脑吃了，她们也不知道，她们也不敢问。

周围越来越多鞍职和鞍中的学生，虽然不是所有人都认识晴也，但几乎没有不认识邢武的，不少人诧异地盯着邢武，大概没人能在这个点在早餐摊子见到他。

所以邢武匆匆喝了两口就起身了。

当晴也踩着邢武的平衡车溜进校园时，路过的人都看呆了。邢武早自习结束前从不会来学校的，今天居然这么早就来了，大家都怀疑自己是不是看错了。

而且邢武不喜欢别人动他东西的事众所周知，可是这位转学生不仅动了，还完全占为己有的节奏啊。更诡异的是，他们一活生生的校霸啊，就这么跟在她屁股后面，一点脾气都没有，完全颠覆了所有人的认知。

于是仅仅一早上的时间，很多人渐渐信了那个邢武是晴也小弟的传闻，就连晴也今天去厕所，隔壁班的女生都非常谦让地让她先，她自己反而一头问号——这些非主流什么时候变得这么客气了？

而且更奇特的是，不仅是二班，最近全校都掀起了一股绑丸子头的风潮，晴也那是嫌天热，绑起来凉快而且写题不碍事，结果学校里面那些非主流个个的丸子头绑得恨不得都冲到天上去了，大有王菲唱《相约九八》时期的冲天辫造型。

这就直接导致最近晴也走在学校里面感觉自己跟穿越了一样，各种辣眼睛，然而同时，她竟然灵光一现想到了一条生财之道。

下午最后一节课下课铃声响起时，晴也便匆匆收拾东西赶着回去，看见史敏还在埋头抄英语单词，晴也边收拾东西边心疼这妹子，几个破英语单词抄了一整天了还没背下来，这执着劲儿要不是晴也赶时间一定会给她点个666。

她背着包匆匆走出学校大门，便瞟见街对面停了好几辆摩托车，一群人站在街角。她往那儿扫了眼，看见一手插兜一手夹烟的邢武，周围一圈人没几个是鞍中的，犬牙那帮人都在，就连那个舒寒也在。

舒寒站在邢武旁边，也叼着一根女士细烟，穿着包臀的黑色皮裙，踩着双高跟鞋，性感火辣，旁边路过的人都会盯着舒寒多看上几眼。

她长得不算特别漂亮的那种，眉眼间却有种满不在乎的冷艳，和邢武他们一看就是一类人，浑身散发着一种不好惹的气场。

晴也第一次这么直观清晰地感受到，她和邢武是两个世界的人，或许自己在那些人眼中还是个异类。

如果不是她爸爸出事，也许她这一辈子都不会认识这样的人，从前她连看都不会看这些人一眼，可此时隔着一条街远远地望着他们，她心里竟然生出一种很复杂的情绪，那种有些格格不入的落寞感。

她不知道为什么自己会有这种感觉。

邢武正在跟他们说笑，似乎是注意到她的目光，侧过头来的时候，唇边的笑容未散，目光却落在她身上。

晴也默默转过身去往回走，甚至没有再看他一眼。

有那么一瞬间，她感到了一丝前所未有的失落，当她意识到自己内心产生了这种可怕的失落后，便越发加快脚步。她必须要把这恐怖的念想甩出脑海，不能任由这复杂的情绪像病毒一样肆意蔓延，占据她的大脑。

邢武看着她越走越快，几乎要跑开的步子，笑容慢慢敛了下去。

第七章

生财之道

y a o y a o

晴也一口气冲回炫岛的时候，流年和杜奇燕刚准备下班，她直接书包一放拽着他们问道：“你们会不会羊毛卷、木马卷、空气卷和云朵烫，随便一种？”

“云朵？”流年一头雾水地盯着她。

晴也上楼把笔记本电脑拿了下来带他们开了个小会，翻出时下大城市女孩比较流行的几种发型。显然在这个生活水平落后较多的县城里，这些造型流年和杜奇燕都没接触过，就拿杜奇燕这一头烟花烫来说，他们这里的审美最起码还停留在十几年前。

晴也问他们想不想赚钱，两人本来还没什么兴趣，一听到赚钱立马眼睛亮了起来，就连从旁边飘过的李岚芳都停下脚步：“晴也啊，赚什么钱？”

晴也把电脑一转，站起身对着他们：“你们这里搞来搞去也就这几个破发型，烫个头就几十块钱，没有创新自然也带来不了更多收入，为什么不尝试点新的造型吸引更大的客户群体？现在整个县城的理发店做出的造型都一言难尽，如果咱们能研究出来这几个爆款，价格最起码可以定在现在的三倍之上。”

李岚芳立马插嘴道：“不是我说啊晴也，这里的人生活水平就这样，你搞个两三百的头，没人会来烫的。”

“不试试怎么知道？”

李岚芳不当一回事地笑了笑，晴也把电脑一转面向她：“那这样，如果我们能把新款造型包括定价研究出来，也带来了实际的客流量，后面但凡到店选择新型烫染的客人，流年和杜奇燕一个头按 30% 的提成，如果下个月起的利润总额能比这个月翻一倍以上，我拿 10% 的运营报酬。”

李岚芳被晴也绕得有些糊涂，笑着说：“我也不知道你在说什么，随你们折腾，别把店给我烧了。老太婆我喂过了，我出去打牌了。流年、燕燕在这儿随便吃点，饭菜都在厨房，晴也带着他们啊。”

然后李岚芳就像一阵风一样走了。晴也突然发现跟她这个便宜小姨谈提成绩效运营方案简直就是对牛弹琴，就像她说的，只要店还在，每个月有钱拿，她哪有闲情管这个，还不如想想待会儿做什么牌。

于是当晚晴也就带着流年和杜奇燕开始做研究方案。

晴也对于技术方面一窍不通，完全是个门外汉，但是她可以通过途径搜集到各种有用的资料和教程，学霸的钻研精神就体现出来了，不过具体能不能行得通她也不知道。

倒是这时候便能看出来专业的和非专业的区别，虽然流年平时一副不太聪明的样子，但到底参照着晴也找给他们的资料，能大概清楚卷杠技巧和加热技巧。

几人讨论了半天决定还是先动手试试，纸上谈兵毕竟没有感觉，于是试在哪个人身上成了最头疼的问题。流年和晴也慢慢将目光移向杜奇燕，杜奇燕傻愣愣地说：“那我来吧。”

于是接下来流年小心翼翼地拿杜奇燕做试验，晴也则在收银台上抓紧时间刷题，其间还冲了下澡，从洗澡间回来时她看了看时间，不早了。

晴也感觉流年做事还挺仔细的，每卷一个杠子都反复调整角度，边弄边琢磨，这一折腾就搞了两个小时，当最后一遍药水上完后，没一会儿流年便开始拆杠子，晴也也丢下笔过去围观。三人此时的心情都无比激动，堪比实验室里的科学怪物看小白鼠一样。

当流年把杠子全部去掉后，那微微的波浪弧度立马让晴也双眼一亮，貌似有点羊毛卷的味道了。她立马拍了拍流年的肩膀：“你可以啊。看不出来你还是个烫发小天才，研究研究就自己搞出来了。”

流年被晴也夸得挺不好意思的，还腼腆地说：“我三舅妈以前也说过我是个天才。”

“……”

流年把杜奇燕头上的药水冲干净，然后拿起吹风机开始吹头发，结果晴也在旁边那是越看越不对劲啊，头发湿着的时候看还有那么一点点的样子，然而这头发越来越干后，就跟发了酵的面粉，最后等全部吹干，三人对着镜子里面的杜奇燕满脸蒙。

如果说杜奇燕原来那烟花烫是她脸的两倍，那现在这个爆炸头最起码是她脸的四倍，走远看吧，就跟一团原子弹刚爆炸完的蘑菇云顶她头上。

而且这哪是什么泡面头啊，分明就是过去老大妈们烫的螺丝烫。

流年十分尴尬地说：“晴也，我是不是烫错了？”

晴也能怎么说？能否定他三舅妈的话？给他幼小的心灵带来沉重一击？她当然不能啊，只能拍着他的肩不停鼓励他：“我觉得吧，挺好的，真的，起码头发打湿还是挺像的不是？而且吧，这样显得脸小，呵呵呵……”

流年却跟魔怔了一样自言自语道：“我应该冷烫，刚才要是不热烫的话卷度不会这样。”

杜奇燕拽了拽头发转头跟他讨论道：“杠子小了，卷杠要再大一号。”

“店里没有。”

“要不明天跟李老板说一声，咱们谁去县城买点吧？”

然后，他们俩便从工具到药水逐一探讨了一番。太专业的东西晴也不懂，不过她倒是建议道：“这种羊毛卷和大妈卷有很大的区别，蓬松度，还有就是凌乱感，我觉得可能是手法需要调整，如果用原来的方法烫，那烫出来肯定是传统发型啊。”

于是三人又讨论了一会儿，把有可能需要添加的一些必需品罗列了出来，然后围着晴也的电脑在淘宝上研究了一番，有些能确定的东西晴也直接下单了。

晴也又看了看时间，已经过了十一点了，邢武平时这个点也经常不回来，可今天晚上，晴也总是有些心神不宁的，想到邢武穿着短裤窝在舒寒家的样子，越想就越不痛快。

流年和杜奇燕还在讨论的时候，晴也给邢武飞了一条信息过去：我饿了。

他们三人又商量了半个小时，差不多十二点的时候，流年、杜奇燕打算先回去了。

他们刚出炫岛，邢武正好骑着“小天使”回来了，跨下摩托猛然抬头看见才从店里走出来的蘑菇云，大晚上的吓得邢武差点直接把手上的炒面砸杜奇燕一脸。

他低骂了一声，当看见后面跟出来的流年时，忍住了砸过去的冲动问了他们一句：“干什么玩意儿？”

流年还一本正经地说：“哦，我们打算研究新造型，所以给燕燕烫了个头。”

“……”我谢谢你们，迟早把炫岛整倒闭了。

他们跟邢武打了声招呼就走了，邢武拎着炒面走进店的时候，晴也刚关了电脑，抬眸冷冷地瞥了他一眼。

邢武把炒面放在收银台，晴也看都没看直接转身上楼，邢武莫名其妙地说：“不是说饿吗？”

晴也头也不回地说：“睡觉前不吃东西。”

“那你跟我喊饿干吗？”

晴也停下脚步回头看了他一眼，反问他：“那你这么晚不回来还在外面干吗？”

邢武一头问号地看着她，有些不确定地问：“你在……生气？”

晴也立马转过头重重地踩着楼梯上去了。

邢武好笑地看了眼炒面，无语地摇了摇头。

他洗了把澡，上楼的时候房间的灯还亮着。

邢武毛巾挂在肩膀上，穿着宽大的T恤靠在门口，晴也坐在床头戴着耳机，膝盖弯着，上面放着一个本子，边听边写。

邢武一边用毛巾揉着头一边对她说：“老街那边有个厂子的服务器不运作了，之前的技术工搞不定，我看钱不错就接了这个活。”

晴也没理他，依然低头在纸上写着东西。

邢武干咳了一声，继而说道：“舒寒是中间人。她认识不少老板，所以经常介绍活给我，她拿介绍费，我跟她算是合作关系。”

晴也在纸上写完最后一排，抬起眼皮看着他。

邢武嘴角挑起一丝笑意：“你是不是看不到我睡不着啊？”

晴也抄起手边的枕头就朝他砸去：“做你的春秋大梦去！”

邢武稳稳地接住她的枕头，柔软中带着属于她的香气。他走到晴也床边把枕头还给她，然后指了指自己的裤子：“你看这是什么？”

“运动裤啊。”

邢武高深莫测地摇了摇头：“是异于常人的大长腿，你知道我为什么不回来睡吗？你试试腿在地上放一夜什么感受？”

晴也莫名觉得好笑，然后她当真抬起头盯着他笑了起来。

邢武无奈地说：“所以你能不能照顾下我的大长腿？”

晴也抬眸和他对视了几秒，眼睛微微眯起带着审视。邢武倒是一副坦荡荡的样子，于是晴也起身将那些学习资料搬到了写字台上，邢武慢慢绕回了自己的床，终于可以躺了下去。

没一会儿，晴也就把灯关了。

不知不觉，晴也住在邢武家已经快三个月了，从夏走到秋，从最初和邢武待在一起就奓毛，到现在竟然还能和谐地在一个房间过夜。

这是晴也第一次和一个异性在同个房间过夜，虽然隔着一层帘子，可晴也似乎能感受到邢武强有力的呼吸。这是种很微妙的感觉，尽管晴也翻来覆去各种不自然，可内心却升起一种莫名的安定，这两种矛盾的情绪顺利让她失眠了。

一直到帘子旁边的手机光线彻底暗了，她才慢慢睡着。

接下来的几天邢武很忙，他一下子接了好几个活，忙得连白天的课都翘了，晚上也总是很晚回来，但是晴也睡觉也很晚，所以她习惯性给他留盏灯。

每当夜里邢武骑着摩托回来的时候，看见屋里还亮着灯，总会有种隐隐的温暖。这种感觉邢武似乎长到这么大从来没有谁给过他，所以即使他忙得再晚也总会赶回来。

但其实他脏兮兮的一身回来，洗个澡回房，晴也往往已经睡了，也基本上说不上一句话。

学校最近倒是即将迎来一次大型演讲，还提早拉起了横幅，搞得很隆重，说是要迎接一批外国人。这批外国人是县城开发区那边才拉来的合资企业的员工，县领导高度重视，毕竟这破县城要发展，为了合资企业的落地，还特别开出了很多优惠政策，当然也包括要解决职工子女的上学问题，因此特地组织这帮外国家长对当地中学进行参观。

主要参观对象就是金隆中学和鞍中，金隆中学那边也提早就开始做了准备工作。

鞍中校领导为了不逊色于金中，这几天一直在紧锣密鼓地准备演讲稿，从学校历史到教学理念再到师资力量做了一份详细的汇报内容，还特地把几个英语组的老师召集在一起，针对中文演讲内容进行翻译。

而且据说英语组的老师还推举了口语最好的 Miss 余，由她来担任当天的英文稿演讲师兼校长的随行翻译。

这件事晴也是怎么知道的，是当天下午 Miss 余就偷偷找到了晴也，让她帮忙看下演讲稿的翻译内容。Miss 余知道晴也是从国际学校出来的，光她那一手漂亮的英文字体和英语成绩，全学校找不出第二个。

晴也过了一遍稿子，圈出几个语境用法不当的词句，然后将替换的语句清清楚楚标注在旁边，并给 Miss 余解释了一番。

晴也从幼儿园开始上的就是国际幼儿园，班上黑人白人都有的那种，老师上课也是中英文混着来，所以等她幼儿园毕业后，已经可以毫无压力地用英文交流。

加上后来小学、初中、高中都是在这样的环境下长大，所以她多多少少清楚一些西方背景和历史文化，在演讲内容中加一些西方人熟悉的元素，引经据典，比干巴巴的翻译过来生动多了，也能起到一定的互动作用。

她向 Miss 余解释完后，Miss 余顿时感觉醍醐灌顶，这种文化差异如果不是长期跟外国人待在一起，要他们这些应试教育下出来的老师是没办法跨越思想鸿沟的。

然后晴也让 Miss 余念一遍给她听听，前面一些发音不准的地方晴也尽量纠正，但当听到 Miss 余把 important 念成 impotent 后，晴也再也不淡定了。

important 是重要的意思，而 Miss 余念的这个 impotent 是指性无能，所以一句话的意思本来是欢迎一群重要的客人，成了欢迎一群性无能的客人，晴也直接出了一身冷汗。

委婉地向 Miss 余解释过后，Miss 余也感到一阵羞愧，临走时，晴也肉眼可见 Miss 余异常慌张，让她批批卷子写写题目没问题，要临场翻译估计对她来说压力山大，晴也都为她捏把汗，就祈祷她那天能把 important 念准了。

倒是这几天流年和杜奇燕跟着了魔一样，整天有事没事在一起研究什么空气烫、木马卷，还特地又跑去县城配了点东西回来，所以当晴也在网上买的那批烫染材料到了以后，几个人便有种跃跃欲试的感觉，就好像要干成什么伟大的事业一样。

但头疼的依然是在谁身上试验的问题，就杜奇燕那头吧，这两天被流年拉直了卷，卷了拉直不下三四回了，连店里两个假发都被两人整得快成秃子了，于是他们便把心思动在了李老板头上，结果李岚芳甩了甩自己飘逸的红发语重心长地说，不是她不愿意配合，是实在三缺一不能让门口的人干等，于是又像一阵风一样飘走了。

最后晴也看着两人手足无措的样子，把绑在头顶的头绳一散："我来吧。"

杜奇燕犹豫地说："不好吧，你还要上学，万一烫成我上次那样怎么去学校？"

晴也走了过去，往椅子上一坐，看着镜子里的他们："所以得好好烫啊。都研究这么长时间了，要是把我的头发烫砸了，你们陪我剪光头。"

两人虎躯一震，开始捣鼓要准备的东西。

晴也也不浪费时间，他们忙他们的，她戴着耳机捧着书。她就是有这种自制力，即使旁边的干扰再多，只要她想，依然可以瞬间将周围的人事物全部屏蔽掉，只沉浸在自己的事情中，特别是转来鞍中以后，她发现自己的这种专注力得到了更大程度的提升，否则估计一天都待不下去。

晴也的头发没有烫染过，自然垂坠黑亮柔顺，发质很好，所以流年和杜奇燕都十分谨慎，怕糟蹋了晴也一头长发。

后来在流年的提议下，他想给晴也烫个空气刘海试试看，晴也没什么意见，随便他折腾，反正她今天是小白鼠，只要他们不把她头发烧光，随便他们了。

最紧张的时刻就是拆卷杠的时候，这下连沉浸在化学公式中的晴也都摘掉了耳机忐忑地盯着镜子中的自己。

和上次杜奇燕一样，头发湿的时候真的也看不出来到底有没有烫成功，就怕待会儿一吹干跟发面一样顶头上。

所以在流年给她吹头发的时候，她眼睛是闭着的，怕眼睁睁看着这个过程太残忍。

然而当听见杜奇燕在旁边叫她："晴也，晴也，你快看看啊，是不是这样的？"

晴也悄悄睁开一只眼瞄了眼镜子中的自己，而后一双眼睛骤然放亮，只见镜子中的她一头垂顺微卷的空气感羊毛卷，没有过分膨胀，轻巧玲珑不厚重，加上微卷的空气刘海，配上她完美的脸形和一双灵动的大眼，甜美灵气中带着点微微的复古感，活脱脱像个从森林里走出来的小精灵。

连流年都痴痴地看着镜子中的人说："晴也，你这样真好看。"

晴也立马对他竖起大拇指："你三舅妈没说错，你果真是个小天才。"

流年有些害羞地说："其实还是你发质好。发量少的话，头顶的蓬松度不会这么好，发量太多卷起来会太蓬了不好打理，你真的很适合这个发型。"

晴也也觉得自己很适合这个发型，她站起身又在镜子面前照了照一拍手："很好，我们来商量定价吧。"

于是她板凳一拖，开始针对他们最近新研究的几款发型模拟定价。本来她准备直接定个四百多，流年和杜奇燕双双否定了，告诉她价格太高，他们觉得一百五到两百合适，不能再多了。

晴也再次感叹这物价的差距，放在北京，就她原来老去的那家店，连个刘海都烫不到。

邢武今天回来挺早，见卷帘门拉了一半里面还亮着灯，便在外面敲了敲，晴也正好站在门边上，低头拉开门，当卷帘门放上去邢武看见她的那一刻，整个人怔在原地。

邢武黑亮的眼眸里泛出细碎的光来牢牢盯着她，他从没见过这个造型的晴也，只不过换了个发型，整个人都亮了起来，清透明媚。

晴也有些局促地歪着头摸了摸头发，声音轻柔地问了句：“好看吗？”

邢武嘴角牵起一抹若隐若现的笑，走了进来，路过她身边的时候漫不经心丢下句：“下次别问这种废话。”

晴也转身抬起手刚准备揍邢武一拳，邢武身子微微一侧躲开了，把工具箱放下对她说：“我身上脏，别碰。”

晴也这才发现他身上是挺脏的，好像还沾上了什么机油之类的东西，连手都是黑的，所以邢武回来后直接去后院洗澡了。

晴也从本子上撕了张纸下来，开始跟流年他们盘算会员卡制度，比如一次性充多少钱打几折，剪发卡怎么拟订，烫染卡怎么算。

总之七绕八绕下来直接把流年和杜奇燕绕晕了。

等邢武冲完澡出来的时候，看见流年指着她那折扣说道：“我不太明白，我们现在剪一个头十块钱，怎么还涨价涨到十二块了，那客人看我们贵肯定就不来了。”

晴也点了点纸上写出的方案：“所以要宣传，要鼓励老顾客办卡，办了卡剪头就八块了，他们不就划算了吗？”

“可我们亏了啊。”杜奇燕说道。

晴也“啧”了一声：“你们怎么绕不明白呢。客人一次性办卡充值，是不是下次还得来？这样我们稳定了客户群体，还拿到了现金流。

“我们做个假设，假设我们的发型在扎扎亭火了，好多人都来烫头，你们两个能忙得过来吗？我们现在的店面能跟得上吗？

“如果出现那种短时间内客流量激增的情况，我们怎么办？”

晴也又点了点纸：“这时候就需要我们的现金流来帮我们解决有可能会面临的问题，现金流是比利润指标更重要的盈利质量，三军未动，粮草先行听过没？现金流就是我们的粮草，有了这个不管是解决现有问题，扩大经营，还是想干点别的都是保障。”

流年说：“晴也你会不会想得有点多了啊，万一根本没人来呢？”

晴也立马站起身拍了下他的脑门：“知道为什么到今天你才发现自己是个天才吗？因为你一直在否定自己，为什么要否定自己呢？咱们做都没做就否定自己，哪有这样干事情的，要都这样，社会怎么发展，新型企业怎么立足？知道你们扎扎亭的人为什么穷吗？因为都是在倒退着活的。”

邢武跷着腿靠在一边，点燃一根烟安静地听着三人热火朝天的讨论。

李岚芳这个破理发店开了也有好些年了，基本上是“望天收”的状态，更别提经营是什么，反正店门一开，听天由命。

可此刻晴也竟然还准备拿他家这个破店当事业了，甚至这架势搞得像员工培训，洗脑组织一样。

渐渐地，邢武将目光落在晴也身上，她站在流年和杜奇燕面前连比画带说，那神气饱满的样子仿佛整个人都在发光。

其实晴也说得不错，他们这个县本来就比较落后，而扎扎亭又是县里生活条件最差的地方，这里的人大多都过一天算一天，图个温饱就不错了，每个人都是这副混吃等死的模样，自然做人做事都没啥底气，遇事自我否定和怀疑成了常态。

可邢武却在晴也身上看见了一种他从未见过的朝气和正能量，就仿佛她小小的身板里藏着无限的动力，这种不停拉着人向上的感觉让邢武陷入沉思。

最后他们分配好工作，杜奇燕明天去搞个宣传海报贴门口，流年把新研究出来的烫染技术再巩固巩固，然后他们俩同时望向晴也：“那你呢？”

晴也傲娇地一甩小卷发：“我给你们拉顾客啊。”

邢武在旁边觉得好笑，看着三人就跟看三个傻子一样，还大有三个臭皮匠准备顶一个诸葛亮的架势。

杜奇燕临走前，晴也看见邢武在店门口递给她一个信封，杜奇燕似乎推了几下，不知道邢武对她说了什么，她最后收下离开了。

邢武进来顺便把卷帘门拉上，晴也把洗头床那里的东西分类收拾了一下，对他说：“你给燕燕钱了？”

邢武正好走到她身后，顺手把夹子递给她，然后“嗯”了一声。

晴也接过夹子回头望了他一眼，就去后院洗澡了。

晴也的心情有些复杂，她没有穷过，准确来讲，从她出生起就没为钱发过愁，可邢武不同，他看似活得随性，对什么都一副不在乎的样子，然而在得知她打算出国的计划后，便没再让她出过一分钱，无论是那些并不便宜的生活用品，还是这次她打算拿钱给杜奇燕的事。

晴也不是不清楚，邢武在替她打算，她甚至想象不到他为什么要为她打算，她充其量只是一个暂住在他家的客人，迟早要走的，她甚至不知道高考结束，她出了国以后还会不会和邢武，和扎扎亭这些人有任何交集。

这种想法让晴也觉得烦躁。

这时手机响了，晴也拿了起来发现是孙海打给她的，她赶忙接通。

孙海问她最近怎么样，她说挺好的，开学了，一切顺利。

再次听见孙叔的声音，想到原来的生活，再看着这个昏暗的洗澡间，晴也竟然一时间觉得太不真实了。

她坐在洗澡间的小凳子上和孙叔聊了一会儿。孙海一直挺担心她在鞍子县不适应，但听见她的声音似乎稍稍放下心来。

电话里，他告诉晴也，她爸爸的事情算是有了点进展，孟睿航的爸爸找到了关键证人，现在那个证人在日本，孟爸爸一个朋友下个月到日本，他打算委托朋友找对方谈谈，如果那个人肯出庭为晴也的爸爸做证，那么对案子能起到决定性的作用。

晴也一方面挺激动的，孙叔他们起码没有放弃爸爸，还在做着各种努力。可另一方面，她心里对孟家的举动有些矛盾，当初孟家拒绝收留她，可现在还在想办法帮她爸，她不知道该感谢他们还是责怪他们，倘若爸爸这次真的能脱险，她都不知道以后怎么面对孟家人，所幸这些问题暂时不需要考虑。

临挂电话前，孙海又不放心地叮嘱了晴也几句：“小也，你爸爸的事不用担心，你现在最重要的是自己的学业，孙叔倒是不担心你的能力，就是怕你被身边的环境影响会消磨斗志。我上个月见了你爸一次，他还跟我念叨你，你不能让你爸失望。”

“知道了。”

晴也挂了电话后又在洗澡间坐了一会儿，直到门被敲响，邢武在外面问道：“你这是打算睡在里面不出来了？”

晴也这才把门打开，发现不知道什么时候外面下起了淅淅沥沥的小雨，邢武打着一把伞来接她。她有些恍惚地盯着邢武深刻的眉眼，那种沉闷的情绪越来越凝重。

她拿起衣服和手机跨入伞下，两人挨得很近，她能够如此清晰地闻到他身上清冽好闻的味道，她都不知道自己什么时候对他的味道这么敏感。

进了后门，邢武收了伞回过身放在一边，顺带把后门带上了，回过身的时候，晴也就靠在门边，她的头发沾了点水，空气刘海微湿地落在眉间，小卷蓬松柔软，衬得双目在黑暗中犹如一潭清泉，皮肤白得像剥了壳的鸡蛋，清透撩人，邢武竟然一时间没有挪开步子，单手保持着推门的姿势，撑在门边望着她。

晴也本来想等他锁门，结果见他没动，抬头问了他一句：“你看什么？”

“看你换了个发型怎么长得越来越像妖精了。”

说着他锁了门往楼梯口走去，晴也跟在他身后怼道：“邢武你嘴欠吧，夸我句漂亮会死吗？你不觉得你自己有时候挺讨厌吗？”

“反正你自己说是我得不到的，那就让你讨厌我。”

沉默，突如其来的沉默，只有脚下木质楼梯发出的咯吱声，两人都不再说话了。

回了房后，帘子阻隔在他们之间，晴也继续拿出练习册，坚持刷了一个小时的题才关灯，而邢武那边早就没声音了。

晴也躺在床上眨了两下眼，声音忽然在黑夜里响起：“我不会因为任何人停下脚步。”

她也不知道这句话是在对邢武说，还是在对自己说，或许都一样吧，只是邢武没有任何回应，不知道是不是早睡着了。

第二天一早晴也刚到学校，班上就炸了，校长、Miss 余还有一群校领导直接就冲到了班上，那阵仗不知道发生了什么大事。

事情还要从早上说起，大概这位 Miss 余回去纠结了一个晚上，觉得压力太大，怕自己在翻译的时候不精准，闹笑话是一方面，万一给外籍友人留下不好的印象，县里还有随行领导过来，自己担不了这个责，愁了一晚上没睡着，一大早就冲进校长办公室说这事她干不了。

她干不了就算了，然而英语组的其他老师听说要临时在他们中间抽调，一个个都不肯，别说下午人就来了，其他人没有时间准备，单说早上听闻这帮人在金隆中学问题不断，他们就感觉招架不住。

然后一群人一合计，Miss 余直接就把晴也给卖了，说她这个学生口语交流绝对没有问题，都能当母语用了，而且原来从国际学校出来的，接触的外国人多。

校长一寻思，找个学生来当翻译其实是件好事，真有些工作不到位的地方，毕竟是个学生，大家都会包容。如果晴也能做好，那更好了，说明他们鞍中随便一个学生站出来都能毫无障碍地跟外国人进行交流，也是学校的门面。

所以大校长当场拍板带着一众人就浩浩荡荡地来找晴也了。

晴也能怎么办？她能对着大校长说我还有半张卷子没刷完吗？她不能，估计校长要跟她普及啥叫集体荣誉感了。

于是那份她亲手改的稿子又原封不动地到了她自己手上。

晴也有个强迫症，她不喜欢拿着稿子念东西，所以中午的时候她便花了十五分钟小背了下内容，然后就把稿子扔一边去了。

下午一点，她准时出现在校长身边，陪同各位外籍家长、县领导、校领导进行参观。

因为各个班主任提前打好招呼，说一点钟后有人来视察，让大家下午不许睡觉，所以看似所有人都端坐在桌子前，实则眼神全部飘到了窗外，毕竟这破县城平时打着灯笼也找不到一个外国人，这下还来了一大群，这些学生就难免有些兴奋。

只是没想到金隆中学那边也跟过来几个人，一个校领导带着两个学生过来做支援的。金隆中学作为县里唯一一所私立高中，为了吸引县里条件好的大老板家子女，前年搞了个什么国际班，说是国际班，连个正儿八经的外教都没有，大概就是这个班的英语课比其他班多一些。

今天跟过来的同学就是上午在金中随行接待的国际班学生。

不得不说，私立学校的学生从校服上来看，跟鞍中差别还是挺大的。入秋的季节，鞍中的学生都是一套拉链式撞色运动衫，毫无设计感可言，那款式还停留在90年代，可人家私立学校的男生好歹是一件藏青色的西装外套，气势上就不一样。

其中一个男生还用发胶把头发梳得纹丝不乱的，台风都吹不动的节奏，这人便是金隆中学的国宝级学霸叶英健，所以基本上眼睛长脑门上的，看人都是一副我家有矿我最牛的眼神。

不过他刚来就注意到了晴也，饶是他帅气地甩了好几下头，晴也连一个眼神都吝啬给他，居然比他还一副我家有矿我最牛的姿态，实在让他感到匪夷所思，毕竟县里但凡家里条件稍微好点的都送去金中了，剩下读不起私立学校的才来鞍中。

于是他干脆直接朝晴也走了过来，略带高傲地说：“我叫叶英健，金中学生会主席，高三国际班的，待会儿你要是觉得翻译吃力，我来就行。”

晴也淡淡地侧过头去，又低头掠了一眼他伸到面前的手，回道：“晴也。”

邢武和黄毛刚从厕所晃回班。黄毛往楼下看了眼，立马拽住邢武：“那男的金隆中学的吧？怎么跑我们学校来了？怎么还和表妹握手啊？”

邢武也往楼下瞟了眼，朱老师不知道从哪儿飘了过来，此时手上抱着个茶杯也在往楼下看，还极其愤怒地骂了句：“无耻！”

黄毛惊了一跳，默默转过头去：“朱老师啊，你也觉得那金中的男生无耻吧？”

哪料朱老师推了推鼻梁上的眼睛，一脸鄙夷地说：“那小子还特地带人过来做翻译，哪是安什么好心，无非是在教育局领导面前表现他们学校人才济济，哼！还不知道打的什么主意！”

朱老师这一声“哼”信息量就很大了。说来金隆中学的这个孙主任，早年是鞍中的老师，当时县里还没有盖这所私立学校，他和朱老师都是数学教研组的，后来外面市的富商在他们县投资建设私立学校，便花高价把当时只是一个数学老师的孙广权挖了过去，那年也找过朱老师，只不过朱老师这人虽然经常间接性暴躁，但基本上是个高风亮节的人，不屑与资本家为伍，一心搞好本校的教学工作，也因为当时已经带到高三毕业班，心疼手上那批家境清寒的学生，就拒绝了。

结果那孙广权去了金隆中学后处处跟鞍中对着干，抢占资源，甚至背地里抹黑鞍中的事都没少干，虽然鞍中这两年升学率是不行，但孙广权也的确做得不地道。

因此，朱老师再看见他是恨得牙痒痒的，把黄毛他们搞得很“谜”。

楼下，这群外国家长刚才在金隆中学那边一直是和叶英健他们交流的，所以还以为是叶英健帮他们做翻译。叶英健虽然可以做翻译工作，不过毕竟周围没有外国人，语言环境的限制，翻译出来的句子基本上是中式散装英语，加上可能刷题刷多了，讲话时特别注意各种时态用法，导致不够口语化，这群老外虽然也能听懂，不过难免感觉别扭。

直到一群人走到鞍中的室内体育馆前，校长做着介绍，叶英健冷不丁地冒了句 sporting house，所有外国人脸色骤变，气氛瞬间诡异至极。

旁边的鞍中校领导根本没反应过来这群老外怎么了，为什么脸色如此难看，这时晴也突然走出人群笑着打了个圆场，重新介绍眼前这座 Gymnasium。

叶英健这时才发现不对劲，等校领导带着老外往另一边走去，他落下两步问晴也：“我刚才是不是说错话了？”

晴也看了他一眼：“sporting house，妓院。”

“……”

虽然 sport 有体育的意思，house 也的确是房子，但组在一起还真不是体育室，晴也不清楚叶英健是真不知道，还是看见体育室就脱口而出 sporting 了。

所以刚才叶英健的原话是“这里是鞍中历史悠久的妓院”。

晴也不知道叶英健为什么要用历史悠久这个描述，大概他是想体现校长那句体育馆建造时间比较长的意思，总之直接把这群老外吓傻了，半天都没明白过来为什么中国学校还要配妓院。

幸亏晴也及时挽救了这个尴尬的局面，也让这群外国家长反应过来刚才是个小误会。

于是自然而然接下来这些老外都围着晴也问东问西，晴也和他们交流毫无障碍，也没有任何发音上的问题，整个过程晴也都挂着非常合时宜的笑容完美地应对着这群人。

她本身外形出众，礼仪谈吐这些深入骨髓的东西从小就耳濡目染，从前在国际学校也经常被选拔出来做学生代表参加各种交流活动，所以根本不存在怯场一说，包括接待细节也做得非常到位，很快就让这些外国家长对她产生了好感。

搞得金隆中学派过来的两个学生压根儿就没起到什么作用，那个孙广权脸上也一阵青一阵白的。

下课铃响了后，走廊上站满了学生望着楼下展示墙边的外国人，黄毛扒着邢武的肩膀说道：“这老外就是热情啊，你看跟晴也有说有笑的，咱表妹就是优秀，中外友人通吃啊。”

邢武斜了他一眼：“什么乱七八糟的。”说完便转身往走廊尽头走去。

黄毛在他身后喊他：“武哥，你去哪儿？”

“放毒。”

黄毛摸着烟也跟了上去。

他们一帮人本来是来操场抽烟的，结果烟刚点起来，体育老师老远就边跑过来边喊道：“快快快，烟灭了。你们真是，没接到通知两点要开大会啊，人现在一起过来了。”

邢武抬了下眼皮，发现果然各个班已经集合了，排着队陆陆续续进入操场。

他灭了烟，旁边黄毛他们也陆续把烟踩灭了，不过他们依然没有动，还坐在放体育器材的棚子下面。

而另一边 Miss 余赶忙把晴也拉到一边问她：“稿子带了吧？”

“没带。”

“什么？”Miss 余脸都白了。

“你放哪儿了？我让你们班同学上去拿。”

说着 Miss 余就拿起手机准备打给老杨，晴也指了指自己的脑袋，说：“不用了，都在这里。”

Miss 余被晴也这口大喘气差点吓得半死，抓着晴也的胳膊对她说：“到时候校长在主席台演讲，你就站在主席台边上那个位置，看到没？校长讲一段会停顿一下，你直接拿着话筒翻译就行，没什么问题吧？”

晴也往主席台边上那个位置看了眼，眼里忽然闪过一道精光：“我想去厕所。”

“去去去，快去快回。”

于是晴也便直接拐进旁边一楼的洗手间，对着镜子把绑在头上的发绳拿掉，瞬间，一头漂亮的小卷发便散落下来，带着点凌乱的俏皮感，她沾了点水，稍微打理了一下，对着镜子扬唇一笑——广告时间到。

一群外国友人被安排在了第一排、第二排的位置，后面所有班的同学依次坐开。大校长是个五十岁左右的中年男人，戴着顶做得不怎么逼真的假发，肚大腰圆地往主席台正中一站。

晴也此时也已经握着话筒，踏着她锃亮的黑色小皮鞋走到主席台边上就位。

原本她站的位置在主席台下面，大家都没太注意到她，然而等大校长一段话结束后，她拿起话筒开始用字正腔圆的标准英式口音同步翻译时，“唰”一下，所有人的目光全部聚焦在这个落落大方的女同学身上，无论老师学生还是那群视察的人。

她就这样目光平视着前方，面带微笑不卑不亢，甜美立体剪裁的杏色连衣裙配上一件酒红色的收腰针织背心，精致得体，操场边的风轻轻撩起她的空气刘海，微微舞动之间，她的双眼灿若星辰。

而更让人关注的是，大校长是拿着稿子念的，每读一句话还要低头瞄一眼，然而旁边的晴也全程脱稿翻译，她那标准的发音就连听不懂的渣渣们都觉得悦耳。

整个演讲结束，众人的目光基本上都停留在晴也的身上，毕竟晴也要比校长养眼多了。晴也放下话筒后，十分不经意地撩了下小卷发，那一头长发配上她的五官倒是非常时髦，起码在这个县城找不出第二个女孩拥有这种时髦的发型。

后面的黄毛眼睛都看直了，狼呆问了句：“晴也是不是烫头了啊？这样看都不像了，和电视明星一样。”

邢武靠在后面的跳箱上，双手撑着，迎着光细长的眼睛眯成一条线，眼里的光牢牢落在她身上。

她就站在那里，在他目光所及的地方光芒四射。

然而邢武脑中却响起昨晚她临睡前的那句话，她不会停下，不会为任何人停下脚步，总有一天，她会从这暗无天日的地方飞出去，回到原本属于她的世界，那时，所有人都会归位。

邢武忽然觉得眼前的晴也有些不真实。

就在这时，前面有几个老外举了下手，似乎是有些问题想向校长发问，不过因为之前没有设置这个环节，所以他们也在询问方不方便。

因为问题会涉及一些教学计划的设定，还有文化差异的共存问题，有些比较专业，校长不确定他回答的内容晴也能不能临场翻译出来，所以他事先用眼神询问了一下晴也，晴也对校长点了点头。

而后校长便挺起他的大肚腩，风度翩翩地回答了这些外国家长关心的问题，又由于钟校长吧，搞文学出身，说起话来文绉绉的，也不知道是不是想在全校师生面前体现自己的水平，连《论语》都说出来了。

以 Miss 余为首的英语组老师瞬间为晴也捏把冷汗，晴也只是迅速吸收钟校长的话，然后几乎同声传译式地将内容翻译给这群外国家长，甚至连钟校长那句“知之者不如好之者，好之者不如乐之者”，她居然也巧妙地翻译了出来。

旁边几个老师有些惊讶地看向 Miss 余，Miss 余长舒一口气，露出欣慰的笑容。

活动结束，校长亲自将这群外国友人送走了，晴也作为一个称职的翻译一直陪同到最后。

回校的时候，大校长语重心长地说："晴也啊，今天表现非常好，学校会考虑给你表彰。"

晴也笑着说："举手之劳，表彰什么的无所谓，有奖学金吗？"

大校长一愣，看着这么个务实的学生，他立马笑了起来对顾主任说："你和潘校长落实一下这学期的补助款。"

随后，他对晴也说："没多少钱，但是以你的成绩，这一学年的学费可以减免。高考越来越近了，你要加油啊！"

"谢谢校长。"

自从那天邢武问过她出国留学的费用问题后，晴也现在突然觉得没什么比人民币更实际的了。

告别了校领导，晴也拐往高中部，路过操场边时，忽然一辆车朝她闪了下大灯。她侧过头去，看见车位上停着一辆黑色奥迪A6L，后座上下来一个男的，正是那位指着体育馆说是妓院的叶英健。

他走到晴也面前，那尖尖的脸配上台风都吹不倒的发型，还拉了下自己的小西装，十分高傲地说："同学，加个微信。"

不知道为什么，晴也看着他那谜之自信的模样脑中一直飘过《樱桃小丸子》里面的花轮同学，但关键是人家花轮同学的刘海最起码是飘逸的啊，他头上那什么玩意儿？502胶吗？

晴也轻笑一声："我为什么要和你加微信？"

叶英健一本正经地说："我想周末邀请你来我家练习口语。"

晴也一脸莫名其妙，甚至不知道眼前这男的是哪边跑出来的奇葩。

而晴也身后，黄毛那群人才打了会儿篮球从操场晃了过来。

叶英健见晴也脸上露出不屑一顾的神情，有些恼火地说："这是我家的车子，我可以让司机开车来接你。"

晴也瞥了眼那辆奥迪，听出点意思来了，大概是想在她面前显摆一下他家有钱。倒也是，晴也来这么多天了，还没在这里看见过几辆好车子，但这款车在晴也眼里还真算不上多好的车，更别说豪车了。

她淡淡地撇开眼神径直走开，丢下句："没空。"

没想到叶英健还急眼了，直接堵在晴也面前不让她走了，火急火燎地说："你这个人怎么不识好歹？"

话音刚落，邢武直接将手中的篮球毫不客气地朝他砸了过去。

篮球狠狠砸在叶英健的肩膀上，他往后退了一大步。

晴也回过头，黄毛咋咋呼呼地走了过来对着叶英健就骂道："想死啊？什么段位跑我们鞍中来撒野？"

叶英健拍了拍肩膀上的灰尘，怒气冲冲地指着随后走过来的邢武一群人，说："你们，你们知道我是谁吗？"

黄毛瞪着他："你是西王母祖庙里的王母娘娘啊？"

"我爸是靶厂厂长！"他竖起大拇指指向自己，一句话说得霸气侧漏。

邢武挑起眉掠着他："你姓叶？"

"我是叶英健。"那回答，仿佛自己是乔布斯般骄傲。

晴也在心里翻了个白眼，就她原来读的那所学校，班上随随便便拉个人出来，家里没几个拿得出手的公司都不好意思说有家底，更何况这男的还只是个破塑料厂厂长的儿子，居然还被他说出一种首富的架势，也是很神奇了。

晴也语气很淡地对他说："我管你爸是厂长还是李刚呢，你家有塑料，我家还有矿呢，毛病。"

说完她直接转身朝邢武走去，抬眸对他说："我要喝可乐，冰的。"

于是一帮人便没再搭理叶英健转身走了。邢武睨了她一眼："什么天了还喝冰的？"

晴也理所当然地说："我怕待会儿想睡觉，刺激一下大脑。"

黄毛立马凑过来："我帮你去买。"

"不要。"她拽了下邢武的袖子，"你买。"

黄毛这就不服气了："为什么啊，我和武哥买不一样嘛。"

晴也笑道："不一样，他买的香。"

邢武玩味地侧头看了她一眼。

晴也对他们挥挥手：“我先回教室了。”

晴也只是不想麻烦黄毛，毕竟只能算是朋友，总让人花钱请她喝饮料算什么事？但是为什么可以心安理得地麻烦邢武？一家人嘛。

上课前邢武回了班，往晴也桌上放了一瓶冰可乐。虽然只是个很小的动作，但毕竟班上那么多同学看着。关于邢武和晴也的关系至今在其他同学眼里都是个谜。要说是姐弟吧，两人从长相到这学习成绩没一点像的；要说不是姐弟吧，同窗那么久，没人见过邢武会为哪个女孩带水的。反正谜就谜着吧，也没人敢问。

放学的时候，有几个小学妹结伴喊了晴也一声：“晴学姐。”

晴也回过头去，她们几个有些不好意思地说：“新发型真好看。”

晴也笑起来眼睛弯成迷人的月牙：“在炫岛烫的。现在那边在搞活动，扎扎亭 38 号。”

几个小女生顿时像知道了什么了不起的秘密。

晚上邢武去顺易绕了一圈就回来了，进屋的时候看见晴也右手抓着笔，左手捂着肚子窝在写字台边，眉头紧皱的样子。

他倒了杯热水放在她旁边：“肚子疼啊？”

晴也抬起头的时候，邢武看见她脸色煞白，吓了一跳：“怎么搞的？”

晴也抱着热水杯张了张嘴，没说话。

邢武拧起眉问她：“哪里不舒服？”

晴也依然保持沉默，邢武见了鬼了，抽开被她攥得皱巴巴的卷子：“说话啊。”

晴也声音很低地说：“你……知不知道你妈那个放哪儿了？”

“哪个？”

晴也抬起头瞪着他。

邢武突然就反应过来：“你是……”

“我去找找。”

说完他就冲进李岚芳的房间，不一会儿拿了一包“姨妈巾”递给她。

晴也看都不敢看邢武一眼，夺过“姨妈巾”就冲下了楼，半天都没上来。

邢武一局游戏都打完了，看了看时间，下楼走到厕所门口敲了敲门。

晴也打开门的时候整个人像是刚落水被捞上岸一样无力，邢武问道：“怎么样了？”

“不舒服。”

“叫你喝冰的。”那语气还有些恼火的样子。

晴也现在没力气跟他吵架，就安静地跟着他进屋。

邢武反而不适应了，回头瞟了她一眼，难得看见她一副低眉顺眼的乖巧样，让他忍不住去拽了下她的头发。

晴也终于抬起头奶凶奶凶地瞪他：“手欠？”

邢武就看着她笑，也不说话。楼梯半暗的光线照在他深邃的眼窝里，像让人不停沦陷的漩涡，晴也很快收回了目光。

她一进房间就上床钻进了被窝，把自己裹得严严实实地对邢武说：“你有空吗？”

邢武靠在旁边的床上“嗯”了一声。

“你能帮我抄个题吗？”

“……”

本来邢武觉得抄个题，又不是让他写个题，应该没多大问题，举手之劳嘛，结果他发现自己太天真了。

晴也所谓的让他抄题，是整本模拟册上的重点题，而光这种模拟册，她有八本，还是全部写完的八本，江苏、浙江、河南、广东、四川等各省的历年题库，他都不知道她整这么多册子是要集齐龙珠召唤神兽吗？

但是他已经答应了，能怎么办？扔了笔说不干了？让她拖着身子起来自己抄？

邢武到底没忍心，干吧！

一个小时过后，邢武已经感觉手不是自己的了，他高中两年多加起来写的字都没今晚多。

他把窗户开了个缝，站在窗边点燃一根烟，低头看着自己龙飞凤舞的字体，也不知道晴也能不能认得，随后又轻勾了下嘴角，能帮她抄就不错了。

他侧过头看向那边床上躺着的人，她整个人蜷成了一团，半天没有换过姿势了，裹得跟个蚕宝宝似的，莫名有点傻气。

邢武用一根烟的时间休息了一下，又继续拿起笔抄了起来，还没抄两题，犬牙打了个电话给他，问他在干吗。

邢武一只手飞快地写着题另一只手拿着手机，说了句："在写作业。"

电话里的犬牙先是愣了一下，然后邢武便听见他那边传来一阵群魔乱舞的狂笑声。

"武子啊，下次吹牛你先打个草稿。"

邢武直接挂了电话，对着满满当当的题目和堆成山的学习资料拍了张发过去。犬牙立马不可置信地又回了个电话过来，张口就问："你受什么刺激了？"

"……"

身后的人翻了个身，邢武回头看了眼，压低声音对他说："行了，忙呢，别打过来了。"

电话才挂就听见晴也微弱地喊了声："邢武，我冷。"

邢武起身将窗户关严实了，又出去烧了壶热水灌进热水袋里拿上楼，他推了推晴也："这个给你。"

晴也闭着眼嘟囔了两声，压根儿没动。邢武干脆掀开被角将热水袋给她放了进去。

晴也突然感觉到一团热乎乎的，终于低喃了一句："什么啊？"

"热水袋，你捂着肚子。"

"唔……"

她凑过来准备抱热水袋，邢武的手还没来得及抽回，正好碰到她的手，半天都没热，还冷得跟冰块一样。

晴也的眼睛瞬间睁开了，就这样盯着他。

最后邢武站起身清了清嗓子若无其事地走回写字台边上了。

晴也不知道邢武那晚到底有没有睡觉，本来她的意思是让他帮她抄几张卷子上有价值的重点题就行，她白天打算再刷一遍巩固一下，哪知道他居然把八本册子上的重点题全给她抄了下来，抄了那是厚厚一本啊，看得她目瞪口呆。

因为那天晴也当着全校师生的面完美地做了一场临时翻译，顿时让她的名气在鞍中响了起来。

如果说原来其他班、其他年级的人只是听说她学习好，听说她综合能力强且长得不错，而经此在全校面前露过脸后，大家才真正从心底认可这个鞍中现任顶级学霸，甚至最近越来越多的人向晴也请教学习方法等，这倒是让晴也有些困扰。

不过这件事带来困扰的同时，也带来另一件值得高兴的事。

扎扎亭 38 号，炫岛理发店，这个晴也至今都觉得非常灾难仿佛在骂人的门牌号，最近突然火了起来，谁能想到仅仅几天时间这个 38 号便传开了，人满为患。

本来下午五点以后基本没啥生意了，最近不知道怎么搞的，特别是周末，一波一波的学生带着家长来烫头。

鞍中倒是有一点和晴也原来待的国际学校挺像的，在捣鼓头发方面，老师管得没那么严，一般只要不太夸张，老师基本上睁只眼闭只眼。于是晴也的这一头时髦的羊毛卷瞬间在鞍中刮起了一股风尚标，她每天行走在校园里完全就是一个活广告，最近就连鞍职和金中的人也慕名而来。

所以本来半死不活的炫岛，生意突然就火爆起来。

一开始流年和杜奇燕两个人还觉得不会有人充值办卡，毕竟这里人的消费观念不太超前，但没想到这几天办卡的人还挺多，李岚芳连麻将都不打了，收钱收到手抽筋，晚上吃饭还笑眯眯地给晴也买了二斤排骨炖汤。

邢武也没想到这三个臭皮匠是怎么就突然把生意做了起来，迷惑得很。

刚开始手忙脚乱的时候，李岚芳整天跟邢武喊这儿累那儿疼的，于是邢武就让犬牙他们过来顶了几天。

直到晴也想出了个解决方案——拿号。比如一天他们能烫几个头，限流排队，这样免得整天店里挤得全是人乱糟糟的。

流程优化完毕，忙碌的情况才好转。

犬牙和花臂在这儿帮忙的最后一天，邢武请他们吃了顿饭。都是兄弟也没那么多讲究，就在家搞了顿火锅。

晴也傍晚回来的时候，听杜奇燕说才知道邢武留了他们吃饭。

她先上楼把东西放好，洗个手下楼到后院的时候，桌上已经坐了一大桌子人，就连舒寒和大黑都来了，的确是挺热闹的。

杜奇燕在旁边给晴也留了个座，于是晴也便走过去坐在杜奇燕和流年中间，邢武坐在她对面，左边是犬牙，另一边坐着舒寒。

舒寒今天打扮得挺性感的，黑色紧身裙大红唇，妩媚中多了丝冷艳，跟邢武他们一样，喝的啤酒，而且有种千杯不醉的架势。晴也待会儿还要刷题，只喝饮料，也没怎么说话，就低着头吃菜。

抬眸的时候正好撞上舒寒注视的目光，她跟舒寒对视了两秒。舒寒突然拿起面前的酒杯朝她晃了一下："上次还没认识，舒寒。"

晴也拿起旁边的饮料："晴也。"

舒寒略微蹙了下眉，笑道："橙汁啊。"

邢武淡淡地说了句："她待会儿还要看书，不喝酒。"

舒寒意味深长地掠了眼邢武，没说什么，把一杯酒干了，晴也喝了口饮料继续吃菜。

舒寒涮了几片羊肉夹给邢武，邢武正叼着烟跟犬牙说话，旁边的花臂瞥了眼突然插了句："我说舒姐、武哥，你们俩还这么拖着啊？"

邢武唇边挂着的弧度慢慢敛了下去，弹了弹烟灰；舒寒没什么表情地从旁边的烟盒里抽出一根细烟点上；流年和杜奇燕一脸状况外地看看舒寒，又看看邢武；犬牙饶有兴致地盯着自家老姐；大黑一副看热闹不嫌事大的样子。

整个桌上，只有晴也仿若完全置身事外，还在不停地吃。

花臂大概憋了挺久的了，今天这事既然提了，干脆也就说开了："都是自家兄弟，我说话直你们也别怪我。武哥，你妈刚才看见舒姐还开玩笑说喜欢她呢，我说你就不能主动点，这事不就成了？"

邢武抬了下眸，看见晴也依然视若无睹地夹着菜，安静地送入口中，看不出一丝情绪。

他突然灭了烟扫向花臂：“这一桌菜还堵不住你的嘴？”

舒寒低头笑了下，唇边的弧度透着几许清冷。

犬牙适时打着圆场：“和尚不急太监急，我都还没说话，马斌你今天吃错药了？”

“江老板要舒姐跟他。”

花臂的一句话让整桌人都僵住了，就连晴也都停住了筷子，抬起头看着他们。

犬牙突然吼了一声：“我叫你闭嘴！”

花臂双眼猩红地盯着邢武：“我今天就要说出来，你们不是怕武哥为难嘛，我不怕做这个恶人！大家一起长大，穿一条裤子，吃一碗饭，缺钱的时候，舒姐没少帮我们想办法，舒姐对武哥什么心思大家都心知肚明，武哥怎么说也帮过江老板，只要你肯点头，江老板考虑到舒姐是你的人也不会动她。”

“啪”的一声，舒寒突然将烟拍在桌上，狠狠瞪了花臂一眼，转身就往厨房走去，“砰”地把门一关。

流年和杜奇燕一副吓傻的表情，犬牙怒盯着花臂，邢武低着头眉宇深锁。

就连大黑都愣了愣说了句：“舒姐没事吧？”

邢武把手边的酒一饮而尽，站起身朝厨房走去。

晴也抬起视线，目光追随着他的背影进了厨房，门被打开了，然后又被他关上了。

晴也默默垂下眼帘，放下筷子很平静地说：“我上楼看书了。”

然后就这样走了，没人注意到她，就大黑嘀咕了句：“武哥这亲戚这时候还有心思看书啊？”

晴也回到房后关上了门，靠在房门上发了一会儿呆，然后机械地走到窗边坐下，打开一本册子，撕下一张卷子后开始做题。

晴也一直认为自己有个过人的本事，情绪再烦躁，只要静下心开始刷题，那么周遭的一切人事物都可以迅速屏蔽。

但今天，她做了两道题了，还是静不下来，甚至内心有种燥热的冲动，不知道为什么特别想发火。

在第三道题做到一半的时候，她突然将卷子握成一团扔在桌上站起身，她猛地产生了一种很怪异的冲动，她想吃冰激凌，现在，立刻，马上要吃到！

于是她二话不说套上外套，拿上手机和钱就下楼了。后院依然很嘈杂，犬牙和花臂似乎吵了起来，大黑在劝，声音很大，她直接无视这些动静径直从前门出了炫岛。

天黑后的扎扎亭少了一些市井气息，反而有些像上世纪 80 年代荒废的小镇，落寞寂寥。她几个月前来这里的时候，怎么也不会想到这么小的破地方整天有那么多乱七八糟的事。

她以为自己就是来上个一年学，她这个便宜小姨的家不过就是个寄宿的地方，她跟他们不会有过多接触，也不会因为他们受到任何影响。

但今晚，她却因为一顿饭搅得心神不宁。

晴也自己都觉得好笑，她现在必须要吞一大口冰激凌让自己脑袋清醒点。

晴也记得上次坐三蹦子去电子街的路上看到过一家甜品店，她其实不大确定那里有没有卖冰激凌，但是她想去找找看。

邢武和舒寒聊了一会儿，两人从厨房出来的时候，都是很平静的样子，反而外面这群人吵了半天。

邢武扫了一圈，问道：“晴也呢？”

流年说：“她上楼看书了。”

邢武没说话。

其他人看他们出来后也不吵了，见邢武脸色不大好，也就没再往刀口上捅。本来花臂的意思就是最起码这件事得知会武哥一声，至于他们怎么决定的，他当然也管不了。

邢武坐了二十分钟，起身进屋倒了杯热水，看见晴也的水杯还放在收银台上，顺便替她也倒了一杯，然而送上楼的时候，他愣住了，晴也并不在房间，写字台上只有一团被她握乱的试卷。

他的心突然就沉了下去，放下水杯冲下楼。

大黑正好走进来问他怎么了，他吼了句："不是说晴也在楼上？人呢？"

犬牙也跑了进来问道："怎么了，晴也不在楼上？"

邢武摸出手机就冲出了炫岛。

很快，晴也的手机响了。她看见是邢武打来的，不知道为什么突然不想接，不想听见他的声音，甚至想把手机砸了。

于是，她关机了。

其实晴也没想那么多，她就是想一个人待会儿，调整一下心态。她觉得自己这样不好，她不是一个自控力差的人，她相信自己能迅速把心态调整过来，前提是这时候邢武不能再来干扰她。

邢武出了炫岛就跨上摩托车，把扎扎亭到学校所有能走的小道找遍了都没找到晴也。晴也平时出门少，活动范围就这么大，再远的地方她不认识压根儿就不会乱跑。

邢武立在鞍中门口，学校大门紧闭，里面黑漆漆的，他眼里的焦灼像一把大火，倒视镜里映着学校后门的那条路，仿佛晴也踩在平衡车上神气的样子还在他眼前。

他紧了紧拳头，突然想到了电子街。除了扎扎亭，晴也唯一自己去过的地方就是电子街，他一个甩尾就朝着电子街的方向骑去。

他不知道找了多久，他甚至在想如果这一路上再找不到，他大概要把所有兄弟全部喊出来给他满县城找人。

直到他拐过街角看见很远的路灯下坐着一个小身影时，他才猛地刹车。一开始他以为自己看错了，然而两秒后当他发现那人的确是晴也后，整个人便疯了。

他一转方向就朝那个人影骑去，越靠近越如此清晰地看见她落寞的身影，就这样隐在路灯稀疏的光亮里，仿佛蒙上一层淡淡的忧愁，低着头看着自己的影子发呆。

他喊了一声："晴也。"

晴也突然听见邢武的声音还以为出现幻听了，她缓缓侧过头去，摩托车在黑夜里疾行，像一道速度极快的流星划破夜空猛然撞到她的心脏上。

摩托车停在她面前猛地刹车，轮胎摩擦地面发出刺耳的声音，邢武就这样低头望着她，他的双眼那么炯亮，犹如那颗最璀璨的星辰落入她的眼中，发出耀眼的光芒。

他声音里带着隐藏不住的怒气："说走就走，真当我家是旅馆了？这么晚跑出来不知道打声招呼？打电话给你干吗不接？知道我找了你多久？就差把鞍子县翻过来了，说话啊！"

说着他长腿一跨走下摩托立在晴也面前，高大的影子像堵结实的墙。

晴也慢慢抬起头凝望着他。昏暗的光线照着她闪烁不安的眼眸，扫进邢武的心间。她缓缓从石礅上站起身拧着眉："我……"

下一秒，她便跌入邢武怀中，毫无征兆，猝不及防。他的呼吸温热地落在她耳边："舒姐对我有恩，这件事我会帮她想办法，但我不会和她在一起。"

晴也心脏跳动的频率越来越快，大脑一片空白，甚至完全停止运转，只是毫无意识地脱口而出："为什么？"

邢武松开她，低头牢牢看进她眼底，呼吸灼热："你近视啊？"

"不近视。"

"不近视看不出来为什么？"

晴也垂下眸狠狠咬着唇，裤腿边的双手微微颤了下，鼻尖酸涩地侧过头："你跟我解释什么啊，我又不是因为你出门的，我就是……就是想出来吃个冰激凌……"

邢武低着头，眸光里透出几丝纵容："吃到了？"

晴也突然就红了眼眶，垂着脑袋摇了摇头，有些失落地说："没找到。"

邢武看着她这副样子，就像吃不到糖即将大哭的小丫头，拿她一点办法都没有。他抬起手揉了揉她的头，她站着不动，乖巧得像自然卷小绵羊，看得他心头发痒。他弯下腰与她平视，眼里的光热得发烫："能回家了吗？"

晴也吸了下鼻子没说话。

邢武转身跨上摩托车，晴也朝他走去，他突然往后一坐，对她说："我出来急没穿外套，你坐前面帮我挡着风。”

“凭什么啊？”

“凭我冷。”

晴也不满地睃起了眼睛，邢武却看着她笑，肆意张扬。

晴也没好气地走到摩托车前面坐了上去，邢武瞬间圈住了她，双臂握着把手微微一拧。

摩托车便穿梭在老旧的街道之间，晴也的后背贴着邢武结实的胸膛，她从来不知道一个少年的胸膛可以如此踏实温暖，耳边疾风掠过，脸颊反而越烧越红。

邢武低下头，呼吸落在她的发丝间，声音低哑：“冷吗？”

晴也“嗯”了一声，邢武双臂收得更紧，晴也就这样窝在他胸口，一动也不敢动。她觉得自己完了，几分钟前还在试图调整心态，现在心态已经彻底崩了。

“小天使”停在炫岛门口，晴也一路红着脸，也几乎是脸颊烧着下了车，邢武锁车，她就站在车边等他。

邢武锁好车回头碰了下她的手，冻得跟冰块一样，直接扯起她的手放进口袋里。晴也双手的确被风吹得已经没有知觉了，现在被邢武放进口袋才感觉到冷。

他们刚准备进炫岛，大黑他们听见了声音，正好往外走，还问了句：“人找到啦？”说着一起走了出来。

晴也瞥了眼舒寒，把手抽了出来，邢武一把握住她，不给她任何逃脱的机会。

他半开着玩笑对他们说：“馋了，跑出去找吃的。”

犬牙盯着他们一眼，转头看向舒寒，舒寒却淡淡地笑了笑：“找到就好。王敏找我有事，我先走了，大黑顺路送我一程。”

“好。”说着大黑跨上他的摩托，带着舒寒先走了。

一直到他们拐过街角，犬牙才扔掉手中的烟看向邢武：“回顺易聊聊。”

花臂抱着胸站在旁边没说话，邢武松开晴也转身对她说：“你进去吧，把门锁好先睡。”

犬牙和花臂已经自觉走到马路对面等邢武，晴也有些担忧地瞧了他们一眼，邢武对她笑了下：“没事，去吧。”

邢武看着晴也进去，然后拉下卷帘门才回身望着对面的兄弟。

半个小时后，邢武躺在顺易后屋的躺椅上，犬牙坐在他对面，花臂给他们一人扔了一根烟。

邢武接过后低头点燃，犬牙把烟夹在耳朵上，开门见山地说：“你怎么想的？”

邢武淡淡地嘬了口烟反问他：“什么怎么想的？”

犬牙斜斜地勾着嘴角：“我听你们学校的小黄毛说了，她成绩不错，还打算出国？”

“嗯。”邢武弹了弹烟灰，面无表情。

犬牙弯下身子，双手搭在膝盖上：“我这话不是为我姐说的，你不是糊涂的人，为了她好，你应该知道怎么做。”

邢武抬眸盯着他。

犬牙的目光在邢武脸上扫视了一圈：“你打算怎么办？把她留在扎扎亭？”

邢武眉峰紧拧：“我没想过把她留下，她也不会为了谁留下来。”

站在旁边的花臂越听越“谜”，插口道：“那武哥你的意思是，跟她出国？”

“我不会走。”邢武狠戾地将烟掐灭。

犬牙摇了摇头长叹一声，没再说话，这么多年的兄弟，邢武的处境他比任何人都清楚。

第八章

携手并进

邢武那晚没有回去，晴也第二天照常上学，邢武没来上课，她下课的时候编辑了好几次信息想问问他在哪儿，或者昨天晚上跟犬牙他们是不是闹不愉快了，但是想想还是删了。

本来晴也以为邢武今天不会来学校了，谁料下午第三节课，都快放学了，他从后门晃了进来。刚坐下来，晴也就回过头去问他：“这时候你还来干吗？”

邢武笑着动了动嘴，没发出声音地对她说了两个字：“接你。”

晴也脸上浮起一抹可疑的红晕，立马转过身埋头写题。

放学后，晴也踩着平衡车，一会儿超到邢武前面，一会儿又滑了回来跟他并排问道：“你为什么就不能好好来上课呢？”

邢武低着头，霞光映照下，他的轮廓清晰明朗，透着几分捉摸不透的散漫：“来上课然后呢？我们这里没有大学。”

平衡车的车轮无声地滑过地面，晴也没再说话，但是她听懂了，这里没有大学，要上大学就得去外地，可如果他当初能离开扎扎亭，今天也许根本不需要用高考来证明自己。

所以“上课”两个字在他身上无比矛盾，这并不是邢武的出路，他和自己不同，他无法靠读书摆脱现在的生活。

晴也忽然加快速度滑到了邢武的前面，因为她不想让他看见她眼里的失落和迷茫。

邢武依然慢悠悠地跟在她后面看着她的背影，夕阳燃红了大片晚霞落在他的眼里，仿若漫天大火，炙热浓烈，他的神情却无比凝重。

晴也不时回头看他一眼，他就对她笑笑，可她转过身时，他的笑容便再次消失不见。

一直回到炫岛的时候，才把晴也吓一跳，还没走到门口，突然就从二楼扔下来一个包，然后就是什么脸盆、拖鞋，居然还有个男人的假发套子。

什么情况啊这是？晴也拽着包愣是站在门口半天没敢进去，以为邢武家被打劫了，然后就听见李岚芳那杀猪般的哭声从二楼传来。

晴也看见流年和杜奇燕两个人笔直笔直地站在店里面，也不知道怎么回事，赶紧冲进去问他们。

流年一脸神秘的神情：“李老板的男人回来了，正在上面呢。”

晴也反应过来了，是邢武的老爸回家了啊，那个传说中一年回不来两次的男人。

她回过头去，邢武正好踏了进来，脸色并不好看。

之前晴也还脑补过邢武他爸的样子，就邢武这身高、这体格、这样貌，他爸怎么也应该是个帅气的硬汉大叔，大概也就张涵予、段奕宏那样吧，最起码得像个孙红雷那一型的吧，谁能想到邢武他爸长得跟本山大叔失散多年的亲兄弟一样。

所以当晚上一家人围着一桌吃饭的时候，晴也的眼睛根本就无法从邢武爸爸那沧桑的脸上移开，关键吧，他还戴着顶假发，就是她刚回家那会儿，被李岚芳扔下楼的那顶。就这假发的款式吧，跟他们学校钟大校长一样的，不知道的，以为两人团购买的。

不过，邢武对他爸没什么好脸色。更神奇的是，傍晚李岚芳和邢武他爸还吵得跟什么一样，那“拆家”的架势整得晴也愣是不敢上楼，这会儿又跟没事人一样，李岚芳还给邢武他爸盛饭，也是让晴也很“谜”。

更“谜”的是邢武的奶奶，他爸一回来，连邢武喂饭都不肯了，就巴巴地盯着她儿子，你要说她脑瘫吧，她怎么整得还跟能认识人一样，邢武他爸喂她，她果真吃了。

连邢武看着都神奇。

总之，晴也住在这里这么长时间，这老太太一直让她很捉摸不透。比如这老太太明明一个脑瘫患者，还整天要看电视，说到看，就是邢武给她整的一个破电视放她房里，她眼睛也不盯着上面，但要是谁把电视给关了，这老太绝对会发出一种瘆人的声音，让人毛骨悚然，所以邢武奶奶房间里的电视几乎常年开着。

虽然邢武爸爸赶在中秋节这天回来了，但是一顿饭并没有吃出几丝团圆的味道，反而邢武先摔碗上楼了。

邢武爸爸第一次见晴也，喝着白酒跟她聊了两句，一开口就问：“你妈什么时候死的啊？”

“……”晴也就没见过这么不会聊天的人。

自从邢武他爸回来后，邢武一步房门也没出，就躺在自己床上戴着耳机看游戏直播。晴也写完题后已经不早了，她直接关灯上了床。

躺下来后，晴也还是忍不住问了句：“你干吗对你爸这种态度？”

邢武没说话，晴也干脆把他们之间的帘子拉开了。她以为邢武还在打游戏，但实际上他并没有进入游戏，只是对着黑了屏的手机发着呆。

晴也又轻轻喊了他一声：“喂。”

窗外的月光悄无声息地爬了进来，照在他出神的轮廓上，立体清晰。他斜睨了她一眼：“想知道啊？”

晴也眨巴了下眼，然后，他突然开始脱裤子了，把晴也硬生生吓了一跳，弹坐起来问他：“你干吗？”

邢武无语地看着她紧张的样子，只是把运动裤一扯，露出胯骨，长长的一道疤痕，触目惊心。

晴也立马下了床凑过去看了看，借着月光依稀可以看见像是刀伤，而且还挺长的，似乎一直延伸到大腿。

晴也不禁用手戳了一下问道：“怎么搞的？疼吗？”

邢武迅速拉好裤子，怎么也没想到晴也看就看，居然还上手了，他面色突然就绷了起来。

晴也见他不说话了，抬头看了他一眼，发现他别别扭扭的样子，脑中才突然出现刚才的画面。她的脸唰地就红了，赶忙钻回被窝里，用被子盖住半边脸。

邢武的声音倒是平淡地从旁边传来：“刚上初中时，个子长得高太显眼，被高年级的人找麻烦，几个男的把我堵在巷子里要揍我，为了自保我只能跟他们干架，其中一个人打空了没站稳，栽到地上受伤了。”

“哈？”晴也诧异地伸出脑袋。

邢武转着手上的手机嘴角莫名勾起一抹邪气：“跑回家后，那家人到学校大闹，说我把他儿子弄伤了，叫我家赔钱，让我退学。我说了一百遍是他们找我碴儿，自己跌倒关我屁事，但没一个人听的，都说我撒谎。我爸，邢国栋同志，国家的栋梁之材，为了让他儿子屈打成招，就把我关在厕所里对我进行爱的毒打，让我说实话，还让我亲自去那个人家里赔礼道歉。我皮糙，就是不肯低头，他见皮带对我没效果，也不知道怎么想的，跑去隔壁厨房拿了把刀对着我。

“我见他拿刀，当时就想，干脆跟他决一死战算了。”

晴也侧过头看着他。他的神情半分散漫半分冷漠，仿佛在转述别人的事，可晴也也是经历过青春期的，她很清楚初中段那个年龄的孩子内心有多极端，渴望被全世界理解，却又害怕被全世界看透，她大概都能想到邢武看见他爸拿刀时的绝望和愤怒，或许也有害怕吧，他才那么小，十三岁而已。

邢武转头看了晴也一眼，对她说：“我抽根烟。”似乎是在询问她。

晴也靠在床头回望着他：“你抽呗。”

然后邢武便起身打开窗户，他的身影坐在写字台边，脸颊隐在黑暗中，让晴也有些看不真切。

只是听见他叹了一声：“大概是我头铁吧，死活不认，邢国栋同志被我激怒了，我们俩争抢中，然后一不小心我就中刀了。”

虽然邢武用玩笑的口吻提起当年那事，可晴也却觉得一点也不好笑。她突然就想起了邢武装空调时提起他爸的口吻，“死了”，他当时是这样说的，也许在他爸提刀向他的那一刻，他爸在他心中就已经死了吧。

晴也没有说话，只是整个人滑进被子里，突然感觉到一种窒息的难受。她说不出来这种感觉，从小到大她从来没有过这种感觉，一种无能为力的感觉。

晴也不痛恨别人骂她，嫉妒她，甚至排挤她，但她最痛恨的就是被人冤枉。幸好，虽然她的爸爸或许不是个称职的丈夫，但还算是个好爸爸，无论遇到什么事都会耐心地听取她的想法，事情的来龙去脉，然后理性地帮她分析，给她意见，并帮助她解决，从来不会不分青红皂白就说她或者责备她，也因此，她虽然年龄不大，但要比很多同龄的孩子都活得自信，有底气。

可邢武不同，她无法想象当时才十三岁的他，面对校领导、同学家长的指责，逼问，栽赃得多么无助，最后可以庇护他的父母也同样将怀疑盖在他头上，她甚至觉得邢武还能活到这么大真是个奇迹。

她不禁问了句："后来这事怎么处理的？"

邢武抽了口烟，看着窗外淡淡地说："东拼西凑赔了五千块，我被留校察看。"

晴也寻思着五千块对于当时的他们家来说应该也不是小钱了，她之前听李岚芳说邢武奶奶是四五年前脑瘫的，算算时间，也差不多是邢武刚上初中那段时间。

这件事虽然不算灭顶之灾，但对于一个小屁孩来说基本上也算晴天霹雳了，而那时候对他最好的奶奶还病倒了，对邢武来说才是真正的孤立无援吧。

在邢武的成长轨迹里，成也因为这件事，败也因为这件事。

这件事之后，邢武在学校名气大涨，所有人都知道了这号人物，初一刚上来的新生把高年级的人给打伤，所以没有人敢惹邢武，他本来就长得高，看人又一股子邪劲，甚至连那些不学好的男同学见他都绕道走。

但也正因为这些事，越来越多的麻烦找到他头上，那时候他便懂得一个道理。

在这个地方，没人会听你说了什么，大家只会关注你拳头够不够硬。只要他足够强大，强大到没人敢惹他，就不会有人再往他身上泼脏水，因此，学习这件事对他来说变得越来越无关紧要，因为他首先要生存。

两人都没再说话，晴也不知道邢武在想什么，或许这么多年他早已麻木了，可她刚听闻这件事，内心还是挺震撼的。她不禁想起黄毛那句话，他说邢武初中成绩还行，后来就学不进去了。如果邢武不是在这样的环境下成长，如果他的父母能够给他一些，哪怕只是一丁点的底气，他不至于变成今天这个样子，以邢武的脑子，他甚至不一定会比她差，想想，他成天不上学，还能考 72 分呢。

两人有一搭没一搭地聊着。

没一会儿，晴也就睡着了，毕竟第二天还要早起，但没想到第二天早晨叫醒她的不是闹钟，而是楼下的吵架声，把她惊得直接就从床上弹了起来，然后就听见了邢武的吼声。

说实话，认识他这么久，虽然他脾气不算多好，但从来没听他发过这么大的火，把晴也给吓了一跳，刚准备冲下楼看看发生什么事了，就听见外面摩托车的声音，邢武直接冲出家门骑上摩托车走了。

本来晴也以为邢武是跟他爸在吵，直到下楼看见痛哭不止的李岚芳时，她才知道邢武刚才是在吼李岚芳。

晴也赶忙走过去问李岚芳发生什么事了，然后李岚芳就开始大骂，说昨晚老邢跟她说在外地搞个大买卖，要钱，她就把卡给他了，早上才知道他把收银台里的钱也顺光了。更可恨的是，杜奇燕昨天下午把还给邢武的钱给了李岚芳，李岚芳还没来得及给邢武，也被邢武他爸顺走了。

晴也一时间还没反应过来，问了句："那邢武他爸呢？"

李岚芳边哭边喊："走了。"

上学的路上晴也还处于蒙圈的状态，她就搞不懂了，昨天邢国栋同志才回来，今天一大早他就拿钱跑路了？

怪不得邢武会毫无感情地说他爸"死了"，这行为的确还不如死了，关键是老婆老妈小孩不管了？就这么走了？

那一整天邢武没来学校，晴也还不时回头望望，有些担心他。

放了学晴也在校门口看见黄毛，特地问了他一句："邢武呢？"

黄毛说："中午通电话武哥说在顺易有事。"

晴也本来已经往回走了，想想还是打算去一趟顺易。

顺易没关门，而且门口站了不少人，有些晴也并不认识，不过花臂她是认得的，她走过去的时候，花臂已经看见她了，问了句：“找武哥？”

晴也点点头，他往里喊了声：“犬牙。”

犬牙从顺易店里走了出来。晴也今天见到犬牙难免有些尴尬，毕竟他是舒寒的亲弟，虽然她不知道那天晚上他们回顺易聊了什么，但晴也清楚应该跟她有关。

犬牙走出来后对晴也说：“武子在干活，他做事时不让人进去。”

“唔。”晴也伸头往里看，果然帘子那里的木门紧闭。

犬牙看了她一眼，问道：“吃过了没？”

“没，才从学校过来。”

犬牙干脆朝她走来：“到旁边吃个面吧，他还要一会儿。”

于是晴也便跟着犬牙走到旁边的面店。

犬牙问晴也吃什么，晴也要了碗三鲜面。店子面积不大，顾客都是附近电子街工作的人，晴也等面的时候，就有个小哥搬着板凳要往晴也边上坐，犬牙冷冷地丢一句“旁边去”，那男的看见犬牙，没回嘴，搬着凳子到另一桌去了。

就邢武身边这帮朋友，犬牙是给晴也感觉最稳重的，虽然对他的第一印象是他长得还挺斯文的，跟大黑、花臂那些人气质上就不大一样，但自从那天晴也看过他朝大曹扔马扎，就知道他并不是表面看上去这样，有的人长得极具迷惑性，实则并不好惹，犬牙就应该属于这类人。

面条上了，分量很多，晴也吃了一半就吃不下了。

犬牙也吃得差不多了，不过并没有起身的意思，于是晴也开口问道：“那邢武修东西为什么不给人进去？怕别人偷学他技术？”

犬牙先是挑了下眉，忽然就笑了起来：“修东西？他不是在修东西。”

“那他干什么活？”

“替人打比赛。”

“替人？你是说枪手啊？”

犬牙掠了她一眼，没说话。

晴也皱眉反问道："他有这个技术干吗不自己参加比赛，还要替人打？"

犬牙淡淡地说："来钱快，事少，自由。"

"但永远在地下，打得再好也没人认识他，成功本来就需要有所付出。"

"成功？"犬牙忽然像听到什么好笑的话一样，转了转手上的 zippo 打火机，随后戏谑地说，"他要是选择成功，两年前就已经站在职业赛的巅峰了。不是每个人都可以像你一样毫无顾忌地选择成功，你不知道别人在选择成功时要付出多大的代价，没有人愿意把自己的不堪拿到人前。"

晴也怔怔地望着犬牙，一颗心忽然七上八下，就好像突然隔着一层雾，很多事情有些看不真切。

她开门见山地问出口："如果我没有出现在这里，那天晚上邢武是不是就答应马斌的提议了？"

"是。"犬牙斩钉截铁地回答。

晴也的睫毛不禁颤了下。犬牙用打火机点燃一根烟，说："如果他没有遇见你，他不会有任何不甘心，也不会有任何指望，以武子的本事，即使窝在扎扎亭也能凭一己之力弄到钱，不至于让日子过得太糟。

"他不是个贪心的人，他会满足现状，等他高中毕业，或许再过几年也会给舒寒一个交代，毕竟我们从小一起长大，感情放在这儿，他的人生会和绝大多数人一样安稳。

"但是因为你的出现，他开始动了贪念，渴望更多。人一旦有了贪念就会陷入无尽的痛苦中，也许我这话说得残忍了点，我并不看好你们，你们是两条不同路上的人。"

晴也低头在碗里又放了一大勺辣油，喝了一口汤，顿时嘴里火辣辣的，就连心口也火辣辣的。

她抬起头盯着犬牙："我会把他拉到另一条道上。"

犬牙漫不经心地灭了烟，意味深长地说："我们可以打赌，你拉不走。"

他那笃定的眼神突然让晴也心口没来由地慌乱。

她背脊挺直，就这样牢牢盯着犬牙，嘴角一斜："走着瞧。"说罢站起身大步出了面店。

还没走到顺易门口，邢武的电话就过来了，刚拿起手机放到耳边，邢武就看见了晴也，挂了电话对她说：“吃什么了，嘴通红。”

“辣椒。”

“不能吃辣还吃。”

邢武扫向晴也身后的犬牙。

犬牙倒是一副没事人的表情问了句：“怎么样？”

旁边花臂笑道：“武哥出马，轻轻松松五千块到手。”

邢武对他们说：“我先走了。”

他跨上摩托车，晴也走了过去往他身后一坐，双手放入他的上衣口袋里。她此时此刻只感觉冷，似乎冬天的严寒正在袭来，从骨子里发冷。

邢武低头看了眼没吱声，晴也侧过头面无表情地盯着犬牙，犬牙只是抱着胸站在路牙边面带微笑，好似两人之间什么都没有发生过。

邢武没有回家吃饭，而是带着晴也去了一家很小的简餐店。要不是邢武带她来，她竟然不知道这里还有比较小资的地方。

但是晴也吃过面条了，所以邢武点了份牛排，给她点了西米露、薯条等一些小食。

他今天话不多，眉眼间有些疲惫的样子，不知道是因为才结束一场比赛，还是因为早上的事。

晴也觉得自己应该说些什么，关于早上家里发生的事，有些事情与其憋着，不如说出来痛快，但是如何开口便成了问题。

于是她找了个无关紧要的切入点：“你和你爸长得还真不像。”

邢武抬眸盯她看了眼，侧过头去，眼神淡淡地瞥着窗外：“基因突变没听过啊？”

“……”那他这基因忒强大了，变得666啊，赶上变形金刚了。

西米露上了，晴也拿吸管吸了一口，一颗颗小小的西米顺着吸管连成一条线，却在这时，一些在晴也原来看似不正常的事情突然就全部连起来了。

基因突变，拿刀对着他，常年不归，李岚芳的纵容。

这些事情在晴也眼里都不太正常，例如基因再变不至于变得一点都不像；虎毒不食子，自己的儿子再十恶不赦也鲜会有父亲拿刀对着儿子；纵使邢国栋如此常年不归家，李岚芳心里再有气，依然将自己的卡给了他。

是的，这些事情全部都不太合常理，但如果把前提改一下，假设邢武根本不是邢国栋的儿子，或者李岚芳背叛了邢国栋生下邢武，那么邢武长得当然不会像他，邢国栋当然会对邢武恨之入骨，拔刀相向，李岚芳这么多年也只能忍气吞声，不敢大闹，辩证一下，似乎一切都合理了。

“你不知道别人在选择成功时要付出多大的代价，没有人愿意把自己的不堪拿到人前。”

犬牙刚刚的话忽然浮现在晴也脑中，她抬头看着邢武，他眉眼间凝聚着一层挥散不去的浓雾，那一刻，她好似隐隐约约看见了压在他肩膀上一座无形的山，虽然她还看不真切，却在此时，她的心口微微抽搐，因为这个猜测，因为他。

所以，本来晴也想安慰他的话全部吞了回去，而是换了个话题：“我听犬牙说你替人打比赛啊，经常有这种活吗？”

牛排上了，邢武切着牛排回道：“不是经常有。我原来认识的几人搞了个团队，偶尔接那种野路子的私人赛，会让我帮个忙，他们也能赚点，官方赛和职业赛我打不了。”

“为什么？”

“现在基本上都是打现场，不能代打，有的还要人脸识别。”

晴也一直盯着邢武的手，他的手指骨节分明，拿着刀叉的样子特别养眼。

邢武见晴也一直盯着他的牛排，干脆叉了一块送到她嘴边。

晴也愣了下，吃了口，还挺鲜嫩的，于是吃完后又指了指他的盘子。

邢武又喂了她一块，说道：“再给你上一份算了。”

晴也摇了摇头：“不要，我就要吃这份。”

“……”

然后这位号称已经吃饱的大小姐到最后分了他半份牛排。

第二天虽然是周末，但是邢武说有事依然一大早就出门了。

下午的时候，店里人越来越多，晴也干脆上楼去写题了，却在六点左右的时候，杜奇燕突然匆匆跑上楼来喊她：“晴也，晴也，有个男的找你，说是北京过来的。”

晴也将耳机一拽站起身，她第一个想到的就是孙叔，还心说孙叔来看她怎么不提前打个电话。

当她踏着轻快的小碎步跑下楼，看见炫岛门口站着的孟睿航时，整个人僵住了。

再次看见孟睿航，还是在扎扎亭这个地方，晴也感觉有些不大真实。他穿着一件卡其色的毛呢大衣，文雅清俊，身边放着个随身的黑色小拉杆箱，上面是个纸袋。

隔着一扇玻璃门看见从二楼走下来的晴也时，他脸上露出了久违而和煦的笑容，带着点如释重负的激动。

晴也猛然看见孟睿航的确愣了一下，她没想到孟睿航会突然来找她。仅仅几秒后，她便双手插在卫衣口袋里走出了炫岛。

再次面对面两人都有些不自然，孟睿航的不自然是怕突然来找她，她会不高兴，而晴也的不自然是被他看见自己现在待在这么窘迫的地方。

两人一时间都相对无言。

晴也把目光移向那个熟悉的纸袋，孟睿航才突然想起什么，回过身将纸袋递给她：“你常去的那家，柠檬芝士蛋糕，赶今天最早的航班怕没开门，昨天下午去排的队。我想这里没有卖的，怕你想吃了。”

晴也垂着眸接过袋子，余光看见李岚芳他们都在伸头往外看，还嬉皮笑脸地围观，她局促地对孟睿航说：“你等我下。”

晴也回到炫岛，把蛋糕放下后，问了下流年：“这附近哪里有旅馆啊？”

流年告诉她：“四条巷那边，就是往你们学校那条路走，不到你们学校前面一个路口左拐，就那一个旅馆，你去了就看到了。”

晴也点点头看向李岚芳：“我晚上不回来吃了。”然后就匆匆走了。

李岚芳八卦地看着孟睿航和晴也的背影，笑得合不拢嘴：“这小伙子帅啊，一看就是有钱人家的小孩，那大衣料子不错。”

杜奇燕他们也伸头往外看。

晴也出了炫岛对孟睿航说：“我先带你去吃饭吧。这里你也能找到？”

孟睿航的眼神就没有从晴也脸上离开过，笑着说：“是不好找，下了车后问了一路，好几次路过这个路口又绕回来了。”

晴也的眼神看着脚下，沉默地“嗯”了一声。

扎扎亭这带也没什么像样的饭店，晴也就找了家还算干净的小炒店，店里也就四张桌子。

坐下来后，她把菜单递给孟睿航：“地方小，随便将就了啊。”

孟睿航接过菜单，目光复杂地盯着她：“干吗这么生疏？”

晴也撇过头去没说话。

孟睿航点了几个菜，不过都是晴也喜欢吃的。老板给他们倒了两杯茶水，晴也就捏着一次性塑料杯子玩，她穿着件宽松慵懒的卫衣，卷卷的长发披在肩上，瓷白的脸颊柔美纯净。

孟睿航将菜单递给老板后，望着她不禁说道：“你换发型了？”

晴也抬眸掠了他一眼，将头发拨到肩膀后面，问道：“回去的票明天几点？”

孟睿航愣了下：“我才来就赶我走啊？你真是……”

“下次别来了，这样不好。”

孟睿航倒是忽然靠在椅背上笑道：“哪里不好了？”

晴也无所谓地撇了撇嘴角：“哪里都不好，你时间很多？”

“我想着现在不来看看你后面更没时间了。”

菜陆续上了。

孟睿航问了下她上次月考的成绩，对她说：“不错了，别把自己逼那么紧，留学的事情我会帮你想办法。”

“睿航。”晴也突然笑着打断了他，“我的事不用你操心。”

孟睿航张了张嘴，没再说下去，又聊了些学校里的事。

从小炒店里出来后天已经黑了，晴也对他说：“带你去旅馆吧。”

孟睿航却坚持想去晴也的学校看看，于是晴也顺道把他领到鞍中绕了一圈。周末的晚上大门紧闭，孟睿航站在鞍中门口望着教学楼，忽然说道：“学校里不少人喜欢你吧？”

晴也淡淡地说：“没有。”

孟睿航诧异地侧过头看着她，随后笑道：“也是，这里的男生……”他收回目光看向隐在黑暗中的楼，声音多了几分沉闷，“应该追不上你。”

晴也却勾起嘴角，昂着下巴：“谁说的。”

孟睿航再次把视线投向晴也，晴也已经转过身对他说：“看过了，走吧。”

于是他们便来到流年说的那家旅馆。

两人站在旅馆门口就蒙了，一个破破烂烂的招牌，大概灯管坏了，一闪一闪的，上面写着几个大字“客来大酒店”。这“大酒店”哪里大了？就一个黑漆漆且仅能通过一个人的楼梯上去，关键那楼梯一眼望不到顶，墙上全是黑乎乎的小广告，看着就像一家黑店啊。

晴也干咳了一声，对孟睿航说：“要不要去县城住？”

孟睿航倒是提起行李箱：“不麻烦了，就这儿吧。”

然后两人通过窄窄的楼梯。

二楼前台里坐着个中年妇女对着一台老式电脑在打蜘蛛纸牌，晴也走到前台问了句：“有房间吗？”

中年妇女眼皮都没移一下说道：“身份证。”

晴也回过头，孟睿航已经把身份证拿了出来放在台子上，老板接过身份证后终于抬头看了他们一眼，对晴也说：“你的。”

晴也忙解释道：“我一会儿就走，不住这儿。”

中年妇女登记了一下，递给他们一把钥匙。晴也接过钥匙看了看，也是很神奇了，为什么不是房卡？

她转过身对孟睿航说：“213。”

走廊层高很低，有些压抑，地上铺着的地毯也让人感觉很不干净，晴也走在前面，孟睿航提着行李箱跟在后面，她走到213停了下来：“这里。”

然后用钥匙打开门。

居然还是个标间，两张单人床，厕所可以冲淋浴，设施都很老旧，也没有电视。

晴也看了圈回头对孟睿航说："你凑合过一晚吧，我先回去了。"

孟睿航放下行李箱对她说："等等，我带了些东西给你。"

然后晴也就看见他拉开那个小行李箱。里面倒没带什么衣服，带了几套学习资料和几本书，晴也扫了眼封面就知道对她很有用。

孟睿航把东西拿出来装好，对晴也说："太重了，要不我明天给你送过去吧。"

晴也从里面拿了一本复习讲义："这本我先拿回去看看。"

孟睿航却突然对她说："你一个人在外面，要是缺钱的话，我先给你一些。"

晴也低头翻着手上这本讲义，没说话。孟睿航立在面前看着她，她把书一合放在旁边，突然抬起头盯着他："有意思吗？"

孟睿航不解地皱起眉："晴也，我知道我家人当初的决定挺伤人的，这几个月你以为我好受吗，我跟我爸不知道吵了多少回了。他现在的位置比较敏感，多少双眼睛盯着，不能明着把你留下，但你爸的事情他已经在想办法了。"

晴也只是点了点头，很平静地对他说："替我谢谢你家人，不管我爸这次能不能出来，我晴也会记得这个恩，以后也一定会还了这个情。

"至于你，下次真的不要再来找我了，给何乐菱知道了还以为我们怎么了，这样不好。"

孟睿航僵在原地："何乐菱？关她什么事？"

晴也忽然冷笑了一下，双手插在卫衣口袋里退后一步："所以我问你有意思吗？你是当我傻子还是什么？睿航，别搞得大家太难看朋友都做不了。"

说完她便拿起那本讲义转过身去，孟睿航却一把拽住她的胳膊："你把话说清楚了，关何乐菱什么事？"

晴也回头看了他一眼，干脆低头打开手机把那张照片放在他眼前。

孟睿航仅看了一眼就一把将晴也从过道又拽了回来，说："那天何乐菱过生日，办了个'趴'，不止我一个人跟她照相了，去的人几乎都跟她照了。"

晴也手机一收淡淡地掠着他。她不傻，如果他们没事，Jesse 不会发这张照片给她。

屋里突然沉静下来，孟睿航看着晴也冰冷的眼神，猛然坐在床上低着头说：“是，你走后她跟我说喜欢我，我那段时间很乱，对于这件事也很震惊。她过生日当着那么多人的面说，我顾及她的面子，又是她生日没有当场拒绝她，一直到第二天才跟她讲清楚，这件事是我做得不好，但晴也……”

他抬起头定定地注视着她：“我真的连她的手都没碰过。”

邢武回家的时候已经晚上八点多了，杜奇燕下班了，流年和李岚芳还在收拾东西。

邢武洗了洗手上楼绕了一圈，没看见晴也，又走下来倒了一杯水，随口问道：“晴也呢？”

李岚芳眉飞色舞地说：“下午北京来了个帅小伙找她，两人看着挺要好的，一起出去了，没回来吃饭。”

邢武的眼眸里渐渐涌上一股暗流，仰头将一大杯水灌下肚，听见李岚芳嘀嘀咕咕地说：“也不知道晴也今天晚上什么时候回来，武子，你说我要不要打个电话问问她啊？”

邢武放下水杯，气息沉静地侧过头去：“她去哪儿了？”

“应该去四条巷那儿的旅馆了。”流年回答。

邢武望向流年。

流年告诉他：“晴也临走时问我这附近哪里有旅馆，可能是带那个男的去住店了吧。”

然后流年又转向李岚芳：“李老板，我觉得你最好别打电话了，两人很久没见面了，难得见一次。”

李岚芳虽然觉得女孩在外太晚不妥，不过想到晴也跟一般无脑的小女生不同，她向来有主意，还怕自己打电话过去自讨没趣，毕竟晴也平时也不怎么管别人说什么。

然而正在李岚芳纠结之际，邢武已经摸起摩托车钥匙大步走了出去，李岚芳在他身后喊了声："这才回来又去哪儿啊？"

邢武没有回答她，摩托车在黑夜里一个甩尾直奔四条巷。

晴也坐在孟睿航旁边那张单人床的床尾，一直安静地听着孟睿航说起何乐菱的事。他说他之前只是能隐隐感觉到何乐菱对他似乎有些特别，但因为她是晴也的好友，平时关系也要近些，所以也没往那方面想，直到这次晴也家里出事离开北京，她才一鼓作气跟他摊牌，他也很困扰，又怕晴也误会，所以压根儿没有跟晴也提起这件事。

而且何乐菱生日第二天，他把话跟她说清楚后，她在家闹绝食，她家人还因为这件事找到了孟睿航。孟睿航也是一个头两个大，本来临近高考大家压力都大，最近何乐菱发信息给他，他都硬着头皮回的，就怕她情绪波动再闹幺蛾子。

晴也听说何乐菱还为了孟睿航闹绝食也是很震惊。

其实晴也也能理解孟睿航不告诉她的原因，她现在窝在这么偏的地方，即使孟睿航告诉她，她也不能怎么样，可能还会平添担忧，就像现在她知道了后，心情很沉重。

晴也看了看时间，九点多了，她起身对孟睿航说："不早了，我先回去，明天上午我来找你吧，你看几点？"

"十点吧，你多睡会儿。"

懒觉对现在的她来说是件奢侈的东西，不过她没说什么。

孟睿航把晴也送到了楼下，晴也还在琢磨何乐菱的事情，站在路边上随口问："那你们现在怎么办？"

孟睿航转过身颇为认真地盯着晴也："她家人来求我，让我高考前别刺激她，等过了这一阵子再慢慢对她进行心理疏导。所以，就先这样了。"

晴也没说话，但她大概明白了他们两人现在的状态，或许Jesse也没理解错，不管是受何乐菱家人之托，还是孟睿航怕何乐菱出事，总之两人现在应该的确维持着这种不清不楚的关系。

晴也垂下眸，忽然说道："既然这样，你最近还是不要跟我联系了，也别让她知道你来找我，免得又受刺激了。”

孟睿航眉宇紧锁：“等这段时间过去了，我们就去加拿大，国内这些人也不用理了。”

晴也却突然云淡风轻地笑了起来：“你去你的，我去我的。”

街对面的邢武悠悠抽完最后一口烟，就这么看着晴也跟那个男的有说有笑，还不打算走的样子，终于按了两下喇叭。

晴也侧过头去。

一道火星子划破夜空，邢武直接扔了烟，摩托车一转就朝着他们骑了过来。

晴也有些别扭地退后了一步，将双手背在身后。孟睿航敏感地察觉到晴也突如其来的疏离，侧过头去盯着邢武。

邢武穿着黑色皮衣一个急刹车停在他们面前，迎上孟睿航的目光，冷冷地瞥了他一眼，然后看向晴也。

晴也有些诧异地说：“你怎么来了？”

“接你回家。”四个字说得沉稳有力。

孟睿航疑惑地盯晴也看了看：“他是？”

晴也介绍道：“邢武，呃……我现在住他家。”

孟睿航立马反应过来，一手扶着前襟，另一只手朝邢武伸去：“你就是晴也亲戚吧？你好，我叫孟睿航。”

邢武低眸扫了眼伸到面前的手，没动。晴也干咳了一声，邢武才伸手轻击了下他的掌心，算是招呼过了。

孟睿航第一眼看邢武就不像好人，寸头鬓角还有一道邪气的横杠，看人的眼神冷峻锋利。他眼里闪过一抹惊讶的神色，望向晴也。

晴也对他说：“那我走了。”说完便直接跨上了摩托车。

坐好后，晴也刚准备让孟睿航上楼，结果话还没说出口邢武猛地起步，把她吓一跳，下意识双手抱着他的腰嚷道：“你慢点啊。”

邢武语气冰冷地说：“慢不了。”

晴也又往后挪了挪，拽着他的衣服对他说：“他刚刚才到，我就带他吃了个饭。”

“你还真够以德报怨的。”

“上次那个事情，我可能搞错了，也不是我搞错了，总之事情比较复杂。”

于是晴也把何乐菱的事告诉了邢武。

邢武车速飞快，耳边的冷风呼呼地灌进晴也的衣领，她整个人在邢武身后缩成一团。

没一会儿，就骑到了炫岛前面的路口。

邢武却没再继续向前，而是猛地刹车，直接下了摩托车。晴也也跟着下来，不明所以地看着他，他丢下句：“我买包烟。”然后就径直拐到巷子里面的小店去了。

深秋的夜里温差特别大，晴也搓着手在巷口等他。

邢武买了烟朝她走来，在离巷口几步的距离突然停了下来，低头点燃烟，身影在窄巷里被拉得颀长，五官半明半暗间透着强烈的压迫感，就这样盯着晴也，忽然低声问道：“你有什么打算？”

晴也莫名其妙地说：“什么我有什么打算？”

邢武深邃的眼眸迸发出让人无法躲避的穿透力，射向晴也：“误会搞清楚了，他现在又来找你，所以你有什么打算？”

晴也先是盯他看了几秒，忽然嘴角就扬起一丝若有若无的笑意一步步朝他走去，立在他面前，玩味地看着他：“你觉得我该有什么打算？接受他的千里送温情？”

话音刚落，邢武突然扔掉烟，晴也只感觉眼前压下一道黑影。

邢武握住她的双臂，眼里的光烫得仿佛能够灼伤人。距离太近，那淡淡的尼古丁气息麻痹了她的思维，让她瞬间大脑一片空白，她甚至不知道邢武这是什么意思。

对视间，昏暗的巷子里，晴也的脸颊浮上红晕。

那一刻，晴也是蒙的，她上过雪山，坐过直升机，跳过蹦极，但没有一项极限运动有此时此刻让她心跳加速、呼吸困难，明明刚才没有喝酒，却感觉自己醉了。

所以邢武松开她的时候，她捂着胸口差点没站稳。邢武为了扶住她，拉了她一把。

她抬头错愕地看着他，他迅速收回目光大步朝巷口外走去，跨上摩托车后对她说："我去顺易了。"

然后一个人就走了，徒留晴也发蒙地望着他跟一阵旋风一样，来无影去无踪。

晴也觉得邢武真的是这个世界上名副其实的浑蛋头子，莫名其妙，一句话不说就走了，然后把她给整失眠了。

晴也一直到躺在床上都在骂浑蛋，回想刚才在巷子里邢武突然凑近的举动，竟然发现自己到现在大脑还是一片空白，只能回忆起邢武黝黑滚烫的眸子，然后就没有然后了。

想到邢武当时看她的眼神，晴也整个人滑到了被子里面，然后整晚翻来覆去都睡不着，一会儿生气，一会儿羞愧，一会儿又觉得好笑，总之各种复杂的情绪来回交织，导致几乎一晚上没睡。

天蒙蒙亮，晴也就干脆起来刷题了，本来准备迟点去找孟睿航，结果孟睿航倒是一早找来了，说顺便把那些材料给晴也拖过来。

晴也就带他到附近逛了逛。

基本上也没啥逛的，而且一早上她都有些心不在焉的，虽然已经竭力克制住回想昨晚在巷子里的画面，但总是时不时冒出来，一冒出来，她就有些忸怩，搞得孟睿航问了她两次是不是不舒服。

下午，孟睿航就要走了。

他也就周末两天的时间，所以随意溜达了一圈后，晴也陪他回炫岛拿行李箱，正好碰上才回来的邢武。

晴也看见邢武的那一瞬脸就红了，硬生生红到了耳根，简直就是见了鬼了。

邢武和她对视一眼，两人之间突然有种谜之尴尬，都默默把眼神飘开了。

李岚芳听说孟睿航下午就要走了，说要留他在家里吃个中饭再走，晴也说不用麻烦了，李岚芳问晴也："人都来了，你给我们介绍一下，他是谁啊？"

邢武回过头来瞥着晴也。

晴也被他看得极其不自然，感觉浑身都是刺，赶忙回李岚芳："是……是我发小。"

李岚芳恍然大悟地点点头，却在此时邢武走了过来，对晴也说："我带你们出去吃吧。"

晴也没说话，于是邢武叫了辆车。

十多分钟后车子到了，孟睿航和晴也坐在后面，邢武坐在副驾驶，对司机说："去县城百发那儿。"

路上，孟睿航跟晴也说了一些班上的事，晴也也会时不时问他一两句谁谁谁怎么样了、谁谁谁打算考哪儿之类的话题，不过实则心思全部都在前面那人的身上。

偏偏邢武坐在副驾驶低头刷着手机，一下头都没抬，于是晴也一边跟孟睿航说话，一边飞快地发了一条信息给他：干吗不理我？

前排那人的手机响了，晴也突然就感觉窄小的空间里有种很微妙的氛围。没一会儿，她手机振动了，她拿起来一看，邢武回了她几个字：你业务繁忙，不打扰你。

晴也看了看旁边的孟睿航，然后坐直身子，假装调整位置故意用膝盖撞了下前排。

这下邢武抬起眸，从后视镜里看晴也，晴也反而不自然起来，嘴角浮起悄无声息的笑意，眼神飘向窗外。

倒是让晴也没想到下了车后，邢武居然带他们来了家挺高档的饭店，看门口的装潢就透着股高大上的味道。她来这个县这么久了还没见过这里有这样拿得出手的饭店。

她随即落在后面拽了下邢武，压低声音说："这里很贵吧？随便找一家饭店就行，干吗来这种地方？"

邢武倒是撇了下嘴角："你发小千里送温情，怎么能随便招待？"说完大步走了进去，要了个雅包。

晴也无语地跟了进去。

雅包果然挺雅致的，木质的窗户外面还有人造池塘，上面漂着的荷花虽然是假的，装饰用的，但是灯光一打还真有种梦回江南的错觉。

晴也先去了趟洗手间，回来的时候就尴尬了，四人坐的这种雅包的桌子是面对面长条形的，落在窗边可以观赏景色，但是，她进包间的时候，邢武和孟睿航各坐在一边，也就是选择题交到了她手中。

晴也瞥了眼邢武，他依然低着头刷手机，而孟睿航则朝她看来，把菜单递给她：“过来看看你吃什么？我点了几个。”

晴也仅仅停顿了两秒，便径直走了过去，然后直接坐在邢武身边，用胳膊撞了他一下，让他往里面挪一挪。

邢武侧眸扫了她一眼，坐过去了一点。

晴也这才对孟睿航说：“你点吧，我都可以。”

虽然只是一个很小的动作，但是她和邢武之间的自然随意让孟睿航有些诧异。

等菜的时候，孟睿航端起手边的茶杯对邢武说：“晴也这段时间麻烦你们家了，谢谢你们对她的照顾。”

邢武低眸扫了眼他端起的茶杯，单手拿起面前的茶水喝了一口，回道：“应该的。”

孟睿航放下水杯后，对邢武说：“她吧，压力一大就好口冰的，后面考试越来越频繁，到时候还得麻烦你们多看着她点。”

晴也倒是奇奇怪怪地皱起眉，邢武半垂着眸说道：“我脾气不好，不惯祖宗。”说完直接把晴也杯子里已经冷掉的茶水倒进自己杯子里，给她换了杯热的。

孟睿航看得一愣一愣的，再看晴也，她居然捧着杯子在笑？

孟睿航有些怪异地将视线落回邢武的脸上：“晴也不会麻烦你们太久。”

邢武靠在沙发靠背上，漫不经心地说：“不会太久是多久？一个礼拜？还是一个月你就能把她接走？”

晴也低着头，手指敲打在水杯边缘沉默着。

孟睿航张了张嘴刚想说话，邢武直接打断了他：“既然不能，她的事情就不是你能操心的，人住在我家，好坏都有我担着。”

孟睿航忽然就感觉到一股强大的压迫感，虽然邢武的坐姿随意，讲话口吻也是那副淡淡的样子，然而黑亮的眼睛看人时总是锋利尖锐，直击人心。

尽管邢武带他们来的几乎是县城最高档的饭店，但晴也和孟睿航都没什么心思吃饭，就他一个人一脸坦荡的样子。

吃得差不多的时候，孟睿航起身要去付钱，服务员指着邢武说：“你朋友付过了。”

晴也回头看向邢武：“你什么时候付的？”

邢武拿过外套面色淡然地瞥了眼桌边的二维码。

往外走的时候，晴也拽着他问了句：“多少钱，我给你。”

邢武皱了下眉，低头盯着晴也。晴也不说话了，她知道自己再坚持下去这人又要不爽了。

晴也回过头去，孟睿航就走在他们后面看着他们，若有所思的样子。

长途客运站就在县城，走过去没多远。孟睿航下午两点的长途车傍晚能到市里赶晚上的飞机，一路上孟睿航都挺沉默的。

把他送到客运站大厅门口，孟睿航抬头看了晴也一眼，欲言又止的样子，邢武很自觉地背过身去走到另一边点烟。

孟睿航瞥了邢武一眼，还是没忍住问出了口：“晴也，他到底是你什么人啊？”

邢武抽了两口烟回头朝他们看去，两人不知道在说什么，过了好一会儿，孟睿航才拉着箱子进去。

晴也转过身朝邢武走来，邢武把烟掐灭。

两人往回走，刚才还不觉得尴尬，此时就剩他们俩了，晴也又莫名其妙想起昨晚在巷子里他奇怪的举动，两人之间的气氛难免有些怪怪的。

走到路边，邢武低头拿手机叫车，晴也就踢着脚边的石子。邢武一边看着手机一边开了口：“说什么这么久？”

晴也双手插在背带裤口袋里，低着头回：“问我你到底是不是我亲戚。”

邢武叫好了车，把手机一转握在掌心侧眸睨着她：“怎么回的？”

晴也笑着没说话，车子停在他们面前，晴也才轻飘飘地落下句：“我告诉他你是我的人。”说完直接打开副驾驶的门坐到了前面。

邢武有些震惊地盯着她，看见她落下车窗朝他吐了下舌头：“骗你的。”

一路上两人都没说话，邢武突然就没心思看手机了，而是盯着倒车镜中的晴也，晴也倒是低着头刷着手机。

车子停在炫岛门口，下了车晴也刚走进店里，李岚芳就弯着腰站在冰箱面前，看见他们回来了顺便从里面拿出个袋子：“晴也啊，这个吃的是你发小昨天带过来的，你记得吃啊，别放坏了。”

她接了过来，盯邢武看了眼，又笑着把蛋糕递还给李岚芳：“你吃吧。”

李岚芳莫名其妙地说：“你怎么不吃了？”

“突然就不喜欢了。”说完她转身上楼了。

李岚芳拿着蛋糕袋子莫名其妙地问了邢武一句：“晴也不舒服？”

邢武嘴角一勾：“你吃吧。”

傍晚的时候，黄毛跟胖虎又来店里玩。李岚芳今天兴致不错，包起了饺子，黄毛就在桌上帮忙和面，晴也凑过去看了看，对他竖起大拇指：“你挺可以的嘛。”

黄毛嬉皮笑脸地说：“我这手膀子的劲儿练过的，看到肌肉没？”说着他还特地拉开外套在晴也面前秀了下。

看着他那馒头大小的肱二头肌，晴也歪着头笑出了声。

黄毛也跟着她笑。

晴也的刘海长了些，刚刚看书嫌碍事扎了个歪歪的小辫侧在头顶，笑起来的时候清透可爱。

黄毛忍不住说了句：“晴也，你这样看跟个小姑娘似的，怪可爱的。”

晴也傲娇地说：“我本来就是小姑娘啊，你以为我多老。”

黄毛赶紧解释：“不是，我的意思是，这样看着更小。”

晴也伸头往厨房扫了眼，邢武和胖虎都在里面忙着，她拖着板凳朝黄毛凑近了些，压低声音问他：“你有没有喜欢的人啊？”

黄毛顿时心口一惊，立马就睁大双眼紧张地盯着晴也：“你……你这是什么意思？”

晴也大大咧咧地摆摆手：“没什么意思，想问问你喜欢一个人的时候什么感觉。”

黄毛忽然感觉呼吸困难、口干舌燥、心跳加速，看着晴也：“就是，忍不住总盯她看，看不够，越看越好看，看不到还总想，看到她跟别的男的在一起心里不痛快，想发火，又不好意思告诉她。”

晴也托着腮安静地听着，若有所思的样子，还有点愁眉苦脸的。

黄毛扭扭捏捏地说：“你呢？”

晴也闪着一双大眼侧头望着他：“我好像跟你差不多。”

黄毛突然感觉自己要厥过去了，他本来还想等晴也高考完再告诉她，没想到幸福来得如此突然。

他紧张得面都捏成了一团：“那怎么办？”

“我得好好想想。”然后晴也就起身进屋了。

黄毛立马原地大喘息，缓了半天转头就冲进厨房大吼一声：“晴也跟我表白了！”

胖虎猛然听见晴也跟黄毛的话后，第一个反应就是：“晴……晴也今天撞，撞脑子了？”

而一边切白菜的邢武举着菜刀冷冷地撇过头蹙起眉：“表白？”

黄毛满手面粉地跑进来，说：“真的，她说现在跟我的感觉一样，看我越来越帅，看不到我就想我，而且还说要好好地想想我们的关系。我的天，我是不是要回趟家啊？”

胖虎不解地挠挠头：“你……你回家干吗？”

“告诉我妈啊！我妈要是知道晴也喜欢我，一定会觉得我们郝家祖坟冒烟了。”

“？”胖虎已经给彻底整蒙了。

邢武放下菜刀，洗了洗手说道：“你确定她是对你表白？”

黄毛十分自信地说：“啊，那她肯定不好意思直说，就故意拐弯抹角问我有没有喜欢的人，喜欢人的时候什么感觉。不就是这意思嘛，我多聪明啊，这事一听就明白了。”

邢武洗好手，顺带拍了拍他，在他肩上擦干手，说：“兄弟，我觉得你想多了。”

但是整个晚上黄毛都处于十分兴奋的状态，不过晴也并没有在楼下待着，浪费了一天的时间，她得把白天的时间补回来。黄毛却觉得晴也不下来一定是在躲着自己，她害羞了，脸皮真薄。

第二天去学校，二次月考成绩下来了，晴也考了685分，数学和英语满分。

在高分成绩中，通常想多拿10分都是很困难的事，但晴也这次考试却比前一次一下子多了30分。这个进步让所有人感到震惊，整个鞍中都沸腾了，副校长还在晨会上点名通报这个好消息，甚至用到“载入史册”这么庄重的词。

晴也倒是觉得有点太夸张了，之前刚开学破事一大堆，加上她可能没有调整过来发挥失误，这次月考只是调整到她的正常水平，而她需要的是超常发挥才有望让以后的路走得顺些，因此她知道离自己的目标还有很长一段距离。

副校长还特地在晨会上邀请晴也上台简短地说几句，给大家打打气或者分享一下自己的学习方法。

因为事先没告诉她要上台，所以她也是毫无准备，杨丽赶忙跑过来对她说：“别紧张，随便说两句就行。”

杨丽心里清楚，这个685分摆在这儿，副校长就是想让晴也上去露个脸，也给高二生、高三生打个气，至于她说什么，并不重要，讲几句场面话就行。

不过晴也并不紧张，大几千号人的晚会她都主持过，会架不住几句话？

于是她从容地走上主席台，从副校长手中接过话筒走到中央。副校长是个女的，面带微笑地退了几步看着她。

晴也扫了眼底下乌泱泱的鞍中学生，突然欣慰地发现很多同学现在都已经顶着一头时髦的羊毛卷了，她第一个闪过的念头居然是，她是不是该抽空再换个发型？

然后她把话筒拿了起来，说的第一句话是：

“任何学习方法对你们都没用。”

“？”一排乌鸦飞过操场，硕大的足球场啊，就这么寂静无声，没有一个人发出声音，全部傻蒙蒙地盯着前面，而站在晴也身后的副校长，原本挂着的笑容已经逐渐僵硬在脸上。

只有晴也依然淡定地说了下去：“只要愿意学的人不应该低于 450 分，关键问题不是学习方法，是你愿不愿意放手一搏。离高考还有整整半年时间，现在开始动起来，每个人都有机会，又凭什么要把人生中这独一无二的机会让给别人？看看你们前后左右的人，哪个人让你十分不爽，用实际行动让他高攀不起，如果连这点决心都没有，以后搬砖的时候你也没有资格喊苦。”

黄毛已经从四班走到二班后面，抹了一把脸对邢武说：“武哥，我怎么听着挺激动的，你说我一个连一门课都考不及格的人怎么会这么激动？”

另一边的胖虎却已经斗志昂扬起来：“我一定得考个大专。”那语气、那眼神、那志气，就跟要上北大一样。

晴也果真发言很简短，但是她身上那种与生俱来的气魄仿佛瞬间感染了所有人。她转身的时候，邢武感觉她的目光朝他的方向瞥了一眼。虽然隔着那么远的距离、那么多的同学，但邢武依然能感觉到她的目光，如此炽热、明媚，像耀眼的太阳。

晨会结束回班后，史敏整个上午都有种欲言又止的感觉，异常沉闷，还不时盯着晴也发呆。中午的时候，晴也终于忍不住问她：“你是不是有什么话要对我说？”

史敏扶了扶厚厚的圆形眼镜片，有些沮丧地说：“晴也，你早上说只要愿意学的人不应该低于 450 分，可我一直挺愿意学的为什么还考不到啊？”

“……”晴也很想告诉她，你是个特例好吗宝贝。但是她不忍心伤害史敏的心灵，打击她的自信，否定她的努力。

于是晴也快速从本子上撕下一张纸，列了满满一面的题目出来，各科都有，然后拍到史敏的桌子上：“写完明天给我。”

结果史敏真的一下午都在认认真真地写着晴也给她列的那些题。

第九章

青春怒放

y a o y a u

邢武中午接了个电话似乎有事，所以晴也一下午都没见到他人，倒是放学回家的时候看见一辆黄色保时捷跑车停在炫岛门口。

说实话，能在扎扎亭见到一辆保时捷，简直就是太阳打西边出来了。

果不其然，炫岛周围的邻居全都龇牙咧嘴地站在门口、窗户边，或者二楼对着跑车拍照。

晴也走近才看见，跑车前站了两个男的，浑身潮牌，一看就不是这里人的样子。

果不其然，晴也瞄了眼车牌，上海开过来的，而更神奇的是，邢武跟他们站在一起说着话。

他叼着烟长身而立，目光淡淡的，随后似乎余光瞥见晴也，侧头盯她看了一眼。旁边两个男的也很快注意到晴也，止了话题，其中一个穿着 CLOT 黑荆棘连帽衫的男的突然笑道：“你们这里居然还有美女啊？”说着对晴也挑了挑眉。

晴也没搭理他，看向邢武。邢武直接把手中提着的外套扔给她：“帮我拿回家。”

晴也接过外套后，站在邢武对面的两个男人才反应过来邢武跟这个美女认识，于是对晴也笑了笑。

晴也侧过眸对他们点了下头就进炫岛了。

其中一个玩味地说道：“哟，武子啊，什么时候认识个这么正的妹子？”

另一个男的插嘴道：“你的人？”

邢武没吱声。

过了一会儿，晴也就听见炫岛外面一阵很响的排气管声，跑车开走了。

邢武进来后，李岚芳喊他把排骨剁了，他径直往后院走去。

晴也看了眼跟了上去。

邢武刚洗完手撩起袖子，侧头掠了眼靠在门边的晴也，拿起菜刀。

晴也拿着瓶牛奶边吸边盯着他，试探地问：“你那两个朋友上海来的啊？”

“嗯。”邢武单音节答了句。

“混得不错嘛。”

邢武没说话，菜刀落下，砧板发出“砰”的一声。

晴也开门见山地问：“他们特地来找你的啊？”

邢武又“砰”的一声剁了一块，转头看向晴也，她咬着吸管说：“来找你加入电竞的？”

邢武盯她看了几秒：“喊我去打职业赛。”

晴也抿了下唇望着他：“你怎么说？”

“回了。”

晴也立马皱起眉：“为什么啊？”

“不为什么。”

邢武再次拿起菜刀，晴也咬了咬唇走过去对他说：“我听黄毛说过，他们之前就来找过你，你因为这件事还和家里闹翻了，为什么不坚持？”

邢武依然低头剁着排骨没有说话。

晴也有些急了，放下牛奶说道：“邢武，你甘心吗？甘心一辈子窝在这个小地方？我不信你甘心。这里的人都知道你叫狙皇，十岁就能干翻那些职业选手，你天生就该吃这碗饭，不应该被埋没在这里，对生活低头。凭什么周围所有人怀疑你，你就要连自己也怀疑自己？我不信你不想出去，我不信你不热爱那行，如果你真能放得下，为什么这么关注那些消息？甚至没有错过一场直播比赛，你说！”

“砰”的一声，邢武将菜刀狠狠剁在砧板上，他侧过头的时候，眼里是骇人的光，就这样冷冷地瞥着晴也对她说：“我的事不用你管。”

晴也突然就昂起下巴，一字一句道：“我就管了！”

邢武锋利的眸子暗了下来，突然沉着声音反问她：“我出去了我奶奶怎么办？她一个礼拜看不到我连饭都不吃。我妈怎么办？四十岁的人了，整天就知道咋咋呼呼的，一遇到事就要死要活，自己都照顾不好，我还能指望她照顾我奶奶？你以为我爸能靠得住？我们全家要是靠他早饿死了！我是一甩膀子出去了，那我问你，她们怎么办？”

晴也瞬间红了眼眶，深深地凝望着他，声音颤抖：“那我怎么办？”

那一刻，邢武愣愣地盯着她，所有的话全部吞进了肚子里，满眼全是她难过的神情。

晴也转身离开了厨房，径直上了二楼，回到房间关了门，就这样静坐在写字台前拿出一张卷子，然后握着笔，却并没有下笔。

她一直在发呆，好似一瞬间就读懂了犬牙那笃定的眼神。

“他要是选择成功，两年前就已经站在职业赛的巅峰了。不是每个人都可以像你一样毫无顾忌地选择成功，你不知道别人在选择成功时要付出多大的代价，没有人愿意把自己的不堪拿到人前。”

“我们可以打赌，你拉不走。”

这些话忽然再次敲打在晴也心间，她终于知道邢武的代价了，他的家人，一手养育他的奶奶，除了他再无依靠的妈，或许还有他难以启齿的出生，这一切都会成为他成功的代价，他没有退路。

晴也默默地潸然泪下，她感觉自己站在一个牢笼里，四面是墙，没有出口，好像在某个瞬间，忽然明白了邢武那总是散漫的态度和淡淡的眼神。不是他不在乎，而是生活没有给他可以选择的权利，所以他情愿收起所有锋芒，融入这个他扎根的地方。

这种感觉让晴也很不好受，她的脑中再次出现了那个画面，他站在沼泽里不停向下陷进去，无数双手把他拽往暗无天日的深渊，然后，他选择闭上双眼让自己的身体不断下沉。

晴也的手渐渐握成了拳头，她忽然很想撞破这个牢笼，很想冲过去把他拽上来，可她不知道现在的她，这样的处境，自身难保的情况下，她还能做什么。

大约十几分钟后，身后的门被敲了两下。

她低下头将颊边的泪擦干，邢武推门而入，盯着她的背影看了一眼，声音缓和了些，唤了她一声：“晴也。”

晴也没动，也没回头，就“嗯”了一下，声音里透着些沙哑的哽咽，听得邢武的心揪在了一起。

他对她说：“出去走走吧，我在楼下等你。”

晴也又坐了两分钟，平复了心情才走下楼。

邢武的摩托车停在门口，她走出去的时候，邢武递给她一个白色的女士头盔，很酷的样子。

晴也接过后有些诧异：“你才买的？”

邢武跨下摩托，又从她手上拿了过去，然后帮她卡在头上，调整好位置低眸给她系好，回道：“怕你冷。”

整个过程，邢武的视线都没有与她交汇，他不忍心看着她哭过后通红的双眼。

上了摩托车后，邢武便带着她绕过扎扎亭一路往北。

晴也从来没有走过这条路，不知道邢武要带她去哪儿，随便去哪儿吧，哪怕天涯海角。

骑了很长很长时间，摩托车上了一条窄道，邢武对她说：“抓紧。”

晴也刚环住邢武的腰，邢武一个灵活的转弯，车子直接开上一段土路。地上坑坑洼洼，路面异常颠簸，尘土飞杨，那种干燥的气息越来越明显，就连空气中都飘浮着颗粒的感觉。

晴也问：“这是要去哪儿啊？”

邢武对她说：“看右边。”

晴也侧过头的刹那，看见的便是她这辈子都忘不了的景色，远处浩瀚无垠的戈壁滩雄浑壮阔，此时被夕阳点燃，像一把熊熊烈火灼烧在这片大地上。

邢武停了车子。

晴也跨下车往前跑了几步，双眼都亮了起来：“怪不得你们这里这么干燥，原来靠着戈壁滩啊，太美了！”

邢武靠在摩托车前看着晴也的背影，对她说：“十三岁那年发现了这个地方，偶尔一个人会来这里待一会儿，但一般只会在太阳快落山前来。你看见了什么？”

“怒放。”

邢武的瞳孔骤然放大。

这么多年了，他一直想寻找一个合适的词来表达这种感受，却苦于语文不好，也表达不出来，可此时晴也却用了一个如此精准的词直击他内心。他怔怔地望着她，仿佛整个人都燃烧起来。

晴也回过头迎上他的视线，她的身后是万丈霞光，而她就站在天地之间，目光浓烈：“原本荒野苍凉、毫无生机的地方，只有在一天中的这个时刻像重新活了过来，对着天地叫嚣，这是不是你在这个点过来的原因？”

邢武只是对着她笑。他的笑容在夕阳的映衬下璀璨夺目，眼里的光却苍劲有力，他从没遇见过一个人可以站在离他心脏如此近的地方，了解他的感受，他的想法，他的渴望。

他逐渐半低着眸看着脚边的影子，陷入某种回忆说道：“五岁那年，我在家门口和其他小伙伴野，下了很大的雨，我记得满地泥，好多蛤蟆从路边跳出来，惊动了一条大狗。那条狗很凶，有小孩就拿石头砸它，我们当时都小，谁能想到那条狗挣断绳子朝砸它的小孩冲过去。我小时候胆子大，看见不对劲推了把那个小孩，一转身大狗咬住我的腿，我被它拽到泥里，它咬得很紧不松口，把我在泥地里拖。

“那天，是我奶奶抱着我冒着大雨跑了二十多里路到县城打狂犬疫苗。”

邢武低下头点燃了一根烟，抽了一口，又悠悠吐出烟雾看向很远的天际：“那段时间，每次去打疫苗，我奶奶都要带我走好远，我走不动了，她就背我，背不动就坐在路边给我讲故事，休息够了再继续背。有一次我们从医院出来看到一家面包店，很香，我就盯着里面看，她给我买了包吐司。那可能是我第一次吃吐司，我坐路边上吃，她就看我吃，我要分给她，她说不饿。”

邢武又狠狠嘬了口烟，眉峰紧蹙，说：“现在回想起来才知道，怎么可能不饿？她一早把我背去县城，下午才回家，一口水都没喝，只是没钱舍不得吃而已。

“后来没多久她就得了风湿，关节总疼，有时候不能动，再后来……”

邢武踩灭了烟，抬起头目光深远地望着晴也，晴也就这样安静地回视着他。

站在很远的戈壁滩，邢武的话让她想起了自己的妈妈，她甚至想象着如果妈妈还在世，身体抱恙的情况下，她还能安然出国吗？

答案是否定的。

她爸外面那些彩旗三不五时给她妈找事，她不可能放下她最牵挂的亲人，在她妈无依无靠的时候。

她好像看见了邢武身上背负的责任和压力，这就是他的代价，用家人作为代价。可她认识的邢武重情重义，又怎么可能自私地抛下扎扎亭的一切，虽然他天天和李岚芳吵架，可她清楚就是他那个不靠谱的妈，他也是放不下的。

因此这一刻，她突然很后悔刚才在家里对他说出的那些话。她不应该让他为难、纠结、难受，更不应该用自己的选择去衡量他，她一无所有，可他还有家人，他是不幸的，也是幸福的。

晴也忽而释然地笑了，而后抬头对着邢武举起五指，又放在额边敬了个礼，然后用小手指在胸前点了几下。这是通用表达歉意的手势，她也不知道邢武能不能看得懂，可下一秒当看见他眼里如炬的光，和微弯的嘴角时，她明白他读懂了。

她伸直双臂举过头顶，两只手握在一起伸了个懒腰，望着天地交接的地方声音缥缈：“有人说年少喜欢的人是能记一辈子的，你信吗？”

她侧头望着他，他对她笑，笑得那么云淡风轻，眼神却那么复杂，声音透过风有些不真切地传了过去：“你这么优秀，不能毁在感情上。”

那一瞬间，晴也身上仿佛迸发出耀眼自信的光芒，转过身逆着光，昂起下巴：“一辈子很长，可以做很多事，但我不会把它用来记住一个人，我晴也不可能毁在任何事情上。邢武，我不是懦夫，如果我敢拿未来赌一把，你会让我输吗？”

晴也把选择权重新拾了起来，郑重地交还到邢武手中。她知道邢武的担忧和闪躲，也知道他的顾虑和徘徊，无论是他的家庭、他的背景都让他不敢去想以后，所以她把自己的决心赤裸裸地洒在这片戈壁滩上，让他清晰地感受着。

邢武神情凝重地望着她，身影被夕阳拉得颀长，那一刻他只感觉到一股强大的力量撞进他的心脏，仿佛藏着排山倒海的光束向他奔腾而来，那么强烈，那么坚定。

他的生命中从来没有出现过这样一个人，一个不惧天地万物，不怕世俗捆绑的女孩，一个浑身是光让他看见未来的女孩，一个勇敢智慧，把命运牢牢攥在手中的女孩。

他忽然很怕眼前的这个女孩，错过了就一辈子再也遇不到了。

如果她都敢赌，他又有什么理由退缩？

就在晴也以为等不到答案时，他说："让所有人输都不敢让你输——县之光。"

她笑了，在静谧的天地间，在夕阳最后一抹余晖的见证下。

夜里的戈壁滩冷风飕飕，邢武怕冻着她，对她说："回去吧。"

走到车旁的时候，邢武拿起挂在旁边的白色小安全帽为她戴上，她就乖乖地抬头望着他，闪着一双灵动的眼睛忽然问道："那次晚上在巷子里你干吗突然跑了，害得我一晚上没睡着，以为你是不是脑子抽了。"

邢武嘴边溢着坏坏的笑。

晴也还是第一次看见邢武这样痞帅的笑，愣了一下，听见他说："差不多，脑子是抽了一下。"

晴也眨巴了一下眼瞪着他："所以赶紧走假装什么也没发生咯？"

邢武替她扣好安全帽，拍了下她的头，说："我只是不确定自己会不会影响你。"

晴也歪了下头笑着说："现在呢？"

邢武转身跨上车："现在知道你自带抗体，除非你想害自己，别人动不了你。"

晴也弯起眼睛跨坐在他身后，双手扶好。邢武低眸扫了眼腰间白嫩的小手，嘴角微扬。

回去的路上，晴也心情颇好，坐在车上也忍不住动来动去。

邢武无奈地说：“你就不能老实点吗，小心我把你带沟里去。”

“你舍得吗？”

邢武照实说：“舍不得。你是我们县的希望，我还要靠这个安全标兵把上学期记的大过抹了。”

没一会儿，邢武对她说：“前面就是扎扎亭了。”

晴也坐直了身子。

摩托车刚停下，李岚芳听见声音就冲了出来，扯着嗓子喊道：“这都要吃饭了，你们这时候跑出去干吗？”

晴也突然一阵莫名的心虚，看向邢武。

邢武倒是推了晴也一把将她推进家，对李岚芳说：“欣赏夕阳。”

“欣赏你个后脑壳！叫你剁排骨的呢，等喝上口排骨汤黄花菜都凉了……”

晴也听着李岚芳骂骂咧咧的声音，回过身在李岚芳背后对邢武做了个鬼脸。邢武低着头笑，难得没回嘴。

李岚芳看见邢武反而被她骂笑了，突然一愣，不骂了，再骂人要傻了。

晴也吃完饭就上楼了。排骨汤的确是到晚上才煨出来，还是邢武一个人坐在厨房边打游戏边看着火，煨好后盛了一碗端上楼对晴也说：“歇会儿，喝点汤。”

晴也扯下耳机，回过身刚准备接过来，又缩回手：“烫。”

邢武端着帮她吹了吹。

晴也眯起眼睛看着他：“你妈的钱不是被你爸拿走了吗，怎么还舍得买排骨啊？”

邢武望了她一眼，她小声说：“你给她钱了？”

他把碗重新递给她：“我可不想把你养瘦了。”

晴也笑着接过碗：“那你还打算把我养得白白胖胖？”

邢武靠在床上拿起手机嘴角微弯：“养胖点好。”

第二天晴也到学校后，发现史敏一大早就来了，还已经等了她老半天。

史敏战战兢兢把昨天写的那些题给晴也，对她说：“你看看对不对？”

晴也一手转着笔一手拿着纸，一会儿看看题，一会儿又看看史敏。

史敏被晴也看得心里发毛。

其实这些题晴也没指望史敏能写对，她只是想针对性地摸摸史敏的底，不摸不知道，一摸吓一跳，这姑娘的根本问题是基础不扎实，一开始很多问题就没吃透，日积月累越学越难，然后满脑子糨糊。

就拿英语来说，她连一些最基本的语法都能用错。

史敏有些焦急地说：“是不是错了很多啊？今天开始晚自习也没了，我怕我这样什么学校也考不上。”

晴也向来不上晚自习，听说晚自习没了还有些莫名其妙地问了句：“为什么没了？”

史敏告诉她上个礼拜一个女同学晚自习一回到家就晕倒了，送到医院说是劳累过度，家长昨天晚上来学校闹了，说要减负，天天把学生搞到那么晚跟体罚没有区别，还要告到教育局，好几个家长昨天晚上闹到校长那儿，校长又赶回来处理，那群家长说是今天再上晚自习他们就直接举报老师，所以从今天开始晚自习停了。

晴也听闻后感觉很神奇，都这种时候了，就鞍中这松散的管理制度，没加负就不错了，居然还有一群家长喊着要减负。

结果在鞍中就是如此和谐，校领导和家长很快就达成了一致，暂停晚自习。

史敏满脸忧愁地拿着笔在本子上不停地画着圈圈，嘴里念叨着：“我这下肯定完了，我要是没学上怎么办啊？”

晴也侧头看着史敏的本子。

她已经发现好多次了，史敏一停下来发呆就会在本子上画圈圈，一圈又一圈的，看得她头皮发麻。

她不禁问了句：“没学上会怎么样？”

史敏停了笔，抬起头看着晴也，纠结了一会儿，凑到晴也身边压低声音：

“你别告诉别人。”

晴也点了点头，听见史敏小声道：“我家人说，要是我考不上大学，要么把我送去县东的厂子里做工，要么早点帮我订个婚约，年龄一到就嫁人。”

“订婚约？你才多大啊？”晴也有些吃惊。

史敏愁眉苦脸地说：“我爸腿不好不能出去干活挣钱，家里还有个弟弟，才念小学。要是考不上大学，我就得出去挣钱，不想挣钱就得找个条件还行的人把婚事定下来。”

说着，她又开始在纸上画圈圈。

当晴也的目光再次落在史敏本子上时，忽然就觉得史敏画的圈圈像是一个个挣脱不出的笼子，让她感觉细思极恐。

她真没想到这个平平无奇的同桌居然跟她的遭遇差不多，都指望着这次高考摆脱现在的命运，仿佛这就是她们的翻身仗，打得好从此人生掌握在自己手中，打不好只能被动挨打。

晴也盯着史敏看了半晌，忽然对她说了句：“从今天开始，你上课干脆别听了。”

史敏立马苦着脸：“我是不是没救了？”

晴也拍了拍她：“喊我声姐我救你。”

“姐。”

晴也一愣，本来跟史敏开句玩笑，谁知道这姑娘正儿八经喊了，她反而有些不好意思了，清了清嗓子说：“我让你别听，是叫你不要浪费时间听那些你搞不明白的东西。就像盖房子，地基还没打稳，你觉得房子能建到一百层吗？咱们现在先打地基，今天不是不用上晚自习了嘛，那放学后，你跟我混。”

史敏眼镜片后的双眼突然就亮了起来，像看见救命稻草似的，随后又担忧地说：“但是这样不会耽误你时间吗？”

晴也无所谓地说：“不存在耽误，我反正也是要看书的。”

史敏突然感动得都要哭了，抱着晴也的胳膊就激动地说：“晴也，你人真好。”

“呵呵呵……”晴也不尴不尬地抽出手臂，一时间有些不大适应这突如其来的热情。

晴也余光正好看见邢武走了上来，旁边三班有人喊他，他停在走廊上跟两个男的在说话，似乎是感觉到晴也的目光，不经意地向她瞥来，嘴角噙着一抹似有若无的笑意。

他的眼神让晴也的心脏突然跳动起来。

上课铃打了，邢武才从后门走了进来。

他刚坐下，晴也就感觉头发被拽了下，她身体往后靠着椅背，他将东西搭在她的肩膀上。

晴也感觉肩膀暖暖的，侧过头去，是一杯热乎乎的奶茶。她顺手接了过来，视线正好对上史敏震惊的目光，她一时间不知道说什么好，干脆什么也没说。

下课后，晴也回了下头。邢武本来在看视频，感觉到她的动静，抬起目光。

晴也用眼神盯了下外面示意他出去，然后就跟特务接头一样，先出了班级大步绕到后面音乐教室那儿等他。

音乐教室没课的时候一般不会有人往那儿跑，所以倒成了他们这栋楼唯一僻静的地方。

晴也靠在柱子上，面朝阳光安静地等着邢武。没一会儿，就听见他的脚步声从柱子后面传了过来，然后绕到了柱子的左边。晴也刚往左探过身子，却忽然感觉右边压下一道人影，等她再转回头的时候，他已经单手撑着柱子，半开着玩笑声音低磁地说："下个课还神神秘秘地喊我过来，做什么？"

她清了清嗓子对他说："我有正经事要跟你讲。"

"我看着不正经吗？"

天知道他说这话的时候，眼里的笑意都要挤出水来了。晴也只能无视他的眼神对他说："学校晚自习取消的事情你听说了吗？"

"嗯。"

晴也没想到他学不上，消息倒很灵通，继而说道："我答应史敏放学后帮她辅导，所以今天放学不跟你走了。"

邢武微微挑起眉。

上课铃响了，晴也说："我先回班了，你多晃一会儿再回来啊。"

“……”

邢武看着她风风火火的样子，摸了摸下巴眼角微弯。

放学的时候，史敏收拾好东西等晴也一起走，而且她一脸忐忑不安的样子，晴也问她怎么了。

史敏有些担忧地说：“我们去哪儿啊？”

“去我那儿吧，要不然我去你那儿也不太方便。”

史敏看了眼站在走廊上的邢武、黄毛一群人，小声问道：“他们都说你跟邢武是亲戚，住在他家理发店里，去你那儿的意思，是不是要去邢武家啊？”

晴也看明白了，搞了半天史敏怕邢武啊。她寻思着转来班上几个月了，也没见邢武跟史敏说过话，史敏怎么就这么怕他呢？他长得有那么可怕吗？

晴也往教室外瞄了眼，不解地想，不可怕啊，不是挺帅的嘛。

但为了缓解史敏这种紧张的心情，她宽慰地拍拍史敏的肩膀，说：“是去他家，不过没事，我跟他不熟，咱们不理他就行。”

刚说完，邢武就朝晴也瞥了眼。晴也立马一阵心虚，也不知道是不是被他听到了。

史敏挽着晴也的胳膊刚出校门，邢武他们也下了楼，离很远的一段距离。

一群男的哄哄闹闹的，因为今天没有晚自习，所以人特别多，就跟放大假一样，个个都放飞自我，连胖虎也乐呵呵地扒着黄毛在那儿唱“让我们红尘做伴”。

晴也就想不通了，这胖虎平时一句话能分三句说，为什么一唱歌就不结巴了，而且唱得居然还挺好，就是这歌有点一言难尽。她觉得胖虎应该去学歌剧，以后日常生活都用唱的，比他说话听着舒服多了。

可能是一群男的太闹腾，史敏不时地回过头盯他们看看，然后小声对晴也说：“我发现邢武对你挺好的。”

晴也干笑着：“一般吧。”

史敏却正儿八经地说：“真的，我从没见他在学校对哪个女生笑过，谁要总找他说话，他就会特不耐烦，所以我都不敢跟他说话。”

晴也回想了一下刚来扎扎亭时，邢武看见自己也总是一脸不耐烦，而且还老说她麻烦。

大概女孩在他眼里就是个麻烦吧，为什么现在这么心甘情愿收下她这个大麻烦了？

晴也眼睛眯了起来对史敏说：“那可能是我比较有魅力吧。”

到了炫岛，晴也当然不可能带史敏上楼，要给史敏看见她跟邢武睡一屋，这姑娘估计直接理解无能了。

于是她把史敏安顿在后院的棚子下面，跑上楼把学习资料拖下来。

李岚芳这人虽然绝大多数的时候都挺不靠谱的，不过有点好，为人热情，看晴也带同学回来了，还主动留史敏吃饭。

两人刚坐稳，邢武就回来了，胖虎和黄毛也跟着邢武回来了。

黄毛一进炫岛，就咋咋呼呼往后院跑，说要去看晴也，被邢武一把拽住衣领：“你就给我在前面待着，别去吵她们。”

黄毛委屈地说：“那我不说话，就在后门口看看总行吧？”

邢武不理他了，把店里面的小太阳拿到棚子里，又接了个接线板过去，顿时棚子里面就暖和起来了。

晴也正在给史敏讲题，抬起头对邢武笑了下，邢武盯她看了眼便出去了。

倒是胖虎跑了过来，也不说话就站在史敏身后听着晴也跟她讲题。不知道讲到哪儿的时候，他突然冒了句：“原……原来这样啊！”

晴也这才抬起头，发现这货不知道什么时候手上抱着个本子，都开始做起记录了。

她笑着说：“别站着啊，你搬个凳子来呗。”

“哎。”胖虎应了声，拽了个木凳坐在晴也对面。

晴也问他：“你今天作业写了吗？”

“还没，我把方蕾的作……作业带回来抄了。”

晴也都无语了，方蕾的作业抄的还是她的。她最近越来越感觉自己像是传销头目，每天放学前作业基本上就给分销走了，然后几乎全班抄的都是她下家的作业，导致近期二班这个作业的正确率高得有点过于离谱。

晴也调侃：“你个班长大人还整天抄作业你不害臊啊？”

胖虎嘿嘿地挠了挠头，有些不好意思的样子。

“你自己写呗，不会的我帮你分析分析。”

胖虎觉得也行，反正大家一起写作业，也挺有干劲。

于是，本来邢武家当作餐厅的小棚子里顿时就充斥着一种好好学习天天向上的氛围。

就连李岚芳路过到厨房的时候都轻手轻脚的，怕吵到他们。

黄毛和邢武骑车出去买了几个卤菜回来，一个多小时后，李岚芳让他们把东西收收，先吃饭。

他们都是邢武家的常客，就史敏第一次来邢武家吃饭，所以很拘谨，扒着碗里的白米饭也不夹菜。

晴也把鸭子往她面前挪了挪：“别客气啊。”

史敏感激地抬头看了晴也一眼，但目光一斜对上晴也旁边的邢武，又吓得低下头去。

晴也莫名其妙地回头瞪着邢武，邢武一脸无辜地耸了下肩，表示自己什么也没干，然后就看见胖虎那虎视眈眈的眼神，直勾勾地盯着鸭腿。

邢武云淡风轻地夹起鸭腿稳稳地放在晴也碗里，至此，胖虎没了指望。

都是高三生，聊天时不免聊起了填报志愿的事，胖虎问史敏想读什么专业，史敏说她想学旅游管理，以后要是有机会可以去很多地方。

晴也望了望史敏，多单纯的想法啊，她甚至怀疑史敏知不知道旅游管理的主干课程是什么，不是所有人出来都是干导游的。

不过晴也觉得史敏虽然跟她的遭遇不同，但有一点目标相同，她们都想离开这个地方，不愿被命运束缚。只是不同的是，她知道脚下的路怎么走，而史敏基本还处在盲人摸瞎的阶段，所以她愿意拉史敏一把。

然后史敏便问起胖虎：“班长，你打算学什么专业？”

胖虎吃了一大口饭，想了想：“我……我还不知道呢，能不能考……考上大专还成问题，要是能考上哪儿，哪个学校的话，到……到时候随便选一个吧。”

说着他看向晴也：“晴也，你……你觉得我这样学什么比较好？”

晴也想都没想脱口而出：“音乐剧吧。”

“……”

周围一圈人都莫名其妙地望着她，其实她也就随口这么一说，因为她感觉唱歌可以治疗胖虎的结巴。

黄毛差点喷饭：“这个专业是干吗的？”

“《歌剧魅影》《悲惨世界》那种音乐剧看过没？就大概是学音乐基础理论唱歌表演技巧什么的。”

黄毛笑说：“我都够悲惨的了，还看啥《悲惨世界》啊。”

结果旁边的胖虎还认真地问了起来：“晴……晴也，那这……这个专业，哪里有学的？”

晴也想了想：“我所知道的，中戏是有的，北舞也有，然后中国传媒大学、上海戏剧学院这些艺术类方向的学校应该会有。”

黄毛立马笑了起来，拍了拍胖虎的大肚皮：“得了吧，就他还中戏呢，可以去应聘个门房试试看，他这跑上台表演节目，观众不闹着退票啊。”

大家都大笑起来，就连史敏都低着头捂嘴笑，胖虎自己也傻乎乎地笑，晴也却不以为意地说：“你看哪部剧全靠帅哥美女就能撑起整部剧的？一部成功的剧总有各种不同类型的灵魂人物，你试试随便说一部剧，把那些精彩的配角拿掉好不好看？”

黄毛说不过晴也，就点了点头：“那倒也是，红花总要绿叶配嘛。兄弟，我看好你做个体积庞大的绿叶。”

胖虎反正就跟着笑。

晴也又看了眼黄毛，问他：“那你呢？你毕业干吗？”

黄毛说：“考驾照。”

“……”好远大的理想。

黄毛继续说起：“我反正也考不上大学，我爸跑车跑了一辈子，我打算子承父业，把驾照考出来跟我爸跑车。”

晴也突然转头看向邢武：“你也考个吧。”

邢武淡淡地说："不考。"

晴也小嘴一噘，邢武立马笑了："我考那玩意儿干吗，我又不跑车。"

"那万一以后有人送你车，你能开走吗？"

邢武玩味地说："谁送我车？有病啊？"

黄毛插嘴道："武哥你别说，以后咱们晴也出去一圈混得好了，回头就送你一辆大奔。"

晴也看着他笑。

邢武把筷子朝黄毛砸了过去："滚，我牙口好，不吃软饭。"

黄毛听着这话怎么怪怪的？姐姐送弟弟车怎么就成软饭了？

晴也在桌子底下拉了拉邢武的衣角对他说："你考个吧。"

邢武斜眼看她："干吗这么执着让我考驾照啊？"

"我不知道，我就觉得你要开起车来一定很帅。"

都被这样说了，能怎么办？考呗。

吃完饭，晴也几人弄到夜里十点多，然后胖虎把史敏送回家。

卷帘门被邢武拉上了，晴也走到楼梯口对上面喊了声："你在二楼吗？"

刚喊完邢武突然从后面出现了："我在这儿。"

晴也转了个身："我刚才怎么没看见你？"

"你要配眼镜了，我不就蹲在那儿修桌脚吗？"

"桌脚怎么了？"

"我妈老说麻将桌晃，我给她调整一下。"

说着，邢武接过她手上捧着的东西。

晴也对他说："我想洗头。"

这里的冬天不像她原来在家，可以天天洗澡，但是如果两天不洗头，她会疯。可是洗头对于长发的她来说真是浩大的工程，有时候还不如干脆洗澡。

邢武看了眼洗头床："你躺着，我把书放了就下来。"

于是晴也乖乖地散了头发躺在洗头床上等。

没一会儿邢武就利落地下来了，他拉过椅子坐在晴也旁边试了试水温，然后将水打湿在晴也的头发上，忽然好笑地问她：“你是怎么想起来让胖子学歌剧的？”

晴也舒服地闭着眼说：“你不觉得他唱歌的时候不结巴吗？”

“那倒是，他还拿过我们学校校园十佳歌手。”

“哈？”晴也睁开眼不可置信地看着邢武，这到底是一场怎样随意的比赛？

邢武扬起嘴角给她上了洗发水，一边帮她揉着长发一边说：“我听他说他小时候也不结巴的，后来有次夜里，一只老鼠爬他床上把他吓得不轻，从那以后好像讲话就不利索了。”

晴也嘀咕了句：“神奇。”

“但是他这人激动起来结巴就好了。”

结得自然，好得随机？

邢武这下冲洗完洗发水知道给她上护发素了。

看着晴也享受的样子，他冲完护发素，对晴也说：“老板还满意吗，我收费很贵啊。”

晴也笑了起来霸气地说：“没事，我有钱。”

邢武将她湿漉漉的头发一裹，绕到她正面：“我不收钱，你先欠着，等到毕业了，就要人。”

晴也撑着洗头床坐了起来，抬手捧着滚烫的脸颊，大脑一片空白，邢武倒是玩笑着说完就转身大步走去后院了。

晴也坐在那儿缓了半天，才起身走到理发店里，插上吹风机坐在椅子上解开毛巾吹头发。

可看着镜子中自己绯红的脸颊，晴也心头一阵羞，一阵惊。

她觉得邢武真是个危险分子，怎么一单独和他相处就感觉心跳控制不住呢？有毒吧。

正在晴也胡思乱想之际，有毒的那人进来了。

他扫了眼晴也然后走到她身后，自然而然地接过她手上的吹风机。

晴也刚平复的小心脏又因为他的靠近而快速跳动起来，仿佛他身上有某种致命的磁场，总能不断干扰着她的脑电波。

她是不知道邢武现在什么感受，她就感觉自己已经不能跟他待在一个空间里了。

为了不跟镜子中的他对视，晴也选择闭上眼假装睡觉。

结果等邢武吹好关掉吹风机后，她真睡着了，就这样低着头靠在椅背上睡着了。

邢武本来想喊醒她上楼去睡，但是忽然有点不忍心。

自从开学后，晴也每天的睡眠时间只有五个小时，如果有什么乱七八糟的事连五个小时都不到，虽然早上闹铃一响她又跟打了鸡血一样立马能弹坐起来，不过到底人不是铁，他其实挺心疼她的。

于是邢武放下吹风机，将她打横抱了起来，轻手轻脚地上了楼。

晴也反正也没动，就窝在他怀里。

他以为她还睡着，谁知道刚把她放在床上，她就拽住他的袖子，迷迷糊糊地对他说："我困了，你五点喊我。"然后一翻身又睡了。

现在才十一点多，晴也平时基本上十二点多到一点才会睡觉，但是这会儿她困得连眼皮都睁不开了。

邢武看她困成这样了，还能记挂着这一个小时的时间要用早晨来补——果真好学生的时间管控就是牛啊。

他给晴也盖好被子，调好闹铃，没一会儿也睡了。

五点的时候邢武手机响了，他拿起来关掉，然后喊了声："晴也，五点了。"

晴也背对着他，整个人裹在被窝里，没动。他干脆起来走到她床边推了推她："五点了。"

晴也这才迷迷糊糊起来，等她走出房间的时候，门口的洗手台上，牙膏已经挤好了，脸盆放在旁边，邢武给她打好了热水。

晴也伸了个懒腰，嘴角上扬。

美好的一天。

她都把昨天重点标注的实词、虚词、固定句式全部搞定了，邢武才回来，手上提着没放辣椒的豆腐脑，还有热乎乎的肉包子。

他刚进门晴也就闻到香味了，转过头问道："你去买早饭了啊？"

邢武身上还带着从外面进来的寒气，他把东西放在写字台上对她说："先吃吧，吃饱再看。"

邢武是标准的肉食动物，晴也发现他一日三餐都离不开肉，也长不胖，不过身体倒是结实得很。

她瞟了眼肉包子对他说："我只吃皮不吃肉。"

"还有人吃肉包子不吃肉啊？"

晴也就看着他笑不说话。

邢武把肉包子掰开，他吃肉，把皮给她。

晴也一手拿着书，一手拿着包子皮，吃得很香的样子。

邢武把豆腐脑打开，她吃完包子就开始默写古文了。

邢武催促她："你先把豆腐脑吃了，一会儿冷了。"

晴也就对着他侧过头张着嘴，他挑起眉："过分了啊。"

晴也不满地盯着他，还耍起小脾气来了。

邢武无奈地拖了一把凳子过来，端着豆腐脑喂她，她写一句，就侧过头吃一口。

晴也默写完一整篇古文后，转过头对他说："邢武，你把我惯坏了，我以后出去就谁也瞧不上了，你要不要考虑下干脆一日三餐都喂我？"

邢武笑着站起身："等你跟我奶奶一样我一定一日三餐都喂你。"

"去你的。"晴也伸手打他，他躲开了。

两人突然沉默下来，那句"我以后出去"忽然落在他们心间，仿佛提醒着时间正在倒计时，可谁也不愿再触碰这个话题。

没一会儿，晴也把东西收好上学去了，临走时她对邢武说："你再睡会儿呗。"

邢武靠在床头打开手机："睡不着了，我替人上个分。"

"收钱吗？"

"不收钱我做慈善啊？"

“你也是蛮拼的。”

邢武低着头笑：“路上注意点。”

晴也到了学校后发现大家都在讨论冬季马拉松的事，班上乱成了一锅粥，那兴奋劲儿就跟学校要发钱一样。

晴也拿出书问了句：“高三也要参加马拉松吗？”

前面的小灵通立马回过头来，激动地说：“本来没有我们的，上个礼拜不是六班那个女的晕倒了嘛，学校说我们高三生的身体素质差，所以让我们也参加，锻炼锻炼身体，而且每年还和鞍职的一起跑，他们学校美女多，可好玩了。”

“……”晴也无法 get 到他好玩的点。

不过想到“马拉松”三个字，她脑子就疼，随口嘀咕了一句：“怎么还有马拉松啊，是不是还有春游秋游啊？”

不说还好，一说起这事，小灵通更加激动了：“我们今年没有春游秋游，但是有冬令营。”

“冬令营？干啥的？”

看小灵通那兴奋劲儿，晴也还小期待了一下是不是学校把他们带到哪个景点玩个几天啊。

结果小灵通旁边那位平时沉默寡言，看见晴也就脸红的冯宝同学转过头回道：“会把我们拉去金中参加县里的大卫杯。”

小灵通补充道：“也就是数学竞赛。”

晴也服了，数学竞赛就数学竞赛呗，非叫什么大卫杯，知道的是在说 20 世纪的数学全才大卫 · 希尔伯特，不知道的以为是那位站在佛罗伦萨美院的裸男啊！

起码晴也乍一听大卫杯的时候，以为这是个什么美术比赛。

然后她便打听了一下：“每年都有吗？哪些人参赛？”

冯宝告诉她每年都有，搞了五六年了，就鞍中和金中比，但是鞍中从来没赢过。

小灵通偷偷摸摸地说道：“我听我爸说的，不知道真的假的。说这是金中出资办的竞赛，所以早内部泄题了，他们就能对外吹连续几年夺得大卫杯冠军，然后提高学校知名度，这几年好多县城的人交钱想办法都要把小孩往金中送。”

晴也不解地说：“那我们不参加不就行了，干吗跟傻子一样陪跑？”

刚说完晴也脑子一转就想明白了，金中在这里生源这么好，上面有点人也很正常啊，有钱好办事，让领导出面协调，说起来是县里举办的，这些鞍中校领导能说不参加吗？况且一分钱不出，参加竞赛，明面上也是挺积极的事。

她怎么就上了这么一个窝窝囊囊的学校了？

晴也随即转了个话题：“那往年我们学校马拉松应该能赢鞍职吧？”

小灵通一脸沉重地说：“也从来没赢过。”

“……”

我能退学吗？要文的文不行，要武的武也不行。晴也瞬间觉得鞍中在这个县城就是个神奇的存在，真应该把校门口那“高级中学”中的“高级”两个字给抠掉。

果不其然，杨丽中午的时候就到班上通知大家，本周六马拉松，为了体现鞍中学生的精神面貌，区别于鞍职那些学生，特地要求所有同学必须穿校服。

末了，杨丽单独把晴也喊到办公室，发给了晴也一套崭新的校服，并且语重心长地告诉晴也，这是她之前特地跟学校申请的，不收晴也费用了，让晴也千万别说出去，并且觉得自己给晴也开的这个后门简直是闪着师德的光辉。

晴也看着手中绿配红的校服哭笑不得，到底还是没有躲过啊，真想跟老杨说我出双倍钱给你，能不能把校服退了？

当晴也抱着校服回班的时候，邢武正好站在走廊跟隔壁班男生说话，抬眸看见晴也沮丧着个脸，便和旁边人打了声招呼。

那些人回教室了，邢武转过身看着她。

晴也回头往班里瞄了眼走到他面前，委屈巴巴地说：“老杨居然送我一套校服。”

邢武靠在走廊上，冬日的暖阳照在他的脸上，清晰俊朗。他懒洋洋地说：“那不挺好的嘛。”

晴也却一脸不爽的样子：“这周六要跑马拉松，我能不能不参加啊？”

邢武却满脸轻松的样子：“干吗不参加？”

晴也抬眸看他：“穿着这套校服跑马拉松简直就是我人生的耻辱！”

邢武笑了起来，嘴角牵起好看的孤独：“我陪你穿。”

“你有校服吗？从来没看你穿过。”

“那不是太丑了嘛。我也是个有审美的乡巴佬，回去找找看应该能找到。”

晴也抓狂地将手搭在走廊上抱怨道：“我真的很讨厌冬天跑步，感觉喘气都困难，还不如让我多写几篇古文。”

邢武玩味地说：“怕什么，要是你喘不上气晕倒了，大不了我给你做人工呼吸。”

晴也立马心虚地红了脸，抬起膝盖就去撞他。邢武也不躲，似乎她的小动作在他看来就跟小猫挠痒一样。

可两人这自然而然的打闹却瞬间让走廊一圈人的动作全部静止了，就连对面六班门口的人都一脸惊悚地望着他们——邢武居然对一个女孩在笑，在笑？笑得如此妖孽？还站着主动挨打？

等晴也意识到周围一圈的目光不太对劲后，她立马跟四川脸谱一样当即变脸，收起笑容，转头回教室，干净利落。

那几天史敏放学都是跟晴也回家的，胖虎也天天来蹭听，但是晴也发现胖虎和史敏还是不太一样的，史敏是基础差，而胖虎还是有点基础的，虽然他看上去憨憨的，但很多时候晴也跟他解释一下，他很快就能绕过弯来，所以两人的进度不大一样。

闲暇的时候，晴也还能听见胖虎哼两首歌。自从邢武告诉她十佳歌手的事后，每次胖虎哼歌，晴也就会竖起耳朵留心去听，她发现其实胖虎唱歌挺好听的。

有次胖虎红着脸偷偷告诉她：“我……我在唱吧有……有号，里面还有好几百个粉……粉丝呢！”

“……”

倒是最近炫岛的美发生意上了轨道，平均收入要比往月翻了三倍多，李岚芳直喊没时间打麻将了，但实际上一晚上也没闲着。

不过流年这个人吧，虽然不算聪明，可是肯吃苦，肯钻研，大概是笨鸟先飞，短短一个月的时间他已经把这几种发型摸索得越来越像那么回事，最近就连晴也看见他都要尊称他一声“流托尼老师”，甚至还有县城的人特地找过来要流老师做造型。

为了扩大宣传，晴也破天荒地从周末中抽了两个小时出来教杜奇燕怎么建公众号，怎么推送消息编辑文案，然后把到店的这些会员全部拉进群，定期发一些效果图。

因此，流年都不知道自己怎么就莫名其妙火了起来，不停地有小姑娘在群里艾特他，一口一个“流老师”叫得可亲热了。

晴也有时候放学的路上翻翻群消息看着都乐，偏偏流年吧，老实巴交的，不知道怎么跟人沟通，于是还要晴也手把手教他，就是公关啊，建立客户感情啊，给他植入营销思维云云。

杜奇燕妈妈动手术了，手术比较顺利，杨刚虽然一周内没凑齐钱，但也陆陆续续还了她一万二。

杜奇燕这个月提成拿了不少，工资翻了倍，大概是为了感激邢武和晴也吧，于是从家里搬了好几箱地瓜干给他们。

然后邢武和晴也对着这几箱地瓜干就呈蒙圈状了，就这分量基本上把人吃吐了也吃不完啊，而且还占地方，本来想送给胖虎、史敏他们，结果他们压根儿不要。

地瓜干在鞍子县不算是稀奇的东西，逢年过节自己家都会做，所以基本上是从小吃到大，听见这几个字就想吐。

为了消灭这些头疼的地瓜干，那天晴也等史敏和胖虎走后，撕了一袋地瓜干，然后找了一个邢武家最完整的盘子，摆了个精致的造型，还偷偷从李岚芳的花瓶里拔了几朵假花，开启美颜模式拍了幅非常高大上的照片，然后发到朋友圈，又编辑了一段让人看着就要流口水的文案，并且让流年他们纷纷转发。

邢武在楼上房间躺着，当刷到晴也的这条朋友圈后，觉得她大概想赚钱已经想到丧心病狂的地步了，破地瓜干也拿出来卖了，再过段时间是不是连他爸忘了带走的假发都要出售了。

所以晴也上楼的时候，邢武就盯着她笑，一边笑还一边摇头。

晴也睖着眼睛不满地说："你偷看我朋友圈了是不是？"

邢武晃了晃手机："正大光明地看。"

晴也往写字台面前一坐，拿起书对他说："那既然这样，你转发一个。"

"不转。"

"为什么？"

"丢人。"

"丢什么人？"

"你让我一个玉树临风，英俊潇洒，让人闻风丧胆的大好青年卖地瓜干算是什么事？"

晴也忽然就笑了，脑补那些平时看见邢武吓得有多远躲多远的小弟弟，突然刷到邢武在推销地瓜干的画面，想想就好笑。

她不逼他了，毕竟他还要在扎扎亭混，不能带歪了他的画风，好歹在外人眼里他还是个凶神恶煞的人物呢。

不过在她眼里嘛……她回头对他说："脚冷。"

邢武对她勾了下手："伸上来。"

写字台就在邢武床边上，晴也一转就把脚伸进他的被子里，被窝里的温度瞬间驱散了她的寒冷。

可谁能想到，第二天晴也原来在北京的一个外国同学，一大早刷到晴也的朋友圈居然想买，然后就让晴也给他寄了过去。

晴也还特地把国际学校的地址发给邢武，让邢武下午去顺易的时候帮她带几包过去发北京，特地强调一定要发顺丰。说实话这些地瓜干的包装太简陋了，保质期也很短，她都怕这破地方发其他快递再转个多少天东西都变质了。

邢武也没当一回事，下午随手帮她寄了，谁能想到周五这哥们收到后，吃上这有嚼劲的地瓜干居然吃上瘾了，还推荐给了身边的同学，于是家里堆的几箱地瓜干一天之内居然就被晴也换成了人民币。

一下课她就火急火燎地回过头对邢武说："你课别上了，赶紧走。"

"？"邢武不急不慢地抬起头，两眼无神地看着她。

晴也告诉他有人要地瓜干了，而且全要，让他赶紧回去发货，于是傍晚前那些愁了他们好几天的东西就这么浩浩荡荡地被发往首都了。

当晴也非常大方地分了一半卖地瓜干的钱给邢武时，邢武目瞪口呆地捏着手上不算少的钞票问她："你卖多少钱一包啊？"

"一百块三包啊。"

"……"真够黑心的。

晴也还觉得自己卖便宜了，而邢武想的却是这破东西送给他，他都不要，居然还有人花几百块买这玩意儿。

邢武想起暑假时晴也和他们喝酒，谜之自信地说自己以后会赚很多钱，当时他们都笑她，可现在看看她在做生意方面果真天赋异禀啊，起码在他们看来这个穷得已经不能再穷的地方，她却总能莫名其妙嗅出商机来。

邢武突然像看宝贝一样满眼宠溺地看着她，摸了摸她毛茸茸的小卷发。

晴也还在收银台里对账，流年他们都在旁边忙，她猛然回头瞪着他："你摸我头发干吗？"

"我想薅羊毛。"

"想死？"

说着晴也就伸手去掐他。

杜奇燕正好上完厕所回来，从他们身边路过时瞥了眼，晴也赶忙抽回手跟没事人一样看着表格。

杜奇燕有些受到惊吓地走回客人面前，替客人吹头发，不时满眼疑惑地盯晴也看一眼。

结果没一会儿，杜奇燕发现晴也也一直盯着她，那眼神有种杀人灭口的犀利。

杜奇燕一颗心七上八下的，然后就看见晴也朝她走来对她说了句：“待会儿搞好我们聊聊。”

杜奇燕忐忑不安了半天，弄好客人后，她跟晴也来到后院，第一句话就是：“我什么都没看到。”

晴也愣了一下，才反应过来杜奇燕在说什么，她突然就笑出了声。

“什么啊，你以为我要找你干吗啊？”

杜奇燕有些窘迫地低下头，晴也不逗她了，对她说：“你哪儿来那么多地瓜干的啊？”

杜奇燕告诉晴也，她妈厂里效益不好，她妈这次得病，老板也拿不出什么钱，就给了她家很多厂里的货，算是慰问。

员工生病拿地瓜干慰问？好新奇的厂子。

于是晴也问杜奇燕这个厂子在哪儿，能不能帮忙联系下厂里的负责人，她有合作想找他们谈谈，结果杜奇燕说她妈这个厂子要倒闭了。

哈？晴也再次一头雾水。

她想了想对杜奇燕说：“你先帮我试着联系看看吧，如果方便，我还是想去跟负责人见一面。”

于是杜奇燕就跑去打电话了。

晚上的时候，杜奇燕告诉晴也，明天可以带她去。

但第二天是周六，晴也还要参加那个烦人的马拉松，所以就把和负责人见面的时间定在了下午两点。

第十章

发家致富

y a o y a u

周六早晨起来后，晴也不情不愿地穿上那套丑爆了的校服，然后套上她干净的白色球鞋。站在镜子面前梳头发的时候，就看见镜子里面一个人影穿着绿色的衣服晃了过去，她回头一看。

邢武还真把校服翻出来了，大概是他高一时候定的，现在穿在身上还有些小了，他干脆敞着拉链，里面是一件白色的休闲卫衣。

明明晴也横竖也瞧不上的绿色运动裤配大红色竖杠，竟然被邢武的大长腿穿得特别运动，帅气爆棚，而且很有默契的是，他也穿了一双白色椰子鞋。

晴也把头发一绑，再次感慨这人真是整条街最潮的乡巴佬，这么丑的校服还能穿出一种大牌运动装撞色的效果。

她朝他走过去，掩饰不住眼里的笑意，拽着他的校服说：“你这是去跑马拉松还是去耍帅啊？”

邢武双手抄兜，睨着她：“还要耍吗？我本来就很帅。”

李岚芳一出门就看见晴也换上了校服，还有些吃惊地说：“哟，晴也这校服你穿得挺好看的嘛。”

“……”

哪里好看了？

邢武和晴也一起出了门往学校走。

两人迎着朝阳，一会儿她踩着他的影子，一会儿他去踩她的影子，谁也不愿甘拜下风，就这么幼稚无比地走到了学校。

教学楼下全是人，个个脸上洋溢着兴奋的神情。

胖虎老远就对他们挥手了，然后朝他们挤了过来，把手上的号牌发给他们俩：“我给你们领过了。”

晴也接过自己的号牌，生气地扔给了邢武：“我们换。”

邢武一看，425？是二五？谁是二五？二五就二五吧，晴也作为一个理科学霸非要对数字这么敏感他能怎么办，只能来当这个二五。

然后晴也就夺过他的号牌“518”，立马喜笑颜开起来：“这个好，一看就适合我。”

邢武提醒她：“后面是我的名字。”

晴也头一歪，故意逗弄他，悄悄地说了句：“你的就是我的。”

周围全是人，邢武就这样低头看着她。

她的眼明亮清澈，精致的脸蛋散发着诱人的矜傲。

他浓密的睫毛耷拉下来掩隐着眼里的笑意，接过她的518号给她别在了背后，然后晴也举起胳膊帮他别上425。

黄毛刚从四班挤了过来，咋咋呼呼道：“晴也你穿校服我差点没认出你，我还奇怪武哥怎么跟个女的在一起呢。”然后退后两步又看了看，“你这身校服一穿可以为我们鞍中代言了啊。真是人好看穿什么都好看，你和我武哥果真是亲戚，你们家的人都颜值在线啊。”说完就掏出手机，“我给你们拍张照吧。”

晴也抬起头和邢武对视一眼。

两人都有些无语地看向黄毛，在黄毛喊下“三，二，一”的同时，邢武把手搭在了晴也的肩膀上。

等黄毛放下手机后，邢武又若无其事地将手收了回去。

黄毛还自顾自欣赏了一番，然后拉了个微信群，把一帮人全部拉了进去，包括流年他们，可能手滑不小心把李岚芳也拉进来了，所以当黄毛把他们这张合照发到群里时，李岚芳第一时间大力点赞，并强调道：长得好看都随我。

于是这个群刚建就直接成了死群，没有人回复，安静如鸡。

几个体育老师过来组织大家做赛前的热身，然后宣读路线和比赛规则。

晴也松了松手腕对旁边的邢武和黄毛他们说：“商量一下，我们待会儿怎么跑？”

一群男的立马就笑了，黄毛回道：“平时放学怎么回家的就怎么跑呗。”

一开始晴也还没反应过来几个意思，当马拉松开始后，她立马就明白过来了。

她不管怎么样好歹还做了个预跑的姿势啊，然而身后那帮男的当真双手一抄兜还在那儿胡扯，真是跟平时放学回家没二样。

鞍中和鞍职的学生在两条平行道上准备着，隔很远能看见鞍职的人，穿得那是五花八门的，还有女生大冬天的穿个超短裙高跟鞋就来参加了，这是来当啦啦队的吧？

相比而言他们倒是像所正经高中的样子。

两所学校之间的道路戒严了，一声哨响后，晴也立马跟着人群往前冲，大概冲了一百米后气喘吁吁地回过头，就看见邢武他们跟大爷轧马路一样。

怪不得那天邢武听说跑马拉松一脸轻松的样子，这能不轻松吗？就相当于家里到学校来回多走两趟呗。

大概是晴也这奋勇卖力的样子把邢武看乐了，此时正盯着她若隐若现的笑脸。

晨曦的光打在他身上，透着股莫名慵懒的味道，敞开的校服看上去还有些痞痞的，一群人就这样浩浩荡荡地落在最后。

晴也收回视线继续跑着，虽然她不可能拿第一，不过她向来不喜欢当尾巴。

没一会儿鞍中的人就冲到了路口，慢慢与鞍职的人会合了，路口也站了很多老师，拿着大喇叭不停地喊着注意安全，保持距离，不要发生肢体冲突。

对于两所学校在一起比赛马拉松这事，晴也就感觉挺“谜”的，明明就不对盘还非要合在一起办运动不是没事找事嘛。

结果旁边的方蕾告诉她：“因为鞍职地方小，他们办不了运动会，所以每年就参加这场冬季马拉松。”

本来跑步已经够累了，还在跟方蕾说着话，晴也就感觉冷风不停地灌进喉咙里，干涩得受不了。

她对方蕾说：“你跑吧，我缓缓。”然后她便放慢脚步。

要让晴也写写卷子，参加辩论赛或者一些知识类竞赛她还可以，这种长跑运动真不适合她，但是，饶是她如此“菜”的耐力，居然还跑在了绝大多数同学的前面，也真是神奇了。

而此时她的周围大半都是鞍职的人，在他们那五花八门的衣服堆里，她的这一身校服显得如此格格不入。

然后她就在纠结一个问题，到底是冲一把再追上方蕾，还是干脆原地踏步等后面班上的同学，要不然，自己夹在鞍职学生中间感觉浑身不自在，就跟要叛变了一样。

不过她还没决定好，忽然左边小跑上来一个男的撞了她一下。

晴也一愣身体刚往右侧让，另外一名男生又从右边撞了她一下，不一会儿工夫，她就被一群鞍职的男生前后夹击了，并且一群男的像是故意逗弄她，一脸嬉笑地问：“没看过你嘛，哪个班的啊？认识一下啊。”

晴也停住脚步，脸色瞬间就冷了下来。

一群男的还在笑着说：“生什么气啊？比赛第二，友谊第一啊，我们不就想跟你交个朋友嘛。”

话音刚落，晴也的校服后领突然被人拽住，她刚准备一个胳膊肘抡到身后，回过头便撞见邢武冰冷细长的眼睛牢牢盯着刚才说话的男生。

众人只见邢武一手抄在校服裤兜里，另一只手直接将晴也拽到了自己身侧微微蹙起眉，不带一丝温度地说：“要不要先来跟我认识下？”

几个男的立马变了脸色。

有个男生小声嘀咕了一句：“她不会就是晴也吧？”

旁边另一个男的干笑着喊了声：“武哥，这种活动你也来参加啊，难得难得。”

邢武直接没理他们，他们也不再自讨没趣，转身就跑了。

晴也有些诧异地看向邢武：“他们怎么知道我的名字？”

邢武玩味地扫向她："我可能为其他女的出面？"

晴也用胳膊肘轻轻撞了他一下："那我这是不是还蹭了你一波热度啊？"

他要笑不笑地说："不谢。"说完微微挑起眉梢，"你不是跟方蕾她们一起跑的吗，怎么一个人了？"

晴也睁着一双可怜兮兮的大眼，声音软软地说："跑不动了。"

邢武弯着眼角，眼里都是宠溺的光："那怎么办，我背你跑？"

"你能背我跑第一吗？"

"只要你想，只要我能。"

晴也故意愁眉苦脸地说："那第一到底算你的还是我的？"

邢武正儿八经地说："当然谁脚落地算谁的。"

"那我为什么要你背，反正我又拿不到第一。"

"横竖你都拿不到第一，我又对第一没兴趣，所以我们为什么要跑？"

逻辑上似乎没问题。

然后晴也就眼睁睁地看见鞍职那些小妹妹，跑着跑着全跑到路边上一窝蜂地买起了奶茶。这是来参加马拉松啊，好歹有点仪式感啊，节操呢？

就听见邢武在旁边问了句："喝吗？"

"喝啊。"没有节操。

本来窝了一群女生的奶茶店门前，邢武一走过去，那群女生立马感觉身后压下一道黑影。他一米八二的个子，不笑的时候眉眼清冷，鬓角边的斜杠透着股难以侵犯的邪性。

一群女生很快就低声议论起来，不时冒出"邢武"两个字。

晴也就站在人群外围的路边上等他。

忽然一群哄闹的鞍职女生故意把一个化着浓妆的妹子朝邢武推去，邢武双手抄在裤兜里正抬头看有什么喝的，那妹子就这样朝他撞过来，直接整个人倒在他胳膊上，他稍微侧下身子，这妹子绝对摔个狗吃屎。

邢武蹙了下眉，第一时间是回头去看晴也。

晴也就这样站在路边上冷眼看着这一幕，没有表情。邢武收回目光，眼里立马覆上一层不耐之色。一群女生也不敢笑了，一把将浓妆妹又拉了回去，还主动让了让对邢武说：“你先买吧。”

这群女生看他要了两杯奶茶，都回过头去寻找另一个身影，就看见一个穿着鞍中校服的女孩站在旁边等他。女孩身材高挑，即使穿着如此没有灵魂的校服也依然阻挡不了她出众的颜值。

人群里顿时窃窃私语，都在打听她是谁。

然后就看见邢武拿着奶茶朝她走去，伸手递给她。

晴也没有接，目光瞟了眼刚才浓妆妹撞到的他的左膀子，又淡淡地睨着他。

邢武垂眸笑了起来，恐怕有人生气了。

他不动声色地将奶茶换到另一只手上，直接脱掉校服眼睛不眨地扔进旁边的垃圾桶，把奶茶吸管插上再次递给她。

晴也侧头看了眼被无情扔掉的校服，接过奶茶，然后两人就若无其事地走了。

身后一群鞍职女生简直看呆了啊，这是什么操作？碰他一下直接把校服扔了？

另一边，晴也喝着暖暖的奶茶眼睛眯成一道弯：“你校服不要了？”

邢武一脸无所谓地说：“不要了。”

“那要是夏天你光着手臂怎么办？”

“砍了。”

晴也笑了起来，伸手去捏他。

邢武干咳一声，晴也伸到一半的手又若无其事地收了回来，毕竟这周围两个学校的人都在，他们要在这马路中间打闹，别人怎么想？觉得他们姐弟感情真好？

就在这时他们班的黄志明突然从前面跑了回来，一眼看见邢武，就吼道：“武哥，不好了，小灵通被鞍职的人按住拖进巷子里了。”

邢武眉头一皱，莫名其妙道：“没事拖他干吗？”

“他跑太快了。”

“……”

晴也总算是知道为什么鞍中人跑不赢了，那些没人敢得罪的学生，例如邢武、黄毛他们一群人，一直慢悠悠地走在队伍最后，就跟逛菜市场一样，而那些稍微想赢个名次奋力跑的，基本上都是炮灰，被鞍职的人分分钟就按倒了，能赢就怪了。

不过不巧的是，今天他们按住的这个人是二班人称小灵通的周晨，晴也上体育课的时候看过他在篮球场上的步伐，个子虽矮，那双短腿跑起来就跟飞毛腿一样，还挺灵活，没想到这么悲摧，今天因为一双腿被人拿下了。

邢武神色淡淡地说了句："你去叫老师啊，喊我干吗？"

晴也和黄志明同时看向邢武，心里飘过一排"无情"。就连晴也听说小灵通被围都跟着着急，毕竟平时这哥们话多人不坏，坐晴也前面整天一副自来熟的模样，久而久之就真熟了。

黄志明指了指邢武鬓角边的一道杠说："哥啊，不叫你叫谁，你是我们学校的'大队长'啊。"

"……"晴也到今天才看懂邢武这个发型，人家把大队长的标别膀子上，他直接剃头上了，这嚣张劲儿。

邢武看了眼晴也，晴也一脸"哇，一个班的同学，袖手旁观你是禽兽吗"的表情。

邢武问了句人被带到哪条巷子了，黄志明指了下路。

邢武作为扎扎亭的地头蛇，一听便知道大概位置。他把手上的奶茶扔进垃圾桶，对晴也说："我过去看看，你去告诉胖虎他们一声。"

晴也点点头，邢武便和黄志明先过去了。

晴也立马转身往后走去找胖虎、黄毛。

周围的人都新奇地盯着她，不知道为什么有人跑马拉松往反方向跑。还有好心校友提醒她："晴也，你跑反了。"

晴也直接无视这些人，她看上去像那种脑子不好反着跑的人吗？

结果晴也走了老半天愣是没有找到胖虎，于是小跑起来，又快跑回起点了才看见一群人蹲在路边抽烟。她都服了他们了，这不是马拉松是原地踏步吧？

胖虎看见晴也又回来了，扔了烟站起身：“你……你回来干吗？武哥呢？不……不是找你去了？”

她弯着腰气喘吁吁地说：“周晨被鞍职的人围了，邢武和黄志明先过去了，让你们赶紧的。”

胖虎到底是个班长，一听说同窗两年多的哥们被鞍职的人堵了，立马就气势汹汹地带着一大帮人往前冲。晴也又气喘吁吁地跟在后面，拐过路口正好碰见戴着红袖章的朱债老师，只见他虎躯一震，举起喇叭就喊道：“普天之下，二班称霸，厚积薄发，胜利在即，冲啊！”

晴也落在最后，默默地抹了把冷汗。朱老师要是知道他们是去干架的，不知道还能不能喊出如此口号。

当晴也跟着这群人冲到黄志明说的那个巷口时，好巧不巧，大曹也带着人迎面而来，碰了个照面。

上一次晴也看见大曹还是因为杜奇燕的事，今天大曹没有穿拖鞋，而是裹着厚厚的黑色羽绒服，看着挺暖和的样子，脚上居然还套着一双极其保暖的雪地靴。好新奇的画风。

不过这人神情依然是吊儿郎当的，让人看不透他到底是在笑还是在发怒。

其实晴也挺讨厌跟这种人打交道的，满脸阴险样，让人捉摸不透。

他走到胖虎面前，明明比胖虎窄一圈，然而气势上却一点都不弱，满脸嘲弄地说：“小胖子一身膘跑得倒挺快，怎么不继续跑了，奖杯在等着你呢。”

胖虎放在身边的双手握成拳头，呼哧呼哧地瞪着他。

邢武在巷子里朝他喊了声：“胖虎。”

胖虎紧紧咬着牙，脸上的膘肉气得一抖一抖的。邢武“吧嗒”一下不耐地点燃打火机，胖虎才不服气地松了拳头。

大曹嘴角一斜，抬起手就拍了两下胖虎肉抖抖的面颊不屑地骂了句：“小马仔。”

本来这么冷的天狂奔，毛孔瞬间扩张，胖虎跑得就满脸通红，这下当着这么多人的面被大曹奚落，胖虎整张脸涨得像被煮熟了一样。

大曹走进巷子里，这时晴也才伸头看见小灵通嘴角有点青，但他好歹还站在邢武旁边，最惨的是地上躺着的那人，没穿校服，胸前挂着个不知道几块钱淘来的巨大十字架项链，那酷炫的杀马特造型一看就是鞍职的渣渣。

邢武面无表情地瞥了眼胖虎涨红的脸，抬脚就踩了“十字架”的一只脚，“十字架”发出惨烈的叫声。

想来这人就是动小灵通的人了，看邢武袖子都卷起来的架势，应该已经教训过他。

大曹的脸立马冷了下来，张口就对着邢武骂道：“老子一再给你脸，你居然动我的人？松脚。”

邢武双手依然抄在校服裤兜里，纹丝不动地踩着“十字架”，抬手就拎着小灵通往大曹面前一拽，眼底毫无温度：“给我脸就是放任你的人把我兄弟打成这样？不就一个破奖杯嘛，这么玩不起？”

大曹啐了一口，面目阴冷：“老子再说一遍，给我松脚。”

晴也挤了过去，看见胖虎牙齿咬得咯吱响，原本全是肉的脸颊都紧绷起来，跟绿巨人要爆炸一样。

她又朝邢武看去。

邢武冷笑了一下，抬起头傲睨着大曹，冷声道：“不松你能怎么样？”

这时晴也忽然看见站在邢武后侧面，一个鞍职的男的对大曹使了个眼色，下一秒，大曹突然就抡起拳头朝邢武砸去。几乎同时，晴也看见侧后面那男的从牛仔裤口袋里摸出个东西，她甚至都没看清是什么，只见寒光一闪，脱口喊道：“邢武！”

邢武身子一侧躲过大曹的拳头，听见晴也失控的叫声立马感觉不对，本能地抬手挡了一下，便是这一下，原本朝他身上刺去的匕首直接划破了他的胳膊。

所有人都蒙了。

那一刻，晴也只感觉脑袋“嗡”地一炸，满眼猩红。

邢武根本顾不上那截裸露在外的胳膊，抬起腿一脚狠狠朝大曹踹去，大曹直接向后一仰重重摔在地上。

瞬间，鞍职的人全部傻了！

邢武倏地转过头凶狠地盯着拿着匕首的男的，那男的㞞得不停地往后退，可谁也没想到就在大曹刚从地上起来时，原本站在晴也旁边的胖虎也不知道脑子是不是抽了，突然发出一声人猿泰山式的狂吼：“我要打得你连你爹妈都认不出！”然后就这么朝大曹狂奔而去，一手掐着脖子一手抱着腿居然就这么把大曹整个给举了起来。

一个一米八的大胖子举起一个一米八的瘦子，那画面太过于震撼，导致周围的空气瞬间凝结。

晴也突然就信了邢武那句话，胖虎激动起来果真都不结巴了，骂人都如此利索。

没有人知道胖虎要干吗，连邢武都莫名其妙地看着胖虎，然而下一秒，胖虎就这样把大曹当哑铃一样重重摔在地上。

刹那间，整个大地仿佛都震了震，晴也肉眼可见大曹似乎还在地上弹了一下，溅起一片灰尘。

一排乌鸦飞过，众人都看呆了。

晴也简直不敢相信自己的眼睛，她和胖虎认识这么长时间，他一直是那副憨憨的样子，谁拿他开涮也从来不红脸，脾气好到没脾气，这是她第一次看见胖虎爆发，还是如此人猿泰山式的爆发，战斗力爆表啊！

空气静谧了那么两秒钟，他们身后突然就响起了大喇叭，好多戴着红袖章的老师冲了过来。

嗓门最大的就是朱老师，直接喊道：“都给我分开，有没有同学受伤？”然后一眼看见躺在地上的大曹，关切地蹲下身询问道，“这位同学你还能不能动？”

大曹直接打开朱老师的手，黑着脸骂道：“滚一边去死秃子。”然后跌跌爬爬地扶着墙站了起来。

朱老师从事教育工作这么多年，虽然也跟学生吵过架，但从来没有被哪个学生这样骂过，当场就举起他的喇叭叫道：“你个凉怂，你气皮开了打转转起……”

不仅巷子里面的老师和学生，就连外面源源不断跑过来凑热闹的人全都被老朱给震到了，一整条街顿时鸦雀无声。

晴也再怎么也没想到老朱一激动连方言都飙了出来，虽然她一句都没听懂，但看那架势应该在骂人。

大曹在鞍职向来都是横着走，连校领导都不搭理的那种，猛地被鞍中的一个老师指着鼻子骂，顿时来了火，捂着腰上去就要动手。朱老师二话不说举起喇叭就对着他敲下去，嗓子直接破了音：“反了？”

鞍职的老师也上来拉架，赶忙把两边的人分开。

朱老师回头又吼了声：“我们鞍中的人有没有受伤的？”

大家都看向邢武。

朱老师几步走到邢武面前，又看着落在地上的小刀，神色焦急地说：“你赶紧去处理一下，哪个陪邢武去？”

“我去吧！”

晴也奋力从一群男生堆里挤了过去。

朱老师一看是晴也，郑重地对她交代道：“行，你先陪邢武去处理下伤口，问问医生要不要打个破伤风。”

“好，我知道了。”

晴也顺手就像扶老佛爷一样扶起邢武受伤的胳膊，还关切地说了句：“我们先走吧，慢点。”

邢武低眸盯着她那假模假样的表情，一排句号心中过。

他们刚出巷子，后面胖虎他们也喊了起来：“朱老师，我们也陪邢武去医院吧。”

朱老师喇叭一喊：“人家是受了伤，你们一个也别想走，不管是鞍中的还是鞍职的全部都跟我回学校接受调查。”

要说刚才晴也在老朱面前表现关切倒也不是假的，一出巷子，晴也立马就抬起邢武的手臂问道：“疼不疼？”

邢武无奈地说：“你举得再高点我就能更疼了。”

“……”

晴也赶忙小心翼翼地给他放了下来，不敢再碰到他了，还绕到了他另一边不停催促他：“你走快点啊。”

他手臂还在流血，却神色自若，反观晴也倒是急得跟热锅上的蚂蚁一样。

说是晴也带他去医院，但其实她根本不认路，基本跟在邢武后面穿过胡同抄着近道。胡同很窄，邢武走在前面，她就跟在后面盯着他的背影，他修长的身影几乎完全挡住了前路的光，让她满眼全是他。

邢武忽然感觉一直跟在身后的晴也突然拽了他一下，他回过头去，看见的便是晴也不安闪烁的眼眸。她什么话也没说，只是抬着眸这样望着他，但他知道她在害怕，他第一次在她的眼中看见这样害怕的神色。

想到刚才在那人拿刀出来时晴也失控地叫着他，他一颗心突然揪在了一起。他回过身，轻狂却也柔声地说道：“我不会有事的，这种架从小打到大，祸害遗千年没听过？”

晴也盯着他没说话，他感觉出她的异样，说：“担心啊？”

晴也眼神复杂地说：“下次能不能换种解决方式？我就是……感觉心慌慌的。”

邢武突然笑了起来：“换什么解决方式？找人谈心啊？你觉得谁会听？”

见晴也神色凝重的样子，邢武蹙了下眉，认真地看着她：“当身边的人全都用这种方式解决问题，我如果不用同样的方式那就跟小灵通一样，站着被打，你觉得我会让别人动我？”

道理晴也都懂，她也很清楚邢武能在扎扎亭这一带吃得开，像今天这种架肯定没少打，可是自从她亲眼看见那人拿刀朝邢武捅过去时，她感觉自己的心脏都骤停了。她很久没有这种害怕的感觉了，上一次还是她眼睁睁看着医生给她妈妈盖上白布。

晴也突然很难受地拽着邢武的衣服，像即将溺水的人紧紧拽着可以拯救她的浮木。

她从来不知道她那么害怕邢武出事，虽然他还好好地站在这里，可那种后怕的感觉快要把她淹没。

邢武顺了顺她的头发，故作轻松地说道：“大姐，你能先让我去把血止一下吗，我快失血身亡了。”

其实他伤口的血已经不怎么流了，不过一句话还是把晴也弄得紧张兮兮的，立马直起身子：“那赶紧的。”

邢武直接带晴也穿过一条胡同就来到了庄医生的诊所，也就是晴也刚来这里从邢武家楼梯上摔下来，他背她来的这家诊所。

老头儿看见邢武的伤，好似司空见惯一样，让他坐着，然后给他消毒止血。

就晴也在旁边火急火燎地问：

“要不要打个破伤风啊？”

“医生，你不给他打个破伤风吗？”

“不打破伤风不行吧？”

最后庄医生看了眼邢武，邢武无奈地扶了头。

庄医生坐下后开了个单子：“这个程度的伤口……”

“要打。”医生还没说完话，晴也立马插道。

于是，邢武就被安排去打针了。

他把袖子整个撩起来将手臂交给打针的医生，而后抬起头看着整个身子都快凑到针头上的晴也，嘴角微勾：“你是不是故意想让我挨针的啊？你要是……”

话还没说完，晴也突然伸出双手抱住他的脑袋，将他按进怀里，对他说：“不怕，乖。”

“……”

与此同时，针扎了下去，但是邢武一点都没注意到，因为他鼻息间全是她清甜的香味。

打完针，邢武黑着脸压着棉花回过头，晴也双手插在校服口袋里站在走廊边一脸无公害地盯着他笑，那清透的样子，马尾微微晃着，真像是个调皮的小丫头。

于是邢武站起身，沉着脸朝她走去。

晴也突然就笑不出来了，那高大的身影压过来时带着无法抗拒的气势，加上某人不笑的时候的确怪恐怖的，她就立在原地看着他。

邢武直接扯住她的校服大步走出诊所。

晴也急忙叫道：“喂，你多按一会儿棉花啊。”

邢武路过垃圾桶的时候把棉花扔了，晴也知道他扔完棉花就要来打击报复她了，于是抢先一步往前跑去。阳光透过天际溜进窄窄的胡同里，光束落在她的马尾上，甩动之间跳跃着耀眼的金，邢武漫不经心地跟在她后面喊道：“我不弄你，别跑了。”

晴也转过身来，在离他很远的地方倒退着走，防备地说：“那先说好，你不准报复我啊。”

她的脸颊被阳光照得透出一丝红晕，校服拉链都给她拉到领口了，白净漂亮的五官明艳动人。

邢武浓眉下的双眼泛着柔光，笑着说：“不报复。”

晴也有些疑惑地看着他，没再跑了。

邢武迈着长腿朝她走去，撩起嘴角。晴也突然预感不好，就在她准备再次撒腿就跑时，邢武长臂一伸揽腰将她举了起来。

晴也的脚突然离地，吓得不停地拍打着他。

冬日的暖阳浅浅地镀在他们身上，两人正笑闹着，突然听见一阵匆匆的脚步声，紧接着“哐当”一声，他们侧过头去，看见的就是已经完全被吓到行动困难的黄毛。

要说到这个时间黄毛去了哪儿？那就不得不把时间倒回到一个多小时以前，当晴也跑回去找胖虎他们的时候，黄毛那会儿正好闹肚子，去找厕所了，等黄毛解决完肚子问题再回来找胖虎他们时，才听说鞍职的人动了二班一男的，胖虎他们一起去找鞍职的人了。

黄毛一听哪能忍，这种体现英雄本色的事怎能少得了他郝成功的用武之地，于是二话不说，一路狂奔去找邢武和胖虎。

哪知道那时候情况比较混乱，邢武和胖虎都没接他电话，他路上随便问了个人有没有看到邢武他们，那人也不知道怎么指的路，结果黄毛就一个劲地狂奔，本应该再往前拐两个路口就能碰上胖虎他们，然而他跑太快硬生生给跑过了。

后半段路人越来越少，因为全部跑去巷子里围观两个校霸起冲突了，黄毛还奇怪怎么一路上没碰见人，就看见前面地上一条红线，他直接冲了过去，鞍中校领导集体沸腾，然后奖杯就莫名其妙送到他手上了，钟校长热情地拉着他的手要跟他合影留念，还叫他笑一下。

天知道当黄毛捧着那个第一名的奖杯，还硬着头皮露出八颗牙齿时心中有多“谜”。

本来学生会还安排了广播站的什么小记者要对黄毛进行采访，说说获奖感言，黄毛哪有什么心思说获奖感言啊，对着镜头就撂下四个大字：“全凭实力。”然后又往回跑。

胖虎他们个个灰头土脸地被拎去了学校，好远就对黄毛摆手，让他别过来了，没事万一被莫名其妙算进去背个处分不是傻嘛。

于是黄毛只有去找邢武，听说邢武受伤了，他火急火燎地冲到诊所，庄医生说人刚走，他又举着奖杯轻车熟路地往回找他们。

所以那“哐当”一声，便是奖杯落地的声音。

黄毛甚至觉得自己是不是出现幻觉了，要说邢武跟任何一个女孩闹成这样他也许会震惊，但不会吓到失控，然而当看清晴也的脸后，他基本上大脑出现瘫痪状态，直接就蒙了，这都简直是超出他理解范围内了。

静谧的胡同内忽然诡异地沉寂下来，邢武率先打破了僵局，将晴也拉了过来，对她说：“你先回去吧，我找黄毛聊聊。”

黄毛基本还处于石化状态，晴也此时也窘迫得快爆炸了。

邢武瞥了她一眼：“没事，去吧。”

晴也这才忐忑不安地朝胡同外面走去，路过黄毛旁边的时候压根儿不好意思去看他。

她抓狂地拍了拍脑袋，懊恼得很，一颗心忐忑不安，走了一段后又突然想起来，忘了跟邢武说下午去杜奇燕妈妈厂子的事了，于是又折返回去。

然而刚到胡同口，便听见黄毛震惊的声音：“搞了半天晴也跟你其实根本不是亲戚啊？”

晴也的脚步顿在胡同口，觉得这时候进去或许不太好，于是想着就靠在胡同口等他们聊完算了。

黄毛一头雾水地说：“那她怎么喊你妈‘小姨’呢？我就搞不懂了，你妈跟她妈到底什么关系啊？”

邢武散了根烟给黄毛，低头点燃自己手中的烟，抽了口对他说：“她姥爷家在昌市做生意的，家里条件还不错，但是晴也她妈从小身体不好，经常生病，去医院也瞧不好，那时候有人跟她姥爷提议，抱个八字相合的女娃娃过去一起养什么的能好，他们就托人到农村找到了我妈。

“我妈上面一个哥哥，下面五个弟妹，农村人重男轻女，巴不得把我妈送人，加上他们当时出了点钱。

“然后我妈就跟着晴也她姥爷回了昌市，管她姥爷姥姥喊‘爸妈’，叫她妈‘姐’。他们一家对我妈也挺好的，特别是我妈过去没两年晴也她妈的身体就好转了。

“但你也知道我妈那个人，虚荣心强还喜欢计较，总觉得人家对亲生女儿比对她好，后来就挺叛逆的，十几岁经常闹着离家出走，跟家里关系有点僵。她姥爷家也是有头有脸要面子的，我妈十九岁被弄大肚子后，他们就彻底不认她了。”

晴也的身体贴在墙上，一双大眼微微颤抖着，仿佛连呼吸的声音都渐渐变小，安静地听着这一切。

黄毛狠狠抽了口烟：“那你妈十几岁就跟你爸了啊？直接就嫁过来了？”

沉寂。

晴也并没有听见邢武回答黄毛这个问题，只是很模糊地说了句：“反正离开昌市她就跑到这里了，这么多年跟那边也没联系。”

晴也的双手渐渐握成拳，不对，邢武漏掉了一个重要的信息，也许黄毛并未在意，可联想到之前的猜测，她几乎可以肯定邢武故意隐瞒了一个矛盾点，李岚芳十几岁经常离家出走的原因，而这个原因背后，如果她没有猜错，邢武漏掉了那个人，那个对他来说难以启齿的人。

晴也的眉头紧紧皱着，她缓缓蹲下身抱着自己的手臂安静地看着地面。

黄毛长叹一声说道：“兄弟，你让我缓缓，我要好好缓缓，真的，我一直以为你和晴也有血缘关系。哎，不说这个了，我觉得你妈对晴也真算不错了，说起来人家都不认她，她现在还愿意收留晴也，晴也知道她家和你妈这事吗？”

“应该不知道。”

邢武目光沉沉地抽了口烟，淡淡地说：“你要是知道自己家人当年把人扫地出门，这么多年不认她，现在还要寄人篱下，你心里会舒服？”

黄毛突然就明白过来，晴也那么心高气傲的性格，要是知道自己妈妈和姥爷当初不让李岚芳回家，跟李岚芳断绝所有来往，如今晴也怕是怎么也不会愿意麻烦他们家的。

黄毛抬起头瞄了眼邢武，他忽然如此清晰地感受到邢武一直在替晴也着想，无论是她的感受，还是她的处境，所有的一切。

从前他一直以为邢武是晴也的亲戚，血浓于水，这一切都是理所应当的，没什么不妥。而今天当得知他们真实的关系后，他才自愧不如，比起邢武对晴也的照顾和维护，他的爱慕又算得上什么。

他突然苦笑了一下。

正在晴也陷入沉思时，正好几个鞍中的同学才参加完马拉松回家，路过胡同口，叫了声：“晴也，你还没走啊？”

邢武和黄毛都愣了一下，他们对视了一眼大步朝外走去，还没走出胡同口，晴也已经转过身来出现在他们面前，眼神复杂地望着邢武，有些苦涩地笑了下。

邢武皱起眉咬紧了牙根。

晴也一步步走到他面前直视着他的双眼。

黄毛踩灭烟头，捡起地上的奖杯，对他们说：“跑累了，我回家歇着了，周一见。”

他转过身朝他们挥了下手便消失在胡同口。

长长的胡同再次恢复静谧，邢武低眸望着她，声音低磁：“都听见了？”

晴也老老实实地“嗯”了一声。

邢武半垂着眸，眉宇之间微微凛了起来。良久，他长舒了一口气：“听见就听见吧，你只要记住，现在住我家不光是因为我妈这层关系，更是因为你是我的……”

邢武没有说下去，但是晴也懂他的意思，原本郁悒的心情因为邢武的一句话突然就舒服多了。

说实话，她是个不太喜欢欠人情的人，如果一开始就知道当初自己的家人在李岚芳最惨的时候跟其断绝了关系，她怎么也不会厚着脸皮投奔李岚芳。或许也是因为这层原因，她妈始终没有告诉她这一切。

随后她有些难过地扯着邢武的衣服：“你说我姥姥和姥爷怎么就那么狠心呢，你妈还怀着孩子就把她赶走了？”

邢武低头看了她半晌，说道：“其实也不是没有给她选择的余地，当时你姥爷的意思是，如果我妈愿意把孩子拿掉，他们还是认她的。这是我妈自己的选择，也不能怪任何人。”

晴也松开了邢武的衣角，几秒过后猛然一怔，抬起头盯着他：“也就是，我姥爷当初让你妈拿掉的孩子是你？”

邢武没有吱声，只是抬手揉了揉晴也的脑袋。他清楚晴也知道真相后心里肯定会不舒服，如果不是今天发生这个意外，他压根儿就没想过在她面前提这件事。

其实说来晴也跟她姥爷和姥姥并不熟，她妈嫁去北京后一年顶多回去一次，晴也还很小的时候，他们也不会带她来回折腾，回老家的次数屈指可数，她姥爷是在她读幼儿园时去世的，那时的她并没有什么印象。

唯一有印象的就是她姥姥在她姥爷走后的第三年也跟着去了，爸爸妈妈带她回老家参加葬礼，路上爸爸总是跟她说，你妈待会儿要是哭你要去安慰她，可小小的晴也并不知道爸爸是怎么能预测出妈妈回去要哭的。

当在葬礼上看见大人们全在哭时，她还一头雾水这些人哭就哭，为什么还要一边哭一边唱歌。

然后，她爸爸就让她也哭。姥姥和姥爷这两个角色在她生命中太陌生了，她知道以后再也见不到姥姥了，可是她却哭不出来。

所以其实她对姥爷、姥姥并没有什么深刻的印象，也一直以为他们就妈妈这么一个孩子，她妈也从来没有告诉过她李岚芳的存在，好似所有人都在故意抹掉这个让他们感到羞耻的过去。

而让他们觉得羞耻的是李岚芳肚子里那个来路不明的孩子。晴也此时的心情不停被搅动着，如果她没有来到扎扎亭，没有认识邢武，没有这段遭遇，或许她会和姥爷他们一样，觉得李岚芳的行为不值得怜悯，可此时她却忽然为她妈妈一家的决定感到难受，因为李岚芳肚子里那个让他们蒙羞的孩子，是邢武啊！

是这个在她陷入绝境时，给她带来一丝安慰的男孩；是这个当她沮丧落寞时，让她重新挂上笑容的男孩；是这个在黑暗中可以与她互相取暖的男孩。假如刚来到扎扎亭，不是邢武整天跟她找事拌嘴再一次次帮助她适应这里的生活，她或许连一个月都待不下去。

可自己的家人差一点就要求夺取了他的生命，她紧紧拽着邢武的衣服，这种感觉可真不好受啊。

邢武抚了抚她的后脑笑着说："回家再给你拉拉扯扯，不饿吗？"

晴也很快松开了他，仰着脑袋对他说："我们出去吃吧，吃完下午你陪我去个地方。"

邢武和晴也没有再回学校，他们又去了那家有点小资的地方开了个荤，并且晴也坚持要买单，为什么呢？她突然良心发现吧。

不过他们吃完饭还是回家换了身衣服，因为晴也一秒也不想再穿着这身校服，并且穿着这身衣服出去找人谈合作不是傻嘛。

晴也要在战略上重视对方，在气场上压倒对方，在心理上压迫对方，那么谈判未谈，就已经掌握了一定的主导权了。

因此，她为了让自己看起来成熟点，还特地化了个小妆。

邢武早换上了皮衣黑裤坐在客厅等她，硬生生等了她老半天她才收拾好。

当晴也穿着裙摆式的大衣，踩着高跟小踝靴出现在邢武面前时，他愣了一下，站起身，眼神牢牢地盯着她，上下打量了一番："你，化妆了？"

晴也拨弄了一下披散下来的小卷发，唇色莹润地问他："怎么样？"

邢武盯着她。

两人下楼的时候，李岚芳还特地从后院跑到晴也面前咋呼道：“我就说哪里来的美女怎么背影这么眼熟，晴也你这样我差点没认出来。”

晴也的五官很标致，不化妆时清澈柔美，然而稍微上一下眼线眼影，就会变得十分立体精致，还透着种富家千金的高端感。

就连流年他们都围了过来，邢武站在炫岛门口点燃一根烟，眼尾微弯地等着她。

晴也来这里压根儿就没带什么冬天的衣服，这算是她唯一可以穿出去的战袍了。她叫上杜奇燕后，三人便往杜奇燕妈妈的那个厂子走去。说来不远，就在靶厂四区。

谁知道早晨艳阳高照的，这会儿出门居然狂风乱作起来，晴也的大衣裙摆都被风吹了起来，她还奇怪地说一句：“这天怎么说变就变啊。”

杜奇燕说：“今天傍晚有沙尘暴。”

晴也想着那还是早去早回吧。

路上，邢武玩味地问晴也：“你不会真打算倒卖地瓜干吧？”

邢武对于晴也打扮这么隆重去谈地瓜干买卖的行径，也是感觉十分迷惑了。晴也却不以为意地说：“你能不能不要用‘倒卖’这两个字，搞得我要投机倒把一样，我这是正儿八经去谈全国总代的。”

“总什么？”邢武立马就笑出了声，伸手揉了揉她的头，“有没有人跟你说过你认真起来的样子有点傻气？”

晴也甩了甩一头长发：“别揉，发型不能乱。”

杜奇燕悄悄地瞥了他们一眼，总感觉最近晴也和邢武的关系好像不错，但她又不敢瞎想。

靶厂四区和他们上次去的二区不在一个地方，这个四区稍微要比二区有点人烟的样子，一进大门就是个物流公司，门口堆着乱七八糟的纸箱子，跟垃圾回收站一样。

晴也这也是第一次这么正儿八经跟人去谈合作，她就记得原来她爸去见合作商前可都是一身派头，卓尔不群。爸爸告诉过她，这样别人第一眼看见你就不敢轻视你。

晴也记住了爸爸的话，也想在气势上旗开得胜，结果到了地儿她才终于明白邢武那戏谑的眼神，她真是想多了。

她没指望这个食品工厂能有多大，但起码是个厂子吧，有流水线的那种，结果就一个破院子，跟小作坊一样。他们刚进去就有一条超级大的狼狗叫嚣着要往晴也身上扑，把她吓得直接跳到了邢武身后。

邢武皱了下眉走过去，三两下把狗按倒，速度极快地捏住它的嘴巴。动物的天性能非常敏锐地察觉出对方的攻击性，当感觉到自己干不过对方时，大多数动物会选择示弱，例如这条狼狗此时在邢武的制伏下，就弱弱地发出呜咽声，不敢乱叫了。

大院里面有人走了出来叫了声："狗蛋！"

好清新脱俗的名字。

然后这条大黑狗收起了凶神恶煞，开始摇头晃脑，邢武便松开了它。

晴也终于见到了这位传说中的负责人，一米六几的中年男人，穿着个类似 90 年代老厂特有的屎黄色夹克，还梳了个老油头，一见到邢武就有些诧异地说："哎哟，邢老板，你找我啊？"

晴也侧头看着邢武，什么时候成老板了？

邢武双手抄兜随口说道："我不找你，陪她们的。"

晴也疑惑地盯他们看了眼，心里还嘀咕这破地方还有不认识邢武的人吗，怎么走到哪儿都有人认识他？

这个食品厂，姑且叫厂吧，负责人姓谢，也就是这位老油头，他上下打量了一番晴也，不知道是不是觉得晴也看上去就给人感觉挺有钱的样子，总之这大叔对她挺热情的。

然后这位谢总听闻晴也来这儿是想代理地瓜干的，还正儿八经带他们参观了一下这家食品厂。也没啥厂了，就是个五百平方米的车间，里面几台老旧的机器，然后就没有然后了。

紧接着带晴也看了看他们生产的食品，都是那种包装简陋的零食果蔬，再往那脏兮兮的大篮子里一放，看上去一点食欲都没有。

但是谢总人很客气啊，让她随便尝尝。

晴也本身是不大吃这些比较乡土气息的零食，芋头条她勉强还能理解，香菇干是什么鬼？这卖的都是什么奇奇怪怪的零食，怪不得要倒闭啊。

不过谢总却一个劲地夸，说他这东西比外头大厂子里的东西好多了，没有添加剂，原材料都是从自己老家直接拖过来的，口味没的说。

人都这样讲了，晴也也不好意思不尝尝看，于是就拿了一个比较奇葩的香菇干，果真是干啊，硬邦邦的，她放进嘴里嚼了嚼。别说，这东西看着奇葩，吃起来脆脆的，居然还挺香的，见了鬼了。

谢总又迫不及待地拿出枣干给晴也尝。红枣干晴也吃过，但是这么大的红枣干她看都没看过啊，啥玩意儿啊？

但是一口咬下去，酥脆饱满，可以吃出来这是一颗完美的枣。

参观完一圈后，谢总带他们去了大院旁边的一个棚子下面喝茶，晴也直接开门见山地说："东西我可以拿，但是包装必须改，就你现在这包装出了你们县估计没人要。"

谢总摸了摸他的老油头，替晴也倒了一杯茶："本来卖的就是不值钱的东西，再改包装那是要增加成本的。"

晴也看着他摸完老油头给她放到面前的茶杯，愣是没敢碰，皱起眉对他说："首先，你现在的包装保质周期短，货物卖不出去囤积本来就是损失。再者要看相没看相，虽然你这里是证件齐全，但食品这东西是要进肚子里的，你整个看上去就脏兮兮的包装，谁想买？这样恶性循环下去生意肯定难做。

"大城市里的人消费观念和你们这里不一样，有时候一个独特的包装往往能让平平无奇的东西火起来，这就是视觉效应。"

好吧，晴也看着谢总一脸痴呆样，基本上觉得跟他谈视觉效应是在鬼扯，然后就听见谢总问她："那你想怎么改包装？"

晴也指着门口放的地瓜干："那些东西全部上真空独立包装。"

谢总突然大笑起来，跟听见什么不可思议的笑话一样："你要我按一斤一装，或者两斤一装都没问题，这破东西又不是黄金，还单个装用真空？小姑娘你太天真了。"

晴也面无表情地看着他，脸上毫无笑意，说："你自己都认为自己卖的是破东西，还能指望消费者买你账？”

谢总直接说道：“这个包装我做不了，做真空的机器我就没有。说实话现在这里也不盈利，我也不可能再花钱买机器去。这样吧，你要是对我们的产品感兴趣，要么你把我们现有的机器买走，我便宜给你。”

晴也垂眸想了下：“机器一共多少钱？”

谢总此时却瞥了眼邢武，而邢武似乎对这些东西并不感兴趣，他们在参观交谈的时候，他就坐在院子中的躺椅上。

晴也不知道谢总为什么要盯着邢武看，她也回头看了眼，此时那条原本凶神恶煞的狼狗居然服服帖帖地趴在他手边，他半闭着眼有一下没一下地摸着狼狗，长腿随意放着，很悠闲的模样。

随后谢总压低声音伸出五个手指对晴也说：“这个数，所有机器全送你，还可以给你提供原材料货源。”

晴也想了想，她要机器没啥用啊，没有地方放，而且也没工人，不太现实，于是只有和谢总留了个联系方式，暂时告辞。

走出厂子，晴也嘀咕道：“五万块机器全拿贵倒是不贵，我要是有人有场地我就自己干了。”

邢武斜了她一眼，似笑非笑的样子。

晴也嗅到一股不对劲的感觉，立马转头瞪着他：“那个谢总为什么喊你邢老板？”

邢武云淡风轻地说：“因为他厂子里那些机器基本上都经我手修过，知道多少钱吗？”

晴也眨巴着眼，邢武看她一副冤大头的模样，嘴角微勾：“这些破二手机器打包卖出去不会超过两万。”

晴也一愣，搞了半天，她刚才问谢总多少钱，他心虚才看邢武的啊，糟老头子坏得很！

亏得她还特地打扮成这样被人当冤大头，早知道她就问李岚芳借一身衣服过来装本地人了。

第十一章

未来渺茫

晴也气鼓鼓地裹着大衣。风更大了一些，天空都暗了下来，怪恐怖的。本来他们准备赶紧回去，结果邢武突然接到犬牙的电话，说舒寒被江老板找了，怕她出事，想喊邢武一起过去看看。

邢武挂了电话就打算直接去县城。

晴也有些担忧地说：“我跟你一起去。”

“乐之星”那个地方鱼龙混杂，邢武并不想晴也跟着，于是对她说了句：“不是什么好地方。”

晴也没吱声，就这样看着他。

事关舒寒，他不愿晴也多想，也就没坚持让她跟着了。

杜奇燕先回了炫岛，邢武打了辆车去接上犬牙。犬牙上车后看见晴也也在，盯她看了眼，没说什么。

邢武问他怎么回事，他说下午一帮朋友去乐之星找舒寒，碰巧江老板派人去请她，她不愿过去，然后两方的人就起了冲突，江老板的人直接把舒寒的两个兄弟打了。后来舒寒的朋友就火急火燎打电话给犬牙，说舒寒直接被带到江老板面前了。

邢武听完皱起眉，沉着脸。

晴也问了句：“这个江老板很厉害吗？”

坐在副驾驶的犬牙回道：“县城叫得上名字的娱乐场所都是他的，我们马上去的这家乐之星背后的老总就是江老板。”

晴也意识到遇上麻烦了，转头问邢武：“你和这个江老板熟吗？”

“老早以前他办射击比赛认识的，十来年了，有点交情，算不上熟。”

晴也忽然就想起以前黄毛提过的，县城有个大老板办过 CS 大赛，邢武当时还是小屁孩就跑去踢馆了，那个大老板应该就是这个姓江的老板。

车子停在乐之星门口的时候天已经完全黑了下来，一下车晴也的头发都被吹得乱飞，邢武回身把手给她，她赶忙拽着邢武的胳膊，感觉风大得快要把她吹跑了。

进去前邢武交代了她一句：“跟紧我别乱跑。”

晴也抬头看了眼，门头是大大的“乐之星会所”，后面还有 KTV 的标志，进去以后才发现这里很大，装潢得有种土豪金的气息，反正在这种县城来说应该算是高档场所了。

有穿西装的经理迎上来，邢武直接让这人转告江老板他是邢武。

他目不斜视的眼神冰冷锋利，看上去不大好惹。

经理不敢怠慢，联系了江老板身边的人，没一会儿，他就接到电话请邢武过去。

于是晴也跟在邢武和犬牙后面，不时地东张西望。

穿过长长的走廊，两边全是 KTV 包厢，一开始晴也还以为这里是唱歌的，后来事实证明她太天真了，拐过 KTV 包厢进了个电梯直达楼上，入眼的是个舞池。

类似酒吧那种，中间有人表演节目，周围一圈都是卡包，也有 DJ 打碟，大概这里的人夜生活结束都比较早，所以这种场子从下午开始就有人了。

晴也原来在北京的时候也和同学去过 KTV，他们班那些富二代动不动就包个豪包一通胡吃海喝办“趴体”，但是这种不像正规 KTV，也不像正经酒吧的地方她还真是第一次来。

一路上还有不少穿着香艳的小姐姐朝邢武和犬牙轻浮地调笑着，邢武回头看了眼晴也，她双手插在大衣口袋里神情淡淡的，见邢武回过头，便问了句：“那些姑娘是？”

“就是你想的那样。”

见晴也面色发紧，他干脆慢了一步跟她并肩走着问道：“第一次来？”

“你觉得我爸以前找小姐还能带上我？”

“……”

说完她抬头瞄了眼邢武：“你呢？经常来？”

邢武玩味地低下眸：“别乱说，我还是个学生。”

绕过楼梯，晴也看见舞池中间的台上有人在跳钢管舞，那穿的布料约等于没有。邢武也侧过头朝那儿看去，晴也立马转头瞪着邢武：“好看吧？”

邢武收回目光笑着说：“没你好看。”

说完，他当真一眼也没往那儿瞧了。

经理把他们带到最里面的一个卡包。晴也跟在邢武和犬牙后面刚进卡包，就看见舒寒站在茶几边上，她面前的酒杯放了长长两排，被倒得满满的，她仰头就是一杯，干脆利落，很是凶猛，茶几上已经空了十几个酒杯，想必她被带来这里之前还不知道喝了多少，眼神都不对了。

舒寒神色冷酷、面不改色地拿起酒杯，刚准备再次灌下肚，忽然手腕被人扼住，邢武直接夺过她手中的酒杯扔在茶几上。

舒寒回过头的时候，诧异中多了一丝说不清道不明的神色，邢武直接把她往犬牙那里一推，面向江老板。

江老板叼着雪茄，脸上浮起笑意：“武子啊，稀客，今天怎么得闲过来看看老哥了？”

邢武淡淡地扯了下嘴角：“不是找江哥有事嘛。”

江老板面上很热情地拍了拍身边一个男的，那男的起身给邢武腾了个位，邢武绕过茶几往江老板身边一坐，看两人的样子似乎并不生疏。

江老板递给邢武一支雪茄，他摆摆手：“抽不惯。”

江老板笑了笑对着站在卡包门口的经理扬了下手，经理立马会意，转身出去安排。

犬牙扶着舒寒皱眉问道：“你到底喝了多少？”

舒寒没说话，捂着胸口脸色发紧。

晴也是看过舒寒喝酒的，以她的酒量能喝到这种程度，无法想象已经被灌了多少杯。

犬牙把她扶到边上的沙发上坐着，问服务员要水。晴也就站在卡包边上，兀自找了个不起眼的角落坐下了。

不一会儿经理就领着两个穿着低胸礼服的性感小姐姐端着几瓶酒过来了，晴也立马嗅到股不太对劲的味道。

果不其然，江老板眼神一动，两个小姐姐端着酒径直朝邢武走去，往他左右两边一坐。

江老板笑说："既然小老弟特地来找我，那今天老哥肯定要好好招待招待你，我们好久没见了吧？"

邢武抬头去看晴也，晴也此时靠在不起眼的角落似笑非笑地看着他，很安静，面上看不出任何情绪。

旁边有个小姐姐刚凑近准备给邢武倒酒，他直接远离，然后对江老板说："江老哥知道我不好这口。"

江老板大笑着拍了拍邢武的腿："没有男人不好这口的。"

晴也垂着眸，单手搭在沙发靠背上。

邢武直接半开着玩笑回道："那成啊，既然老哥发话，我就不客气了。"

晴也眸光微抬，脸上的神色瞬间消失得无影无踪，就连犬牙都有些诧异地去看邢武。

却听见邢武下半句话说道："不过我这个人吧，有个癖好，喜欢脑子好的，最好数理化不扣分的那种。"

"……"

晴也绷了下嘴角，隐住唇边的笑意。

一句话惹得旁边所有姑娘都笑了。

江老板朗声大笑拍着邢武的肩膀："老弟啊，你这不是癖好，你这是要去出家当和尚。"

江老板根本没当一回事，完全就当邢武在胡扯，殊不知邢武从来没有这么正儿八经过。

但是经邢武这么一侃，本来卡包里紧张的气氛渐渐缓和了起来。晴也突然很佩服邢武，他能在同龄人之间将气场拿捏得死死的，也能在这些老江湖之间游刃有余，刚才那种情况下，居然被他三两下化解了僵局。

晴也暗暗松了口气，看见邢武直接端了一杯酒放到自己面前，笑着说："听说舒姐今天和江哥闹了点不愉快？你也知道，她是我兄弟的亲姐。"

江老板眼眸一扫摇了摇头说："小寒啊在我这儿干这么长时间了，我挺器重她的，她也一直挺懂规矩，上次跟我出去参加一个饭局，人家摸她一下腿她直接对着人家裆踢不是砸我台吗？"

晴也的眼神扫向坐在对面的舒寒，她靠在沙发边上，跷着腿低着头，过膝长靴下是那妖冶的狐狸文身，神情桀骜冷漠。

其实晴也一直没有问过邢武，舒寒是干什么的，显然她比邢武他们都大，应该二十几岁，而且几次给晴也的感觉她应该是有点路子的，却没想到她居然在这里上班。

舒寒感觉到晴也的目光，抬起头瞥着她。

即便是舒寒这样对很多事情早已通透的女人，依然不愿被人看轻了，更何况是晴也这样对她来说一尘不染的女孩，在这样的情况下，对比而言，着实有些讽刺。

从她第一眼看见晴也，就在晴也身上感觉到一种从未见过的光芒。她看过的姑娘多了去了，但没有一个姑娘有晴也那种从容的矜傲，更讽刺的是，晴也的从容不像她来自社会的磨砺，晴也是从骨子里透出来的，干净纯粹。

虽然舒寒面无表情，但晴也在她脸上似乎感觉到一丝不易察觉的窘迫，晴也随即又若无其事地把眼神投向舞池，不再看她。

邢武和犬牙对视一眼后，犬牙对他摇了下头，邢武便知道其中肯定还有猫腻。舒寒跟这些大老板打的交道多了，向来圆滑，要不是对方做得过分她不会让江老板下不来台。

邢武低眸笑了下，端起面前的酒杯一口灌下肚，悠悠说道："我看舒姐刚才也喝了不少了，江老板这气怎么才能消了？”

江老板把他们中间坐着的妹了赶走了，搭着邢武的肩，一副很熟络的样子，端起另一杯酒说：“她前段时间跟我闹着要辞职，这不是跟我开国际玩笑吗？乐之星这些姑娘都听她使唤，她一句不干了，万一把人给我带走了，我找谁理论去？”

邢武一听就知道江老板这是托词，随即笑道：“在这地头上还有人敢动江哥的人？难不成把人带去外地？”

江老板大笑着重重拍了拍邢武的肩，暗自下了手劲儿，皮笑肉不笑地说：“我这不就是怕有人想动我的人嘛。”

说着，江老板把酒灌下肚。

卡包里顿时鸦雀无声，虽然两人脸上都挂着笑，但明显周围的气氛开始变得不大对劲起来，晴也瞬间就感觉到一阵寒意。

舒寒放下跷着的腿刚准备站起身，犬牙按住了她的肩膀。江老板依然热络地搭着邢武的肩。邢武垂着眸，晴也看不出他的神色，她不禁皱起眉来，这江老板在逼邢武表态，邢武要说不会动他的人，等于把舒寒往火坑里推，但要说动了，这架势待会儿要是打起来，晴也寻思着该怎么办。

横竖他们四个人，一个醉鬼，一个战斗值基本为零，就犬牙和邢武，今天是出不去了啊，要不要直接举白旗算了？

就在这时，突然一个工作人员小哥匆匆忙忙跑了进来，对着里面就喊道：“江老板不好了，那个弹钢琴的方老师说她小孩食物中毒要去医院来不了。”

这小哥慌慌忙忙的，压根儿就没注意到卡包里的气氛。

江老板脸色一变，放下酒杯就站起身：“贾总到了？”

“贾总他们已经安排在楼上包间了。”

江老板走到卡包门口往楼上看了眼，晴也就坐在门口的沙发角落，也顺着视线往楼上看去，果不其然，一个楼梯通上去还有一个独一无二的敞开式豪华卡包，里面一群看上去身份不凡的中年男人。

江老板当即就骂道：“都是废物！一个弹钢琴的人都找不到？贾总要听个莫扎特有那么难吗，去问问哪个会弹，赶紧喊过来！”

小哥苦着脸说：“我去后场都问过了，只有姑娘会弹《两只老虎》。”

“……”

《两只老虎》姑且不谈，让晴也感觉“谜”的是，居然还有人跑到这种地方来提出要听莫扎特这种滑稽且无理的要求，简直是格调中透着股浓浓的“土矬垮”。

她伸头看了眼，发现刚才跳舞的舞台果真有人开始搬钢琴上去，也不知道楼上那个贾总是哪号人物，但应该是江老板挺重视的人。

晴也站起身淡淡地问了句：“莫扎特什么曲？”

仿佛直到这时其他人才注意到晴也的存在，都一头雾水地看着她，就见她一身名贵的水波纹羊毛大衣，眉眼间的淡然透着一种格格不入的矜贵，看着就不像在这里工作的。

江老板回头扫了眼经理，大约是在询问这人是谁。

倒是那工作人员小哥对晴也说：“就是莫扎特啊，莫扎特这歌这么有名你不知道啊？”

“……”晴也真想告诉他莫扎特是个人。

然后她低下头开始解纽扣，顿时看得所有人莫名其妙，不禁都在想这姑娘哪里来的？谁啊？

晴也旁若无人地把大衣纽扣解开，顺手脱了径直走向邢武，将大衣扔给他。

邢武抬手接过眯了下眼，低声问道：“你确定？”

晴也朝他扬了下眉梢，自信一笑。

邢武突然想起曾经在晴也电脑里看过的那张照片，她北京的家里就有一架名贵的三角钢琴。

邢武嘴角微勾，看着晴也踏着优雅的高跟踝靴走到那个小哥面前淡淡地说：“带路啊。”

小哥很诧异地看了眼江老板，江老板又回头扫了眼邢武，然后对小哥点点头。

晴也便这样跟着小哥下楼径直走向台中，很多人的目光都聚焦过来，卡包里的客人走了出来靠在扶手上，毕竟这里看个跳舞唱歌倒是天天有，但从来没有看过钢琴演奏。这种高端的表演不大符合这里的氛围，而且这破县城也找不出几个钢琴弹得好的人，要不是今天那位附庸风雅的贾总非要装一下，他们还真看不到现场的钢琴演奏。

晴也走到钢琴前没有立马坐下，她环顾了一下四周，整个场子的光线暗了下来，那位 DJ 小哥不再打碟了，此时也趴在操作台上盯着她看。

聚光灯瞬间打在晴也身上，半高领长款白色羊毛裙顿时亮了起来，腰间一条很细的黑色腰带将她的比例拉得修长完美，一头微卷的长发自然垂坠在柔美的脸颊旁，在光束下乌黑透亮，璀璨的双眸像被雨水洗涤过，透着纯粹的清澈，睫毛微眨之间，眼神平静从容。明明如此单薄的身影，可当她独自站在舞台之上时，却浑身上下透出一种独一无二的气质，让人很难从她身上挪开视线。

晴也微微转了下身看向楼上那个独一无二的卡包，微笑颔首致意，给足了这位江老板贵人的面子，然后从容落座打开琴盖，手指轻抚黑白键，忽然有种久违的感觉。

对于她这种小学前就拿到十级，小学后就开始到处打比赛的人来说，钢琴只是她在大浪淘沙的竞争下一项必备的 BUFF，不算稀奇，几乎她原来身边的同学随便一个站出来都会个几样乐器。

莫扎特的经典曲目她早滚瓜烂熟，不过自从她妈走后她便再也没有心思练琴，说来很久没有摸到这黑白键了。

她的手指落在琴键上，突然发出“叮”的一声，有些突兀，又放上了左手弹了一个键。江老板为她捏了把汗，回头扫了眼邢武：“武子，你这朋友到底会不会啊？”

邢武此时靠在二楼扶手上，一脸淡定地望着楼下。

就在江老板话音刚落之际，台下突然就发出一连串欢快流畅的旋律，晴也用所有人耳熟能详的《土耳其进行曲》开场，八分音符连贯而成，变奏活泼轻盈，曲子节奏很快，瞬间把人的注意力全部吸走。她的一双手灵活快速地游走在黑白键之间，仿若出神入化一般。第二段的十六分音符，晴也的手速越来越快，如一泻而下势不可当的激流，不断推向高潮，然后几个跨度直接就跳到另一首莫扎特的《C大调奏鸣曲》。

晴也也不知道这位贾总到底要听莫扎特什么曲，所以干脆来了个大串烧，就这样越弹越流畅。虽然这架钢琴很烂，也不知道从哪里搬来的，但她的感觉倒慢慢回归了，所以越弹越有感觉。

因为没有谱子，也没有时间给她上网准备，所以她基本上只能根据记忆盲弹，至于不大能记得的部分，她就随意发挥，在外人听来毫无违和感，反而她优美的身姿和流畅的琴音给人一种很唯美的视觉享受。

邢武低头点燃一根烟，身影立在阴影之中，眼里的光更加浓烈了一些。

那灵动的琴音从晴也指尖流淌到每一处时，邢武竟然会有种为她感到骄傲的感觉。

最后晴也以莫扎特《虚伪的善意》歌剧里的旋律作为结束。

其实具体谱子是啥她也记不得了，反正大概率她随便瞎弹这个场子里面的人也绝对分辨不出来到底是莫扎特的，还是他们小学音乐老师的，所以她就根据记忆里残存的旋律即兴发挥了一把。

至于为什么要以《虚伪的善意》作为结束，她弹下最后一个音符扬起手看向江老板露出讽刺的笑意。

掌声雷动，她落落大方地起身颔首，又淡定从容地走回卡包门口。

一进去，江老板就十分热情地说："武子，你这朋友帮我救场了啊，介绍一下。"

邢武起身拿过大衣绕到晴也身后，将大衣披在她肩上，拉着她走到江老板面前："晴也，这是江老板。"

晴也不卑不亢地叫了声："江老板。"

而江老板的目光却停留在邢武牵着晴也的手上，突然玩味地笑道："哟，是武子的人啊？"

邢武没接话，直接将晴也拉到身边。

舒寒抬起头看着他们，眉眼间是挥之不去的凝重。邢武虽然比她要小，但心理年龄要早熟很多，他外表看上去对谁都淡淡的，可她很清楚，他比谁都敏感，待人接物稳重多虑，或许那个小丫头对他来说有一定吸引力，但她从来不认为邢武会冲动到如此不理智地把自己搭进去，这根本不像他的作风，可此时看着邢武把晴也护在身边的样子，她突然感觉十分不痛快。

她摸出烟点燃，夹着烟的手不知道是喝大了，还是什么其他原因有些发颤，犬牙的手拍在她的肩膀上重重按了一下。

晴也不是喜欢没事找事干的人，她愿意出手的原因邢武自然心知肚明，他当即就把话撂了出去："要说救场，我在江老板这儿又不是一次两次了。"

这话江老板一听就明白过来，邢武的人刚帮他解了围，再为难他们就不上道了。

江老板生意能越做越大，最重要的一点就是他会做人，该给的脸子他自然会给。

或许是刚才江老板误以为邢武替舒寒出头打着其他心思，而随着晴也的出现，江老板突然就卸下了那层防备，又开始跟邢武称兄道弟起来。

晴也坐在邢武旁边安静地听着。

她能感觉出来这个江老板是真心赏识邢武的，还叫邢武一毕业就到他这里来干活，给邢武个领导干干，绝对不会亏待邢武云云。邢武倒是没当回事，说还没毕业，到时候再说。

后面江老板跟邢武喝了两杯也就没再为难他们，邢武没一会儿就起身说有事先走了。

倒是临走时，江老板突然想起什么提了一句："武子啊，你上午是不是把靶厂的小曹子打了？"

邢武蹙了下眉。

江老板坐在沙发上意味深长地说："暗堂的人打听到我这儿来了，你找个机会跟那个小曹子把事情结一结。"

邢武点了下头没说话直接转身走了，犬牙和舒寒也站起身跟着他一起离开了。

出了乐之星，天空已经完全暗了下来。

明明还是傍晚却跟夜里一样狂风乱作，远处掀起大片灰尘蒙了眼睛，晴也立马捂住口鼻。

舒寒踩着过膝长靴背着风点燃一根烟盯着邢武，邢武回头对晴也说：“风大，你跟犬牙在里面等我，我跟舒姐聊两句。”

晴也瞥了眼目光空洞的舒寒，没说什么，对邢武点点头。

她和犬牙退回乐之星大厅，透过大厅的落地玻璃看见邢武和舒寒站在旁边的巷口说着话，就连邢武的皮衣衣角都被风撩了起来，他冬天穿得并不多，也从来不见他喊冷，迎着狂风勾勒出清晰料峭的身形。

晴也盯他们那儿看了眼，突然问起犬牙：“上次大曹说的县运会到底是什么？”

犬牙兀自摸出一根烟，淡淡地说：“县里举办的青运会，每年三月份举办。”

“他为什么要让邢武参加？”

犬牙侧过头掠着晴也：“他们之间的恩怨这么多年了，大曹既然让他参加，就不会那么简单。”

晴也忽而皱起眉，眼神落在邢武身上：“他会去吗？”

犬牙吐出一丝烟雾打在玻璃上，目光清冷：“有些事情身不由己，不是说他不去就能天下太平的。他跟鞍职那帮人的梁子初中就结下了，大曹在靶厂长大，背后有暗堂的人罩着，武子从小就认识江老板了，暗堂的人也需要钱，所以不会轻易得罪江老板。

“不过江老板刚才那话说得不是没有道理，他早晚要跟大曹做个了结，毕竟一山不容二虎，如果以后武子毕业不打算跟着江老板做事，那江老板也不可能再保他，很多事情就是这么现实。”

晴也忽然就明白过来刚才江老板和邢武的那段对话，例如叫邢武毕业来他这里，例如让邢武抓紧把事情和大曹结了，看似随意的交谈，实则每一句话都在敲打邢武。

所以到底是晴也之前想得太天真，她以为邢武之所以能在扎扎亭横着走，是因为他能打、凶狠，没人敢惹他，可到今天她才知道，这只是一部分原因，随着年龄的增长，拳头在成年人的世界里，分量会不断削弱，取而代之的是让你有话语权的势力。

而邢武背后的势力就是江老板，不过这座大山可以保他一时太平，也可以因为他选错路而消失于无形。就如犬牙所说，很多事情就是这么现实。

晴也瞬间感觉心里蒙上了一层挥之不去的担忧。

这时，她看见玻璃外面，舒寒不知道跟邢武发生了什么争执，忽然扔掉烟头猛地推了一下邢武刚受伤的胳膊，邢武紧绷着脸，纹丝不动。晴也脸色霎时苍白，转身就冲了出去。

当晴也一口气跑到巷口时看到的便是令她久久难以忘怀的画面，舒寒踩着过膝长靴，长发纷飞之间漫天的黄沙包围着她和邢武，好似在他们之间盘旋起无法阻挡的漩涡。隔着一段距离，她依然可以清晰地看见舒寒绝望的眼神，舒寒抬起头望着邢武，浓妆下的神情如此凄凉：“我愿意天天周旋在一群男人中间？他江海淘话说得漂亮，叫我跟他，他的女人数都数不过来，我受够了，我不想再过这种日子了！”

晴也渐渐停下脚步，狂风吹乱了她微卷的发丝，她的脚像灌了铅一样，一步也挪不动，就这样怔怔地望着舒寒眼角滑落的泪。她从来没有见过这样的舒寒。

舒寒依然在笑，笑得妖冶，却昂起头拽住邢武的皮衣，强撑住最后一股力气，眼眸冷厉：“武子，我一直以为我能等到那一天。”

狂风依然从耳边吹过，晴也却感觉这阵风好似穿透了她的身体吹进了她的心脏。她忽然感觉到眼前这个女人的悲凉和挣扎，如此血淋淋地呈现在她面前。这是舒寒内心最真实的惶恐，隐藏在她躯壳内，不知道埋藏了多少年，在这个漫天黄沙中彻底爆发。

犬牙也跑了出来，在晴也旁边停住脚步看着他们。

邢武半垂着眸，终究拉开了舒寒的手，声音里透着可怕的低沉：“不要等了。”

舒寒的表情僵在脸上，而后忽然笑了，竟然就这样笑出了声，当即手臂一横指着晴也质问道：“因为她？武子你是不是疯了？县东的活没一个人愿意接，我跟你说了多少遍不要去有辐射，你要钱不要命了是吧？你是不是还打算供她出国留学，你说啊？”

邢武猛然抬起头看向晴也，晴也震惊得钉在原地，一双乌黑的眸子疯狂地闪烁着。风大了，她身体颤抖得更加厉害，仿佛听见了自己牙齿打战的声音。

舒寒无法理解邢武的冲动，更无法理解邢武认识这个姑娘如此短的时间，居然愿意为她搭上这么多。这不仅是她对邢武的私人感情，就以认识这么多年的交情来说，她也看不得他如此不理智。

舒寒气得再次抬起拳头狠狠对着邢武的膀子捶了下去，她不知道邢武受了伤，根本没有轻重，邢武低低地闷哼一声，额头青筋暴出。

舒寒突然情绪失控地朝他吼道："你就是个傻子！你缺钱吗？要不是为了她，你会这么拼？你以为她出了国还会回到我们这个破地方来找你？她现在小懂得少，以后踏出国门连你叫什么都不知道，你给我醒醒！"

邢武紧了紧牙关，眼里覆上一层疏离，丢下句："这是我的事。"

说完他转身大步朝晴也走去，一把攥住她冰凉的手，拍了拍犬牙："把你姐带回去。"然后直接拦了辆车带着晴也走了。

风沙越来越大，晴也不知道这是不是沙尘暴要来了，她在北京也经历过沙尘暴，最厉害的一次她还在上小学，妈妈把她从培训班接回家，下午的天暗沉得可怕，像是世界末日来临，她窝在妈妈怀里紧紧拽着妈妈说害怕，妈妈就把她的脸埋在衣服里。

一晃这么多年过来了，妈妈早已不在身边，沙尘暴再次席卷而来时，她唯一能指望的，还能依靠的就是身边这个男孩，这个她认识才仅仅几个月的男孩。

可沙尘暴终有过去的那一天，当她不再需要依靠这个男孩时，他们以后会怎样，她似乎从来没有想过那么长远的问题。

其实当初来邢武家，她没想给他们造成什么负担，孙叔给了李岚芳一笔钱，虽然当时她很不齿这种行为，觉得这亲戚就是花钱买来的，但后来想想心理上确实也好受一些，没有过多的负担，就像一场说好的交易，交易结束，她离开，他们继续过他们的日子，互不相欠。

可到今天她才意识到，这一切并不是她想的那么简单，她已经在无形中成了邢武的负担，他甚至在着手替她计划出国后的生活，她从来没想过成为任何一个人的负担，特别是在他肩上担子已经如此重的情况下。

当听到舒寒说他接了那么危险的活后，晴也整颗心都揪了起来。她想起犬牙曾经对她说的话，他原本可以活得很轻松，和这里绝大多数人一样，就算浑浑噩噩，过一天算一天，他的人生起码不用起起伏伏，不用那么辛苦。

她甚至觉得如果不是她的出现，舒寒也不用像现在这么痛苦。

说实话，她虽然清楚舒寒对邢武的感情，但她并不讨厌舒寒，反而觉得有些事情挺无奈的，特别是舒寒的处境，舒寒或许也想像正常女人一样找个男人嫁了，可一双腿蹚过河，很多事情不是说脱身就能脱身的。

也许邢武是舒寒唯一的指望吧，可这一切随着她的出现全部打乱了。她打乱了所有人的生活、人生轨迹，将来还有可能拍拍屁股一走了之，留下一堆烂摊子。

晴也越想越觉得脑壳疼，恨不得让自己原地爆炸得了。

所以回去的路上，她很沉默，脑子里出现很多奇怪的想法，弄得她很烦躁，而邢武也很沉默，看着窗外一声不吭。

唯一的就是，他一直没有松开她的手，紧紧地攥着。

【上部完】

✶

耀眼

y a o y a n